Für
Meinen Vater Gerry

und meine Brüder:
Michael, Gerald und Charlie.

INHALT

Seid nicht zu eilig, wenn Ihr den Moralleh-
rern Vertrauen schenkt oder sie bewundert:
Sie predigen wie die Engel, aber leben wie die
Menschen.

Samuel Johnson, *Rasselas*

EINS

DAS MEERESUFER

Ich weiß nichts von dem Haus, in dem ich geboren wurde. Ich erinnere mich nur daran, wie die Stadt aussah. Und ich höre noch, wie es klang, als wir die Tür für immer hinter uns schlossen. Ich saß allein in dem Zug, der Berwick verließ: sechs Jahre alt, in langen Hosen. Jamie, der Junge mit den tränenden Augen. Das war ich. Und etwas von mir sitzt wahrscheinlich immer noch da. In der Scheibe sahen meine Augen in meine Augen. Die Stadt Berwick war außer Reichweite, hinter dem Fenster, und sie war endlich still. Unterhalb des Walls, auf dem der Bahnhof lag, schlug das Meer hoch auf den braunen Sand. Jede Welle brachte dem Ufer Vergebung. Und mir bleibt nur der Gedanke an diesen Tag. An die englische Stadt, die ich als Kind verlassen habe: an die Tür, die sich schließt.

Die Häuser blickten prüfend über die Nordsee. Sie spähten in die salzige Finsternis hinaus: eine Welt aus Algen und den Geräuschen des Meeres. Als Kind habe ich mich gefragt, wohin das alles ging. Meilenweit Meer und meilenweit Dunkel. Es heißt, daß nichts für immer weitergeht. Sogar die Flut geht am Ende irgendwo hin.

Mrs. Drake wohnte im Pfarrhaus von Berwick. Alt war sie, mit ihren Stoffpantinen; an diesem Tag hängte sie ihre Laken auf die Leine, von den Felsen pfiff der Winter, und ich dachte daran, wie

11

gern meine Freundin mir gute Bücher gezeigt und mich so in Waren für still und ohne Aufsehen erledigte kleine Arbeiten bezahlt hatte. Ich hatte da unten schon etwas über das Leben gelernt. Der Geruch der Schornsteine, die noch immer Gott entgegenragten. Der Geruch von Makrelen. Die kleinen Freuden, die die Stadt Berwick, wo der Fluß auf das Meer trifft, für den bereithält, der das Fröhlichsein übt, den Sand erforscht und diese Dinge zum ersten Mal erlebt. Der Zug fuhr an, und ich habe die Stadt nie wiedergesehen. Englands Nordosten glitt in einem Sturm aus Grün davon. Doch zwischen den Felsen, die ich damals verließ, um nach Norden zu fahren, lag mehr als ein Endchen Zeit: meine eigene, meine erste Stimme über der Strandpromenade, die Erinnerung des Flusses an Lachs und Getreide, die Ahnung, daß an diesem kindlichen Hafen etwas Gutes war. Ich wußte an diesem Tag, daß mir das immer fehlen würde, und so war es auch.

Mrs. Drake hatte mir ein Buch geschenkt, das ich mit nach Schottland nehmen durfte. Das Buch war für mich ganz allein. Das Buch gehörte mir. Es hatte einen seltsamen blauen Einband – das Funkeln in den Augen der alten Frau; und die Schrift auf dem Buchrücken war weiß gedruckt – der Bannspruch ihres Haares. Mein Buch hatte jemand anderem gehört, aber jetzt war es meins, und auf seinen teegetönten Seiten trug es die Spuren von jemand anderem. Ich konnte es mitnehmen. Ich hielt das Buch in den Händen, als der Zug am Stellwerk hielt. Mrs. Drake würde mir ganz bestimmt bleiben; ihre guten Hände, die sich um meine schlossen, ihre Klavierspielerfinger mit den losen Ringen, die mich festhielten, nachmittags. Ihre Stimme und die Fischerlieder, die sie leise sang, mehr sprach als sang, der Kuß, den sie in meinen Haarwust drückte, ihr süßes Parfum im Wind von Berwick. Meine alte Freundin: im Nu war sie um die Ecke und außer Sicht.

In der Ferne sah ich den Leuchtturm von St. Abbs. Ich mußte

an die Lampen denken und an die Nacht und an das Wetter. Und
da spürte ich, daß der Tag ganz aus Bewegung bestand: der Herzschlag, der ratternde Zug, die Gezeiten draußen, das Licht. Ich
zog das Buch aus meiner Jacke hervor. Ich hatte die ganze Zeit
daran gedacht. *Das Meeresufer*, von C.M. Yonge.
Sie hatte an zwei Seiten die Ecken umgeknickt. Ich nahm mir
Zeit, um die Worte zu entziffern. Die erste Seite: »Krebse und
Weichtiere an der Felsenküste«. Ich las die großen, mit Bleistift
umkringelten Worte laut vor. Ihre Notiz lautete: »Schreib es Dir
ab, mein Lieber, und versuche, es Dir zu merken.«

Napfschnecken haben unbestritten ein »Heimfindevermö-
gen«. Dessen genaue Natur hat sich bislang jeder Analyse
entzogen; offenbar sitzt es nicht in ihrem beschränkten Ge-
sichts-, Geruchs- oder Tastsinn. Wie Abb. 35 zeigt, bewegen
sich Napfschnecken in einem ungefähren Zirkel um ihr Nest
herum, sie entfernen sich höchstens einen Meter und gewöhnlich sehr viel weniger weit davon, und durch den besag-
ten Orientierungssinn finden sie nötigenfalls ihr Nest.

Manche Wörter waren schwer zu lesen, und sie klangen neu.
Darunter war ein Bild von einer Napfschnecke, die an einem
englischen Felsen klebte. Die zweite Seite, auf der Mrs. Drake
etwas notiert hatte, war fast am Ende des Buches. Dort stand in
ihrer Handschrift: »Merk dir das, Jamie. Vielleicht siehst du so
etwas auch in der Nähe deines neuen Zuhauses, an der anderen
Küste.«

Im Küstengebiet von Ayrshire wird Seetang häufig auf den
Kartoffelfeldern benutzt, man verteilt dort bis zu dreißig
Tonnen pro Acre. Die Marine Station in Millport (unterstrichen) hat im Zuge ihrer Forschung Methoden für die er-
folgreiche Herstellung von Agar (Pfeil: »Gelee, wird für alle

13

Versuche benötigt«) aus *Gigartina* (Pfeil: »Rotalgen«) entwickelt. Davon gibt es große Mengen an der walisischen Küste und besonders an der Westküste Schottlands (doppelt unterstrichen).

Mrs. Drake liebte es, alles aufzuschreiben. Sie hatte mir beigebracht, das ebensosehr zu lieben, obwohl ich das Graben, das Ausmessen, die Spaziergänge und schließlich die Milch mit Toast am besten fand. Außer auf die Seiten von *Das Meeresufer* hatte meine alte Lehrerin auch etwas auf ein Stück Papier geschrieben, auf einen Zettel mit schwarzem Rand, und sie hatte ihn hinten in mein Buch gelegt. Die Schrift auf diesem Stück Papier hat mich wie das Buch selbst immer an Mrs. Drake erinnert, und unmerklich bringt sie mich in ihr Wohnzimmer zurück, ein offenes Feuer, der Plattenspieler und diese Gläser, randvoll mit Herzmuscheln und Wellhornschnecken, oben auf den Regalen.

Lieber Jamie,
denk daran, immer runde Buchstaben mit gekrümmten Schwänzchen zu machen. Du bist ein guter Junge, und du wirst mir fehlen. Von jetzt an werde ich immer an dich denken, wenn ich am Strand entlanggehe. Übe fleißig Lesen, du bist sehr gut darin. Hier sind noch zwei schöne Bücher, die Dir gefallen werden, wenn du soweit bist. Versuche doch vielleicht, sie in einer guten Bibliothek zu finden. Das eine ist von John Graham Dalyell und hat einen lustigen Titel, *Seltene und bemerkenswerte Tiere in Schottland, dargestellt anhand lebender Objekte: mit praktischen Beobachtungen über ihre Natur.* Das andere ist von Philip Henry Gosse, *Ein Jahr an der Küste.* Sie werden dir helfen. Grüß deine Mutter von mir.
Mit freundlichen Grüßen
Mrs. P. Drake

Auf die Rückseite des Zettels hatte sie ein paar Worte geschrieben. »»Wer könnte von einem bestimmten Meer sagen, es sei alt? Von der Sonne destilliert, vom Monde geknetet, erneuert es sich jährlich, täglich, stündlich.‹ Herzlich, Pat.«

Mein Vater kehrte in rasendem Haß nach Schottland zurück. Meine Mutter fuhr ihn behutsam in einem Bedford-Lieferwagen über die Grenze. Sie setzten mich in den Zug und beschäftigten sich dann notgedrungen mit ihren Große-Leute-Sachen. Der Zug brachte mich zuerst nach Glasgow und zu meinem Großvater Hugh; der fragte immer ausdrücklich nicht nach meinem kränkelnden Vater und kannte nie unsere genaue Adresse, auch wenn er sich ab und zu fragte, wie meine Mutter »zurechtkam«. Er holte mich vom Bahnhof ab und fuhr mit mir zu einer der neuen Baustellen in Ruchill. Dort warf er dem Polier einen Umschlag mit Papieren ins Gesicht. Er schälte Geld von einer Rolle Scheine. Vom Rücksitz des Wagens aus konnte ich sehen, wie mein Granda im strömenden Regen um sich brüllte und fuchtelte und den Männern mit den gelben Hüten Geld gab. Er stieg in einen Bauwagen und kam wieder heraus. Mit diesem seltsamen Zorn im Gesicht sah er aus wie mein Vater.
Ich legte mich auf die Rückbank. Man konnte sehen, wie die Betonschichten in die Höhe wuchsen. An den Seiten ragten Metallstäbe hervor; sie reichten so hoch hinauf, daß es kaum zu glauben war. Mit dem Regen fiel Sägemehl herab. Ich wurde ganz benommen vom Wetter und von der Reise und von den Gedanken an das tiefe, grüne Meer. Alles hatte sich vermischt: die Welt hinter mir, das Meeresufer; und diese Baustelle im Norden von Glasgow, dieses Schlammfeld mit seinem Gedröhn, das neu für mich war. In meinen Ohren waren nur Donner und Gedröhn. An den Autoscheiben lief Wasser herunter, und ich schlief ein.

Mein Vater trank. Er war Alkoholiker; von der Sorte, die tobt und jammert. Nur wegen des Trinkens war er mit fliegenden Fahnen nach England geflohen. Ohne das Trinken hatte nichts eine Bedeutung. Es ging nur ums Trinken.

Er hatte geglaubt, daß er sich in Berwick ertränken konnte. Um Klassen von den Idealen seines Vaters getrennt. Meilenweit weg von der Geduld seiner Mutter. Sechseinhalb Faden tief unter dem Ruhm seiner toten Großmutter und ihren utopischen Träumen. Mein Vater wollte in Berwick der Frage nach sich selbst ein Ende machen. Er stürzte sich in die Flußmündung von Berwick, er trank die Wellen als treibende Gattung für sich, vom Abscheu durchnäßt wurde er angeschwemmt, und es gab keine abgehärteten Verwandten, die das Schwanken seiner besoffenen Nachmittage hätten mäßigen können. Mein Vater war Alkoholiker. Von der Sorte, die tobt und jammert. Er hatte nie etwas Gutes im Sinn, und er hat nie etwas gut gemacht. Eine sinnlos betrunkene Fledermaus, die die Finsternis liebt. Es gab kein Mitleid: er lähmte zu viele Tage mit seinem behaglichen Kummer; er badete im Ruin.

Und die Bücher wurden zur einzigen Atemluft in diesem fremden Raum, in dem er uns festhielt. Die einzig tröstliche Sprache, die ich kannte, und die Freundlichkeit in den gedruckten Worten lehrte mich nur, ihn noch mehr zu hassen und ihn zu bedauern und auf den Tag zu hoffen, an dem alle frei sein würden oder fort, an dem keiner mehr da wäre, um traurig zu sein. Das habe ich damals gedacht. Mein Vater war ein Irrer. Er hat jeden Spaß verscheucht.

Einmal saß ich auf einem Stuhl am Fenster unseres neuen Hauses in Ayrshire – draußen zwitscherten die Vögel und pickten im Sturzflug Grassamen auf – und ich beobachtete ihn, wie er betrunken und schlafend neben einem kleinen Heizkörper saß. Meine feuchten Augen bohrten sich durch ihn hindurch. Ich konnte das Feuerzeug nehmen und ihn im Schlaf anstecken. Ich

starrte ihn an. Ich wußte, daß ich das tun konnte. Das Zwit-
schern wurde lauter. Irgendwo auf der anderen Seite des Bachs,
mitten in der Siedlung verkaufte ein Eiscremeauto gute Laune.
Diese Musik. Ich starrte ihn an. Ich versuchte, ihn zu vertreiben,
ich stellte mir vor, wie er verschwand, davonglitt, nicht mehr in
unserem Leben war, tot, oder an einem Ort, der für alles
Schlechte da war, den die Grausamen verdienten, der unendlich
still war.

Meine Bücher hielten mich am Leben. Und der Gedanke an
meine Großeltern. Ich liebte das, was sie wußten, mein halbent-
fremdeter Granda und meine Nan. Sie wußten über Bäume Bescheid und über Robert the Bruce; sie wußten über Flüsse Bescheid und über Gebäude und Steine. Und ohne ihre Gedanken
loderte mein Geist eines schönen Tages im Sessel ganz langsam
auf. Ich saß am Fenster. Ich beobachtete ihn zu Tode. Durch eine
schräge Säule aus Licht, vom hohen Fenster zum Wohnzimmer-
flor, schwebten eine Million winziger Staubteilchen zu Boden,
eine Million Zufallsflöckchen, die sich drehten, reflektierten,
wieder drehten, und jedes flüsterte mir etwas Friedliches zu. Eine
Million Unterrichtsstunden in Gelassenheit an einem haßerfüll-
ten Tag.

Mein Vater sah sich nicht ähnlich, wenn er schlief. Und auch das
war ein Teil der Gefahr, die von ihm ausging. Vielleicht war er
jemand anderes. Jemand anderes unter dieser tobenden Hülle –
gelassen, mit kühlem Kopf – jemand, der vom Sonnenschein
träumte. Im Inneren gut und voller Hoffnung auf Glück, und
all sein Leiden wäre zu Ende, wenn wir ihn nur atmen ließen. Er
kam mir vor wie ein ganz anderer Robert, eher verletzt als verlet-
zend. In diesem Sessel gelang es ihm nicht, sich ähnlich zu sehen.
Mit unserer bonbongestreiften Tapete hinter dem Kopf und einem großen Aschenbecher auf den Knien. Die Füße an den
Knöcheln gekreuzt; die Strickjacke falsch geknöpft; die Brust
sanft atmend wie ein Baby in seinem Bettchen. Er hätte gut sein

können, so, wie er da lag. Einer, der an unsere vielen seltsamen Tage und an unser gehetztes Leben denkt und es uns unbedingt schön machen will. Unser Beschützer. Ein Verrückter, der mit einem Engelslächeln schlief. Er hätte besser sein können, und das machte es schlimmer.

Ich saß mit den Büchern, die er verabscheute, am Fenster. Ich blätterte die Seiten um. *Weck ihn nicht auf, rasche nicht neben seinem Bett herum, sonst machst du ihn wieder zu sich selbst.* Die Schatten der neuen Blätter fielen durch die Jalousien und kreuzten sein Gesicht: »Für mich sollte mein Vater sein wie ein Gott. Der das Schöne an mir bildet, der mich in Wachs abformt und diese Form prägt …« Und so weiter und so weiter. »… in seiner Macht, mich gut zu machen oder schlecht, eine gelungene Figur oder eine, die verformt ist wie er selbst.«

Ich klappte das Buch zu. Ich wollte, daß er mich beachtete. Hör auf zu schreien. Ich träumte davon, daß er aufstehen und beweisen würde, wie groß er ist. Die Welt verbessern, den Alltag bewältigen und dem neuen Tag in Ayrshire etwas Glanz geben. Er lag stundenlang in seinem boshaften Schlummer, mit einem Gesicht so ruhig wie Milch, und er schlug die Augen auf, als der Tag zu Ende ging.

»Hol mir ein Bier aus dem Kühlschrank«, sagte er. »Na, mach schon.«

Im Zorn meines Vaters lag etwas, das der Nation entsprach. Alles war seinem Boden entrissen; und sein Geist war wie ein faulendes Feld. Sein Land war ein Land der ängstlichen Männer: sie redeten stolz und lebten schäbig, und jedes Versprechen war doch nur eine weitere Lüge. Auf meinem Vater lastete die ganze Angst, die die Erde in sich trug – er war unfähig, aufzustehen, wieder aufzustehen, und er war kaum imstande, die Kraft seiner eigenen Hände zu sehen. Unsere Väter waren für das Leid gemacht. Ihr Rückgrat war gebrochen. Sie waren krank im Herzen und schwach in den Knochen. Alles, was sie wollten, war der

Frieden, den die Niederlage bringt. Sie konnten in dieser Welt nicht leben. Sie konnten nicht ertragen, wer sie waren. Roberts Wahnsinn war nicht neu: er gehörte einer ganz eigenen Sorte an, einer, die mit langen Liedern vom Mut aufwächst, um nie etwas Mutiges zu tun.

Sie rannten wie ungezogene Kinder in die Arme des Vergessens. Ihre vorgetäuschte Freiheitsliebe: wir alle hatten das Familiengeschäft gelernt. Wir alle kannten die Schande. Sein Schottland war geschlagen, betrogen, vergessen. Das war unser Glück, und das war unser Lied.

»Was weißt du schon über uns?« schnappte er. »Du englischer Bastard.«

In Berwick machte mein Vater seinem Ärger Luft, indem er meine Mutter schlug. Sein Leben war hinter Blümchengardinen versteckt. In Ayrshire trug er seinen glühenden Heldenmut ins Freie. Niemand war davor sicher.

Ärsche und Schlappschwänze und Wichser und Schlampen.

Im Café eine Tasse Tee bestellen oder eine Zeitung kaufen oder eine Busfahrkarte: eine Zeit in der Hölle. Das Kriegstheater meines Vaters.

Ein hoffnungsloser Arsch, ein unnützer Schwanz. Der Scheißidiot. Schau dir dieses Arschloch an.

»Nein«, sagte ich dann. »Laß ihn doch.«

Oberwichser. Blöde Nille. Der braucht einen Tritt. Paß bloß auf.

Der Zeitungsverkäufer tat gut daran, schnell und richtig herauszugeben, sonst konnte es vorkommen, daß er oder seine Mutter mit gewaltiger Stimme wüst beschimpft wurden ...

Du blöder dämlicher Spritzer. Dir sollte man eine scheuern. Verpiß dich, geh aus dem Weg. Wichsfleck.

Die Auslage mit den Süßigkeiten wurde brutal durchwühlt.

»Tut mir leid«, von mir. Und im stillen: *Es tut mir leid. Es wird mir immer leid tun.*

Das war der Mensch, der in unserem Haus wohnte. Sein eigener, tiefer Zorn quälte ihn, und er suchte angestrengt nach Gründen, um sich zu krümmen und zu schreien. Er liebte seine Kraft. Seine Schwäche bemerkte er nicht. Es gab nichts, was er wissen oder nicht wissen wollte. Aus dem benzingetränkten Sessel heraus machte er seinen Ansichten Luft. Nach und nach verlor er den Faden.

Hitler: *der wollte das Beste für seine Leute, wollte der nämlich.*
Churchill: *ein totaler Wichser, der dem König in den Arsch gekrochen ist.*
Bücher: *ein Haufen Scheiße, nur was für öde Schlappschwänze, die nicht wissen, wie man sich amüsiert.*
Kochen: *wenn das Fleisch gut ist, braucht man nichts dazu, nur Wasser und Salz. Scheiß doch auf den ganzen schwulen Soßenmist.*
Churchill: *hat das schottische Volk hungern lassen, hat er nämlich.*
Frauen: *verdammte Nervensägen.*
Rennpferde: *lahme Ärsche.*
Ladenbesitzer: *Pakistani-Flaschen, die einen beklauen.*
Cricket: *englische Schweinescheiße.*
Hitler: *dem seine Scheiß-Soldaten konnten wenigstens marschieren.*
Person mit Scheckbuch: *großkotzige Mittelklasse-Fotze.*
Leute mit Gärten: *unnütze Flachwichser, die ihre Zeit verschwenden.*
Churchill: *hatte doch keine Ahnung. Der fette Arsch. Totaler Wichser.*
Leute mit Arbeitslosenunterstützung: *Nichtstuer, Schnorrer, Ärsche, die meisten jedenfalls.*
Verkehrspolizisten: *scheiß-mieser Abschaum.*
Gott: *ein Haufen Mist.*
Politiker: *beschissene Lügner, genau wie dein Granda.*

Und so weiter und so weiter.

Für meinen Vater war die Welt etwas, das man hassen mußte. Und fürchten. Und schlecht machen. Und eines Tag hinter sich lassen – als er nämlich in seinem eigenen Königreich versank; dort konnte der Alkohol sein Freund sein und wie der beste aller Freunde jedes Gefühl für den Feind betäuben. Er kämpfte seinen wackeren Kampf mit Dose und Flasche, und wieder hielt er sich fern von sich selbst.

Meine Mutter und mein Vater hatten nie jung gewirkt. Sie machten sich früh in ihrem Leben bereit für den Verfall. Ich hatte mir gedacht, daß er bei ihnen beiden früh kommen würde. Als ich ein Kind war, trug er einen rötlichen Schnurrbart. Sein Haar war kurz und orangefarben; seine Augen waren grün. Er klang ziemlich jung, aber er ging schon mit zweiunddreißig immer gebuckter. Seine Hosen und Schuhe waren altmodischer als die seines Vaters. Robert wollte nicht jung sein – er wollte über alles hinaus sein. Er wollte außerhalb der Zeit leben. Er trug nie Jeans, ging nie schwimmen, fuhr nie Fahrrad und aß nie Gemüse. Er tanzte nicht. Er suchte die Gesellschaft von Rentnern, und unter ihnen leuchtete er dann, seine junge Weisheit klang echt, seine lebhaften Klagen, seine unverschämte Frechheit, seine Geldverschwendung.

Es machte meinem Vater keinen Spaß, Sachen für meine Mutter und für mich zu kaufen. Das brachte ihm nichts. Im Pub war er großzügig; er glaubte an diese Art von Liebenswürdigkeit, wegen der nahezu anonyme Menschen ihn frei und großartig fanden. Es war ihm egal, ob seine Familie ihn großartig fand. Er wollte das nicht. Seine Frau und sein Kind waren Mutter und Vater für ihn: eine ständige Belastung für sein Selbstgefühl, Nervensägen, ein Haufen Rechnungen, eine ungerechtfertigte Aufforderung, verantwortlich zu handeln. Jetzt kann ich es erkennen: wie sehr ihn die Ansprüche ärgerten, die wir an ihn stellten. Wie krank ihn das machte. Die Männer im Pub konnten nichts von ihm

21

fordern, deswegen gehörte ihnen alles. Die Männer in den Pubs waren alle gleich. Und mit ihrem Freiheitssinn klammerten sie sich aneinander fest. Mein Vater war ein Mensch, der für einen Saufkumpan, den er zweimal gesehen hatte, kreuz und quer durch das Land fuhr, um eine gefälschte Autosteuerplakette billiger zu bekommen. Aber er setzte sich kein einziges Mal zu mir und meinen Hausaufgaben. Nicht, daß ich das gewollt hätte. Meine Hausaufgaben waren mein Geheimnis. Und Hausaufgaben sind eine andere Form von Krankheit.

Also benutzte mein Vater zum Gehen einen Stock, bevor er vierzig Jahre alt war. Und aus meiner Mutter wurde das Singen und Tanzen herausgeprügelt, bevor sie fünfundzwanzig war. Sie war ein Einzelkind, ihr Vater war im Zweiten Weltkrieg gefallen, ihre Mutter hatte wieder geheiratet und lebte in Australien. Als Teenager wollte sie einen Mann haben, der mit ihr fortging. Sie wollte einen Musiker oder einen schnellen Fahrer, jemanden, mit dem alles anders werden, mit dem sie herumkommen würde, zwei Wochen Isle of Man im Jahr, jemanden, der ihr Spaß und etwas Neues versprach. Und danach dann ein leichtes Leben, eine Reihe farbenfroher Tage. Eine nahrhafte Küche und die Kinder in den Betten. Eines Tages würde sie eines von den neuen Häusern in Ordnung halten. Andere Mütter, Fahrräder zu Weihnachten, ein Bier am Freitagabend. Die Möglichkeit, auf Raten zu kaufen, eine dreiteilige Sitzgarnitur, Teppichboden, so wie jetzt war es noch nie. Sie würde Sex haben mit einem Mann, der Ehemann hieß. Sie würde Nacht für Nacht neben ihm liegen. Neben einem Mann, der sie liebte. Einem Mann mit Fehlern, kein Engel, aber liebevoll. Sie träumte von einer Welt, die sie sich einfach aufbauen würden. Sie träumten alle davon. Sie konnten diese Welt mit Zeit und Liebe zusammenstückeln und sie ihr eigen nennen. Das Leben, das sie aus nichts Besonderem gemacht hatten. Das Leben, das sie sich gemacht hatten, ihr eigener kleiner Sieg.

Aber meine Mutter war in das Chaos beinahe verliebt. Es gefiel ihr, daß mein Vater seinen Vater haßte, und sie ermutigte
mich, den meinen zu hassen. Bei all ihrer Sehnsucht nach einem gewöhnlichen Leben war meine Mutter dazu geboren,
Außenseiter zu bewundern. Man sah, daß sie sich durch Ärger
und Dramatik erhöht fühlte, durch den elektrischen Impuls,
wenn etwas schiefging, und ihre Vision vom leichten Leben
blieb in fast jeder Hinsicht ein wiederkehrender Traum. Obwohl er ihr Leben beinahe zerstörte und sich immer wieder an
ihr vergriff und ihr niemals zuhörte, war in meiner Mutter
etwas, das in seiner teilnahmslosen Wirrnis, in seiner schäu-
menden Verbitterung die Züge einer überwältigenden Attrak-
tivität erkannte. Meine Mutter und ich – unser kleines Bündnis lag irgendwo abseits; ein Ort, an den man in Stunden der
Ablösung fliehen konnte, in diesen Zeiten der Besinnung oder
der Brutalität.
Meine Mutter war verliebt in ihn, und ich war das nie. In meinem Herzen gab es damals nichts für meinen Vater. Das sagte
ich auch. Und es gefiel meiner Mutter, daß ich ihn verabscheute.
Dadurch blieb für sie mehr von seinen liebenswerten Seiten
übrig, und ich war von ihrer Übereinkunft ausgeschlossen.
Manchmal kam sie abends zu mir, setzte sich auf meine Bettkante und betrachtete meine Modellmaschinen und -züge, die
sich unter uns auf dem Fußboden türmten. »Du und ich, wir
können doch nach Australien gehen«, sagte sie dann. »Ich will
ihn verlassen. Er ist ein mieser Lump.«
»Mum«, sagte ich dann, »reg dich nicht auf.«
Und dann tupfte sie sich mit dem Bettlaken die Augen ab und
bettete ihren Kopf neben meine Füße. Das Licht fiel von oben
durch die Tür; das Rot auf ihren Lippen leuchtete wie ihr Gesicht, das mir alt vorkam. »Jamie, du bist ein Junge, der Geschichte und Blumen mag, und das ist ungewöhnlich. Du baust diese
Maschinchen und zerlegst sie wieder. Ich wette, du wirst später

mal Häuser entwerfen wie dein Granda. Dein Vater hat noch nie
was getaugt.«

Manchmal versuchte meine Mutter, auch zu trinken, einfach
nur, um mehr in der Welt meines Vaters zu sein. Aber sie versuchte nie, ein Buch zu lesen oder mit zum Strand zu kommen
oder mit mir in ein alles überragendes Gebäude zu gehen, nur,
um mehr in meiner Welt zu sein. Und wer wollte ihr das vorwerfen? Meine Mutter war bereit, mich gehen zu lassen. Sie
tobte oft und verachtete ihn und hielt mich einen Augenblick
fest und versprach mir, ihn allein verrotten zu lassen. Aber sie
kannte sich besser. Am Ende ging sie doch immer wieder zurück, und ich blieb allein und war ganz glücklich damit, ich
fand Frieden in meinen Jungenssachen; und ich plante eine
Zukunft ohne meine Eltern in einer Welt, die an die Dinge
glaubte, die sie sagte. Meine Mutter erzählte mir, daß sie geglaubt hatte, was sie sagte, als sie sagte, daß sie ihn in Gesundheit und Krankheit lieben würde. Das sagte sie, und sie hatte
recht damit, und eines Tages erlaubte sie ihm dann, das alles
zurückzunehmen und sich per Post von ihr scheiden zu lassen.
Das ist die Güte, an die meine Mutter glaubt. Sie ist ein besserer
Mensch als ich. Zwischen Eltern und Kindern gibt es keine
Gelübde.

Meine Shorts hatten einen Gummizug. Er schnitt ein. Gleich
über meinen Hüften war immer ein roter, faltiger Streifen Haut.
Es gab einmal einen Sommertag, nicht lang, nachdem wir nach
Ayrshire gekommen waren. Ich spielte vor der Tür eines Pubs
namens The Unco Guid. Der Geruch des Meeres und der Geruch des Pubs waren wie eins.

Ich weiß noch, daß meine Arme nicht in den Ärmeln meines
Pullovers steckten. Meine Hände schauten darunter hervor und
spielten eifrig Five Stones. In diesem Spiel war ich ziemlich gut.
Einen Stein in die Luft werfen – zwei aufheben – den fallenden
fangen – zur Seite legen – alle Kiesel schnappen – zusammen-

raffen – wieder in die Luft werfen – gut gemacht – und es erreichen, daß alle auf einem Handrücken landen. Gut gemacht. Ich
saß an die braunen Kacheln des Pub gelehnt, und meine Hand
schnellte durch den Dreck. Gegenüber war Spillers Hundefut-
terfabrik.

Hunde waren schlecht.

Speichel.

Sie waren dafür gemacht, wie ihre Besitzer zu sein. Wütend,
bellend, mit Zeug auf den Zähnen. Männer in Schottland machen aus Hunden das, was sie selbst sind: Aggressionsma-
schinen.

In Berwick sah man nie, daß die Leute nach Hunden traten, wie
man das in Ayrshire tat. Mein Vater sagte, daß er Hunde liebte.
Manchmal brachte er einen mit aus dem Pub – sanftmütig und
verlassen – und dann richtete er ihn darauf ab, die Leute zu
beißen. Terrier mochte er am liebsten. Schottische, Cairns,
Drahthaar, West-Highlands. Kleine Hunde mit scharfen Zähnen. Jeder Hund, den wir hatten, pinkelte sich an, wenn er Robert sah. Er schlug sie sehr oft, und er brachte ihnen eine Regel
bei: Angst vor ihm zu haben. Jeder, der pinkelte, wurde mit der
Nase in den nassen Teppich gedrückt, mit der Leine geprügelt
und beschimpft. Das Jaulen und Wimmern dieser armen Hunde. Und wie sie dann aufsprangen und ihn ableckten und küßten, sobald er irgendein Zeichen von Zuneigung zeigte. Jeder
dieser Hunde hatte etwas von einem sanften Judas. Irgendwann
brachte mein Vater sie dann alle weg. Sie machten ihn krank.
Und wir wachten eines Tages auf, und der Korb war leer, und die
Dosen mit dem Hundefutter türmten sich im Mülleimer. Mein
Vater ging mit dem zitternden Hund weg. Eine Fahrt aufs Land.
Dort verlor er ihn dann.

Die Hundefleischfabrik war auf der anderen Straßenseite. Spillers wurde sie genannt. Spillers: »Die glückliche Wahl für den
glücklichen Hund.« Autos fuhren eilig an mir vorbei und irgend-

wo hin. Ein bißchen weiter weg sah ich unter den Wolken Kräne, die sich bewegten. Neue Häuser wuchsen. Leute kamen mit Kinderwagen die Straße entlang. Manchmal blieb eine Frau stehen und bückte sich.

»Alles in Ordnung, mein Sohn?«

Und ja, danke, alles in Ordnung. Ungefähr jede Stunde stellte ich mich auf die Zehenspitzen und sah durch die Scheibe, durch die Drahtglasscheibe oben in der Tür. Meine Mutter und mein Vater saßen in der Ecke, braune Gläser standen auf dem Tisch, hinter ihnen an der Wand hing eine Jukebox. An diesem Tag sah ich, wie sie sich in der Ecke küßten. Sie wühlte mit den Händen in seinem Haar. Sie küßte seinen Hals. Blauer Rauch waberte durch den Raum. Drinnen das Geräusch von Glas auf Glas und verklingende Lieder. Und Stimmen, die sich an dem dunklen Ort überlagerten. Schallendes Gelächter. Scheppernde Münzen. Dann drückte jemand plötzlich gegen die Tür. Ein Mann stolperte mit locker sitzender Hose in den Tag, und sein rotes Gesicht brüllte etwas.

»Hau bloß ab«, sagte er im Stolpern; seine verdrehten Augen tränten, seine Schritte waren unsicher und seine Finger gelb. »Verpiß dich.«

Ab und zu kam meine Mutter heraus. Eine Tüte Chips und ein Glas Orangeade. »Ich und dein Dad unterhalten uns nur, mein Sohn«, sagte sie. »Und es dauert nicht mehr lange.«

Salz und Essig. Mein Mund war wund und empfindlich von dem Geschmack. Meine Augen tränten. Das Glas roch dunkel. Ich saß stundenlang da, und der Himmel veränderte sich. Die vielen Autos mit ihren Scheinwerfern. Lichtblöcke fuhren auf Rädern vorbei, die Lokalbusse, und von den oberen Decks schauten die Gesichter der Leute herab. Manche Leute unterhielten sich, manche Leute lehnten am Fenster und dösten, und manche schauten mit großen leeren Augen herab, während sie an dem Pub und am Gehweg und an mir vorüberfuhren. Ich überlegte, wer sie alle waren, erfand Namen und Berufe für sie und stellte mir Geburtstage vor und die Orte, an denen sie Ferien machten. Wo wohnten sie? Ich stellte mir vor, daß jeder einzelne Mensch gerade an einen abgelegenen Ort fuhr. Ich stellte mir vor, wie die Leute in eine hellerleuchtete Küche kamen, und Kinder waren da, und im Fernsehen liefen die Regionalnachrichten.

Ich stellte mir vor, daß sie sich an mich erinnerten. Wenn sie dann im Bett lagen. Der Junge, an dem sie in Barrhead mit dem Bus vorbeigefahren waren. Er saß an der Tür des Pub. Nur eine Sekunde. Er saß da und schaute auf und winkte in den esso-blauen Abend. Das Lächeln des Jungen, ein Leben, das nicht meins ist, und über ihm, hinter den Bäumen, lag ein Friedhof am Hang. Man sah die Steine. Man sah, wie das Licht erstarb in den Zweigen der Ulme, deren grüngeflügelte Früchte auf das Dach des Pubs herunterflatterten. Unter all dem saß ein lächelnder Junge.

In einer Sekunde vorbei.

Ich ging zur Bushaltestelle und wieder zurück. Aus den Häusern roch es nach Pastete. Bald würden wir nach Hause gehen. Im Wartehäuschen sammelte sich der Wind. Dosen mit Mädchenbildern lagen herum. Samantha. Terri. Joyce. Das Häuschen stand im Licht der nahegelegenen Wohnungen. Sie waren von nacktem Gelb. Ich kicherte, weil man die Titten der Mädchen sehen konnte. Ich starrte gebannt auf einen fernen Punkt – ein Lichtergewimmel, das ich durch den Acrylmantel des Wartehäuschens sah.

Ein Gedanke sank durch mein Kaleidoskop.

Hier: ich bin in diesem Wartehäuschen, genau jetzt, ich halte mich an diesen zerdrückten sexy Dosen fest, der Wind fährt herein, die Lichter, der Pastetengeruch. Niemand außer mir war in diesem Augenblick. Niemand lebt mein Leben, außer mir.

Saltcoats bestand aus klumpiger Steppe. Schwindende Felder, die zum Firth of Clyde hin zerflossen. In diesen Tagen klang der Fortschritt schrill. Aus den alten Feldwegen meißelte man neue Hauptstraßen. Auf den Wiesen drillte man Häuserbatallione. Das neue Einkaufszentrum an der Uferpromenade war laut; junge Leute scharten sich um die Buden mit ihrem ganzjährigen Gebimmel. Und die Leute kamen wegen der frischen Luft an den gebrochenen Deich. Sie kamen alle halbe Stunde in Bussen.

Die Stadt war immer verschlafen und rückständig gewesen: ein Ort des stillen Endes und der verschwundenen Industrie. Keine Salzpfannen und keine Fischer mehr; wenig Kohle und Eisenverhüttung. Ein Ort der Abstellgleise aus Gras, die einmal Kanäle gewesen waren, ein Ort mit Stränden, an denen Eiscremebuden müßig auf der Promenade standen. In der Brise plapperten die Gespenster der Feriengäste aus der Zeit Edwards VII. Saltcoats hatte in Kriegen und bei Entdeckungen seine Rolle gespielt; es flüsterte gern von seinen ganz eigenen kleinen Geschichten. Wir kannten seine stille Rückständigkeit, seine verschlafenen Hymnen an den Gott der Gleichgültigkeit genau.

Aus Saltcoats wurde ein neuer Ort; es konnte nicht so bleiben, wie es war, fernab von der Welt der großen Ereignisse. Die alten Felder füllten sich Tag für Tag mit Wohnungen im neuen Stil, mit Modellschulen und gefährdeten Familien von außerhalb. Mulligan's Pool, in dem die Kinder an milden Sommertagen mit den bedrohlichen Geräuschen von Traktoren und Krähen im Rücken geschwommen waren, war nun von einer Fabrik mit Parkplatz verschlungen worden; dort wehte an einem glatten Mast die Firmenflagge, und die ortsansässigen Arbeiter machten im morgendlichen Hof japanische Atemübungen.

Der Name des Weihers war das Geheimnis der Kinder. Mulligan, der Ire. Er war eines Nachts in dem Weiher ertrunken. Gleich, nachdem er sich von seinen Schweinen verabschiedet hatte. Er

war betrunken hineingefallen. Die neuen Montagearbeiter wußten nichts von Mulligan. Für die Kinder war er ein allgemein
bekanntes Gespenst. Er lebte unter Wasser, in den bewegten
Schatten der vielen neuen Dinge, und er torkelte Tag und Nacht
durch das üble Gebräu. Das japanische Volk baute eine Halle
von der Größe des Pazifik; alle arbeiteten dort. Sie flogen Chefs
und Uhren aus Osaka ein. Aber keiner von ihnen wußte über
Mulligan's Pool Bescheid. Sie dekorierten ihn so, daß er wie ein
fernöstlicher Teich aussah. Aber wir wußten es besser. Mulligan
trudelte in der bodenlosen Dunkelheit.
Das Tal hatte einmal das alte Leben bewahrt. Jetzt nicht mehr.
An jedem Tag meiner Kindheit wurde es von etwas Neuem ver-
schandelt. Laderampen schimmerten. Private Golfplätze in den
Randgebieten. Und riesige Supermärkte, die an der Umgehungs-
straße klebten, im Bauernhüttenstil gebaut. Sie hatten Fenster
zur Straße hin, und die Mädchen drinnen trugen Overalls und
Haarnetze; Mädchen im Karomuster, denen ihr Freund weh-
getan hatte und die faul oder müde waren, und den ganzen Tag
schwangen sie ihre Etikettiermaschinen. Hinter den Fenstern
waren Häuser von der Barratt-Baugesellschaft und das tote
Ende am Meer und weiter draußen die Isle of Arran wie ein
silberner Umhang über dem Horizont.
Ja, im Durcheinander unserer Stadt ging das Leben voran. Von
oben, von Ashgrove Hill aus konnte man glauben, daß hier das
Herz des Fortschritts schlug. Der Ort sah allmählich nicht mehr
so aus wie auf alten Fotos. Armierter Beton zog alles Licht auf
sich. Aber im Zentrum stand noch einen einzelner kahler Turm;
ganz allein erhob sich dort die keramikgekachelte graue Kirchturmspitze. Sie lag auf einer Höhe mit unserem Haus auf dem
Hügel. Die anderen Kirchen waren Flachbauten. Wie einsam
dieser graue Turm wirkte. Wie alt. Wie alt, mit seinem grauen
Wettergesicht. Und überall um die Stadt herum entstanden neue
Häuser. Der Hafen war geschlossen, der Steinbruch war geflutet

und zerstört. Er stand da. Jeden Tag gab es etwas Neues. Und ein einziger grauer Kirchturm unter der Sonne.

Ytongsteine. Die Internatsschule für Schwererziehbare am Loch Ferguson war aus solchen Steinen gebaut. Und in meiner Erinnerung, im Herzen meines Herzens pfeift immer noch der Wind, der dort gewöhnlich pfiff, und in einem Winkel meiner Träume legt er sich und wird zu einem leisen Stöhnen.

Ein paar Jahre, nachdem wir aus Berwick gekommen waren, bekam mein Vater eine Stelle als Koch in Ferguson. Wir zogen in eines der dazugehörigen Häuser. Es war aus denselben Steinen gebaut wie die Schule selbst. Am Tag, als wir einzogen, regnete es in Strömen. Unsere Teppichstückchen, unsere Einzelbetten. Für meinen Vater war es der Himmel auf Erden. Das Haus war auf die Stelle zugeschnitten. Und die Stelle war auf seinen Flirt mit dem Chaos zugeschnitten. Sie verschaffte ihm ein Zuhause im Land seiner Väter.

Der Schulbeirat liebte ihn. Sie fanden ihn clever. Die Sorte Mann, die sich auskennt. Ein ungemütlicher Mann, der mit den miesen Schlägern dort leicht fertigwerden würde, mit diesen raufenden Jungen, auf die man aufpassen mußte. Die Chefs liebten ihn. In ihren Augen garantierte seine Labilität Erfahrung. Und tatsächlich liebten die Jungen ihn auch. Er war genau der Vater, den sie früher gehabt hatten. Fluchte wie ein Kutscher, soff wie ein Loch und rauchte wie ein Schlot. Wie sie hatte er ein Talent, sich dem Alltäglichen zu widersetzen: seine gesamte kriminelle Energie hatte nur auf diese Jungen gewartet. Er wurde zum Helden. Endlich hatte mein Vater seinen Platz und sein Zuhause gefunden. Hier machten seine Laster einen Helden aus ihm: in der »List D«-Jungenschule in Ferguson.

Ich verschwendete meine Zeit gewöhnlich damit, die Fische im Ferguson-Bach zu beobachten. Den ganzen Nachmittag über versuchte ich, sie mit den Händen zu fangen, in Gummistiefeln und einem Schal, den meine Granny neu für mich gemacht hatte. Und manchmal sah ich dort die Jungen. Der Bach war voller alter Kinderwagen. Unten an der Brücke war der Abfluß mit verrotteten Blättern verstopft, und Zweige mit vielen Stichlingen darum herum bildeten einen Damm. Der Bach wurde zähflüssig von Zement; unter der Kapuze aus Bäumen war das Wasser dunkel.

Zementklumpen schwammen vorbei.

Die Jungen wurden Ausreißer genannt. Einer davon war Berry. Er lief bei jeder Gelegenheit aus der Schule weg. Als ich ihn zum erstenmal sah, versteckte er sich in der Burg, einem alten Gebäude am Wasser, einem Steinhaufen zwischen Gräsern und Mülltüten. Er erzählte mir, daß er fünfzehn war und zeigte mir seine Nesselquaddeln. Er war jemand, den ich in meinem Kopf schon gesehen hatte: ein zitterndes Bündel aus den Büchern. Er sagte, daß sein Vater dreißig oder vierzig Mal oder noch öfter versucht hatte, ihn zu erwürgen. Er kam aus Glasgow. Der Alte hatte seine Hände um Berrys Hals gelegt, bis er beinahe tot gewesen war. Wenn sein Vater das machte, fiel er immer in Ohnmacht. Und jetzt hatte er epileptische Anfälle, sagte er; manchmal, wenn ich mit Berry zusammen war, klappte er einfach im Gras zusammen und bewegte sich wie ein Kolben. Er war groß und schlaksig, und seine Haare waren schwarz. Er zeigte mir eine Tätowierung, die er mit Tusche in einen Fingerknöchel geritzt hatte. Das sah entzündet aus. Er rannte immer weg. Sein Vater haßte ihn. Berry erzählte mir, daß er in diese Schule gehen mußte, weil er von seiner normalen Schule in Glasgow weggelaufen war. Und er sagte, daß er manchmal Klebstoff schnüffelte. Sein Mund war ganz schorfig.

Berry hatte einen übernatürlichen Gesichtsausdruck. Er wirkte sehr viel älter, als er war. Woanders, mit anderen Möglichkeiten, wäre er vielleicht ein Junge gewesen, der abends Schlagball spielt oder Klavierstunden nimmt oder Modellflugzeuge baut oder gut kopfrechnen kann. In Berry hatte ich zum erstenmal einen

31

Freund, der anders war als ich. Aber wir hatten dasselbe Geheimnis. Wir teilten es uns. Wir wußten, daß unsere Väter uns haßten. Berry und ich trafen uns immer am Bach. Wir machten Spaziergänge zum Strand, und dabei erzählte ich etwas über Sandpiere und Gräser und die Kiemen von Muscheln, über alles Neue, das der Ozean an diesem Morgen bot. Wir saßen oft in den Dünen und hielten Ausschau. Berry sagte immer dasselbe: er sagte, daß er am liebsten auf ein Schiff gehen und damit weit weg an einen anderen Ort fahren würde. Hinaus, vorbei am Leuchtturm in seiner unbemannten Ruhe. Er sagte, daß er niemals zurückblicken würde.

»In einem anderen Land könnte man eine tolle Zeit haben.«

Manchmal, wenn es dunkel wurde, machten wir Pläne, wie wir ihn zumindest bis nach Glasgow schaffen konnten, dort hätte er nämlich bei einem Mädchen wohnen können, das er kannte, und einmal stahl ich für ihn eine Flasche Milch und eine Handvoll Silbergeld, für den Zug. Aber sie brachten ihn immer in die Schule zurück. Manchmal ging mein Dad zur Polizeiwache und holte ihn ab. Und ich sah, daß Berry meinen Vater netter fand als die anderen. »Wenigstens schlägt er dich nur, wenn du etwas Schlimmes gemacht hast«, sagte er. »Und er kauft uns Sachen.«

Von meinem Zimmer aus hörte ich Geräusche. Manchmal hörte ich die Jungen an ihren Fenstern rufen. Das waren dunkle Nächte, das Wasser im Bach rann durch pechschwarze Finsternis, die Burg war nur ein Klotz aus kaltem Stein, und die Lichter der Siedlung drüben waren eine blinde Versuchung, eine Traube namenloser Hoffnungen. Die Jungen schrien ziemlich oft nach ihren Müttern. Man hörte die Schreie über die Felder hinweg. Sie schrien laut auf, traurige, an ihre Mütter gerichtete Worte, als ob in dieser fernen Nacht niemand zuhören würde. Ich konnte nicht glauben, daß sich die Jungen in der Schule so ähnlich waren in ihrer Verzweiflung, daß ihre Augen sich so sehr glichen. Auch ihre Schreie klangen alle gleich.

Eines Nachts verließ ich mein Zimmer. Ich fragte mich, ob eine der Stimmen Berry gehörte. Ich zog Kleider über meinen Schlafanzug. Eine blaue Windjacke und meine Wanderschuhe. Sie drückten, zu klein. Ich erinnere mich ganz genau an diese Nacht – oben im Baum die Eule, die wir Morgan nannten, der Mond wie eine rote Warnung, das Gras auf dem Spielfeld rauh unter den Füßen – und ich machte mich mit einer Taschenlampe auf den Weg zur Schule. Berry stand oben am Fenster, nur in Fußballshorts. Ich konnte sehen, daß sein Gesicht in Tränen zerflossen war. Die Taschenlampe leuchtete in den Boden hinein. Berry konnte nicht erkennen, wer ich war. »Ihr seid doch alle Scheißkerle«, schrie er. »Ich fackel' den Laden ab.« Das schrie er immer wieder. »Ich fackel' die Scheißbude ab.« Es war, als wüßte er nicht, wohin mit sich selbst. Er schlug mit dem Kopf gegen das Fenster. Er schrie wie am Spieß. Und schließlich schluchzte er nur noch in seine Hände hinein. »Ich will nach Hause«, sagte er.

»Scheißkerle«, sagte er.

Der Kesselraum in der Schule war eines meiner Verstecke. Dort war es immer warm. Sonntags ging ich meistens mit einem Buch dorthin. Nur das Blubbern von heißem Wasser. Dicke Rohre voller Röhrchen und Zähler liefen an den Wänden entlang und über die Decke. Es war schmutzig und laut, und es roch nach Öl. Am hinteren Ende erhob sich ein Kühlturm wie ein Periskop. Immer brannte ein gelbes, summendes Licht. Eine einzelne Glühbirne. In dieser Nacht drehte ich den nassen Türgriff und ging mit meiner Taschenlampe hinein. Alle Rohre schienen gleichzeitig zu dröhnen – irgendeine Aufgabe, die ich nur ahnen konnte, feuerte sie an – die feuchte Luft umschloß mich, sie machte mein Haar weich und kribbelte auf der Haut. In der Ecke lag ein altes Schulpult mit Schlagseite. Man hätte die Zapfen reparieren und es wieder benutzen können. Dort saß ich eine ganze Weile in dieser Nacht, ich war zufrieden und verlor mich fast in dem unerträglichen Gedröhn. Im fettigen Halbdunkel tanzte eine Heerschar von Fragen: *Was ist, wenn keiner von uns hier weggehen kann? Was machen wir hier?* Ich überlegte und überlegte und fragte mich das. *Kann man überhaupt irgendwohin zurückkehren? Kann man überhaupt zurück?*

»Träumst du da hinten?« sagte eine Stimme hinter den Öltonnen. »Denk dran: du bist jetzt der Daddy.«

Die Stimme gehörte meinem Vater. In ihrer dunklen Ecke baumelte eine Zigarette. »Ja, du bist jetzt der Daddy.«

Und das Gedröhn der Rohre schien zu weichen – nur seine Stimme in der Hitze. »Ich hab' dir ein Kaninchen gekauft, Jamie, weißt du das noch? Dein Kaninchen in der Garage. Ich glaube nicht, daß du dich darum gekümmert hast, oder? Deine Mutter hat es in die Garage gebracht; du weißt, daß es im Garten nicht zu ertragen war. Es ist ganz allein da drin. Und weißt du, die Frettchen schnüffeln da schon herum. Heute abend wissen sie vielleicht schon, wie sie reinkommen. Dein Kaninchen, Jamie. Ich glaube wirklich nicht, daß du dich darum gekümmert hast. Die Frettchen sind da. Du mußt ein besserer Daddy sein, Jamie. Die Kinderchen. Stockfinster. Und du mit deinen Büchern. Deinen Muscheln um die Lampe herum. Deinen Landkarten. Mit den Geschichten von deinem Granda über tote Steine. Aber das, was lebt, Jamie. Die Kinderchen. Stockfinster. Und sie sind abhängig von dir, Jamie. Ich glaube, die Frettchen sind bei ihnen drin. So dunkel da drin. Und du mit deiner Taschenlampe in der Hitze hier. Das ist eine Schande, mein Sohn. Das ist verdammt noch mal gar nicht gut.«

Die Zigarette fiel auf den öligen Boden. Und nicht passierte. Er war fort. Das Geräusch der Rohre kehrte zurück, und niemand war im Raum. Nur ich und die Hitze und die nackte Glühbirne. Und ziemlich bald lag ich wieder in meinem Bett. Die Eule schrie im Baum. Draußen in der Garage war kein Kaninchen, das mir gehörte. Das Kaninchen war vor Monaten gestorben.

Einer von uns log. Und mein Vater war in dieser Nacht bestimmt noch nicht aus dem Bett gestiegen. Er verschlief meine
bösen Träume, er lag still dort nebenan, wo sein Bett neben dem
meiner Mutter stand, und folgte seinen eigenen Alptraumgestal-
ten. Ich war allein gewesen im Kesselraum. Ich hatte mir nur
eingebildet, daß er in meiner Nähe war. Vielleicht war er auch
später im Traum zu mir gekommen. Ich weiß es nicht genau:
offenbar konnte er damals ganz leicht in meinen Kopf kriechen.
Dort lauerte die Stimmung, die er verbreitete. Seine Zigarette,
die im Dunkeln glimmte; sein Mund, der eine bösartige Dro-
hung war.

Meine Mutter führte damals ein Hundeleben. In diesen Jahren
war unser Bündnis am besten. Sie konnte nicht ehrlich zu mir
sein – das wußte ich bereits –, aber wir konnten immer noch
Seite an Seite den höheren Mächten trotzen und über Nichtigkeiten lachen.
Damals arbeitete sie jeden Morgen von vier bis acht am Fließ-
band in einer Großbäckerei, bei Superloaf, und wir trafen uns
auf halbem Weg am Hügel und standen bei Regen oder Sonnenschein an einem eisernen Tor und frühstückten. Das war unsere
freieste und friedlichste Zeit: ein Augenblick Familie für uns
beide. Sie hatte immer zwei warme Brötchen in der Tasche. Ein
paar Kekse. Eine Tüte Milch. »Mach dir nichts draus«, sagte sie
mehr als einmal, »du bist hier nur auf der Durchreise, Jamie.«
Sie sagte immer solche Sachen. Und manchmal kehrten wir uns
gegen das Tor und lachten, die Absurdität unseres Lebens erfüllte
uns plötzlich mit hoffnungsloser Heiterkeit, und wir sprachen
nur noch über die blöden Sachen, die passierten. Aber sie sah
müde aus, mit ihrem Kopftuch und ihren billigen Fellstiefeln.
»Du bist ein Witzbold«, sagte sie dann.
»Du hättest mich nicht kriegen sollen«, sagte ich einmal. »Dann
würde es dir und ihm besser gehen.«

»Red keinen Unsinn«, sagte sie. »Eines Tages wirst du sehen, wie er mit seinem eigenen Vater war. Das Problem mit Rob ist, daß er Leute nicht versteht, die nicht so sind wie er. Du gehst schon deinen eigenen Weg, Jamie. Mach dir um ihn keine Gedanken. Aber denk dran, auf seine Art hat er eine Menge Zeit für dich.«

Vielleicht glaubte ich, daß ich meine Mutter glücklicher machen konnte. Ich habe seither nicht mehr sehr oft darüber nachgedacht. Ich gestattete mir zu glauben, daß sie im Leben ihre Wahl getroffen hatte. Vielleicht hat sie das nie wirklich getan. Aber die Wahrheit ist, daß meine Mutter ganz anders war als mein Vater. Sie hatte diesen einfachen Mut, den gute Menschen haben. Sie ging zur Arbeit; sie brachte mir Brötchen; sie hielt zu ihrem unnützen Mann. Sie war klug genug, um den Sinn im Leben anderer Leute zu sehen. Sie wollte, daß sie das richtige taten. Sie glaubte daran, daß für mich alles in Ordnung sein würde, daß ich es einmal gut haben würde. Nur manchmal hielt sie inne, und dann sah sie mich an, und ihr wurde klar, daß ich etwas Kindisches gesagt hatte. Und dann wußte sie, daß ich so gut wie keinen Boden unter den Füßen hatte, und sie umarmte mich für einen Augenblick, und dann zeigten sich an mir hilfreiche Vorboten des Erwachsenseins und retteten uns beide.

Wir lachten an diesem Tor. Über die verrückten Sachen, die in unserem Land passierten, in unserem Haus. Ich hatte immer Fragen zum letzten Krieg. Sie wußte nicht mehr viel. Sie erzählte mir, daß sich jetzt niemand mehr mit so einem Leben zufriedengeben würde. »Im Krieg mußten wir uns zusammenreißen«, sagte sie, »und nicht, daß alles geklappt hätte.«

Es war in jeder Familie dasselbe, sagte sie. Man mußte das Beste daraus machen. »Die Leute von deinem Dad waren ganz schwer dabei. Politik und so. Sie haben immer auf der Straße Flugblätter verteilt.«

Die Kühe schienen uns mit ihren großen braunen Augen zu beobachten.

»Tatty-bye«, sagte sie, »Sieh zu, daß du in der Schule gute Noten kriegst. Wir können hier keine Dummköpfe gebrauchen.«

Und dann lächelte meine Mutter und tappte über das Spielfeld aus roter Asche auf die Schule zu. Ich ging davon. Ab und zu blieb ich auf der Straße stehen. Ich pflückte Blätter von den Bäumen und hielt sie gegen das Licht. Manchmal biß ich hinein. Ab und zu steckte ich ein paar in meine Schultasche. Die Tasche war voll mit Blättern und allem möglichen Zeug. Die Kühe rollten mit den Augen. Ein Säufer war nichts Besonderes. Den hatte man als Kind eben zu Hause. Und manchmal äußerte ein Lehrer ein besorgtes Wort. Aber meistens sagten sie nichts. Normalerweise kamen sie an und fragten, ob man an diesem Tag gefrühstückt hatte.

»*Si, al fresco.*«

»Und gibt es bei dir zu Hause auch Licht?«

»Naja, normalerweise brennt auf dem Wohnzimmerteppich ein Feuer. Dann bleiben die Fledermäuse nämlich draußen.«

Solche Sachen sagte ich dann zu ihnen. Nur, um sie mir vom Leib zu halten. Danach ließen die Lehrer einen in Ruhe. Und weil mein Vater außerdem in einem anerkannten Erziehungsheim arbeitete, bildeten sie sich irgendwie ein, daß er sich selbst in Anerkennung aalte. Auf jeden Fall sagte ich kein Wort über ihn. Manche Kinder brachen im Unterricht in Tränen aus. Manche schafften es, vom Unterricht ausgeschlossen zu werden, und dann trotteten sie nach Hause, um sich verprügeln zu lassen. In meiner Schule gab es zwei Arten von Kindern mit einem verwahrlosten Elternteil. Die erste, sehr viel häufigere Art schnüffelte Klebstoff, kaute Pilze von der Grasböschung, zerbrach Fenster, verkaufte die Essensgutscheine, die es gratis gab, um an Zigaretten zu kommen, machte nie einen Finger krumm, landete auf der Hilfsschule und schwänzte so oft wie möglich. Sie steckten bösartig und schadenfroh halbfertige Häuser an, attackierten Mädchen auf dem Spielplatz und schlugen schließlich einen Lehrer, und eines Tages wurden sie dann hinausgeworfen.

Das war die eine Sorte im St. Bridget's. Der andere Haufen blieb gewöhnlich während der Pause in der Bibliothek. Sie baten um Extra-Hausaufgaben. Sie machten Besorgungen für den Lehrer. Die kleinste Aufgabe außerhalb des Lehrplans gehörte ihnen. Sie versteckten sich hinter lästigen Pflichten. Sie trafen sich außerhalb der Schule mit den Lehrern und lasen ihnen in öffentlichen Parks Gedichte vor. Sie ließen ihre Rache und ihren Zorn an den Prüfungsbögen aus. Sie lernten etwas über Computer und Hauswirtschaft und planten das Leben, das sie eines Tages leben würden, an dem Tag, an dem sie aufstehen und fortgehen und das alles hinter sich lassen würden. Alles, was irgendeine Möglichkeit bot, nicht wie ihre Eltern zu sein. Sie rissen ihr Leben an sich. Im Klassenzimmer waren sie kleinlaut. Sie verpaßten jede Party. Sie hatten nie Freundinnen oder Freunde oder Stoff, sie ärgerten nie einen Lehrer und fürchteten jeden Anlaß für einen Brief an die Eltern. Diese Kinder wußten, daß es nur um ein paar Jahre ging. Sie warteten alle auf den richtigen Moment für das große Entkommen. Sie hatten von der Erlösung gehört, und sie versuchten, sie mit emsigem Bleistift herbeizuführen.

Ich machte mir einen Namen in Biologie. Die Lehrerin hatte kastanienbraunes Haar, trug Lippenstift und war klug. Sie hieß Miss McCardle. Die Jungen bestanden darauf, daß sie Bunsen hieß. Ich verlor mich völlig in ihrem Unterricht: in Photosynthese, Geotropismus, Fortpflanzung, dem komplizierten Vorgang der Atmung. Bunsen war wirklich klasse. Durch sie erkannte ich, daß die Welt mir gehörte. Nicht mir allein, aber auch mir. Sie wählte mich für Experimente aus. Einmal stach sie mir in den Finger – eine sanfte, ulkige Art, mich aufzuspießen – und nahm mir etwas Blut ab für eine Unterrichtsstunde über Zellen. Wir drängten uns um das Mikroskop. »Du hast gutes Blut, Jamie«, sagte sie.

»Ja, klar«, sagte ich.

Sie lächelte. Bunsen konnte etwas wissen, ohne zu fragen.

Ich liebte die Dinge, von denen sie mir erzählte. Wir verbrachten ganze Stunden damit, uns in Pflanzen zu versenken, wir atmeten den Geruch von Kletterefeu und verfolgten die Adern eines Fleißigen Lieschens. Zu wissen, daß jedes Ding seine Eigenart hatte, veränderte mich völlig. Wie die Pflanzen wachsen konnten. Und wie sie leben konnten und atmen und sich vermehren. Bunsen erlaubte mir, nach vier in den Klassenraum zu kommen. Wir setzten uns mit Tellern voller Agargelee in den hinteren Teil des Zimmers. Wir sahen dem Leben zu, wir reproduzierten Zellen. Und über die Monate machten wir unseren eigenen Wein. Wir gaben Hefe dazu und lachten laut los. Weihnachten saßen wir mit Plastiktassen in ihrem Büro.

»Wie zivilisiert wir doch sind«, sagte meine wunderbare Flamme.

»Wie klug und wie ehrlich«, sagte ich.

Meine Kindheit war mit Inseln des Glücks übersät. Mrs. Drake und die Herzmuscheln von Berwick. Miss McCardle, die Sirene von Saltcoats. Und ab und zu sogar der Vater meines Vaters. Meine Granny Margaret. Sie gaben mir viel mehr mit, als andere Kinder bekamen. Mehr über die Ozeane und darüber, wie das Erdreich funktionierte; mehr von ihrer eigenen kostbaren Gesundheit. Aber Miss McCardle war etwas Neues: ihr Haar, und dieses süße Lächeln. Ich wollte sie einfach auf den Mund küssen. Sie sagte mir, daß ich mich benehmen sollte. Und damit war die Sache erledigt. Ich beschäftigte mich wieder mit meinen Karten über die Beschaffenheit der Welt: H_2O und CO_2. Wasser. Kohlenstoff.

Es wurde früh dunkel, nach Stunden brannten die Lichter im Klassenraum immer noch. Und die Putzfrauen kamen aus den

Siedlungen, sie hantierten schweigend mit ihren Mopps, hoben Stühle an, dachten ans Abendessen, leerten Mülleimer. Aber Bunsen und ich machten weiter. Sie führte mich ein Stück in die Mysterien der Chemie hinein. Schließlich kannte ich das Periodensystem auswendig. Wir sprachen über dieses Metall und jenes Mineral und Gas. Sie zeigte mir, woraus die Felsen bestanden. Wir unterhielten uns darüber, wie stark die Dinge waren. Welchen Nutzen sie hatten. Und nach Monaten führte sie mich zur Physik.

»Das Studium von Druck und Zeit«, sagte sie.

Ich weiß nicht, warum. Ich weiß immer noch nicht, warum. Aber die vielen Unterrichtsstunden in diesem Klassenraum waren wie betäubende Medikamente gegen zukünftigen Schmerz. Sie beruhigten mich durch ihre Vernunft. Bunsens Sorgfalt beruhigte mich. Sie war eine unermüdliche Vertreterin ihres Hauptfachs, der Biologie. »Es ist sinnvoll, zu wissen, wie lebendig die Welt ist«, sagte sie.

»Physik ist fabelhaft«, sagte ich, um Streit zu suchen.

»In der Tat«, sagte sie, »das Studium von Druck und Zeit. Aber vergiß das Leben nicht, Jamie Bawn. Vergiß das Leben nicht. Ökosysteme. Denn das Lebendige ist alles, was am Ende zählt.«

Der Englischlehrer mochte mich nicht. Er wußte, daß ich in England geboren war. Er war ganz und gar für die Schotten und für die Sprache seiner Vorfahren, »die fochten, um die eiserne Zunge zu zücken«. So sprach er. Unsere schottischen Stimmen waren ihm Kanonen und Entermesser. In jedem Wort, das wir sprachen, lag ein Streit.

Er weigerte sich, eine Krawatte zu tragen. Er sprach sich lauthals für Dunbar, Fergusson und MacDiarmid aus.

»Die Dichter des Kopfes und des Herzens«, sagte er.

»...die sich gegen das Friedensgemurmel unserer Nachbarn stellten.«

Er war lustig anzusehen, unser Seekrieger, unser neinsagender

Langweiler, Mr. Buie. Er trug fleckige, schlammfarbene Schuhe. Seine Wollhose hing an einer Schnur wie ein Postsack. Er hatte rötliche, weiche Wangen wie ein Baby und wellige Haare, ein Felsenriff in immerwährendem Rückzug von seiner ehrfurchtgebietenden Stirn. Seine ergrauenden Augen waren fest auf uns gerichtet. Sie sprachen von lange vergangenen Zeiten. Sie sprachen von verlorenem Land, von einsamen Abenden und von Sünden.

Buie glaubte an die große Allgemeinheit: er sprach von den wahren Menschen; er sprach von Unterdrückung. So jemanden hatten wir nie zuvor gekannt. Er wollte uns klarmachen, daß unsere Art zu sprechen eine politische Angelegenheit war.

»Sie werden alles versuchen, um euch eure Sprache wegzunehmen«, sagte er.

Das war Buie. Da waren immer »sie«. Er konnte nicht verstehen, daß wir an abstrakten Ressentiments keinen Gefallen fanden. Wir wußten schon, wer »sie« waren. Und die meisten von »ihnen« – die, die uns etwas bedeuteten, die uns täglich verfolgten – waren keineswegs so weit weg wie etwa jenseits der Grenze. Sie schnarchten im Zimmer nebenan oder wohnten lang und lästig in einer Parallelstraße, und manche besuchten den Unterricht in der örtlichen Schule.

Ich geriet mit Buie ein wenig aneinander. Er verbannte MacDiarmids »English Poems« aus dem Unterricht. Er wollte von Robert Louis Stevenson nichts wissen, ausgenommen die Geschichten in breitem Schottisch. Er hielt Walter Scott für einen Faschisten. Buchan war ein Schwein. Muriel Spark war »eine abtrünnige Londoner Harpyie«. Ich hatte zwei Klassenkameradinnen. Buie hatte sie Cleopatra und Bestie getauft. Für ihn waren sie Nervensägen und Flittchen, die die Schule schwänzten.

»Du bist wie der Mond, Bawn«, sagte er eines Tages. »Und die zwei sind deine Trabanten; die trudeln ganz vorsichtig durch die

Luft und sondern Unordnung ab und Chaos und grauenhaften Lärm!«

Wir lachten uns krank. Buie war durchgedreht. Aber die Worte, die er sprach, waren mehr als Worte: er glaubte an sie. Eines Tages verließ er nach einer typischen Schimpfkanonade über den Einheitsvertrag die Klasse und brachte es an diesem Tag nicht fertig, zurückzukommen.

Eine Aushilfslehrerin von auswärts kam uns zur Hilfe. Sie sprach über Sachen aus Amerika. Sie sprach über norwegische Stücke. Am nächsten Tag kam sie wieder, fremd wie sie war. Sie hatte mitbekommen, daß unsere Klasse ganz verrückt nach ihrer Muttersprache war. »Es gibt nicht nur das Sprechen«, sagte sie. Sie ging zur Tafel und hielt ein Buch hoch. »Diese Nation war nicht immer so besessen davon, wie sie auf dem Papier *klang*. Sie hat sich viele Jahre lang auch mit anderen Dingen beschäftigt. Damit, wie sie *dachte*. Die schottische Aufklärung zeigt uns, daß es mehr als einen Weg gibt, aus Englisch Schottisch zu machen. Mehr als einen Weg, Schottisches Englisch zu schreiben. *Ein starker schottischer Akzent des Geistes*, schrieb sie. «Aufsatz.»

Buie kam herein, bevor die Stunde zu Ende war. Er hörte einen Augenblick zu. Sein Gesicht war grau. Er entließ das Mädchen mit den bereiften Handgelenken. Er bat mich, die Worte von der Tafel zu wischen.

»Das ist meine Tafel«, sagte er. »Sie gehört mir.«

Und er sagte, daß ich keine Spur von ihrer Kreide übriglassen sollte. »Ein sehr gutes Beispiel«, sagte er, »für die englische Propaganda.«

Er hielt uns einen Vortrag über die Bedeutung von Utopia. Er sagte, daß dieses Wort in Schottland alles bedeutete. »Dort wollen wir alle leben«, sagte er. Er erzählte uns, daß dieser Ort auf harter Arbeit errichtet wurde und durch eine »Kraft des Gei stes« und durch Tapferkeit und durch eure eigene ungeschwächten Stimme. Utopia war ein Ort, der eine Regierung hatte. Ein Ort ohne Kriege. Ein Land, wo wir alle in Gleichheit lebten. Bringt die Zukunft voran, sagte er. Bringt uns uns selbst, nur besser.

»Das ist ein Ort, der noch errichtet werden muß«, sagte Buie. »Ihr fangt an, indem ihr ihn mit euren eigenen Händen baut, in euren eigenen Köpfen, in euren eigenen Herzen. Unsere Väter haben sich aufgezehrt, um das wahr zu machen. Das ist die Geschichte dieses Jahrhunderts und die der anderen vor uns, bis hin zur Industriellen Revolution und noch weiter. Und das muß uns bleiben.«

Er sah mich an. »Das stimmt doch, oder, James Bawn? Die Arbeit unserer Väter kann uns Hoffnung geben.«

Ich schlug die Augen nieder und betrachtete das Pult. Vielleicht hatte er gleichzeitig recht und unrecht. Ein starker schottischer Akzent des Geistes, in der Tat.

Und trotzdem ist mir viel von Buie geblieben. Ich habe die Gedichte geliebt, die er liebte. Ich verstand allmählich ihre Schönheit. Seitdem habe ich sie immer auf den Lippen gehabt. Sie werden mich immer an die Sehnsucht meiner Großmutter erinnern, an unser aller Sehnsucht. Irgendwie strömten diese Gedichte auf ihre schottische Art in meine Liebe zu Miss McCardle, und jetzt, inzwischen, geben sie dem Leben, das sie mich einst zu sehen gezwungen hat, seine Farbe.

Es waren Biologie- und Physik-Gedichte. Geographie-Gedichte. Atem-Gedichte.

Mr. Buie blieb in seinem Boden fest verwurzelt. Er sah nie einen Boden wie diesen. Er hörte nie andere Worte als seine eigenen. Mr. Buie war uns sehr ähnlich. Er träumte davon, die Zukunft zu kennen, und er erwachte und kannte die Toten.

*

Meine Großeltern Hugh und Margaret waren in diesem Jahr bei Nacht und Nebel umgezogen. Sie zogen in ein Hochhaus oben an der Küste, in das Licht des achtzehnten Stocks. Hugh war ein berühmter Mann im Wohnungsbau. Sein ganzes Leben drehte sich nur um die Frage, wie man besser wohnen konnte. Er war bekannt als der Mann, der die Hochhausblocks durchgesetzt hatte. Er glaubte daran, daß sie den Bedürfnissen der Leute entsprachen. Er glaubte bis zum Ende seines Lebens an diese Blocks.

Und er sagte immer, daß er selbst in einem wohnen würde. Und eines Tages kam er, so zuverlässig wie sein Wort. Er zog zu den mißgelaunten Leuten oben in der Luft. Ich war dreizehn Jahre alt, und es war unser drittes Jahr in Ferguson, als Margaret und Hugh auf ihre Reise nach Westen gingen. Für sie war es eine lange Reise, irgendwie. Aber für mich war die Reise kürzer: Hugh ist das Fundament von allem, was ich weiß. Aber an diesem schönen Jahrmarktstag, an dem die alte Stadt in Farben gebadet war und die Gutsherren von New Town ihre Golflöcher im Moor abgingen und alle Variationen spielten, zog der gute Hugh Bawn in sein hohes Haus – eine Tasse Tee neben der rostfreien Spüle, ein Strand mit sauberer Luft, vor dem Fenster eine Aussicht, ein Ort, der ihnen vorkam wie ein Palast. An diesem Tag gab es keine roten Schleifen an den Wasserhähnen. Als meine Großeltern kamen, gab es keine Bänder mehr. Aber der furchtlose Hugh kam die Treppe herauf und bewahrte sich insgeheim seine Vision. Sie hatten gelebt, um diese Häuser zu bauen. Und hier sollte sein Leben sich runden.

Seine Zeit als erster Mann im Wohnungsbau ging zu Ende. Statt dessen brach seine Zeit als mein Geschenk des Himmels an. Wir waren unzertrennlich. Er sagte mir immer wieder, daß ich sein jüngeres Ich war. Aber er glaubte noch immer an den Mann, der er gewesen war. Seinen Ruhm in Glasgow konnte er nicht leiden. Das sagte er jedenfalls, und das glaubten wir damals. Aber Hugh war offenbar geistesgegenwärtig genug, um sich selbst zu erneuern. Er kam mit unversehrten Glocken und Büchern und Flußdiagrammen an die Küste von Ayrshire; er hatte alte Geschichten in seinem Besitz und veraltete Hoffnungen, die er verbrennen konnte. Aber er zog sich nicht zurück. Er zog sich nie zurück. Er kam nach New Town und hatte vor, bei der Planung der neuen Siedlungen zu helfen. Er kam wie ein König in sein beinahe ländliches Domizil. Ich war nervös, aber froh, daß er gekommen war.

Damals fing ich an, sie heimlich zu besuchen. Ich lernte Hughs Gewerbe und half meiner Granny an ihrem Blumenstand im Hafen. Während der Jahre in der Schule in Ferguson war ich zu selten in Glasgow gewesen. Ich hatte sie dort ein Dutzend Male besucht. Aber es hatte mich in dieser verschwendeten Zeit sehr getröstet, sie zu sehen. So seltsam das auch war, wenn man an ihr Alter dachte und an Hughs Intoleranz, wenn es um Ideale ging — es war dieser alte Kerl, der mir mein Leben gab und der für mich die Zukunft am besten verkörperte. Ihre neue Wohnung war ein Mausoleum des zukünftigen Fortschritts. Ihr Gefühl für die Vergangenheit gab mir Hoffnung für die Zukunft und weckte meinen Sinn für erträglichere Zeiten, die vor mir lagen. Hugh sollte mir zeigen, was das alles bedeutete. Die Krankheit meines Vaters hatte uns klein gemacht. Alles war ihm zuwider. Er sah überall Lügen. Mein Granda Hugh hatte selbst ein verzweifeltes Herz. Seine Flucht nach Westen war nicht ganz das, was sie zu sein schien. Aber das sollte ich später erkennen. In dem traurigen, grellen Licht meiner ersten Teenagerjahre war es die Rettung, daß meine Großeltern erschienen.

Es war das letzte Jahr, das ich in dem Haus in Ferguson verbrachte, die allerletzten Monate mit meiner Mutter und meinem Vater. Am Schluß brach alles zusammen. Mein Vater war nicht richtig im Kopf. Das war er noch nie gewesen. Über die

Jahre hinweg wurde mir das klar. Aber die Stelle in Ferguson war so vielversprechend gewesen, so richtig für ihn, so, wie er war. Und selbst, als dort alles immer schlimmer aussah, glaubten wir, daß es ihm gelingen würde, dieses Ich abzuschütteln, das sich in England beinahe zu Tode getobt hatte. Aber die finsterste Zeit war gekommen. Sie verstrich, und dann ging ich fort, und die Zeit in Ferguson kam mir hoffnungslos und düster vor. Seither sind sie mir immer kalt vorgekommen, diese unbeschreiblichen Stunden. Erst jetzt, mit dem Abstand, den die Zeit und mein Leben in Liverpool geschaffen haben, kann ich diesen Schatten Gestalt geben. Mein Großvater hat gesagt, daß ich unsere Geschichte erzählen soll. Eine Vorladung in den Himmel oder in die Hölle, sagte er. Und jetzt liegen unsere Tage vor mir ausgebreitet. Wie es uns ging, in unserem Haus dort. Die letzten Tage in Ferguson waren die schlimmsten in unserem Leben. Und das lag auch an Berry. Berry hat es auf die Spitze getrieben.

Es war der Tag meiner Firmung. Ich empfing das Sakrament spät. Mein Vater hatte es schon zweimal verhindert. Hugh und Margaret nahmen sich der Sache an. Es war wichtig für sie, daß ich im Glauben blieb, und irgendwie bedeutete es mir auch etwas. Ich wollte es mehr, als mein Vater es ablehnte. Am Morgen ging ich in das Hochhaus in Irvine. Margaret gab mir Haferflokken, die vom Salz ganz staubig waren. Während sie ein neues weißes Hemd auspackte, sang sie mir ihre Choräle vor. »St. Michael's« stand auf dem Etikett. Hugh kam in die Küche und erzählte mir auf seine Weise von den Heiligen. Er sagte, daß er nachgedacht hatte.

»Alexander«, sagte er. »Ich finde, dein Firmname muß Alexander sein.«

Er sagte, daß seiner Mutter das gefallen hätte. Und damit war die Diskussion beendet. Niemand fand den Namen schlecht. Margaret fuhr mich in ihrem süß riechenden Auto nach Affleck, zur St. Joseph's Church. »Du bist unser Engel«, sagte sie. »Geh zuerst zum Pfarrer beichten. Es ist genug Zeit, bis der Bischof kommt.«

St. Joseph's war eine moderne Kapelle. Das Dach neigte sich bis zum Boden. Überall war Beton und Kiefernholz; die Beleuchtung war elektrisch. Die Statuen hatten seltsame Gesichter. Ein schiefer Mund, ein frecher Blick. Keine war glatt oder weihevoll oder alt, keine wie die Heiligenbilder, die wir in Büchern gesehen hatten. Sie sahen aus wie Leute, die wir kannten. Es waren keine gewaltigen Gesichter mit ruhigem Ausdruck, sie waren auch nicht in reiner, gelassener Verzückung eingefangen. Diese Gesichter hatte ein modernes Leid geschnitten, oder sie waren in einem Augenblick der Passion erstarrt. Die Statuen kannten nur scharfe Linien. Lange Finger, große Heiligenscheine und Blut aus vielen kleinen Wunden. Und Maria war keine Himmelskönigin – sie sah aus wie ein Mädchen aus dem Supermarkt, mit vorschriftsmäßig zusammengebundenem Haar und einem sorgenvollen Gesicht. Aber der Geruch in der Kirche war der Geruch der alten Zeit. Die elektrischen Lampen hingen weit weg von den Kerzen, die unter dem Baldachin des Altars ihr letztes Wachs verbrannten. Flammenzungen wippten. Das gelbe Feuer leckte empor und war verschwunden. Während ich an der Tür stand, wurde eine neue Kerze auf den Altar gestellt.

Father Timothy nahm in einem Zimmer die Beichte ab. Wir kannten ihn aus der Schule. Für einen Pfarrer war er jung. Über seine Stirn fiel eine Haarwelle, und in seinen Augen stand eine grüne Lichtung mit schottischen Kiefern. Er war in Jungen verliebt. Das wußten wir alle. Normalerweise küßte er uns bei der Beichte, und niemand zerbrach sich deswegen den Kopf. Manchmal küßte man auch unversehens zurück und öffnete den Mund, und dann war es schön, wenn seine warme Zunge einem über die Lippen strich. Manchmal dachte man auch, daß das schlecht war. Mich beunruhigte die Sache nicht. Man saß einfach auf dem Stuhl und sagte seine Sünden, und er berührte seinen Körper so, daß es sanft wirkte, und die Buße galt dann für beide. Aber mit Father Timothy war es nie so, daß man Schaden nahm. Ich sowieso nicht. Er roch immer so schön nach Seife. Das Küssen bedeutete nicht viel: ein kleiner Spaß am Rande. Und es gab eine Menge Sachen, die schlimmer waren. Es gab Schlimmeres, als am frühen Nachmittag heimlich von einem jungen Pfarrer, der vor Aufregung zitterte, geküßt zu werden.

»Sag das nicht Father Healy«, sagte er, und seine Pupillen waren schwarz wie die Sonne über Golgatha.

Ich weiß nicht. Father Timothy war gleichzeitig freundlich und schlecht. Aber er war wenigstens freundlich. Weil er so nett mit mir sprach, öffnete ich den Mund. Und ich spürte gern empfängliche Hände auf meinem Gesicht, das ist klar. Über Jahre hinweg hatte er immer ein paar Jungen, die etwas Besonderes für ihn waren.

»Ich war seit Weihnachten nicht mehr in der Messe.«

»Ich habe eine Kiste Milchflaschen in den Bach geworfen.«

»Ich habe Mrs. McIntosh eine alte fette Kuh genannt.«

»Ich habe zum Hausmeister Möse und Titten gesagt.«

Und meistens sagte er, daß es in Ordnung war.

»Ist in Ordnung. Nimm deine Krawatte ab.«

Und dann küßte er einen tausendmal am Hals und legte einem den Kopf an die Schulter. Ziemlich oft legten sich meine Arme um ihn. Und ich zog ihn an mich.

»Alles in Ordnung«, flüsterte ich dann. »Alles bestens.«

Am Firmungstag war Father Tim da. Er saß mit seinem sauberen Lächeln in seinem Zimmer. Sein Gesicht leuchtete vom heftigen Beten und vor Gier.

»Heute bist du hier der große Junge, Jamie«, sagte er. »Und wie läuft's zu Hause?«

»Mein Firmname ist Alexander«, sagte ich. »Das ist doch gut, oder?«

»Auf jeden Fall«, sagte er. »Aber dazu später. Zuerst wollen wir vor der Beichte beten.«

Er zog den Kopf ein. »James Alexander ...« flüsterte er.

Heute wollte ich nicht von ihm geküßt werden. Ich nahm mir das Blatt mit dem Beichtspiegel.

»James«, flüsterte er wieder. Er roch leicht nach Rasierwasser. Er preßte sein Gesicht an meinen Hals. »Nicht«, sagte ich.

Aber es hat Tage gegeben, an denen ich ihn festgehalten habe. Ich erinnere mich noch an das erste Mal, an dem es weiter ging. Er küßte mich, wie er es immer tat. Ich ließ ihn meine Krawatte lockern und meinen Hals küssen. Die langsamen Sekunden brachten eine gewisse Veränderung. Einen Augenblick der Hitze. Und dann legte ich so vorsichtig wie fordernd seine Hand auf meine Hose. Er zog den Reißverschluß herunter. Er holte mich hervor. Zärtlich und mit ruhiger Hand fing er an, mich dort in diesem Zimmer zu streicheln. Ich wollte lachen. Ich dachte, daß ich weinen würde. Ich strich mir das Haar aus den Augen. An diesem Tag fühlte ich mich nicht sicher in diesem Raum. Aber ich rührte mich nicht, und Father Timothy machte weiter, und um das Schweigen zu füllen, las ich das Gebet aus dem Beichtspiegel vor, und ich wich vor den Küssen des jungen Mannes zurück, ließ ihn aber mit meinem Schwanz in der Hand weitermachen, und die Worte wurden lauter, mein Blick hob sich zu dem heller werdenden Fenster empor. Mein Atem stockte. Ich las aus Leibeskräften.

»...wie stehe ich da vor deinem Angesichte! Ich habe schlecht gehandelt und deinen Zorn verdient! Ich schäme mich vor dir und scheue mich, meine Augen zu dir zu erheben ...«

Mein Atem war voller Sorge. Er kam in immer kürzeren Zügen.

»… denn ich habe gesündigt wider den Himmel und vor dir und bin nicht wert, dein Kind zu heißen. Zürne nicht länger und gedenke meiner Missetaten nicht mehr. Du willst ja nicht den Tod des Sünders, sondern daß er umkehre und lebe …«

Seine Augen waren geschlossen. Das Licht vom Fenster fiel auf sein Haar. »Gott«, dachte ich, »Allmächtiger Gott. Was mache ich hier?«

»… Du hörtest nicht auf, mich mit Gnaden und Wohltaten zu überhäufen, und ich habe nicht aufgehört, deine Liebe mit Undank zu vergelten und deine Langmut zu mißbrauchen. Mit Schrecken denke ich an das Los meiner armen Seele, wenn der Tod mich übereilt und in meinen Sünden vor deinen Richterstuhl gestellt hätte …«

Aber am Tag meiner Firmung hielt ich ihn zurück. Ich fühlte mich von Father Timothy nicht bedroht; ich spürte nur, daß ich über andere Dinge nachdenken mußte. Ich wurde älter. Zu Hause ging es übel zu. Und das hier war der Tag meiner Firmung.
Meine Großmutter war meine Patin. Sie war überzeugt, daß ich wußte, was ich wissen mußte, und sie war bereit für den Kirchgang.
»Wenn man katholischen Glaubens ist, ist man sein Leben lang verpflichtet«, sagte sie.
Hugh saß in der ersten Bank, als ich eintrat. Er lächelt mich an, mit seiner schwarzen Krawatte.
»Alexander«, sagte ich.
Der Bischof berührte mein Gesicht.
»Gott mit dir«, sagte er.
Ein leichter Rasierwassergeruch hing in der Luft. James Alexan-

der. Als ich zur Kniebank zurückging, war ich zufrieden mit Gott und mit mir selbst.

Unser Haus in der Schule in Ferguson war ganz feucht geworden. Durch die Dielen stieg Wasser auf; über die Wände kroch schwarzer Schimmel.
Ein Haus aus Papier und Staub und Unkraut.
Es roch nach totem Teppich. In jedem Zimmer konnte man den eigenen Atem sehen. Er stieg in fetten Wolken zu Decke hinauf. Bohrasseln nisteten in den Fußleisten. Nacktschnecken krochen über den Badezimmerboden und zogen ihr Ornat aus braunem Schleim hinter sich her. In jedem Zimmer des Hauses in Saltcoats drängten sich fremde Sporen. Die Natur war eingedrungen.
Die Tüllgardinen waren Planeten mit feuchter Vegetation. Die japanischen Lampenschirme hingen von den Decken, und in ihnen trudelte kaltes, grünliches Leben. Spinnen bauten in winzigem Messingnippes Höhlen, und Feldmäuse leckten an den küchenfeuchten Früchten, an wilden Champignons und pilzigen Beeren, die aus triefenden Plastiksteckdosen Gift absonderten. Die Kälte dort mochte ich nicht, aber die täglichen Übergriffe, die mit der Kälte kamen und mit dem Wasser wuchsen, fand ich in Ordnung. Das Chaos der Pflanzen verlieh diesem Katastrophenhaus etwas Anmut. Die Tiere waren abscheulich.
In der Nacht nach meiner Firmung gingen meinem Vater die Nerven durch. Bei uns wurde eingebrochen. Ich lag in meinem Bett; alle Glühbirnen waren kalt. Finsternis kroch über uns. Aber trotz der Dunkelheit war etwas Mondlicht zu sehen. Ein Leuchten, das durch die Bäume fiel, am Bach nippte und sich durch mein Schlafzimmerfenster ergoß. Ich lag stundenlang wach. Die feuchten Muster auf der Tapete fesselten mich, meine Augen leuchteten schlaflos. Die Flecken sahen aus wie die Umrisse von

51

Ländern. Es gab Indien, Japan und Frankreich. Ganz Irland als schwarzer, pelziger Klecks. Dublin verdichtete sich an der Tapetennaht. Der Norden war dort abgeschnitten, wo die Zimmerdecke auf das Meer traf.

Ein Stück Kreta am anderen Ende. Ein paar Tüpfelchen Falkland-Inseln. Ich lag da und konnte stundenlang nicht schlafen. Unten ein Bellen; der Hund meines Vaters. Eine Tür wird geschlossen. Ich gehe über den Flur und höre, daß meine Mutter und mein Vater schlafen. Das Wohnzimmerfenster steht offen. Ich stehe davor. Meine Füße quatschen auf einem triefnassen Teppich. Jemand hat die Vorhänge durcheinandergebracht, und der Nippes meiner Mutter liegt zerbrochen am Boden. Ihre Glasschwäne, ihre Porzellanbauern, die Plastikblumen im Arrangement, deren Stiele in einem krümeligen Schwamm steckten.

Wenn ich aus dem Fenster schaue, sehe ich einen goldbemalten Buddha im Gras liegen. Aus seinem grünen Blätterbett heraus lächelt er ein verständnislos ruhiges Lächeln. Das Mondlicht ist da. Es ist hier unten bei uns. Ich schließe das Fenster und gehe die Treppe hinauf. Alles ist falsch. Nichts macht mehr Sinn.

Ich lag erstarrt im Bett. Zu Tode erschrocken. Und ich konnte hören, wie er die Treppe heraufkam. Schritte im Zimmer nebenan.

Ich konnte hören, wie meine Eltern im Schlaf atmeten. Noch mehr Geräusche aus dem Flur. Mein Mund atmet Milchwolken in die Dunkelheit. Und dann öffnete sich meine Schlafzimmertür mit einem leisen, unvermeidlichen Geräusch. Er ging auf den Tisch zu, der neben meinem Bett stand. Es war mein Freund Berry. Er sah mich an. Sein Haar war an den Spitzen blond und an den Wurzeln schwarz. Unterschiedliche Haare. Seine Augen waren anderswo. Er hob einen Finger an die Lippen. Lautlos sagte er das Wort nein. Er sah mich an. Ich rührte mich nicht. Er öffnete eine Plastiktüte und fing an, Sachen hineinzulegen.

Ein kleines Fernglas vom Tisch. Er nahm ein Taschenmesser. Eine Uhr, die wie ein Baum aussah. Er nahm ein paar Fußballschuhe, die ich nie getragen hatte. Er steckte alles in die Tüte. Ich erinnere mich an die Tusche auf seinen Händen. Der Gasgeruch; seine Anwesenheit.

Als er in der Tür stand, drehte er sich zu mir um. Er lächelte versonnen. Das Lächeln sagte Lebwohl. Und es sagte noch etwas anderes. »Was soll's?« »Na und?« Und irgendwie sagte es, daß ich ihn nie wiedersehen würde. Bevor er sich abwandte, hob ich die Hand und ließ die Finger in die Handfläche sinken.

»Mach's gut, Berry«, flüsterte ich.

Am Morgen drehte mein Vater durch. Jemand hatte den Kesselraum in der Schule abgefackelt. Bei uns war eingebrochen worden. Die Polizei ging davon aus, daß es derselbe Täter gewesen war. Mein Vater konnte nicht glauben, daß wir einen Eindringling nicht gehört hatten, der nachts über die Teppiche gelaufen war.

»Der hätte uns alle in unseren Scheiß-Betten ermorden können«, sagte er immer wieder.

Ich saß gerade mit einem Buch auf dem Sofa. »Bist du sicher, daß du nichts gehört hast?« schrie er. Ich sah vor mich hin und schüttelte den Kopf. Die Feuerwehr hatte eine Explosion in der Schule verhindert. »Ist keiner von den Wichsern, den du kennst, hier im Haus herumgelaufen?« schrie er wieder. »Die haben aus jedem verdammten Zimmer Zeug mitgenommen. Denk nach!«

Ich konnte nur mit dem Kopf schütteln. Als die Feuerwehrmänner gegangen waren und die Polizei Fingerabdrücke genommen hatte, ging meine Mutter mit einem feuchten Lappen herum, hob den Nippes auf und wischte ihn ab. (Das Haus war vielleicht feucht und schwarz von Sporen, aber meine Mutter versuchte immer, es in Ordnung zu halten. Sie mochte eine geordnete Oberfläche. Ordentlich bedeutete für sie viel mehr als sauber.)

Mein Vater stand mitten im Zimmer. Er war ganz weiß um den

Mund. Auf dem Fernseher stand eine Flasche Wodka, und jedesmal, wenn er sein Geschrei unterbrach, jedesmal, wenn er innehielt, um Luft zu holen, griff er nach der Flasche und nahm einen Schluck.

»Verdammte Scheiße!« sagte er immer wieder. »Ich werde noch wahnsinnig hier drin, verdammt noch mal.«

Ich saß den ganzen Tag nur da. Ich versuchte, nur an die Worte in dem Buch zu denken. Und ich las dieselbe Zeile immer wieder. »Schlaf nicht mehr«, und »Schlaf nicht mehr«. Schlaf nicht mehr. In der Küche verprügelte mein Vater den Hund. Er schrie und jaulte den ganzen Morgen. Der Hund war zuallererst schuld. Er hatte nicht gebellt. Er hatte sich in einen Schrank einschließen lassen. Er schlug ihn wund, bis er auf den Teppich pinkelte. Dann schlug er ihn deswegen noch mehr.

»Die Leute wollen mich verrückt machen, verdammt noch mal!« schrie mein Vater.

Sie standen oben an der Treppe. Ich war unten, als meine Mutter ihn bat, sich zu beruhigen. Er schlug fest zu, plötzlich hämmerten Hände auf ihr Gesicht ein. Sie hob die Arme, um sich zu schützen und bat ihn ganz leise, doch aufzuhören.

»Nicht, Rab. Bitte.«

In mir ging etwas Schreckliches vor. Ich stand mit großen Augen unten an der Treppe, und plötzlich trafen Zunder – ein dutzend Jahre – und Funke – zwei seltsame Tage – aufeinander. Ich schoß los und die Treppe hinauf, ich nahm zwei Stufen auf einmal, und oben dann ein mächtiger Schlag, Haßgebrüll, wie ein Verrückter wollte ich die zornige Tyrannei meines Vaters vernichten. Ein Glastisch fiel um. Eine Vase mit Pfauenfedern krachte zu Boden. Ich schlug mit zwei kleinen Fäusten nach seinem Gesicht. Ich spuckte ihn an. Als er dann lag, trat ich ihn in den Bauch. Tränen und Spucke ergossen sich über ihn. Meine Mutter schreiend zwischen uns. Ich konnte meine eigene Stimme hören. Sie war weit weg.

»Ich bringe dich verdammt noch mal um!«

Wieder und wieder brüllte die Stimme. Es war die ganze Zeit meine. Mein Vater lag zwischen den Scherben in der Ecke. Sein Mund war zerschnitten. Und diesen Ausdruck in seinen Augen werde ich nie vergessen. Er war siedend ruhig. Er war ruhig, aber die Mordlust schimmerte darin. Und die gab es auch in mir, dem Sohn meines Vaters.

Kalt hob er ein Stück der zerbrochenen Vase hoch.

»Ich warte auf dich«, sagte er. »Deine Spatzenschläge machen mir nichts aus. Ich warte.« Und er stieß sich die scharfe Kante in den Arm.

Blutspritzer auf der Vase, auf der Tapete.

Meine Mutter schrie, aber ich konnte sie nicht hören. Alles zog sich zu einem langsamen Pulsschlag zusammen. Da war nichts, nur das Geräusch meines eigenen Herzens in meinen Ohren. Mein eigener Herzschlag. Überall auf dem zerbrochenen Glas das Blut meines Vaters. Mein wahnsinniger Vater in einer Pfütze aus Blut. Das Geräusch meines eigenen Herzens in meinen Ohren. Ich rannte in den Garten hinunter und übergab mich.

Nur der Blick der Kindheit fürchtet den gemalten Teufel.

Nach dem Einbruch versteckte sich mein Vater vier Wochen lang in den Büschen. Wenn es dunkel geworden war, saß er dort mit einem Bowiemesser und wartete darauf, daß der Dieb zurückkam. Er versteckte sich dort, allein mit dem Wodka, seine Kaninchenaugen waren gerötet, und er war bereit, aber niemand kam, um seiner Laune einen Grund zu geben. Er kam nie darüber hinweg. Sie waren in das Haus gekommen, in dem wir alle schliefen. Er glaubte nicht, daß ich nichts darüber wußte. Der Einbruch beleidigte ihn. Mein Vater hatte sich für klüger gehalten. Im Bett liegen und ausgeraubt werden. Was für eine Schmach. Solche Sachen passierten anderen Leuten.

»Bescheuerten Idioten.«

Er selbst würde es hören, wenn jemand den Riegel anhob. Aber nein, er hatte es nicht gehört. Berry hatte an seinem Bett gestanden. Und an diesem Gedanken zerbrach er. Das war eine ziemlich merkwürdige Sache an meinem Vater, als er jünger war: in all den Jahren war er eine Bedrohung für uns, und trotzdem konnte er den Gedanken nicht ertragen, daß andere uns bedrohten. Nur er durfte uns bedrohen. Wir waren eine Familie. Seine Familie. Wir gehörten ihm. Nicht wahr? Der Gedanke, daß nachts ein Fremder an unseren Betten stand, während er schlief, machte ihn wahnsinnig. Es machte ihn wahnsinnig.

Die »List D«-Jungenschule in Ferguson war also ein Fehlschlag. Ein paar Jahre lang hatte ich gedacht, daß sie den Zusammenbruch aufhalten würde. Aber damals und so, wie mein Dad war, gab es wohl auf der ganzen Welt keinen Ort, der das konnte. Zuerst hatte die Schule ihm sehr geholfen – weil er annahm, daß die Jungen viel von ihm hielten – aber er wußte, daß einer von ihnen bei uns eingebrochen haben mußte. Er wußte das. Nur Jungen wie die in Ferguson waren zu so einer Beleidigung imstande. Aber er hätte nie, niemals geglaubt, daß sie ihm das antun konnten. Aber einer von ihnen hatte es getan. Und sein eigener Sohn hatte ihm geholfen.

Auch wenn ich bald vor all dem fliehen sollte, vor der Ferguson-Schule und der Krankheit meines Vaters – ich würde jetzt nicht von dieser Zeit abrücken und sagen, daß ich alles gut und richtig gemacht habe und denken, daß er der einzige Bastard war. Auf die eine oder andere Art haben wir damals alle Fehler gemacht. Und die Schule war eine verkommene Welt für sich. Die Suchscheinwerfer haben uns alle ausgelaugt und einsam gemacht. Wir alle schrien manchmal am Fenster. Hinter den Bäumen überflutete das Wasser sein matschiges Ufer, die Burg stand hinter Zäunen, und ihre Verliese waren eine Lektion in Geschichte. Am Ende hatten wir alle dünne Stimmen und waren so verloren.

Ich weiß nicht, wie das passiert ist. Diese trübe Jahreszeit brauchte sehr lange, um sich zu lichten.

Eines Nachts fiel schwerer Regen auf das rote Aschenfeld. Unter unseren Betten plätscherte das Wasser. Ich ging in meinen Hausschuhen hinaus. Ich steckte meine Hand in das Gebüsch. »Komm schon, Dad«, sagte ich. »Komm rein, es regnet.« Und wie er zitterte, als ich ihn an der Hand wegzog, wie er mit sich selbst sprach. Seine wunden Kaninchenaugen. Ja, das kenne ich auch. In dieser Nacht ging Robert hinauf in sein Bett und schlief den kältesten Schlaf von uns allen.

Mein ganzes Leben lang habe ich vom Meer geträumt. Von unseren Wassern. Und von der langen Küstenwanderung um diese Insel herum. Ich spüre, wie verschieden die Felsen sind; ich sehe den Sand und seine glitzernden Ablagerungen, das Spiel des Wetters auf Land und Himmel und Gischt. Die Farben von Schottland und England: sie leben in meiner Erinnerung. Mit Eimer und Spaten ging ich in einer silbernen Dusche den ganzen Hadrian's Wall entlang. Salz auf den Lippen. Nasse Sandalen. Jeder Stein gebrochen und lose. Ein frisches Lied hebt sich ins Nichts und ins Nirgendwo. Ich bin auf dem Weg zu einem anderen Strand.

Mein Durst nach dem Meer. Ich sehe ein Zuhause vor mir, das ich nie gesehen habe. Ein flüssiges Bett an einem behaglichen Strand. Im Schlaf kenne ich ihn gut. Die Küste ist verschwommen. Die Landmarken sind zerstört oder neu. Aber Wasser weiß nichts von Nationen. Es wird nach ihnen benannt, von ihnen beansprucht – aber Wasser ist nur, was es ist. Das reine grüne Meer meiner Träume ist die ganze Welt, die ich jemals gekannt habe. Und dennoch bin ich nie dort gewesen. Es ist nur Wasser. Es ist nur ein Traum. Und trotzdem ertrinke ich dort jede Nacht im Schlaf. Und trotzdem halte ich beim Erwachen Ausschau nach der Küste.

*

In meiner letzten Woche in Saltcoats war ich oft am Strand. Meinem Vater ging es jeden Tag schlechter. Es war merkwürdig, den Sand unter Schnee zu sehen, als ob der Meerschaum von den Wellen gestiegen wäre, und jetzt lag er da und dort wie eine weiße Kruste an einer Schwarte, die die Küste war.

Mrs. Drake hatte vor all den Jahren in Berwick recht gehabt. Ich fragte mich, ob sie noch lebte. Seufzte und atmete sie noch? Oder war sie eines Tages mit ihrem Spaten umgefallen, wo die Nordsee die Luft durchschnitt und ein Sturm von Dreizehenmöwen das Ufer markierte; war die alte Frau einfach so gestorben, hatte sich ihr Atem einfach davongestohlen? Die Vorstellung, wie sie da lag. Ihre Hand auf dem Strand, den sie liebte. Ihre Hautzellen blätterten ab und fielen in den Sand.

Die Tinte, mit der sie die Notiz hinten in *Das Meeresufer* geschrieben hatte, war noch deutlich lesbar. Ich hatte das Buch immer zur Hand. Ihr Lieblingszitat von Thomas Hardy: »Wer könnte von einem bestimmten Meer sagen, es sei alt? Von der Sonne destilliert, vom Monde geknetet, erneuert es sich jährlich, täglich, stündlich.«

An diesem Abend ging ich vom Strand in die Stadt und hatte das Gefühl, daß sich etwas ändern würde. Aldos Imbißbude leuchtete in der frühen Dunkelheit. Junge Männer sammelten sich am Fenstergitter. Das Geräusch ihrer Absätze, wenn sie dagegentraten.

Man folgte dem Treidelpfad, der vom Strand kam, wo unser Ferguson-Bach ins Meer mündete. Bei der Siedlung blieb man auf dem Pfad und kam zur alten Brücke, der stillen Burg, und zwischen den Bäumen hindurch ging man zur Schule hinauf. Der Pfad war ganz vereist, als ich dort entlangging. Manchmal war es nachts in den Siedlungen still. Alle Häuser glühten in Orange. Man hörte vielleicht einen Hund bellen. Ein Baby weinen. Jemanden, der zu einem Schlafzimmerfenster emporpfiff. Aber in solchen Nächten war es meistens still. Eiszapfen hingen

überall, an den Wäscheleinen, an den Karussellen, und die Straßen waren glitschig vom Streusand. Am Rand der Siedlung
rauchten ein paar Schornsteine. Aber nur wenige. Das Summen
in der Luft kam von den Oberleitungsmasten; ein kaltes, nervö-
ses, elektrisches Summen.
Nach so langer Zeit nahm ich die Straßennamen wahr. Ich blieb
stehen und sah sie mir an. Bis dahin war ich blind durch die
Siedlung gegangen. Ein Netz aus zwölf Straßen. Ich ging von
einer zur anderen in dieser Nacht; ich ging langsam vor mich
hin, der Gehweg war vereist und bis tief in seine Makadam-
knochen hinein gefroren.
Keir Hardie Drive.
John MacLean Drive.
Sandy Sloan Drive.
James Maxton Drive.
Arthur Woodburn Drive.
Helen Crawfurd Drive.
Tom Johnston Drive.
Jean Mann Drive.
Hugh Murnin Drive.
William Gallagher Drive.
John Wheatley Drive.
Campbell Stephen Drive.
Ich hatte gedacht, daß ich mir diese Namen niemals merken
würde, und später sollte ich sie nie wieder vergessen. In den
kommenden Jahre mit Hugh lernte ich sie kennen, und durch
die Jahre seither sind sie mir fremd geworden.
Aber in dieser eisigen Nacht wollte ich sie kennen. Durch die
Kälte in unserem Haus wurde mir auf einmal alles klar. Ich
schaute aus dem Fenster auf dieses unerwartete Paradies in Na-
triumgelb. Die Siedlung. Die Pläne meines Großvaters. Da
draußen war mein neues Leben. Unser moderner Wohnungsbau. Da war er und leuchtete gelb durch die Bäume. Und jede

moderne Straße war zum schwindenden Ruhm eines toten Sozialisten nach diesem benannt.

Unsere neuen Fenster. Sie leiteten nichts vom alten Schmerz meines Vaters ab. Er hustete Blut und wollte keinen Arzt. Er war so viel jünger, als wir wissen sollten. Aber jetzt saß er da in diesem Sumpf von einem Haus, spuckte Blut in einen Aschenbecher und stieß mit zur Brust geneigtem Kinn Schimpfworte aus. Meine Mutter war weiß. Das Personal aus der Schule ging ohne mit der Wimper zu zucken vorbei.

Eines Nachts brachte ihn ein Polizist in einem Transporter nach Hause. Sie hatten ihn unten im Stadtzentrum gefunden, im Schnee, und sein rotes Haar war am Gehweg festgefroren gewesen. Die Polizei hatte ihn in die Notaufnahme gebracht, und einer brachte ihn zurück. Der Officer sagte, daß sie seine Haare hatten abschneiden müssen. Sie schnitten sein Haar ab, um ihn von der Straße zu lösen. Er war am Boden festgefroren. Er hat Glück, daß er noch lebt, sagte er. Hätten ihn beinahe verloren, sagte er. Müßt Hilfe für ihn besorgen, bevor es zu spät ist.

Meine Mutter setzte ihn auf einen Schemel im Wohnzimmer. Sie holte alle Heizkörper, die sie finden konnte. Er zitterte wie nie zuvor. Sie setzte ihn hin. Sie gab ihm eine Dose Bier.

»Kein Whisky mehr«, sagte sie.

Und dann glich sie mit aller Sorgfalt, mit aller Geduld der Welt sein Haar rund um den Kopf herum an. Seine roten Locken fielen unter der stumpfen Schere. Rote Blätter auf dem Teppich. Ich dachte an sein Haar, das immer noch am Gehweg festgefroren war. Da unten in der Stadt, diese gefrorenen Haare, wo er beinahe gestorben wäre.

Was mir aus Ferguson bleibt, ist Angst. Kalte Angst. Und der Gedanke, daß wir alle in der Nacht sterben können. Und diese Zeit ging so langsam zu Ende. Mein letzter Tag ging so langsam vorbei. Aschengesichtig, lieblos, ein Morgen wie mein eigenes Herz.

In aller Frühe stand ich in meinem gestreiften Schlafanzug da. Dreizehn Jahre alt. Stand ich im Schlafzimmer meiner Eltern am Fenster. Außer mir war niemand da. Meine Mutter arbeitete bei Superloaf; mein Vater war da draußen und raste durch die Gegend. Der Tag brach auf wie eine Auster. Die Straße war mit Salz gestreut, und das Gras war weiß von makellosem Schnee, wie ein Feld aus Zuckerguß. Nichts als Ähnlichkeiten an diesem grauerfüllten Morgen. Nur Ähnlichkeiten.

Unsere Bäume wie drei Hexenfinger, die sich bewegen.

Die Wolken wie der Mann in Mulligan's Pool.

Und ich stand wie mein Vater in den Schuhen seines Vaters, ich suchte nichts Bestimmtes auf der Straße und hielt klappernd vor Kälte Ausschau in der steigenden baltischen Sonne. Mein Kopf war anders an diesem Tag. Und dann sah ich, wie meine Mutter den Pfad entlanghumpelte. Ein schwarzes Knäuel war sie – hinter ihr der weiße Himmel, unter ihr der Schnee – und sie kam mit ihrem Schal um den Kopf den Pfad entlang. Ich sah, daß etwas mir ihr nicht stimmte.

Ich saß auf der Kante seines ungemachten Bettes. Sein Geruch darin. Von dort, wo ich saß, konnte ich die Treppe sehen, und ich konnte ihre Schritte hören, einen nach dem anderen, und die Art, wie sie in ihrem wehen Hals wimmerte. Sie weinte auf der Treppe. Eine schreckliche Furcht kam über mich, während ich da saß. So klang ihr Leiden. Ich konnte es hören, als sie die Treppe heraufkam, und ich konnte es sehen, als sie auf den Treppenabsatz trat. Beide Hände am Geländer, den Schal um den Kopf. Das waren keine Laute, die ich kannte. Keine Wut und keine Trauer, keine Enttäuschung, kein Jammer, keine Scham, kein Groll, keine Reue. Die Laute im Flur waren Schmerzenslaute. Sie war verletzt. Sie weinte wie ein Kind. Das langsame, zähe Wimmern einer plötzlich Verletzten. Als sie zur Schlafzimmertür kam, stand ich von der Bettkante auf. Ihr Anblick wird mich mein Leben lang verfolgen.

Sie bekam nicht genügend Luft. Sie nahm in dem fahlen Türrahmen ihren Schal ab. Mein eigener Atem ließ nach, um sie zu beruhigen. Ihre Stirn war geschwollen und verfärbt. Ihre Wange war vom Auge bis zum Kinn aufgeschürft. Aus einer Wunde an ihrer Lippe lief Blut. Mein Blick verlor sich im erschütterten Raum zwischen uns. Sie weinte wie ein Kind. Unsere Blicke fanden sich über Metern von zernagtem Teppich. Ein unbegreiflicher Ausdruck. Und zusammen gingen wir durch ein paar wortlose Sekunden in der Hölle.

»Er ist mir nachgerannt«, sagte sie. »Er kann nichts dafür. Ich habe auf der Straße mit ihm gestritten. Er hat mich weggestoßen. Ich bin gerannt und gerannt. Es war dunkel. Ich bin auf den Felsen hingefallen. Mein Gesicht tut weh, Jamie. Hol mir einen Lappen. Er kann nichts dafür.«

Ich hielt sie fest an der Tür, und sie weinte. »Ich bringe ihn um«, sagte ich.

Den Rest des Tages verbrachte sie im Bett. Ich stellte neben ihr eine Lampe auf. Alice war wie betäubt, wie sie da in den Kissen lag. Sie sagte nicht viel und zuckte nicht, als ich ihr Gesicht wusch und ihre Wunden mit Desinfektionsmittel betupfte.

»Warum hast du ihn geheiratet, Mum?«

»Ich habe ihn geliebt, mein Sohn«, sagte sie.

Am Nachmittag war er wieder an ihrer Seite. Ich kam mit einer Tasse Tee die Treppe hinauf. Er saß an ihrem Bett und hatte seinen Kopf auf ihre Knie gelegt. Vergeudete Tränen. Ihre Hand streichelte gerade sein von der Schere gezeichnetes Haar. Ich stellte die Tasse am Bett ab, und er drehte sich um. »Es war ein Unfall, Jamie. Sie ist auf der Straße hingefallen.«

»Und du hast sie liegenlassen«, sagte ich. »Schau mich nicht so an. Wir sind fertig.«

Meine Flucht kam schneller als erwartet. Eines Tages wachte ich in meinem Bett mit wehen Beinen auf, einfach ein Kind mit wehen Beinen, und ich sagte meinen Eltern, daß ich nicht laufen konnte. Ein Krankenwagen kam zur Schule. Man hob mich aus dem Bett. Meine Mutter stieg auch in den Krankenwagen. Und wir kamen nie mehr zurück. Den Beinen fehlte nichts. Ich wachte einfach auf, das war alles, und die Sonne schien durch die Tüllgardinen. An diesem Morgen war die Sonne ein furchterregendes Versprechen, sie sengte die Feuchtigkeit aus den Wänden, aus Landschaften und Gletschern und versunkenen Wäldern, sie brannte durch die gerahmten Urkunden meiner Kommunion und Firmung hindurch, und in der gewaltigen weißen Hitze dieses Augenblicks wußte ich, daß es Zeit war, zu gehen. Ich konnte unser Leben nicht mehr leben. Also täuschte ich das mit den Beinen vor. Und im Krankenhaus von Kilmarnock sprach ich mit meiner Mutter anders als sonst. »Ich hau ab«, sagte ich.

»Wohin haust du ab?«

»Scheißegal«, flüsterte ich, »und sag nicht, daß ich hierbleiben soll oder so was, ich bin nämlich weg.«

Der Arzt wartete am Teewagen. Er sah aus wie jemand, der sich sein ganzes Leben lang nur die Haare gekämmt hatte. Ich war der Gnade seines weißen Kittels ausgeliefert.

»Ich mag nämlich Geschichte und Blumen«, sagte ich.

»Halt's Maul«, sagte er. »Merkst du nicht, daß du deine Mutter mit dem Gerede aufregst?«

»Und Häuser, die bis oben hin Fenster haben.«

Manchmal war mir nach Sterben zumute. Die Schürfwunden meiner Mutter. Wir standen neben den würgenden Aufzügen und weinten. Ich konnte an nichts anderes denken als an den verrückten Geruch in den Krankenzimmern. »Ich wohne dann bei Granny und Granda«, sagte ich am Schluß.

Und meine Mutter ging davon. Sie trug immer eine Nylonschürze. Auch wenn sie keine Hausarbeit machte oder sich selbst aus der Welt räumte, trug sie eine karierte Schürze. Ich glaube nicht, daß sie viel zum Anziehen hatte. Und als sie an diesem Tag in

Tränen davonging, den Gang entlang wie ein verwundetes Tier, da war mir, als würde ich dort für immer erstarren. Sie konnte mir nicht helfen; ich konnte sie nicht retten. Wir konnten einander nicht einmal mehr beruhigen. Ich stand auf meinen zitternden Beinen, mein Kopf lag auf dem öffentlichen Telefon. Ich wollte diese Wände einschlagen oder Gott anrufen oder mich in den Aufzugschacht werfen und dabei mit lauter Stimme noch etwas schreien. Aber ich konnte nichts tun. Die Stimme meines Granda kam durch die Leitung.

»Jamesie, mein Junge«, sagte die alte Stimme, »das ist gut. Unsere neuen Häuser gefallen dir doch, und Grannys Blumen gefallen dir auch. Weißt du noch? Komm her, in dein Zimmer.«

Er sagte, daß ich eines Tages meinen Abschluß machen würde.

»Du wirst das prima machen. Komm in dein Zimmer. Du weißt doch, deine Granny und ich wollen dir sehr gern alles zeigen. Dein Chemiebaukasten ist hier bei uns. Und neue Bücher.«

Das war mehr oder weniger das Ende von meiner Mutter und meinem Vater und mir. Ich habe sie dann viele Jahre lang nicht gesehen. Und es hat so viele Jahre gedauert, bis ich sie allmählich verstand.

So einfach war es und so hart. Mutter ging mit ihrer in Krankenhauslicht gebadeten Schürze den Gang entlang, mein Vater lag krank zu Hause und brachte uns mit seiner Traurigkeit um. Ihr Anblick, als sie an diesem Tag davonging. Sie war eine junge Frau, und die vielen feinen Fäden ihres Daseins zogen sie zurück zu dem Mann, den wir eigentlich gemeinsam hassen wollten. Und jetzt lag sie vielleicht neben ihm, bis ans Ende aller Zeiten. Natürlich wußte ich gar nichts. Sie konnte ihn nicht einfach mit seinen Flaschen allein lassen. Also war es soweit: mein erster großer Akt des Egoismus war vollzogen.

Schließlich hörte ich auf zu weinen. Plötzlich glänzten die gebohnerten Fliesen unter meinen Füßen, und ich konnte sehen, wie mein Gesicht finster zu mir aufsah. Meine Teenagerjeans und das Lions-T-Shirt. Endlich kamen die fernen Krankenhausgeräusche zurück. Meine Mutter fuhr jetzt mit dem Bus zu meinem Vater. Ich konnte wieder regelmäßig atmen. Etwas war zur Ruhe gekommen. Unser Haus würde ich ganz sicher nicht vermissen. So kam es, daß ich in dem Wohnblock in Annick Water wohnte. Das Zuhause meines Großvaters strahlte. Abends glühten die Heizkörper, und saubere, weiße Rauhfasertapete bedeckte die Wände von der Decke bis zum Wohnzimmerfußboden, das Zimmer lag hoch über New Town, es gab Bücher und Bilder und einen Aufbruch vor der Zeit. Es gab keinerlei Gift und keine pilzbefallenen Wände, nichts von der alten, kriechenden Finsternis. Es gab nur die Vergangenheit von Hugh und Margaret, die Vergangenheit ihrer Leute, das Land und die Häuser. Ich glaubte zu wissen, woraus das Land gemacht war. Nein, nein, sagten sie: komm mal mit. »Es gibt zerstörte Gebäude auf der Welt«, sagte Hugh, »aber keine zerstörten Steine.«

Hugh bezeichnete mich dann als sein Projekt. Er gab mir seine Bücher, sein Werkzeug und die Namen, die er für alles hatte. Er erzählte von den geschäftigen Jahren, die unser Glück gewesen waren. Ich erfuhr aus erster Hand alle Geheimnisse des schottischen Wohnungsbaus. Nicht alle – Hughs steinerne Privatangelegenheiten nicht – aber die Tricks des Gewerbes und die Geschichte vom Versuch unserer Familie, Utopia zu bauen. Ich hörte von Gewerkschaften. Ich hörte von Heiligen. Aber meistens erzählte mir Hugh von Backsteinen, von Lehm, von Schiefer und Zement und Stahl. Er erzählte mir, daß man die Kuppel von San Giovanni 1897 mit Aluminium gedeckt hatte. Er erzählte mir, daß das Empire Stadion in Wembley 1923 mit Asbestkacheln verkleidet gewesen war. Er zeichnete für mich eine Karte von der Asphaltquelle, dem berühmten Pitch Lake in Trinidad. Er sprach von Plastik, von Harzen und »Regenwasserware«, er sprach von Gipskarton. Hugh zeigte mir Liebe, und er zeigte mir das Ausmaß seiner Liebe zu Margaret, zu mir und zu armiertem Beton.

Etwa drei Meilen von der Schule in Ferguson entfernt fand ich einen Platz in einer anderen Welt. Einen Platz, an dem es Disziplin und Hoffnung gab. Ein Tal des Wissens. Ein gutbeleuchtetes Zimmer. Und Hugh und Margaret waren Leute mit sehr viel Verständnis. Wir gingen an den Flüssen entlang und durch die Hügel von Kyle und Carrick, und auf der Landspitze hörten die Farne und die Bäume zu wie ich, und Hugh erzählte, eine Flut aus Worten im Moor. Gran Margaret korrigierte die Namen, die er den Blumenfamilien gab. Und die Küste von Ayrshire weit unter uns war stumm. Das Meer und die Küste waren still, dort unten, im Licht des Januar vor langer Zeit.

ZWEI

DIE NACHT-TREPPE

Da oben ist also der Mond. Ich sehe ihn gut. Und ich weiß, daß ein Auge herunterschaut. Wahrscheinlich sieht es die Erde, die wir nicht sehen können, und mich, einen Fremden, der zusammengesunken in einem ratternden Zug sitzt, in einem gelben Zug, der heute Nacht durch die Sümpfe fährt und immer schneller wird, und Ayrshire da draußen, eine mondlichttrunkene Hure in der Dunkelheit. Dieses Himmelslicht; es reist durch die Jahre herab und findet uns.

Und seit dem Zug weg von Berwick waren Jahre vergangen. Hier saß ich in einem anderen Zug. Das Gesicht, das aus dem dunklen Fenster hervorstarrte, hatte wenig von dem kleinen Jungen, der ich gewesen war. Ich saß dort allein in einem schwarzgrauen Anzug. Ein fünfunddreißigjähriger Mann in einem Zug. Ich kam nach Ayrshire zurück, um meinen Großvater zu besuchen. Der Geruch da draußen, die Schatten. Sie waren alles, was ich kannte und woran ich mich erinnerte. Die Felder waren schwarz. Die Bäume krümmten sich unter einem Gazevorhang aus Regen.

In meinem Kopf war das Wort Kohlenstoff.

Der pflanzliche Ursprung der Kohle. Die Zersetzung alter Bäume und Sträucher. Auf den Feldern von Ayrshire glaubt man, es riechen zu können. Alles atmet; die schwarzen unterirdischen Flöze. Dann Lage um Lage kohlehaltiger Früchte. Und als ich heranwuchs, gab es immer noch Männer, die die uralte Last des Landes abbauten. Inzwischen leben sie wieder an der Oberfläche. Nur unsere Väter nicht, die jetzt eingepflanzt worden sind. Diejenigen, die jetzt tot sind und selbst eine kohlehaltige Frucht. Die Iden der Geologie – eine Erinnerung an den Verlust.

Kohlenstoff. Er bestimmte meine Gedanken, während der Zug seinem Ziel entgegenfuhr.

Der ratternde, ratternde Zug.

Ich dachte an den Kohlenstoff, den die Lebenden mit ihrem Atem ausstießen. An das Zeug, das die Wiesen draußen absorbierten. Tief unten in der Kohle da draußen gab es Atome – Druck und Zeit, Druck und Zeit – die der winzigen Ausdehnung unserer Leben entstammten. Ich dachte an den Kohlenstoff in rohem Eisenerz – brennen, brennen – aber genug zurückbehalten, um guten Stahl daraus zu machen. Der Zug und die Felder und die Häuser und ich. Natürlich waren wir eins auf dieser Reise in die Vergangenheit. Der Rhythmus des langsamen Zuges sandte mich aus. Druck und Zeit, Druck und Zeit.

Der Anblick eines Hochhauses in den Gorbals hatte mich an den Kohlenstoff erinnert. Metallträger; die Hoffnung meines Großvaters.

In dem leeren Waggon atmete ich tief aus. Man konnte den Atem sehen, wie Watte in der Luft. Ich fuhr nach Hause.

Kohlenstoff verbindet sich mit Schwefel und Wasserstoff. Mit Eisen ergibt er Stahl; und er reagiert mit Kupfer, wie Dr. Priestley beobachtet hat.

Im Schaukeln des Zuges verloren sich meine Gedanken.

Unsere Väter waren für das Leid gemacht. Das sah ich jetzt. Und unser ganzes Leben lang warteten wir darauf, daß etwas Trauriges geschah. Ihre sonnigen Tage steckten in einer goldenen Tabaksdose. Diese schottischen Väter. Ihre Frauen weinten nicht umsonst und ihre Kinder auch nicht. Nächtliche Städte über nachmittäglichen Schatten. Männer, die viel zu krank zum Reden waren. Und für uns lebten sie jetzt im Dunkeln fort. Oder sie lebten lange verleugnet in unseren Gesichtern. Und wo waren unsere Väter? Wir waren ihnen davongelaufen. Wir waren gelaufen und gelaufen. Mein Leben war meilenweit entfernt gewesen. Bis zu diesem Oktober.

Der Zug kreischte in einen schwarzen Tunnel hinein.

Schottland wieder. Wir sind alle diesen Tälern der Freude entsprossen. Mögliche Narren, die Eiferer zu Vätern haben und Versager als Ehemänner und gemeine, tödliche Stunden. Und nur die Aussicht, ihnen zu folgen und eines Tages zu werden wie sie. Und wie man uns gelehrt hat, unsere Bestimmung leicht zu nehmen. Eine violette Distel, an die Tasche eines Schulblazers genäht. Doch die einzige Verheißung ist immer der Alkohol gewesen. Die einzige Verheißung, und die wurde nirgendwo in unseren Geschichtsbüchern genannt.

Ich fuhr nach Hause und hoffte, bald wieder fliehen zu können. Ich dachte, es sei mir egal. Dieses andere Land. Dieser Ort der Vergangenheit. Er konnte mich nicht lange halten. Vom Zug aus sah ich die Lichter draußen, ehemals moderne Häuser als gesprenkelte Streifen.

Kohlehaltig.

Ein Haufen Knochen, zertrümmerte Holzkohle. Von Straßenlaternen überflutet: die Hutchinson Charity School in Paisley. In einer Sekunde fuhren wir an ihrer Ruine vorbei. Mein Granda Hugh Bawn hatte ihn einmal als den einzigen Dichter bezeichnet, einen Mann, der an dieser Schule gelehrt hatte: John Davidson. Und Margaret wollte nichts von ihm wissen. Davidson, der Teufel von Barrhead. Der Antichrist. Der Wissenschaftsschwätzer. »Gott durch das falsche Ende eines Teleskops.« Der Selbstmörder.

Aber für uns besaß John Davidson die moderne Seele. »Was sagt uns dieser Mann?« fragte Hugh, wenn meine Großmutter es nicht hörten konnte. »Was sagt er uns?«

»Daß der Mensch aus denselben Bestandteilen gemacht ist wie das Universum«, sagte ich.

Dann lächelte Hugh. »Ist es das?«

»Ja«, sagte ich. »Hier steht es. Er wendet sich von Queen Victoria ab …«

»Ja.«

»Er hält ziemlich viel von den einfachen Angestellten. Er sagt, daß wir auf die Wissenschaft setzen müssen.«

»Er ist der Mann der Moderne«, sagte Hugh.

Und dann las ich die geheimen Verse. Der Mann, der seinen Vater zur Rede stellte. »Was hast du getan, indem du mich gezeugt hast?«

Hugh liebte John Davidson. »Ich habe keine Zeit für Gedichte, aber für ihn jederzeit.«

> Gestalten des Äthers, reiner Wasserstoff,
> Stickstoff und Sauerstoff, instabile Formen,
> Und Kohlenstoff, von allen Elementen
> Das beständigste …

Da war die alte Schule wieder. Davidsons Umnachtung. Und noch im Zug spürte ich einen Hauch seiner kohlenstoffgesättigten Dämpfe.

Dort im Dunkeln lag das Haus meiner Kindheit. Ein Licht hinter den Bäumen. Reinigende Flut und früher Frost; reinigende Flut und Augen so groß wie der Mond. Irgendwo da draußen war unser Haus. Ich fragte mich, ob es sich noch an meinen Vater erinnerte.

Früher hingen seine Sorgen wie Nikotingeruch in der Luft. Wie sie zu unserer neuen Zimmerdecke stiegen. Und jeden Tag saß er am zuckenden Feuer, der Fernseher war laut und sagte nichts über nichts, und er saß da mit einem Glas voller Alkohol, der Regen von Ayrshire krachte ans Fenster, und sein trauriges Blut lief im Inneren seine Bahn, nahezu irr vom Geräusch der eigenen Bewegung.

Am Hügel von Misty Law blieb der Zug eine Weile stehen. Kalte Blätter auf der Leitung. Mein Blick lag auf den Häuserreihen unten.

Ich hatte meine Eltern ihrem Untergang überlassen. Ich war damals zu jung, um zu verstehen, was das bedeutete. Wie sich das Bild meiner Mutter, die fortgeht, in meinem Kopf festgesetzt hat.

Was sie getan hat, was ich getan habe, was er getan hat.

Mit dem Lärm der Zeit wurde das alles leiser. Aber wie wichtig es mir in diesen letzten Jahren gewesen ist, ihre Namen nicht zu nennen. Ich war schon lange nicht mehr am Schauplatz dieser Erinnerungen. Ich hatte vieles weggesteckt. Aber die Zeit hatte alles wieder zum Vorschein gebracht. Mein Granda lag in seinem Bett im Sterben.

Meine gemischten Gedanken gingen zu den Sternen hinaus. Der Zug nach Ayrshire. Vor zehn Jahren war ich zuletzt über diese Gleise gefahren. Und es waren beinahe zwanzig seit dem Tag in Kilmarnock, seit dem Tag mit den wehen Beinen, an dem ich endlich bei den alten Bawnes eingezogen war. Und was war aus uns allen geworden? Ich kann nur sagen, daß ich dort einmal glücklich war. Hugh enttäuschte ich anfangs nicht. Ich folgte seinem Beispiel. Dann wuchs ich heran. Hugh war besessen, wie sein Sohn es gewesen war, wie jeder von uns es auf seine Weise war. Hugh wollte die Welt damals unbedingt ausschließen. Er wollte Margaret und mich für sich allein haben. Eine Welt, die aus Natur und aus vergangenen Dingen bestand und aus Margaret und mir, seinem gesamten Stamm, den Resten seiner guten Gesellschaft.

71

Dann fingen meine Beine wieder an, mir weh zu tun. Ich verließ die Wohnung und ging zur Universität. Und seither hat er mich einen Abbrucharbeiter genannt.

Der Zug rollte auf seinen Stahlträgern voran.

Ich erinnere mich jetzt an diese Reise nach Ayrshire. Ich erinnere mich an meine Gedanken in dieser Nacht. An das Gefühl des Verlusts im aufblitzenden Glas. An das Gefühl von Tod und Kohlenstoff.

Als ich mich an diesem Oktobertag auf den Weg nach Ayrshire machte, riskierte ich mein gesamtes Wohlbefinden, meine schöne englische Solvenz. Ich wußte, wie gefährdet mein mühsam gefestigter Friede war. Ayrshire war für mich eine weit entfernte Welt, ein Puzzle aus Zuneigungsfetzen. Aber mein Großvater lag im Sterben. Und die Zeit war gekommen. Ich hielt den Atem an. Ich packte eine Tasche. Ich küßte meine Freundin an der Schlafzimmertür. Ich ließ mein Auto stehen. Ich nahm Kreditkarten und Schlüssel und ein paar Hemden. Ich stand in der Küche und wartete auf ein Taxi. Der Morgen war typisch Liverpool.

Am Bahnhof regnete es, eine Ahnung von alten Dingen. Wie gut ich die Jahre verborgen hatte. Ich stand auf dem Bahnsteig, strich mir über die Brust und entspannte meinen Kiefer, die Stoppeln dort standen wie in einem geordneter Garten, wie an einem Ort, wo die Zeit weder stillstehen noch rasen konnte. Ich war behutsam zum Mann geworden. Mein Körper war froh gewesen, diesem Jungen zu entwachsen. Manchmal vergißt man sie, die Person, die in dieser Haut gelebt hat. Man findet eine Kerbe am Daumen. Eine weiße Gewebeschicht, wie Prägetapete. Man erinnert sich an die Geschichte von einem Jungen, der sich früher einmal den Finger an einem Felsen aufgerissen hat. Man hört seine Stimme. Man denkt an seine Bücher und seine Stifte. Man denkt an die Art, wie er durch seine Augen geschaut hat. Und dann sieht man, daß es auch die eigenen Augen sind. Der Blick wird klarer. Man selbst war dieser Junge. Alle Zimmer in seinem Zuhause sind noch da. Man kann diesen Jungen nicht einreißen. Er wird niemals gehen. Solange man sich nicht selbst verläßt. Der Junge ist nicht in Ayrshire; er ist hier. Er ist immer hier.

Ich stand auf dem Bahnsteig. Ich dachte an zu Hause und schrumpfte in meinem Hemd.

Nur die Ruhe. Ich hatte diese Reise machen wollen. Die Zeit war gekommen. Es gab andere, helle Orte in meinem Kopf. Und Lime Street zerbröselte zu einer kleinen Erinnerung.

Der Zug war von Finsternis umgeben. Der brennende Zug, draußen das Feld; die Kaulquappen glühten in ihren Teichen. Paisley, dann Johnstone. Die Höfe von Wester Gavin und Newton of Belltrees. Der Zug war ein Streifen aus gelbem Licht. Er wühlte das Moos und die Kräuter auf, und seine Geschwindigkeit aus den Drähten oben schüttelte das Moor und hob den Wind in die Ebereschen. Um die schmale Mitte von Lochwinnoch lag behaglich eine Furche voller Ginster und Adlerfarn. Eine Flasche Irn Bru, auf und ab im leeren Mittelgang.

To arms, old Ayr, to arms again. The drums of vengeance hear.

Wir kamen an Beith vorbei, dann an Glengarnock. Über den Schlick des Powgree Burn. Ich sah, was ich konnte. Ein See voller zerbeulter Kinderwagen und alter Batterien. Die Stadt Dalry mit den Chemiewerken, eine Lichtertraube, Nachtschicht. Mein Blick verlor sich in Funken und Lötzinn. Die Männer bei der Arbeit. Und Abgase legten sich über die Garnock Hills. Eine Mütze aus Qualm: Schwefel, Stickstoff, Äther.

Ayrshire Moor.

Die Flasche rollte doppelt so schnell wie ich. Leise ging mir ein Lied durch den Kopf.

A brighter meed, a broader frame,
Await our gallant toil;
We hold the hearts our fathers held,
And will preserve their soil.
To arms, old Ayr, to arms again,
Her eager warriors cheer.
And Carrick, Coil, and Cunningham,
Together charge the spear.

Ayrshire da draußen.

Eine Landschaft wie ein Amphitheater. Gekrümmt wie der Halbmond. Die einzige schottische Grafschaft, die nach Irland blickte. Der Zug fuhr weiter, und meine Gedanken schweiften zu den Gipfeln der Hügel hinaus. Kaninchen und Eulen schauen auf. Sie spähen aus dem Hochland von Kyle und Cunningham herab, und das tun auch die Leute auf ihren Höfen da oben; sie sind verrückt nach dem Meer und applaudieren dem Dröhnen von ihren felsigen Sitzen aus, mit ihrem Inselblick vom oberen Rang. Ich spürte sie in meiner Nähe. Ich spürte ihren Atem am Fenster.

Und auch die Flüsse kommen von den Hügeln herunter.

Garnock, Irvine, Ayr, Doon Water. Nith und Stinchar. Girvan, Lugar.

Wie sie sich mit Hilfe des Lands und dem Antrieb der Winde biegen und wenden; nach und nach öffnen sich ihre Ufer, und schließlich strömen sie bewußtlos in den Firth of Clyde. Und der fließt weiter nach Süden und Westen, zu den Rohrdommelgräbern in der Irischen See.

Hinten in diesen Hügel von Ayrshire gab es zerstörte Burgen. Und darunter die verwesten Herzen großer Männer. Die offenen Moore trugen jetzt Namen und Zeichen aus dem Geist ihres National Covenant. So manches Lied stand still im hohen Gras. Bei Südwestwind konnte man vielleicht Worte hören über den

Gipfeln dieser nutzlos befestigten Inseln. Noch immer rollte Reformgemurmel durch Garnock Valley. Da draußen, an diesen dunklen Orten, waren Männer und Frauen für Melville und Knox gestorben, und der Boden war mit Überzeugungen gespickt. Und jetzt schien dort nur noch flüsterndes Gras zu sein. Die alten Geschichten von Grubenarbeitern und Geistlichen, von Gewerkschaftern und Soldaten waren fort, und das Land war jetzt geräumt. Bald würden die japanischen Fabriken kommen.

Diese Felder aus Blut und Kohlenstoff. Sie wurden zu Schauplätzen der neueren Kriege, unserer Schlachten um Häuser und Sanierungen, die Leute wie Hugh und seine Mutter schlugen. Die Namen der toten Krieger, Wallace und Eglinton, Maxton und Hardie, kannte man inzwischen als Straßennamen im sozialen Wohnungsbau, dem einstmaligen Stolz von Ardrossan und Saltcoats. Aber einige dieser Häuser, die man auf Ruinen errichtet hatte, waren jetzt selbst nur noch Ruinen. Und wieder lagen sie als Schutt in den Feldern.

Ich wußte, daß sie noch da draußen waren. Hinter dem Adlerfarn lagen unsere verfallenen Trümmer im Gras herum. Immerhin hatten wir Häuser gebaut. Und wir hatten sie mit unseren eigenen Händen eingerissen.

Der Zug war jetzt langsamer geworden.

Kilwinning und Irvine. Die Lichter dort unten. Vor langer Zeit drängten sich die Menschen in Sandsteinhäusern am Marktkreuz zusammen. Ich konnte aus dem fahrenden Zug die Reste dieser Häuser sehen. Und hier und da eine Rauchfahne. Die Leute mit offenem Feuer verbrannten die letzte Kohle der Region, um das Kommen des Winters hinauszuschieben.

Hinter den geordneten Sportplätzen lagen die Siedlungen. Die Fernseher verbreiteten von Haus zu Haus, von Block zu Block ein flackerndes, kränkliches Licht wie eine schwindelerregende Signalsprache. An den Giebelwänden wurden Leuchtfeuer aufgeschichtet. Als der Zug über den Bahndamm fuhr, kamen Kinder mit brennenden Stöcken von ihren schmutzigweißen Häusern herbeigerannt. Ich saß da und lehnte den Kopf an das Fenster. Licht und Leben verdeckten jetzt die Sterne. Der Zug summte langsam auf den Haltebahnhof zu. Die Flasche erwachte. Sie rollte den Gang entlang. Ich nahm meine Tasche und trat durch die Tür.

Draußen schmeckte man das Salz in der Luft. Salz und Schwefel und ausgenommener Fisch. Ein nervöser Wind pfiff über den Bahnhof. Ich konnte bis zu den Lichtern des Hafens schauen. Das Dorf Affleck; St. Joseph's Church. Das Geräusch des Meeres, wenn es auf Felsen schlägt.

Meine Hände wurden eiskalt, als ich mir eine Zigarette ansteckte und sie gleich auf dem Bahnsteig rauchte. Ich küßte sie schnell auf einen Stummel herunter. Ich wollte den dichten Rauch im Inneren spüren; mich beleben durch den Kitzel beim tiefen Inhalieren. Eine Zigarette in einer kalten Nacht ist wie eine große Verschnaufpause. Man fühlt sich lebendig, wenn man sie raucht. Man fühlt sich zutiefst lebendig. Wenn man feierlich raucht, staunt man über die Tiefe seiner Organe. Man spürt, daß die Unterströmung schneller wird. Feierliches Rauchen. In einer kalten Nacht fühlt man sich dadurch gesund. Lunge und Herz, Leber und Nieren.

Man fühlt sich gut. Das sanfte Ventil der Lippen: ein Jetstream aus Rauch und eisiger Luft.

Ich ließ die Kippe auf ein durchnäßtes Exemplar des *Ayr Advertiser* fallen.

Dieser Bahnhof war der ordentlichste in Schottland. Jedenfalls stand das auf einem Messingschild, das an der Wand des Fahrkartenschalters befestigt war. Die Bahnhofsuhr war auch nicht eben zurückhaltend. Sie zerhackte über mir Sekunden. Der abschüssige Bahnhofsvorplatz war voller Taxis, die nichts zu tun hatten. Ich war als einziger aus dem Glasgow-Zug gestiegen. Die

Stadt hinter dem Parkplatz war an diesem Abend ruhig. Man war nicht besonders wild auf Pferderennen und Disco-Bars. Ein öder Abend beim Bingo, keine Frage. Herbstlicher Schneeregen über den Hochhausblocks. Alle Leute, die nicht im Bett lagen oder vor dem Fernseher eingeschlafen waren oder in den Hinterzimmern der Pubs hockten, warteten wahrscheinlich an der Tür darauf, daß die Kinder endlich nach Hause kamen. Der Abend, an dem ich ankam, war Halloween.

Das war meine Stadt, eindeutig. Ich war froh, sie wiederzusehen. Die Zeit im Zug hatte mich ihr also irgendwie nähergebracht. Die Stadt war aufgetaucht wie ein Ort in einem Traum. Nun stand sie deutlich vor mir: Fischgestank und Sandstein, der mit presbyterianischer Kelle geschnitten war.

Auf dem Bahnsteig empfand ich plötzlich eine traurige Verbundenheit, die schwer einzuordnen war. Ich sah, daß ich hier nicht viel zu suchen hatte. Es ging nur darum, das richtige zu tun. Mit ruhiger Hand nach der Welt zu greifen, die meinen Erwachsenenschlaf bange machte. Ich suchte nicht nach Veränderung oder Ruhm oder Wahnsinn oder Reue. Ich glaube nicht. Ich kam nur nach Hause, um meinen Granda zu besuchen. Aber vielleicht war ich blind. Vielleicht gibt es so etwas wie eine gewöhnliche Reise nach Hause nicht, wenn das Zuhause so übertüncht ist wie meins. Aber ich weiß, ich hatte gedacht, daß es eine gewöhnliche Reise war. Vielleicht habe ich das einfach so haben wollen.

Ich blieb noch einen Augenblick stehen. Dann zog ich Hugh Bawns Brief aus der Tasche. Das Papier war schätzungsweise dreißig Jahre alt. Seine Schrift war eine Schweinerei. Der Brief war mit grüner Tinte geschrieben.

Mein lieber junger Jamesie,
du sollst wissen, daß es mir nicht gut geht, also bitte. Ich verschwende jetzt nicht die Zeit und schreibe das alles auf. Es reicht,

wenn du weißt, wie es um mich steht, daß ich krank bin hier oben und im Moment nicht besonders wohl in meiner Haut. (Aber nicht tot, und das ist wahrscheinlich schon eine Gnade.) Ich schreibe das jetzt, wo ich körperlich schwer krank bin und alles, und müde bin ich. Es geht mir nicht gut genug, um eine Telefonnummer zu wählen. Wir haben sowieso keine von dir. Und hier gibt es auch kein Telefon, das uns ärgert.

Du wirst doch nicht die ganze Zeit wegbleiben, oder? Ich will mit Dir sprechen, Jamesie. Nicht jetzt im Brief (ich kann Briefe nicht leiden), aber wenn ich Dich sehe, sehe ich Dich. Meine Kehle tut weh, und beim Atmen kommt nicht viel.

Mit freundlichen Grüßen

Dein Granda

Hugh Bawn

P.S. Wir wissen nicht, wo Dein Dad ist und wahrscheinlich ist er völlig verloren, aber mach Dir nichts draus.

Dieser Hugh klang nach Hugh am Ende seines Lebens. Der Brief roch sogar nach ihm. Er hatte aus seinem Selbstmitleid mehr Kraft gezogen als jeder andere Mann der Tat; andererseits kam er mit den Gegebenheiten der Welt besser zurecht als die meisten Leute. So hatte ich ihn jedenfalls in Erinnerung. Und dieser Brief nahm den Helden meiner Kindheit nicht zurück. Er zeigte einfach mehr von ihm. Er war lange krank gewesen, und jetzt war irgendwie ein Ende seiner Krankheiten abzusehen.

Gerade hatte mich eine Regenböe umweht.

Ich ging über den Hügel und die Spielfelder auf die Siedlung zu. Der Regen warf sein feines, weiches Netz herab. Ich trottete über das triefendnasse Gras. Es war fast elf. Mitten auf dem Feld blieb ich stehen. Ich sah zu den Hochhäusern und der geweißten Kaserne von Monboddo Park hinauf. In dieser Zitadelle aus Sorgen und Träumen spielte sich so viel Leben ab.

Die Grundschule war in einen Stacheldrahtzaun gehüllt.

Und deutlich, spät und weit entfernt hörte ich das Lied eines Eiscremeautos.

Ein riesiger Orion aus Satellitenschüsseln. Darüber ein Sternbild aus Fernsehzimmern. Die meisten Fenster brannten orange. Aber nicht alle. Ich dachte an die Leute in den Zimmern dort oben. Weibliche Teenager in Ultraviolett, die versuchten, braun zu werden. Alte Männer, die sich in Nylonpyjamas langweilten. Ein männlicher Teenager mit einer Plastikgitarre, der für ein Mädchen sang, das nicht da war. Eine Frau, die am Küchenfenster eine Zigarette schröpfte. Sie ging mit Blicken aus.

Ob sie mich in dem dunklen Pavillon sehen konnte? Schaute sie dahin, wo ich war, auf dem Feld, auf dem schwarzen Feld?

Nichts geht über den Oktober. Eine Milliarde Blätter im Schlamm. Dieser Monat mit seiner frühen Dunkelheit und dem Geruch von Regen ist schon immer mein Lieblingsmonat gewesen. Wenn in Ayrshire das Licht und das abendliche Rasenmähen des Sommers schwindet, ist der Oktober wie die eigentliche Rückkehr zur Dunkelheit, zu dem, was früher war. Oktober erinnert mich an Heiden und Dichter, an Tage, an denen der Himmel unter die Menschen fällt.

Brauen ziehen sich zusammen wie Stürme.

Ein Junge saß einmal im Sommer am Fenster. Weil er Heuschnupfen hatte, mußte er drinnen bleiben. Und er träumte von nassen Blättern. Er wollte, daß sein Atem auf dem Glas kleine Tröpfchen bildete. Seine heißen Augen suchten nach Wasserfällen. Er saß mit geliehenen Büchern an diesem Fenster und träumte davon, daß die Oktobergerüche kamen, und dann würde alles gut sein ...

... und alles, alles wird gut.

Die Welt, nach der er sich sehnte, bestand aus Toffees und Sirup. Eine Todesfee, die in den Hügeln schrie. Eine Welt aus Blättern, die sich drehten. Halloween, der Tag vor Allerheiligen. Noch immer gedachten wir der Toten in unserem Ayrshire-Oktober. Das war der Monat, in dem die Toten wiederkehrten, der Monat der Gespenster und Kobolde, die wir mit Früchten und Liedern in Versuchung führten.

Als ich am anderen Ende des Spielfelds an den Torpfosten vorbeikam, hörte ich den gedämpften Lärm von Kindern und Hunden, die eine späte Runde drehten. Ich konnte sie vom Rand der Wiese aus sehen, sie alberten herum und quatschten miteinander.

Nur eine späte Runde. Mit dem Skateboard.

An der Einmündung der Blair Avenue standen Leute. Feuer dröhnte aus einer Metalltonne am Straßenrand. Ein paar Schritte, und ich war bei ihnen.

»Einen Penny für den Guy.« Alle auf einmal.

Fast alle Jungen waren als alte Frauen verkleidet. Die Mädchen hatten sich als Hexen oder Punks zurechtgemacht. Die Jungen hatten sich mit Lippenstift beschmiert und alte Schals unter ihren pickligen Gesichtern verknotet. Manche trugen Kleider, und darunter schauten unförmige Turnschuhe hervor. Sie hatten alle dieselben glasigen Augen. Sie funkelten vom Stärkungswein und vom Licht des Feuers.

Meine Hände wühlten in meinen Taschen. »Ein bißchen früh für den Guy«, sagte ich.

»Ist nie zu früh für den Guy, Kumpel«, sagte der Kleine.

»Und unser Halloween?« sagte ein anderer. Er hielt eine Plastiktüte an den Henkeln auf. Äpfel und Erdnüsse und ein bißchen Kleingeld.

»Na immerhin«, sagte ich. Und ich ließ eine Handvoll Münzen in die Tüte fallen. »Aber teilt euch das, nicht vergessen.«

»Die werden immer knickriger«, sagte der Kleine und zog die Ärmel seines Kleides hoch. »Die Deppen sind total hirnlos. Hören Sie, Mister, brauchen Sie 'ne alte Dame, die Ihnen die Tasche trägt?«

Die Horde kicherte, und ein größerer Junge trank Cider oder etwas ähnliches aus einer Flasche. Er nahm einen großen Schluck. Er spuckte etwas in die flammende Tonne.

»Großartig«, sagte ich.

»Halloween ist diesmal übrigens totaler Mist« sagte ein Mädchen. »Keine einzige Party in der ganzen verdammten ... nirgendwo.«

»Du solltest längst im Bett sein«, sagte ich.

»War das ein Angebot?«

Sie fingen wieder an zu lachen. Der kleine Junge hieß Caesar. Und Caesar fing an, vor dem Feuer Twist zu tanzen. Er stieß einen Schwall Hip-Hop-Geschwätz hervor, während er um die Tonne herumhüpfte. Was er sang, sang er auf amerikanisch.

»She's a *slut*.«

Die Flammen schlugen als eine Art Synkopierung empor. Der Schal seiner Mutter fing an zu rutschen.

»Verpiß dich, Caesar«, sagte das Mädchen. »Der Angeber da sieht wenigstens so aus, als hätte er einen Ritt drauf.«

Ein paar Mädchen gurrten in gespieltem Entsetzen. Sie wanden sich in ihren Mülltüten und lachten.

»Wenn Elvis blond gewesen wäre, hätte er ausgesehen wie du. Ohne Scheiß«, sagte ein Mädchen und tanzte herbei.

»Ihr seid doch alle verrückt«, sagte ich.

»Hm. Kannst du singen, blonder Elvis?«

Der Kleine, der Caesar hieß, war den Tränen nahe. »Nein, Schluß jetzt. Kommt. Hört auf, oder ich piss' mich an«, sagte er, tanzte im Kreis herum und wedelte mit seinem Rock.

»Was hast du da drüben auf der Wiese gemacht?« sagte eins von den Mädchen in Mülltüte.

»Ich komme gerade vom Bahnhof.«

»Wir kennen dich nicht. Du wohnst nicht in der Gegend hier. Wozu ist der Schlips?«

»Ich komme gerade aus England.«

»Engländer«, flüsterte ein großer Junge und schaute auf.

»Engländer«, sagte ich.

»Scheiß-Bastarde«, sagte ein anderer.

»Eigentlich nicht.«

»Du klingst nicht englisch. Aber du klingst auch nicht besonders schottisch.«

Ich sagte nichts.

»Klar sind sie das.«

»Was?«

»Scheiß-Bastarde.«

»Tatsächlich?«

»Beschissen in Fußball. Außer ManU.«

»Und Everton.«

»Hör doch auf mit Everton. Die reinste Scheiße.«

Darüber mußte ich lachen. Der Große war offenbar interessierter.

»Ist es gut in England?« frage er.

»Einiges schon«, sagte ich. »Nicht alles.«

»Schau dir doch die Queen an«, sagte Caesar.

»Es ist nicht viel anders als hier«, sagte ich. Er glaubte mir nicht.

»Nein, nein. Schau dir die Queen an.« Wieder Caesar.

»In *London* sieht man vielleicht die Queen.«

»Nein, ich meine. Schau dir die Queen an. Das ist die reinste beschissene Ätztussi. Die reinste Schreckschraube.«

»Natürlich«, sagte ich, »wenn du das sagst.«

»Okay, wenn-du-das-sagst-Großmaul«, sagte er. Und tanzte weiter um die Tonne herum.

»Wir können die Engländer schlagen«, sinnierte der Große.

»In was?«

»In allem, was wir versuchen. Sag du.«

»Nein, du.«

»Ich soll sagen?«

»*Sag.*«

»Krieg zum Beispiel.«

»Normalerweise kämpfen wir aber auf derselben Seite.«

»Aber wenn wir wieder gegen sie kämpfen *würden*, dann *würden* wir sie schlagen, oder?« sagte der Junge. Er kicherte und ging von der brennenden Tonne weg. Er gesellte sich zu einer Gruppe, die zur Seite getrieben war. Da drüben war man offenbar freigiebiger mit der Flasche.

Das Kind Caesar folgte mir zu einem Loch in der Mauer. Jemand hatte etwas auf den Stein gesprüht: TRETET EIN, O IHR APA-CHEN, DIE IHR ES WAGT.

»Verdammte Schwachköpfe, Mann«, sagte der Junge und sah sich nach seinen Freunden um. »Ich wette, in England verbrennen sie den Guy erst, wenn sie ein paar beschissene Pennys gemacht haben. Die Wichser haben den Guy gleich verbrannt, als er fertig war. Das macht doch in England keine Sau.«

Kleiner Caesar, dachte ich.

»Hier«, sagte ich und gab ihm einen großen englischen Geldschein. »Gib nicht alles auf einmal aus.«

Die Plastiktüte baumelte an seinem Handgelenk. Er zog den Schein mit beiden Händen straff und drückte ihn dann an seine bemalten Lippen.

»Klasse«, sagte er. Das Licht in seinem Rücken. Der Schein auf Armeslänge. Und das Gesicht von Charles Dickens, gestrandet im All. Ein Gesicht mit deutlich erkennbarem Wasserzeichen. Gestrandet im All, zwischen dem Grinsen des Jungen und meinem.

»Cool. Die Queen-Schreckschraube.«

Der Junge betrachtete die andere Seite des Geldscheins. Zu seinen Füßen hüpfte ein West-Highland-Terrier.

»Mach's gut, Elvis«, rief er. Er ging zu der verkleideten Gruppe zurück, und an den Hacken seiner Turnschuhe blinkten winzige Lichter. Und zwischen den Knöpfen auf der Rückseite seines

Kleides blitzen die grünen und weißen Streifen eines Celtic-Trikots hervor.

Der Block meines Großvaters hieß Annick Water. Er stand mitten in einer Reihe von sechs Blocks. Vierundzwanzig Stock. Armierter Beton. Zementverkleidung. An vier Ecken Balkone. Seinerzeit vom Feinsten. Sie waren alle in anderthalb Monaten gebaut worden. Als ich aufsah, hörte ich Hughs Stimme und seine Lektion in Windverdrängung.

»Man kann einen starken Kern in die Mitte des Hochhauses setzen. Wie da drin. Er funktioniert wie ein Schiffsmast. Die Fußböden hängen einfach an dieser Mittelsäule, klar? Sie macht das Hochhaus stabil. Man kann sich auch ein Stahlrohr vorstellen. Die Windkraft trifft auf die Seiten des Hochhauses, und dann geht sie runter, über eine Reihe von Stahlträgern, bis die Kraft in die Fundamente gedrängt wird. Und da liegt die Stärke: im Fundament.« Er deutete mit einem Lineal darauf. Zeig mir ein Schiff.

Und der Wind blies heftig gegen das Hochhaus und gegen mich. Dieser Block war früher einmal die reine Perfektion gewesen. Von modernistischen Engeln gemacht: den Ingenieuren. Und mein Granda Hugh war der örtliche Apostel. Er wollte, daß sich die Wohntürme in ganz Schottland ausbreiteten. Turm um Turm, eine Legende des Fortschritts. Die meisten Hochhäuser an der Westküste Schottlands waren durch Hugh Bawns Feuereifer gebaut oder geplant worden, als er noch ein unermüdlicher Held des Wohnungsbaus war. Ein Priester des Stahlornaments und des Betons. Und jetzt war er da oben im achtzehnten Stock. Ich schaute hinauf. Die Lichter auf dem Dach waren blau.

Manchmal sehe ich immer noch etwas Schönes in diesen Wohntürmen. Wundersamerweise ragen sie in den Himmel, und für eine Weile sehen sie wie großartige Katakomben harter Arbeit aus. Sie stehen dafür, wie andere hatten leben wollen, für die

Zukunft, die sie sahen, und für die Hoffnungen, die man jetzt aufgegeben hat. Ich hatte in den letzten Jahren viele abgerissen. Aber sogar für mich hatten sie etwas Schönes.

Stolz wie ein sowjetischer Gymnasiast. Darüber Schneeflocken dicht wie Butter. Ein eisernes Gesicht, das über die Felder und Straßen da unten in die Zukunft schaut, den Blick fest auf zukünftigen Ruhm gerichtet. Die Hochhaus-Zukunft. Irgendwo voraus lag das Land des reinen Glaubens und der ehrlichen Arbeit, und schwindelnde Wohntürme würden das Land überziehen, solche wie Annick Water und seine wohlgebauten Genossen. Unser Leben: eine Frage von frischer Luft und offenem Raum. Endlich makellos.

Das war es.

Wir hatten alles genau studiert. Wir hatten diesen Wohntürme alles gegeben. Dort war mein Herz. Und dort war die Notwendigkeit, mein Herz zu zerstören. Mein Granda, der hinter einem dieser erleuchteten Fenster lag, hatte diesen Häusern sein Leben gewidmet. Das war unsere moderne Lebensart; wir hatten den Mietshaus-Slums Lebewohl gesagt und die Welt von veralteten Bauweisen befreit. Und er hatte mich gelehrt, für das hier zu leben. Wie schön und traurig es in diesem Moment für mich aussah. Mit den Schneeflocken: unserem gefrorenen Hoffnungshauch. Wir formen unsere Häuser, und dann formen sie uns.

In der Schiebetür des Aufzugs für Stockwerke mit geraden Zahlen klemmte ein übel zugerichteter Kinderwagen. Der andere Aufzug war irgendwo in der Stratosphäre verschollen. Die Windschutzscheibe von irgendeinem armen Kerl lag in Krümeln auf dem Gang herum.

Wieder ein Tag zu Ende.

Weiter hinten war der Hausflur nur schwach beleuchtet. Die Wand war voller Klebstoff. Eine rote Tür schlug im Wind. Die Tür war beschmiert. Worte in Schwarz. Eine einsame Aufschrift des Hausmeisters.

Nacht-Treppe.

Hinter der Tür, am Fuß der Treppe, gab es fast gar kein Licht mehr. Das meiste fiel durch das Fenster. Der Fußboden war ein Teppich aus Sprühdosen und zerknüllten Tüten und Bierbüchsen. Der Geruch von Klebstoff und Pisse hing in der Luft. Es war 22.45 Uhr. Man hörte nicht viel. Es gab nicht viele Geräusche, nur ab und zu schlug weit oben eine Tür.

Die Nacht-Treppe. Sie nahm kein Ende. Durch ein kleines Fenster in jedem Stockwerk konnte ich zuschauen, wie die Welt zurückwich und sehen, wie das Licht von ferne grüßte. Ich hielt mich an der Wand fest, kam am zehnten Stock vorbei, wirbelte um den Geländerknauf und hob die Füße hoch, vierzehnter Stock, das Ende der Welt, und ich sehe, wo die Sterne hängen, der Sichelmond, eine lang verwehte, geheimnisvolle Böe aus dünner Luft, das Knacken in den Ohren, und jedes Herzweh hört auf, die Hetze des Aufstiegs, eine lang verlorene Erinnerung – *terra firma*.

Und oberhalb des sechzehnten Stocks kann man Schatten betrachten. Dort oben scheint sich der Wohnturm zu bewegen, wie man selbst sich bewegt und zu schwanken, wie man selbst schwankt, während man sich an seiner Liverpooler Tasche festhält. Im achtzehnten Stock hält man schließlich inne. Am Geländer stehenbleiben, außer Atem, nicht mehr man selbst, aber irgendwie dankbar und irgendwie noch am Leben, ja, zutiefst am Leben, Höhenangst beim Hinausstarren, und das ganze Leben mündet hier.

Der Mond hing über dem ruhigen Meer. Ich weiß nicht, wie lange ich dort gewartet habe. Ich stand dort eine ganze Weile. Und dann drehte ich mich um. An der Tür hingen die Zinnpfauen meiner Großmutter. Und darunter ein Namensschild aus Plastik: BAWN, mit Tartan unterlegt.

Ich verstand, was gemeint ist, wenn es heißt, daß Zeit vergeht. Meine Uhr schien auf dieser Schwelle zu erstarren. Vielleicht hatte ich mir den Augenblick nie vorgestellt. Vielleicht hatte ich mir noch keinen wirklich vorgestellt. Aber in dieser kalten Reglosigkeit vor der Tür war mir, als würde meine Welt sich umdrehen und zurückblicken, als würden die vielen toten Minuten meines Lebens plötzlich leben und sprechen und rechtfertigen, daß ich in dieser nassen Nacht mit den Händen eines Mannes und den Augen eines Jungen vor der Tür stand und diese Zinnpfauen ein wahres Bild der Treue waren.

Margaret öffnete die Tür und fiel beinahe in Ohnmacht. Sie machte mich schwach. Sie zog meinen Kopf in ihr zurückhaltendes Parfüm hinunter, und sie küßte mir einen Heiligenschein. »Jamie, mein Einziger«, sagte sie, »Mein Guter, bist du gleich gekommen.«

Die Hände meiner Großmutter brachten immer irgendetwas an ihr in Ordnung. Sie konnte mitten im schlimmsten Chaos ihre Manschetten glattstreichen oder ihr Haar richten.

»Wie groß du geworden bist, Jamie«, sagte sie. »Und ganz nasse Haare. Willkommen zu Hause, mein Sohn.«

»Ich habe dich vermißt, Granny.«

»Komm her, mein Sohn«, sagte sie. Und legte ihre Halskette zurecht. »Für mich bist du keinen Tag aus dem Haus gewesen.« Und damit zog sie mich hinein. Im Flur brannte kein Licht. Sie nahm meine Hand. Sie nahm mir auf ihre typische Art meine Tasche ab. Sie führte mich nicht ins Wohnzimmer, sondern gleich in das hintere Schlafzimmer. Ich wußte, daß es ihres war. Eine Welt, wie nur sie sie baute. Ihre Sachen, dezent arrangiert.

»Und bist du gerade aus England gekommen?« fragte sie.

»Es war ganz einfach, Granny«, sagte ich und setzte mich auf einen ihrer Weidenstühle. »Der Zug war gut.«

»Ich habe durchs Fenster geschaut«, sagte sie. »Ich habe kein Taxi kommen sehen.«

»Nein, ich bin gelaufen. Am Pavillon vorbei. Die Gangs sind unterwegs.«

»Sie waren die halbe Nacht an der Tür«, sagte sie. »Wollten Geld und Äpfel und was nicht alles. Ich hole dir ein Handtuch, mein Sohn, du bist klatschnaß.« Sie drehte die Heizung auf. Sie schloß hinter sich die Tür.

Ja, Margaret. Sie bricht mir das Herz. Bringt ständig irgend etwas an sich in Ordnung. In ihrem Haar hängt das Dröhnen des Atlantik, es ist grau. Ihr Kopf bewegt sich hin und her, wenn sie allem zuhört, was man auch erzählt, und wenn sie mit hartem Lächeln vor dem Radio sitzt und beim Volkstanz den Reels zuhört, schüttelt sie schnell mit dem Kopf.

»Ich würde mir wahrscheinlich alle Knochen brechen«, sagte sie.

Sie kam mit einem grellfarbigen Handtuch herein und erwischte mich, wie ich ihr Zimmer betrachtete. Die Rippen des Heizkörpers glühten orange. Auf jeder freien Fläche lag ein weißes Spitzendeckchen.

Weißzeug.

Ihr kleiner Tisch. Zwei Stuhlrücken. Ein Regal am Kopfende ihres Bettes. Hier und da lagen karierte Läufer. Kleine Blumen in Trinkgläsern. Sie hatte eine Kaminsims-Uhr, die zu groß für das Zimmer war. Ein seltsames Zimmer. Wie ein Raum für Gegenstände, die man bei einer Überschwemmung gerettet hat. Aber es war ordentlich und sauber. Vieles wies darauf hin, daß sie strickte. In diesem Zimmer schien sie zur Ruhe zu kommen. Auf dem Schränkchen neben ihrem Bett lagen vier Bücher. Eine Bibel, ein altes Meßbuch, ein Burns und ein zerfleddertes Taschenbuch von Mills & Boon. Der Umschlag zeigte einen braungebrannten Adonis in einem großen Schnupftuch, der ein Mädchen auf ein Pferd hievte. Ich lächelte meine Gran an.

»Wie ich sehe, hast du deine Bibliothek vergrößert.«

»Ach, dieses doofe Ding«, sagte sie und zupfte Flusen von ihrer Strickjacke. »Der reinste Mist. Man kann das im Schlaf lesen. In

88

der Schule machen sie morgens Kaffeekränzchen. Da ist ein Bücherstand, das meiste ist Mist, aber sie kosten nur ein paar Pence.«

Wir setzten uns und sagten eine Weile nichts.

»Wie geht's ihm, Gran?« sagte ich zum Teppich und dann zu ihren Augen. »Wie geht's ihm?«

»Er hat nicht mehr viel Zeit, Jamie«, sagte sie. »Er stirbt, weißt du.«

Auch ihr Blick sank zu Boden. Nur unser Atem und die Uhr waren zu hören.

»Aber er stirbt nicht gleich«, sagte sie. »Dr. Riccarton sagte zwei Monate.«

»Und wie ist er drauf?« fragte ich. Und dann spürte ich plötzlich, wie fremd dieser Satz für Margaret klingen mußte. Ich hielt inne und erinnerte mich. »Kann er ... kann er die Schmerzen aushalten?«

»Ja, da sind die Schmerzen«, sagte sie und putzte sich die Nase.

»Schafft er das jetzt?«

»Er hält die Schmerzen aus, Jamie, mein Sohn. Die Schmerzen sind nicht der Punkt. Dein Granda hat sich wegen irgendwelcher Schmerzen noch nie Gedanken gemacht. Dein Granda und ich leben jetzt schon lange an den entgegengesetzten Enden dieser Wohnung. Du weißt, daß er es nicht leicht hat, oder? Hugh will immer noch, daß die Welt ihm zuhört, Jamie. Daß er gehört wird ... darum geht es, daß er gehört wird. Das hält ihn in Gang, mein Guter.«

»Was will er denn sagen?«

Margaret stand auf, um Tee zu machen.

»Ich habe alle Heiligen auf ihn herabbeschworen, mein Sohn«, sagte sie, »damit er von dieser Frage abläßt. Und ich kann dir auch nicht sagen, was er will. Ich weiß nicht, was ein Mann in seinem Zustand will, außer Frieden. Er hat trockene Lippen. Aber du wirst selbst sehen, wie er sich Sorgen macht und ganz durcheinander ist mit seinen Geschichten und seinen Häusern und was nicht alles. Morgens, mittags und abends plagt ihn der Teufel. Oft träumt er laut davon. Er redet viel zuviel von diesen Leuten, die wegen der Miete gestreikt haben. Das wirst du selbst hören. Er hat das Zimmer so gemacht, daß ich kaum durchkomme, außer, um ihn zu wickeln und mich zu kümmern und ihm sein Essen zu bringen. Nicht, daß er noch viel davon ißt, was ich ihm gebe. Das macht es dir auch nicht leichter, wenn du das hörst, Jamie. Aber es ist richtig, daß du gekommen bist. Bleib hier, und ich bringe dir deinen Tee.«

Ich hörte ihn weit weg in seinem Zimmer husten. Der Husten schien förmlich gewachsen zu sein. Es war ein Husten, der bis an die Schmerzgrenze ging. Sein Atem pfiff und rasselte tief und bedrohlich. Der alte Hugh lag da hinten und verfiel elendiglich. Ich konnte Kette und Schuß seines Lebens hören. Und inzwischen auch den Wind in seiner dürren Brust. Womit soll man anfangen, wenn man über sein Ende spricht. Wir saßen da und hörten ihn husten. Ich war dort begraben, am Ende des Flurs, und machte mit meiner Großmutter Pause beim Tee. Ich pustete in die Tasse, um mir Mut zu machen.

Ich fürchtete mich davor, Hughs wildes, verwüstetes Gesicht zu sehen und seine gebrochene Stimme zu hören, all seine Worte, die so lange im familiären Haß geschmort hatten.

Er war einmal ein lächelnder, großartiger junger Mann gewesen. Seine Stimme war klar, und seine Kehle war feucht, er konnte singen und reden. Er konnte eine Menge mit einem Zungenschlag begeistern.

Schau, schau, sagten sie vielleicht, der mächtige Hugh Bawn erzählt uns was, er singt für uns, das macht er alles für uns, der junge Hughie Bawn, schau, schau.

Und dann hoben sich die Blicke. Hughie Bawns goldene Volksreden.

König Larynx.

Aufklärung, oh ja, und Leidenschaft gingen in den sanften Worten unseres guten Hughie damals wie heute zusammen.

Die Blicke der Frauen.

Und heute? Wer war jetzt wie Hughie? Gab es Männer mit hoher Stirn, mit gebügeltem Anzug und Larynx und Liebe als Beistand? Gab es einen Hugh-ähnlichen Brückenbauer? Aber warum sollte es ihn geben? Warum mußte es ihn überhaupt geben? Wir gingen jetzt unseren eigenen Weg; in unserer Welt gab es andere Herrlichkeiten. Nur, daß solche wie Hugh so plötzlich schwanden oder verschwunden waren.

Hughs junges Ich war kein Ich mehr. Nicht für ihn und nicht für uns alle. Junge Männer wie Hugh gab es nicht mehr.

Seine Hustenattacken hoben das Dach an.

Aber hatte ihre Art sie nicht schon immer eingesperrt?

Eine Schiefertafel in einer Schule aus Granit hatte von Anfang an einen Sprung.

Ein Spätsommer mit viel Alkohol und Geißblatt.

Ein junges Mädchen wurde von da, wo sie herkam, weggelockt.

Unterricht in Kummer und der Kunst der Unterstützung.

Eine Familienkrankheit galt als königlich und als unwandelbar.

Jeder neue Zug wurde hinweggefegt.

Ein Sohn, der nicht kochen und kaum atmen konnte.

Eine Schwiegertochter, die von der Mutter des guten Jungen gehaßt wurde. Und das nur, weil sie drohte, in Zukunft glücklich zu sein.

Und jetzt mußte ein Mann wie Hugh da liegen und bereuen. Ständige Zweifel wegen der Wege, die man nicht gegangen ist; Feuer im Herzen; Notlügen; Verlangen nach Mitleid, aber nicht so, daß man es merken würde; die erdrückende Weisheit des Clan-Ältesten …

Ja, ja. *Unsere Väter waren alle arm, und die Väter unserer Väter noch ärmer.*

Der Clan-Älteste. Jetzt ging er dorthin, wo man seine Gewißheiten endlich würdigen sollte. Und darunter die Tränen, die Traurigkeit von Ehefrauen und Kindern, die endlich den Wert des großen Mannes begriffen, wenn auch viel zu spät.

Ach, die Hölle für die, die keine Liebe zeigen konnten, ohne sich selbst geliebt zu fühlen.

Ach, die Hölle ist schon in ihren Herzen.

Und wirf einen Blick auf das Kaminsims. Es ist übervoll mit den Bildern unserer guten Männer, deren Herzen am Ende der Krankheit unterlagen. Und jetzt stehen wir allein und beraubt vor dem metallenen Ofen und schauen diese Bilder an, unsere graugesichtigen Männer mit horngefaßten Brillen und vernünftigen Strickjacken und Pomade. Und jetzt, wo wir sie anschauen, denken wir an sie, und überall heißt es, daß sie recht hatten. Sie hatten recht. Oh ja, sie hatten recht.

Und ihr Geruch an uns.

Eines Tages wirst du selbst alt sein.

»Es tut mir leid, Granny«, sagte ich. »ich habe nicht mitbekommen, was du gerade gesagt hast.«

»Ich habe gesagt, sein Husten ist manchmal nicht so schlimm wie jetzt.«

»Ach so.«

Mein Granda war im Zimmer nebenan am Leben. Hatte es nicht leicht. Es war nicht leicht, aus einem Leben wie dem seinen zu gehen.

Einmal sah ich, wie mein Granda bei Hochwasser den Fluß Doon durchschwamm. Er stand an diesem Tag am Nordufer, ein dicker Mann von sechzig, und sein Hemd, seine Weste und seine Wollhose waren im Gelb der Ginsterbüsche gestrandet. Und wie er in die Wassermassen lächelte. Die Wolken darüber waren schwarz. Die Wiesen auf beiden Seiten waren triefend naß, und die Luft roch nach durchweichtem Torf und nach verbrannten Blättern, und die Leute standen mit ihren groben Kapuzenmützen da und warteten darauf, daß der alte Mann sich hineinstürzte. Der Fluß war angeschwollen und schmutzig. Wir kannten ihn gut. Und an diesem Tag eilten alle Aale und Stöcke und verlorene Farbeimer auf ihrem Weg ins Meer an uns vorbei. Mein Granda stand da in Unterhemd und Unterhose. Er hatte Silber im Haar. Als er mit dem Kopf zuerst in die Brühe tauchte, erhob sich Gebrüll. Und schon schlug er mit den Armen um sich; das Wasser kam mit gewaltiger Wucht. Er wurde stromabwärts getragen, gleich ein ganzes Stück, aber er schwamm diagonal zurück, taumelte in der wahnsinnigen Strömung und drückte seinen Körper mit unglaublicher Kraft gegen die Flut. Und manchmal schien das Wasser ihn zu packen, es forderte all seine Atemluft und stellte seine Schwimmkunst auf die Probe, und obwohl das viele Wasser seine Unternehmung lächerlich erscheinen ließ, johlte und lachte die Menge wegen seiner Dreistigkeit.

Aber ich nicht. Ich schaute zu, wie der Fluß aus dem Nirgendwo kam, und ich sah seinen Kopf in der Gischt tanzen. Manchmal stand Angst in seinem Gesicht. Er kämpfte gegen die Strömung und gegen die Wassermassen. Jedesmal, wenn er flußabwärts getrieben wurde, schwamm er mühsam wieder zurück. Aber sein Gesichtsausdruck war nicht so, wie die Leute sagten. Sie sagten, daß er entschlossen war. Ich wußte, daß mehr darin lag als das. Die Angst war lebendig, die Angst, die auch in mir war.

Das Wasser selbst war verrückt. Mir kam es vor, als wäre es auf Rache aus. Der Fluß spielte gern mit meinem Granda, aber offenbar war er auch bereit, sein wahres Gesicht zu zeigen und ihn zu verschlingen, damit die nichtsnutzigen Zuschauer endlich schwiegen. An diesem Tag dachte ich, er würde ihn wegreißen und ins Meer tragen, wo er dann verloren wäre. Aber plötzlich erschien der große Hugh Bawn am anderen Ufer, seine Brust hob und senkte sich schwer im Zwielicht, sein Haar stand ab wie die Stacheln eines Stachelschweins, und alle Leute jubelten, als gäbe es kein Morgen.

Ich hasse Tee. Seine pfeifende, braune Neutralität hat mich schon als Junge krank gemacht, und sie macht mich immer noch krank. Abwaschwasser aus Schmuddelwetter und Flußufer-schlamm. Bei Margaret bekam man nie Tee ohne Kekse. Sie hatte Tunnock's Teekuchen und Bourbon-Törtchen auf einem Teller verteilt. Tunnock's: eine verworrene Kuppel aus Zuckerglasur, deutlich sichtbare Schweißpunkte aus Schokolade.

»Er hat gefragt, wer an der Tür war«, sagte Margaret.

»Hast du es ihm gesagt?«

»Nein«, sagte sie. »Halloween, habe ich gesagt.«

Meine Granny trank ihren Tee, als ob er sie wirklich beruhigen würde. Sie trank ihn immer aus einer Tasse mit Untertasse; der Rest der Welt nahm einen Becher. »Es ist gut, wenn man an einem kalten Abend eine Tasse Tee bekommt«, sagte sie, um den leeren Raum zu füllen, und dann, »Jamie, lassen die Leute in Liverpool den Beutel in der Tasse?«

»Manche schon, ja«, sagte ich. »Sie trinken ihren Tee in Liverpool trotzdem gern.«

»Und nennst du dich da unten James?« fragte sie aus heiterem Himmel. Das war die Spezialität meiner Granny: sie machte ei-nen mit einer Tee-Frage weich, und dann schlug sie mit irgend etwas Seltsamen hart zu.

»Ja«, sagte ich mit einem dummen Lachen. »Normalerweise sa-gen sie James. Aber ich weiß nicht, warum du am Telefon nicht durchgekommen bist. Vielleicht verstehen sie den Akzent nicht.«

»Aber sie können dir folgen, wenn du was sagst?«

»Hmhm.«

Wir saßen schweigend da.

Meine Granny fing an zu stricken, und wir unterhielten uns ein wenig über alltägliche Dinge. Sie war gerne still, und sie mochte es, wenn man ihr zusah. Die gewöhnliche Welt war für meine Granny einfach zu laut. Was sie wollte, war der vollkommene

Frieden. Und manchmal dachte ich, daß ihre Vorstellung von Ordnung den gestrickten Reihen entsprach, die sie auf dem Schoß hielt, in diesen statischen, bunten Bändern. Eine Tugenduniversum, das die Glanzpapiermuster vorhersagten. In den fertigen Kleidungsstücken lag alles, was ihrer Meinung nach gut war. Sie starrte fast den ganzen Tag auf diese krausen Reihen, und ich glaube inzwischen, daß sie dort Strenge und Güte und Nützlichkeit und Reinheit sah. In all den langen Jahren waren ihre Wünsche an diesen klappernden Nadeln hinabgeglitten, und Tag für Tag hatten sich ihre Hoffnungen mit der Wolle im Korb aufgerollt.

Eins rechts, zwei links. Eins rechts, zwei links.

Meine Granny investierte ihre Tage in Babymützen und Jäckchen. Die Früchte ihrer privaten Zeit fuhren jetzt in Kinderwagen herum und kuschelten sich sanft an die Haut von Babys, die sie nie sah. Und eines Tages würde man diese Kleider für Pennys weiterverkaufen, an andere Frauen, die wenig Wolle hatten, aber ein Leben zum Auftrennen und neue Stunden, die sie mit dieser sonderbaren Strickerei füllen konnten.

Klick klick klick, klick klick klick.

»Es kommt, wie es kommen muß«, sagte sie aus der Tiefe ihres Sessels. »Ich habe mich immer darauf gefreut, dich wieder bei uns zu haben, Jamie.«

Ich lächelte zu ihr hinüber. Hier oben klopfte der Regen um das Fenster herum.

Im Durchgang zum Zimmer meines Großvaters brannte kein Licht. Nur ein dunkler Flur, wie ein Tunnel. Aber an seinem Ende leuchtete es seltsam blau. Näher an der Tür sah man, daß das von draußen kam: der Suchscheinwerfer oben auf dem Block. Als ich den Flur entlangging, versiegte sein Husten.

Die Tür stand offen. An der gegenüberliegenden Wand hing ein gerahmtes Bild von Nat King Cole. Auf der anderen Seite war eine Zeichnung von einem Bienenstock, einem Bienenstock in Gold und Rosa.

In diesem blauen Nebel war alles gedämpft. Fast überall lagen die Schatten der Tüllgardinen, sie warfen kobaltblaue Muster auf die Zimmerdecke, und unten auf dem Teppich glühte ein elektrischer Heizofen vor sich hin. Im Zimmer standen die Gerüche eines alten Mannes: Schweiß und Tabak. Medizin.

Und das Merkwürdigste war mit den Wänden passiert. Überall im Zimmer war der Putz eingedrückt. Durch tiefe, gesprungene Krater in Kopfhöhe sah man den Rigips darunter. Andere Löcher weiter oben und unten an der Wand sahen eher aus wie kleine Vertiefungen oder Beulen. Mein Granda lag auf einem Einzelbett in der Ecke. Seine Augen leuchteten.

Wir sahen einander minutenlang an. Ja, die Augen meines Granda leuchteten, und sie waren feucht und zwinkerten kaum, und sie versengten die Luft zwischen uns. Über ihm hing das grimmige blaue Licht. Sein Kopf tief unten in den Kissen.

Er starrte zu mir herüber. Seine Brust hob sich, er mußte husten. Aber auch als er losprustete, hielt er den Blick, er griff nur nach den Beinen seines Schlafanzugs und streckte eine Hand in den leeren Raum zwischen uns. Er versuchte, einem Lachen Luft zu verschaffen.

»Du siehst trotzdem gut aus, genau wie ich«, sagte er.

Seine Stimme war rauh, ein tiefes, entwurzeltes Brausen. Man konnte hören, daß er einmal ein großer Redner gewesen war, denn den Ton gab es noch, auch wenn der vitale Antrieb jetzt fehlte. Er war wie ein Mann, der in seiner ehemaligen Burg keine Zimmer mehr hatte. Die Schlösser waren ausgewechselt. Der Plan war geändert. Die Diener kamen nicht mehr, wenn er rief. Er kannte den Ort, aber der Ort kannte ihn nicht mehr. Er hatte die Macht verloren und das Recht, an diesem Ort zu leben, wie er einst gelebt hatte. Seine Schritte hallten jetzt im leeren Saal. Hugh Bawns Körper machte aus seiner Stimme einen Fremden.

»Komm her«, sagte er. Er bewegte die Beine auf dem Bett und deutete zweimal auf den Platz, den er frei gemacht hatte. »Setz dich zu mir. Ich habe Schmerzen.«

Seine Augen aus Druidenglas.

Er sah mich weiter von oben bis unten an. »Wieso hängen dir die ganzen Haare auf der Stirn herum?« sagte er. »Gibt's in England keinen Friseur? Das ist wahrscheinlich gerade schick.«

»Du hättest doch selbst gern noch ein paar Strähnen.«

»Ach so. Du bist ein ganz Gescheiter. Blond wie deine Mutter. Ihr steckt sowieso alle bald in Nazi-Uniformen.«

Während er sprach, wühlte er mit der Hand in der Bettwäsche herum. »Wahrscheinlich bist du nicht so vernünftig und rauchst?« sagte er.

Ich schob meine Hand in die Jackentasche, tastete nach der Pakkung und zog eine Zigarette hervor. Ich reichte sie ihm und griff dann noch einmal hinein.

»Ein guter Zahnarzt«, sagte er, »zieht sie alle nacheinander heraus.«

Läßt sich nichts entgehen, dachte ich.

Und dann hielt er sich die Zigarette vor das Gesicht und brach den Filter ab, als würde er Brot brechen. Er warf ihn fort und leckte über die ganze Länge der Kippe, dann riß er sie auf und löste die krümeligen Tabakstückchen. Er schob die Hälfte auf ein Rizla-Blättchen. Er rollte es mit seinen gelben Fingern zusammen.

Die gesamte Operation wurde im Geist vollkommener Verachtung vollzogen. Er legte den restlichen Tabak in eine grüne Büchse am Bett. »Hat Maggie dir also alle meine Geheimnisse erzählt?« sagte er und spuckte Tabak auf die Bettdecke.

In meinen ersten Wochen dort spottete ich noch. Ich dachte, daß Hugh sich dann wohl fühlen und ich weniger sentimental werden würde. Das war, bevor ich irgend etwas wußte. Bevor ich die Veränderung an mir sah. Aber in den ersten Wochen klang ich manchmal abfällig. Ich dachte, wir würden ewig so bleiben, wie wir waren.

»Meine Granny erkennt ein Geheimnis nur«, sagte ich, »wenn es ihren Strickkorb ansteckt.«

Ich rieb mir die Augen. »Habe ich dir schon mal gesagt, daß sie zu gut für dich ist?«

»Fang bloß nicht so an«, sagte er. »Krieg' ich vielleicht mal Feuer, bevor ich hier sterbe?«

Mein Granda fühlte sich im Schweigen wohler als jeder andere Mann, den ich kannte. Er genoß das Schweigen. Er saß einfach wie angenietet da. Es gab nichts, was er sagen wollte, und nichts, was er sagen würde, es sei denn, er sagte es gerade, und in diesem Fall zählte nichts anderes. Wenn andere Leute sprachen, war das nur eine Ablenkung. Oder ein Stichwort, auf das er selbst etwas sagen konnte. Aber ich bin sicher, daß er die Pausen am liebsten hatte. Er lud sie mit Erwartungen auf: Er glaubte, daß jeder vernünftige Mensch, mit dem er sprach, dieses Schweigen weise nutzte, um die Weisheit dessen, was Hugh gerade gesagt hatte, reifen zu lassen und den Geist seiner Worte zu überdenken. Also genoß er es. Er war immer sehr großzügig mit seinem Schweigen.

Wir füllten die Luft mit Rauch.

»Du kannst dir die Schmerzen nicht vorstellen«, sagte er. »Das hält nicht jeder aus. Diese Schmerzen. Aber für mich ist das okay. Die Krankenschwestern finden, daß ich ein großartiger Typ bin, ein ganz fabelhafter Arsch. Die haben gesagt, daß die Leute sich normalerweise aufregen und Zeter und Mordio schreien und die ganze Scheiße, aber ich nicht. Ich habe denen gesagt, daß es mit dem alten Knaben hier was ganz anderes ist, verdammt. Andere Leute haben einfach keinen Arsch in der Hose. Das ist heutzutage das Problem, Jamesie. Keinen verdammten Arsch. Und ich sitze hier und bin froh wie Oskar. Ich weiß, wie's steht, kannst du mir glauben. Kein Scheiß-Problem …«

Während er das sagte, tippte er sich mit einem langen Finger an den Kopf.

»... Und du kennst mich. Viel zuviel zu tun zum Traurigsein. Heilige Scheiße. Immer noch zuviel zu tun.«

Er war um die achtzig. Aber er redete immer noch so. Eines konnte man sagen: er war sich selbst nie entwachsen. Hugh nicht. Er hatte viel durchgemacht, und er konnte immer noch reden wie ein liebenswürdiger Gangster. Immer in Eile, immer viel zu tun, immer clever, wenn es um ihn selbst ging, immer locker mit den Fakten, mit dem Territorium vertraut, keine Zeit für Idioten, und ewig geringschätzig einer Welt gegenüber, die weniger attraktiv war als er selbst.

Der junge Hughie. Jimmy Cagney.

Wie alle Männer, die gerne zeigen, daß die Welt ihnen nichts anhaben kann. Als Kinder haben wir diese Männer geliebt. Sie hätten uns das Blaue vom Himmel erzählen können. Sie gingen so lässig mit Sachen um, die uns angst machten. Jeder, mit dem sie nicht sprachen, war ein Verlierer. Sie konnten die Welt mit ihren Fäusten kurieren. Und niemand konnte sie zwingen – das war die Botschaft. Und sie wußten, wie man in diesem miesen Schlamassel glänzt. Und sie blieben bei diesem Wissen. Auch als der Glanz verschwunden war. Sie blieben ihrer Art zu reden und zu wirken treu. Hinter geschlossenen Türen konnten diese Männer traurig sein. Manche sind immer traurig gewesen. Aber in ihrem grenzenlosen Draufgängertum marschierten sie weiter.

»Dieser dumme Arsch von einem Doktor – kennst du Riccarton? Er hat mich gefragt, ob ich deprimiert bin. Ich schau ihn an. ›Deprimiert?‹ frag' ich. ›Hör mal, du Wichser, da, wo ich herkomme, haben die Leute keine Zeit, deprimiert zu sein. Wir sind zu sehr damit beschäftigt, die Lage zu verbessern.‹ Stimmt doch, Jamesie, oder?«

»Stimmt.«

»Und weißt du, was der blöde Arsch sagt? Er sagt, er glaubt, daß es mir ziemlich dreckig gehen wird und daß ich ehrlich zu mir sein soll. ›Ehrlich?‹ sag ich. ›Ich hab den Leuten in diesem Land schon beigebracht, wie man scheiß-ehrlich ist, da hast du noch an den Titten von deiner Mami 'rumgesabbert. Weißt du, was ich meine, mein Sohn?‹ Mein Gott. Ehrlich, hat er gesagt. Ehrlich, verdammt noch mal. ›Schau mal, mein Sohn‹, sag ich. ›Mach dir nichts draus. Guck du nach denen, die krank sind, und ich komme schon klar und mache meinen Kram.‹ Die Leute glauben immer, man hat nichts zu tun. Ich sage, ›Ich bin mal ehrlich mit *dir*, ja? Es ist alles bestens. *Mir* geht's bestens. Mir fehlt überhaupt nichts. Kümmer du dich um die, die Hilfe brauchen.‹ Da hatte er keine Antwort drauf. Das war sein Ende.«

So hatte Hugh schon immer gesprochen. Er war bereit für das Leben, wie er es verstand. Alles andere – sogar Kehlkopfkrebs und ein Schlaganfall – war einfach Mist. Offenbar wußte niemand außerhalb der Familie irgend etwas Persönliches über Hugh. Ein großes Tier in der Gemeindeverwaltung. Die Leute kannten sein Gesicht. Er war einmal Mr. Housing gewesen. Die Leute erinnerten sich an seine Wahlsprüche, an seine großen Reden, daran, daß er als alter Mann durch den Fluß geschwommen war.

Das hohe Tier hat sich uns angeschlossen. Er hat gesagt, daß er in diesen hohen Häusern leben und sterben würde. »Gut für euch, gut genug für mich.«

Als ich ihn sah, war er der Welt entkommen, aber nicht sich selbst. Ich saß auf seinem Bett und fragte mich, wie lange er das durchhalten konnte. Alles in diesem Zimmer erzählte von seiner Qual, aber er konnte es nicht. Nicht einmal so spät, jetzt, wo sein Enkelsohn zurückgekommen war, um ihn zu sehen, wo die Krankheit so weit fortgeschritten war und Margaret ganz in der Nähe; selbst jetzt, wo kein Verlust zwischen uns stand, wo um diese Stunde ein rücksichtsloser, starker Regen fiel, konnte er sich nicht öffnen, er konnte nicht sagen, daß er sich fürchtete oder mich wirklich ansehen in diesem blauen Licht. Nicht eine Sekunde lang konnte Hugh den Mann der Öffentlichkeit hinter sich lassen. Später habe ich das vielleicht verstanden. Aber an diesem ersten Abend schämte ich mich für ihn.

Er sprach eine Stunde lang von seinem fabelhaften Wohlbefinden. Oder er lag da und schwieg. Als ich nach dem Brief fragte, sagte er, daß er ihn in Eile geschrieben hatte. Er machte sich keine Sorgen. Er hatte mir nichts zu sagen. Ich sollte spüren, daß ich nichts falsch gemacht hatte. Das sagte er jedenfalls. Er wollte, daß es mir mit allem besserging. Er wollte sehen, wie ich aussah, jetzt, wo ich älter war. Er wollte mich unbedingt sprechen hören.

Aber er sprach alles selbst aus. In allem, was er sagte und nicht sagte.

»Selbstmitleid bringt nichts.«

Das sagte er in diesem Zimmer. Und dann genoß er das Schweigen zwischen uns.

Er schlief ein wenig. Und dann erwachte er mit plötzlichen, weitschweifigen Geschichten über große Gebäude und bedeutende Werke. Allmählich erkannte ich in diesen Geschichte die Reden der Vergangenheit. Ein Zitat von Gaitskell oder Wilson. Ein Fetzen Politik; Demographie. Und langsam schlug sein Vortrag den Bogen zu den Neuigkeiten über die Erfolge, die noch kommen sollten. Seine Augen schwammen. Er war in sich selbst versunken. Irgendwann fing ich an, seinen Arm zu streicheln, um ihn zu bremsen. Er raste. Er stieß mit seinen vergilbten Fingern in die Luft. Und dann drehte er sich um. Sein Blick schien Haltung anzunehmen.

»Willst du mich verarschen, mein Sohn?« sagte er.

Ich sagte nein.

»Dann mache ich dich nämlich platt, verdammt noch mal. Klar?

Wie 'ne Tonne Backsteine. Ich mach' dich platt, samt deiner Schuljungenfrisur.«

»Granda. Ich bin hier, um dich zu besuchen.«

»Mich besuchen? In deinem ganzen verdammten Leben nicht. Ich kenne dich. Wohinter bist du her? Bist du die Treppe 'raufgekommen, um mich auszulachen? Ich bin vor euch allen hiergewesen. Du bist hier nicht in Liverpool. Da kannst du lachen, soviel du willst. Das hier ist mein Haus.«

Seine Stimme klang ausgedörrt. Aber er war wütend und weinte, während er das alles sagte, und ich unterbrach ihn nicht. »Ihr seid doch alle Verräter und Tories«, schrie er. »Streikbrecher.«

Ich stand vom Bett auf. Margaret kam über den Flur.

»Ärgere ihn nicht, Jamie«, sagte sie. »Was soll das Theater?«

»Hast du diesen verdammten Überläufer hergebracht, damit er mich auslacht?« Er hustete und spuckte auf das Bettzeug. »Hast du ihn mal gefragt, wie er heißt?«

Margaret brachte ihm etwas in einer Plastiktasse.

»Machst immer noch alles kaputt, Fremder, was?« sagte er zu mir.

»Sperr ihn lieber ein, Maggie. Er bläst uns das Haus unter dem Arsch weg, bevor du weißt, was los ist.«

Es überraschte mich nicht. Mir war es lieber so. Offenbar war es irgendwie fällig, irgendwie ehrlich. Aber sein Gesichtsausdruck erschütterte mich doch. Ich hatte die Maße und Gewichte der Familienbosheit beinahe vergessen.

»Ich bin hier, um dich zu besuchen, Granda. Nur, um dich zu besuchen. Es gibt keinen Grund …«

»Du hast dir hier genug beschissene Zeit genommen. Verpiß dich.«

Ich saß ruhig in einem Sessel am Bett. Meine Granny ließ uns allein. Hugh redete eine Weile unzusammenhängendes Zeug, und dann drehte er sein Gesicht zur Wand.

»Bleib einfach da sitzen,« flüsterte er.

Das Licht war nicht besonders heilsam. Der Regen war wieder

in Schneeregen übergegangen. Ich zog die Tüllgardinen vor das
Fenster und hängte meine Jacke darüber. Auf der Anzeige des
Digitalweckers vergingen die Minuten. Und die Stunden. Der
Atem meines Granda wurde schwach und heiser. Er schlief.
Manchmal schnappte er im Schlaf nach Luft. Seine Lippen be-
wegten sich, als ob er etwas sagen wollte, dann sank er wieder
zurück, ein schläfriges Maunzen, und nur sein Atem stand im
Zimmer. Um 4.42 Uhr sagte er das Wort »Thomas«.
Unser Hochhaus schwankte um ein paar Zentimeter im Wind.
Unten zwischen den orangefarbenen Lampen markierte die de-
fekte Alarmanlage eines Autos die Zeit. Man konnte sie trotz des
Wetters heulen hören. Ich hatte vergessen, wo ich war. Hugh
hatte mir jeden Gedanken genommen. Ich betrachtete ihn, und
in diesen Stunden, in diesen dunklen Stunden kam es mir vor,
als hätte außer ihm und mir niemand gelebt. Der Gedanke an
den Tod führte uns zusammen.
Aber natürlich fanden andere Leben statt. Außerhalb dieser unruhigen Zimmer, dieser Hochhäuser, und jenseits der Ränder
unserer weißgewaschenen Stadt, hinter den Feldern standen die
Bauern von Ayrshire auf, um zu melken. Ein weiterer, neuer Tag
begann. Männer und Frauen und Kinder mit ihrem eigenen
Leben erwachten, um ihre eigenen lieben Sorgen einzuholen.
Und manche waren bestimmt so glücklich, wie es eben möglich
war.
Und bald war es sicher Zeit für den Schichtwechsel in den Elek-
tronikfabriken unten im Tal. Die Leute gehen nach Hause und
tun dies und das. Und unten an der Küste kommen die Fischer
mit ihrem Quantum Kabeljau zurück.
Die Nacht war vorbei.
Das Dunkel ließ nach, während mein Großvater schlief, und
obwohl es sich immer schneller auflöste, blieb ein barmherziger
Schatten zurück. Hugh Bawn schlief in seinen Kissen. Seine alten Hände hatten sich im Baumwollbettzeug verfangen, über

seinen Gelenken traten die Adern blau hervor, die offene Fläche seiner Brust war spärlich behaart und von Knochen zerfurcht. Seine dunkle Kehle war unter dieser Höhlung aus faltiger Haut punktiert. Leberflecken wie Perlen aus Blut umwanden und sprenkelten sein Schädeldach.

Die Nacht war vorbei.

Margaret hatte mir in der Abstellkammer ein Bett gemacht. Als ich von Hugh davonschlich, kam sie in einem roten Bademantel über den Flur. Sie reichte mir eine Extradecke. Sie lieh mir ihren Burns.

»Ich bin ganz schön froh, daß du daheim bist, Jamie, mein Sohn.« Ihr Haar war voller Klammern und steckte unter einem Netz. Sie wandte mir den Rücken zu. »Geh jetzt schlafen«, sagte sie. »Jetzt wird alles besser.«

Die letzten Worte kamen durch den schwarzen Flur. Ich hörte, wie sie die Tür zu ihrem Zimmer schloß.

Ich zog mich bis auf die Unterhose aus und schlüpfte unter die Decke. Jetzt waren Möwen da. Sie stürzten sich vom Dach. Ich konnte sie vor dem Fenster hören. Margaret hatte eine Troddellampe auf den Sekretär neben dem Bett gestellt. Auf dem Boden stapelten sich Papierbündel. Aktendeckel, Zeitungsausschnitte. Gebundene Bücher. Ein Geruch, auf den ich den ganzen Tag gewartet hatte – alt und süß, Kohlepapier.

Keir Hardie zierte die gegenüberliegende Wand. Das Bild hatte die Farbe von Tee. Dieses verbissene Lächeln, das sich in seinen Bart geschmuggelt hatte; am Ellbogen eine Temperenzlerflagge. Von der Decke regnete es Staubpartikel. Fallender Staub. Die Laute der Möwen kamen näher. Meine Beine fühlten sich warm an, und meine Brust war warm und mein Schwanz und mein Hals und mein Gesicht. Vom Regal spähten gespenstische Augen herab.

Jodfarbene Fotografien. Jungen in zu großen Stiefeln. Mädchen mit weichen Hauben. Menschenmengen mit Transparenten und

Tafeln. Menschenmengen, so weit man sah, und die Gesichter unter den Fahnen waren verschwommen, der Gehweg war naß, und alles deutet darauf hin, daß es an diesem Tag Tumulte gegeben hatte. Menschenmengen aus Unbekannten. Aber dort in der Mitte eines Bildes war eine Frau. Eine Frau in Röcken, mit einen Jungen auf dem Arm. Der Ausdruck des Jungen war mir vertraut.

Das Gesicht des Jungen. Wie seine Augen spähten. Seine Augen spähten in eine schlafende Zukunft.

DREI

BRACHLAND

Hugh wurde im Winter 1913 in Ayr geboren. Seine Mutter Euphemia Bawn hatte auf dem Bett gelegen – Knie und Bauch und Kopf wie die Gipfel der Insel Arran – bis der Tag ihrer Niederkunft gekommen und vergangen war. Sie wollte, daß ihr Baby am ersten Tag der letzten Woche im November kam. Welche Schmerzen sie bei der Geburt erlitt, weiß niemand mehr. Aber beim Anblick ihres ersten und letzten Kindes entfuhr ihr ein heiliges Wort. Sie hatte sich am Bettgestell festgehalten, bis dieser Tag angebrochen war, das Fest des Alexander Newskij, ihres Lieblingsheiligen. Aber dann wurden Mutter und Sohn auf eine Station der Nervenklinik von Glengall eingewiesen.

Euphemia hatte eine bemerkenswerte Stimme, und ihre Worte ergossen sich über betende Hände.

Sie memorierte Teile einer obskuren Liturgie. Alexander Newskijs Antworten auf die päpstlichen Legate kannte sie auswendig. Sie erlaubte sich, sie in ihrem eigenen breiten Schottisch zu arrangieren. Eine staatlich geprüfte Krankenschwester zeichnete einmal einen Streit auf, den Euphemia mit dem jungen Sanatoriumspfarrer hatte. Sie beleidigte seine Ohren mit den Sprüchen der Heiligen, die sie in ihre eigenen Worte gefaßt hatte. »Wir wissen das Gesetz von Gott hier ganz gut«, sagte sie, »und von so welchen wie dir brauchen wir keine Lektionen.«

In ihren Krankenakten steht über die Antwort des Pfarrers nichts.

Famie war ein Spielball der höheren Mächte. Man kann davon ausgehen, daß 1913 in den Tälern von Ayrshire kaum jemand von Alexander Newskij sprach. Man hatte nicht mehr viel von ihm gehört, seit die Äbte von Kilwinning vor fünfhundert Jahren seinen Namen mit ihren eisernen Glocken verbreitet hatten. Und die folgenden Kriege hatten seinen Namen dann berühmt gemacht. Aber Hughs Mutter nahm sich der Sache an. Sie hatte für Geschichte viel übrig. Und in den folgenden Jahren fand sie neue Verwendung für die vielen geflüsterten Weihen. Ihr politisches Herz sollte immer ein wenig geistlich bleiben. Sogar damals, in den geheimen Jahren ihrer Gebrechlichkeit, zog Euphemia Bawn es vor, mit den Heiligen auf gutem Fuß zu stehen.

Ihr Ehemann Thomas war ein guter Sänger und ein schlechter Landwirt. Und wie die besten unter ihnen ein unverbesserlicher Sklave. Im jenseitigen Leben spielte er eine große Rolle – nach seinem Tod sprachen die Leute von ihm; aber hier auf Erden schätzte man ihn gering und bedauerte ihn. Thomas war offenbar ein liebenswürdiger Mann, ein guter Mensch und guten Mutes; weil er nie einen Fetzen Glück im Leben hatte, war er hoffnungslos schlecht darin, seinen Lebensunterhalt zu verdienen.

Ein guter Mensch, schlecht im Geldverdienen. Er konnte nie seine Rechnungen bezahlen.

Wie so mancher Ruf sich doch verbessert, wenn man von dieser Welt in die nächste übergeht. Hugh sprach gewöhnlich von seinem Vater wie von einem Gott oder von einer Art Meister unter den Menschen, der nur mit einem bösen Schicksal und dem falschen Beruf geschlagen war. Auch andere Leute erinnerten sich gut an ihn. Er hatte einen älteren, gelehrten Freund in Ochiltree. Sie tranken zusammen Wein.

»Thomas war von weher Fröhlichkeit«, schrieb sein Freund in einem Brief. »Sein Adel gehörte in eine ganz andere Zeit.«

107

Hugh hatte seinen Vater nie wirklich gekannt. Aber er dachte immer an ihn. Ein Mann mit dem Geist der Güte und der Gewohnheit zu scheitern. Mit seinem blonden Haar und dem weit über die Hügel gerichteten Blick wurde Thomas zum Mythos. Aber nichts gelang ihm. Seine Tage waren voll mit persönlichem Ungemach. Sie fingen mit der Lerche und ihrem boshaften Gezwitscher an und endeten auf den Feldern bei seinen braunen und weißen Kühen, die wunderbare Milch gaben, nur nicht bei Thomas. Und die beschränkten Jungen, mit denen er aufwuchs, trotteten mit ihren preisgekrönten Bullen am Tor vorbei.

Jock the Lairds und Fairlie Geordies.

Tam hatte in der Welt kein Glück wie sie. Seine Kühe mit den traurigen Augen tranken in der verschneiten Sonne Carrick-Wasser und gaben kaum einen Liter, den er verkaufen konnte. Aber es lag nicht in Thomas' Natur, irgendeiner Seele außer sich selbst die Schuld zu geben. Er hielt seine dürren Tiere wie Haustiere. Und niemand bezweifelte, daß Tam das hoffnungslose Land vor seiner Hintertür liebte. Er liebte es innig. Er kannte jeden Grashalm und jedes scheußliche Unkraut beim Namen; mit den Hügeln hatte er schon lange Freundschaft geschlossen. Nein, der Landschaft von Ayr gab er nie die Schuld. Sie war alles, was er hatte. Außer Famie und der Dichtung und dem Alkohol, seinen einzigen Lieben.

Einmal schrieb Tam einen Brief an einen Cousin in Irland, und darin stand, daß er nur wegen Robert Burns auf seinem Hof blieb. »Auf dem Feld komme ich nicht gut zurecht«, schrieb er, »aber mach dir nichts draus, wenn man sich vorstellt, daß die schützende Hand des Dichters mit einem ist, kann einem der Kampf um das Zeug hier schon etwas sein.«

Und ich hörte diese Geschichten von den fernen Bawns. Als Heranwachsender träumte ich von Thomas. Ich wollte gern dieser freundliche Mann sein, der durch die Felder gelaufen war und seine Frau geliebt und den Blumen Namen gegeben und am

Bach für sie Gedichte geschrieben hatte. Sogar jetzt, nach all den Jahren, jetzt, wo sich trennende Welten zwischen uns drehen, würde ich manchmal immer noch gerne scheitern, wenn auch nur, um unter seiner schützenden Hand zu scheitern. Und genau wie sein Sohn habe ich ihn nicht gekannt. Aber ich würde seine Hand erkennen. Ich suche immer noch nach ihrem Schatten auf dem Papier.

Die Ernten der Bawns waren ebenfalls kläglich, und Thomas rechnete das dem bösen Geschick seiner Ahnen an, deren Knochen, wie er wußte, tief in den Kuhställen von Skibereen begraben lagen. In den schlimmsten Zeiten, wenn nachts ein Fensterladen klapperte und er sich fürchtete, lag er mit diesen schrecklichen Gesichten wach und dachte im Dunkeln an seinen Vater Lorcan. Er war nach Glasgow gegangen, weg von diesen Gespenstern, dem Grün in ihren Mündern, den Gemeinschaftsgräbern und all der unheiligen Schwärze in diesem Land. Er war in ein Schottland gegangen, das frei war von der Krankheit Schlamm. Das dachte er jedenfalls. Das Gesicht von Lorcan Bawn am Bett. Thomas' Augen. Der klappernde Fensterladen.

Das irische Wasser strömte herbei. Von Cork aus strömte es herbei zum Strand von Ayr.

Der Nachtschatten.

Und der junge Tam setzte sich auf in seinem Bett und wußte, daß sein Vater beim Kreuz geschworen hatte …

»Nie wieder ein Hof oder eine Schaufel …«

Lieber in Glasgow im Maschinenöl ertrinken. Aber Thomas Bawn hatte die Vergangenheit wiedergutmachen wollen. Ein neues Leben anfangen. Und das Land in Ayrshire schien sich sehr gut zu eignen für diesen Zweck. Er kam seinem Schicksal auf einer Fähre der Caledonian Line entgegen. Den ganzen Weg über brannten Kohlefeuer.

Aber manche Dinge gelangen. Famie und Thomas waren ein berühmtes Paar. Sie lachten und lachten über die ganze weite

Welt. Sie stellten überall auf den Feldern zerlumpte Vogelscheu-
chen auf. Die örtlichen Kirchenältesten runzelten die Stirn. Famie und Thomas zusammen waren berühmt. Von den Jungen
bewundert und von den Alten verachtet. Doch die Legende
weiß, daß ihnen das gleichgültig war. Tam und Famie liebten sich
auf dem Küchentisch (eine von den Sachen, die die alte Krankenschwester sagte) …

»Und obendrein nie ein Laib Brot im Haus …«

Tam machte in der Scheune eine Art Whisky. Er verkaufte ihn
an die Prominenz in den umliegenden Hügeln. Und Famie arbeitete, wenn sie bei klarem Verstand war. Sie war Dampfbügle-
rin in Newmills. Aber ziemlich oft geriet sie im Kopf durcheinander – sie zitterte und bebte – und dann schlich sie auf den
Nervenenden an das Tor von Glengall.

Und dann tauchte Tam im Krankenhaus auf wie ein kleiner Junge. Mit Tränen in den Augen und mit Blumen, die er gepflückt
hatte. Famie phantasierte und dürstete in ihrem Bett. Ganz leise
flehte er um ihre Gesundheit.

»Da ist was los mit meiner Frau«, sagte er.

Es war etwas los, aber es war nichts falsch. Er verurteilte sie nie.
Für ihn war sie wie eine Heilige, eines der verschämten Idole, die
sie hegte und pflegte.

Einmal wurde er aus der Station für Geisteskranke hinausgeworfen, weil er ein Lied gesungen hatte. Man hatte sie an das Bett
gefesselt. Er sang »Die Schönen von Mauchline«. Und ob diese
Musik Muster auf die Wände malte und aus der Krankenstation
nach draußen schwebte und dort die Gärten und das Meer beleuchtete – das weiß ich nicht.

Ich weiß es nicht.

Aber so sehe ich es vor mir. Und ich höre den Text. Thomas setzte
Famies Name für den von Jane Armour ein. Ein Lied, das durch
ein Fenster des Irrenhauses von Glengall flog und über den Zaun
und in die Gischt, hin zum wilden Seesalz und den Wolken und

dem Geräusch der Wellen in eine Zeit, von der wir nichts wissen können.

Es gibt in Mauchline sechs Mägdelein fein,
Die Zierde der Stadt und der Gegend umher,
Ihre feine Manier, man dächte doch schier,
Daß sie von Paris oder London stammt her.

Miss Miller ist nett, Miss Markland adrett,
Miss Betty ist hübsch, und Miss Smith hat Verstand;
Miss Morton ist reich und niedlich zugleich,
Doch von allen ist *Famie* mein Krondiamant.

Und in Famies Augen trat Schmerz und ohne Zweifel Sehnsucht. Thomas saß da, die Station war für eine Sekunde die weite, weite Welt, und dann kam die Oberschwester mit ihren verschlagenen Bekundungen des Bedauerns und der Geschichte von ihrer letzten Warnung. Thomas zog sich zurück, wie er geheißen war, aber zuvor nahm er noch die Stoffbinde vom Gesicht seiner jungen Frau, und vor den armen Beschränkten der Gemeinde leckte er ihren Mund und küßte ihre Lippen, bis sie naß waren und bebten, und dann machte er weiter, bis das Beben aufhörte.
Famies Gesundheit besserte sich, als mein Granda Hugh geboren wurde. Aber mit dem Geld wurde es schlimmer. Tam trank inzwischen den ganzen Whisky, den er in der Destille brannte. Und eines Tages wollte er in Glasgow sein. Er betrachtete Hugh und verfluchte ihr Los. Er wollte diesem hoffnungslosen Hof entkommen, er wollte fort von den gnadenlosen Zungen in der Grafschaft, er wollte in den Schatten von St. Mungo, in die einzige Stadt, die er je gekannt hatte. Er wußte, daß er sich vielleicht zugrunde trinken würde. Glasgow war für Männer wie ihn gemacht. Seine überschaubaren, ruhigen Tage waren endgültig vorbei.

111

Und in Famies Leben war das ein Anfang. Ihr Wahnsinn ließ nach, ihr Baby öffnete die Augen. Aber für Thomas gab es keine goldene Zeit. Für ihn war der Umzug das Ende. Er konnte es kommen sehen: die Flasche oder Frankreich.

Nach Govan kamen die Kriege früh, auf den Werften wurde die ganze Nacht gearbeitet, und gewaltige Kräne erhoben sich hoch über den Clyde. Und in alle Richtungen Straßen mit Mietskasernen, Häuser, vernarbt und schwarz wie Lungen, das Brachland dahinter mit Asche übersät.

Aber zuerst kamen die Bawns in ein Glasgow voller Lichter. Sie hatten vom Verkauf des Hofes ein wenig übrig. Genug für einen Anfang. Sie blieben zwei Wochen in Battlefield, bei einer Tante zweiten Grades von Thomas. Die Tante gehörte zur »guten Seite«. Sie besaß eine Kette von Tabakläden. Eine beleibte, rotgesichtige, abschätzige Frau, sie hielt ihr Geld zusammen und benutzte es, um eine geronnene Großzügigkeit zu zeigen. Sie ließ Thomas bleiben, weil ihn jemand einen Dichter genannt hatte. Er sagte, daß das richtig war. Kraft seiner schönen Haare gab sie ihm zwei Wochen und fand sich mit Famie ab, einem »zierlichen Persönchen«, einem »Blümchen aus Ayrshire«, aber »wohl kaum Material zum Heiraten«.

In der ersten Woche dort inspizierten sie die Geschäfte und saßen in Miss Cranstons Teehaus. Famie war von den ovalen und quadratischen Formen entzückt: Alles sah so modern aus. Zuerst hatte sie Angst vor den Straßenbahnen auf der Argyll Street und vor den Warenhäusern, die so hoch emporragten. Tam besänftigte sie dann. Er prüfte ihren Blick. Er beruhigte ihre Nerven. Sie verbrachten einen ganzen Tag in der Buchanan Street. Kichernd und starrend, auf und ab. Manchmal ging Tam für eine Stunde weg. Dann spazierte Famie herum und sagte hallo und dachte an das Leben, das sie in Glasgow haben konnten.

Jahre später hat meine Urgroßmutter ihrem Sohn etwas erzählt.

Sie sagte, daß diese Woche mitten in Glasgow die glücklichste Woche in ihrem Leben mit Thomas gewesen war. So ist es ihr wahrscheinlich vorgekommen. Der Hof in Ayrshire, diese Krankheit, lag hinter ihnen, und vor ihnen lagen die Plagen von Govan. Für etwa eine Woche, im Kibble Palace, am Broomielaw und auf den Wiesen des Glasgow Green spürten sie, daß der Fortschritt und das moderne Leben sie fesselten, und das Versprechen, daß Famie gesund werden würde. Glasgow kam ihnen vor wie das Ausland. Eine Stadt mit Hauben und hübschen Uferböschungen und zierlichen Teetassen und ein paar Gläsern in einem Hotel. Aber alles schien vorbei zu sein, bevor es angefangen hatte. Die Tante wollte sie nicht länger im Haus haben, als sie Tam mit einer Flasche Sherry im Bett erwischte.

Das Geld ging ihnen aus. Tam fand Arbeit in Parkhead Forge, dort wurden Kanonen für Kriegsschiffe gebaut. Etwas anderes war in der Eile nicht zu bekommen.

Es war ein kalter Tag.

Sie zogen mit einem Bündel Decken und einer Landkarte von Cork nach Govan. Schwarzer Regen rann an den Fenstern herunter. Famies Herz sank. Die Mietskaserne am Grace Drive war überfüllt. Und die Miete war nicht billig für ein Haus, das so weit von Parkhead Forge entfernt war. Tam ging hin und kaufte eine Kiste mit Tellern und ein gerahmtes Bild, der große St. Mungo mit einem Lachs, der sich über seine Hände bog. Famies Stimmung änderte sich. Sie brach in Lächeln aus.

Während der folgenden Tage stolzierte sie mit einer heißen Stricknadel in der Wohnung herum.

Klick-klick.

Sie war dabei, kleine Tierchen zu töten. Unter dem Klappbett waren Schaben, hinter dem Ofen Käfer. Famie tötete sie alle mit ihrer Nadel. In den Scheunen von Mauchline Moor hatte sie Schlimmeres gesehen. Das Baby Hugh saß derweil auf dem Tisch. Sah mit großen Augen seiner Mutter zu. Die Bawns waren erst seit einem Monat in Govan, als Großbritannien in den Krieg eintrat.

Und Tam ging schließlich nach Flandern. Er sagte, daß er die Felder wiedersehen würde. Und betrunken wie er war, wußte unsere Famie, daß er aufstehen und sich den Besten anschließen würde. Er wollte für alles kämpfen, was sie erlebt hatten, und Famie weinte und hatte nichts zu sagen. Dies war die einzige Nation, die sie kannten. Und trotzdem kratzte etwas ganz hinten im Hals, eine ferne Stimme der Vernunft. Er wollte für England kämpfen? Da kam die Vernunft zum Vorschein und sagte nein.

Sie standen am Spülstein; die Luft zwischen ihnen bestand aus Schweigen und Whisky.

Ja. In der Stille dieses Augenblicks kannten Tam und Famie einen vernünftigen Grund. Sie wußten, warum er nicht für England sterben sollte. »Aber es ist Großbritannien«, sagte er. »Wir müssen kämpfen.«

Sie kannten starke und sichere Gründe. Aber genauso sicher wußten sie an diesem Abend in Glasgow, als ihnen kaum noch Worte zur Hilfe kamen, daß weder Lieder noch Träume noch irische Jungen die Gefahr von ihrem traurigen Zuhause abwenden würden.

»Wir müssen kämpfen.«

Und das tat er.

Und Jahre später, in den Vierzigern, in den Monaten ihrer letzten Krankheit, erinnerte sich Famie Bawn an diesen Moment in ihrer Küche in Govan mit den tropfenden Wasserhähnen, und an den Ausdruck in Tams Augen, und sie vergab den Iren aus Dublin nie, daß sie ihre Lichter angezündet hatten, als die deutschen Bomber den Kurs nach Clydebank suchten. Sie erinnerte sich an seine zwinkernden Augen, an die Verwirrung in ihnen, an den Gedanken an seine Väter, an den Schmerz in seinen Augen, die schon vom Senfgas brannten. Und sie vergab den Iren ihre Lichter nie. Sie hatte nie die Zeit dazu. Und Gott schütze sie, sie ging zu ihren Heiligen und haßte noch immer jeden einzelnen von ihnen.

Die Männer waren fort, und die Kinder lagen in ihren Wagen, und Famie erwies sich als große Freundin der Frauen von Govan. Irgendwie veränderte der Krieg ihre Persönlichkeit. Sie schöpfte Kraft aus dem Nichts, aus nichts, was uns bekannt ist. Und sogar ihr Äußeres veränderte sich: ihre Stimme wurde fest, in ihrem Gesicht reifte eine liebenswürdige Ungeduld, und ihr langes Haar schlang sie von da an zu einem Knoten. Sie war bereit, die Welt und ihre Mühsal zu sehen.

Die Besessenheit der Familie Bawn vom öffentlichen Wohnungsbau begann in Wirklichkeit mit Famie. Sie war von Anfang an dabei. Ihre Schüchternheit und ihre allgemeine Traurigkeit haben sie auf diesem Gebiet nie behindert. Es sollte ihre große Lebensaufgabe werden. Und was sie in diesen wenigen Jahren erreichte, hat die Zeit überdauert, um uns jetzt heimzusuchen und auszuschimpfen. Hugh lebte im Schatten von Famies Idealen, wie ich jetzt und wahrscheinlich für immer in Hughs.

1915 war Famie ihren Nachbarn offenbar nahe gekommen. Sie war wohlbekannt, nicht nur im Grace Drive, sondern in vielen umliegenden Straßen. Sie hatte einen Dienstplan für das Waschhaus organisiert – so lernten die Frauen sie kennen – und dann übernahm sie Bügelarbeiten und beaufsichtigte Kinder, weswegen die Mütter mehr Stunden arbeiten konnten. Sie hatte wenig Geld für Hugh und für sich selbst. Aber das schien ihr nicht besonders viel auszumachen. In ihrem Kopf hatte sie schon schlimmere Orte gesehen.

In den meisten Fällen hielt sie die Fahne des gesunden Menschenverstandes hoch. Schließlich waren es die Räumungsbefehle, die Effie Bawn zu der machten, an die die Leute noch immer denken.

Effie. So sollte man sie in der Öffentlichkeit nennen.

Zuvor war sie nie politisch gewesen. Sie hatte nie auf Politiker gehört. Sie hatte nur auf die Heiligen gehört. Aber die Mietstreiks führten sie hinaus in die Welt, und ihre kleinen Fäuste waren in knöchelweißem Zorn geballt. Aber ihre Stimme war fest: sie hatte immer noch die Energie, die ihr schon bei der Vernichtung von Pfarrern aus Ayrshire behilflich gewesen war; auch wenn sich ihre Wortwahl verändert hatte. Sie sprach jetzt britisches Englisch mit einem Glasgow-Akzent, mit weniger schottischen Worten, als man sie in Ayrshire benutzte, aber mit einem starken schottischen Akzent des Geistes – wie wir das sechzig Jahre später nennen sollten, in einer Schule in Saltcoats, die sie niemals sah.

Der freie Markt war zu Famies Zeiten ein schlechter Herrscher. Vermieter waren grausam und unsichtbar, sie versteckten sich hinter ihren verschnörkelten Gesellschaften mit dem Und-Zeichen, hinter ihren reich verzierten Fenstern am St. Enoch Square, und dort waren sie damit beschäftigt, die Slums auszusaugen. Für die Vermieter war es ein guter Krieg. Sie kämpften nur um die Miete. Sie wollten mehr Miete, als die Leute bezahlen konnten.

Von ihrem vorderen Fenster im Grace Drive aus hatte Famie die frühen Räumungen von 1915 mit einem Gefühl des Grauens beobachtet, mit zunehmender Angst.

»Es ist nicht zu glauben.«

Man hörte von Männern, die in Frankreich starben, und die, die noch in Glasgow waren, arbeiteten mit voller Kraft, um ihnen Kanonen und Schiffe zur Hilfe zu schicken. Munition, Bomben. Nicht zu glauben.

Väter starben in Schützengräben, und ihre Frauen und Kinder setzte man auf die Straße. Famie wurde an ihren Fenstern in Glasgow schlecht. Und während sie da stand, sah sie andere Frauen, die auch an ihren Fenstern schwankten, weil ihnen schlecht war. Frauen standen auf Mietshaustreppen, hielten sich

116

die Hand vor den Mund und sahen den Gerichtsvollziehern unten bei der Arbeit zu. Famie sah die anderen Frauen, und die sahen sie. Ihre Blicke trafen sich von Haus zu Haus. Mary Barbour vom Ende der Straße wollte unbedingt, daß sie sich organisierten. Famie schloß sich ihr an. Gemeinsam brachten sie die Frauen von Govan dazu, sich mit Frauen aus anderen Stadtteilen zu verbünden. Sie kamen überein, daß keine ihre Miete bezahlen sollte.

Das Feld da draußen war unbekanntes Land voller Schmerzen und zerschmetterter Körper. Man konnte jetzt nur den eigenen Boden behaupten. Die Gefühle der Frauen stiegen auf wie Rauch und wurden Bestandteil der politischen Lage, als ob sie die Gewehre hören und sich vorstellen konnten, wie ihre Männer vor Scham weinten.

Die Mietstreiks begannen. Das Leben würde nie mehr dasselbe sein. Weder für die Frauen noch für die Babys, die sie trugen. Und auch nicht für das Land. Mary Barbours Herzensangelegenheit, der soziale Wandel, wurde hier heimlich ausgebrütet, und Schottland wurde zu einer Legende der Veränderung, der sozialistischen Führer und des zukünftigen Glücks. In unserem Blut wallte ein Jahrhundert der Hoffnungen auf. Wir entfachten und verströmten sie. Aber Effie Bawn war von Anfang an dabei. Ihre Familie würde niemals ein Haus im Stich lassen.

»Wir ziehen nicht aus« stand auf den Plakaten.

Und viele von ihnen wurden in Effies Küche in Nummer 11 gemalt.

Die Frauen, die zu den Treffen kamen, waren nicht die ärmsten. Sie trugen säuberlich geflickte Kleider und Unterröcke und Stiefel. Als der Streik einmal im Gange war, kamen auch Frauen aus den Wäldchen von Kelvinside nach Govan, und ihre Handtaschen waren schwer, wegen der Bücher von William Morris. Sie brachten auch die Flugblätter der Independent Labour Party mit. Eine Schinkensehne für die Suppe. Eine Büchse Shortbread.

Hugh erbte diese Gebäckdosen. Sie standen im Gästezimmer in Annick Water auf einem Regal. Die meisten waren mit blassen Szenen von der ersten Empire Exhibition 1909 verziert. Aber manche waren aus einer späteren Zeit: von 1938. Sie waren wunderschön: Der Palace of Engineering; der Palace of Industry; der Garden Club; der Dominions-Pavillion. Sie stapelten sich auf dem Regal. Hugh hatte sie mit Versicherungspolicen vollgestopft.

Die Frauen kamen also in den Grace Drive ...

»Empört über die Taten dieser furchtbaren Grundbesitzer. Wie auch immer, wir werden sie geschlagen sehen.«

An manchen Tagen gingen die Frauen mit ihren Kleinkindern zur Burgh Court Hall. Die kommunalen Verwaltungsgebäude. Alles roch nach Bohnerwachs. Eine Reihe von nervösen Mietern erhob sich dann vor dem Beamten.

»Warum bezahlen Sie Ihre Miete nicht?«

»Mein Mann ist an der Front. Kein Geld. Das Kind ist krank. Ich habe es nicht.«

»Drei Wochen, dann zahlen Sie, oder Sie fliegen raus.«

Manchmal: »Zahlen Sie bis Mittwoch, oder räumen Sie die Wohnung.«

Und die Frauen aus Govan und Partick und Wilton Street zischten über das Geländer hinweg. Sie zischten und schrien und hielten dem Schiedsmann ihre Kinder hin.

Sie war jetzt Effie. So nannten die Frauen sie gern.

Sie setzte ein Beobachtungssystem in Gang. Die Frauen hängten ihre Plakate in die Fenster aller Mietshäuser, die geräumt werden sollten. Und in allen Blocks beobachteten sie abwechselnd die Straße. Sie standen da mit einer Glocke. Wenn der Gerichtsvollzieher sich blicken ließ, läutete die Alarmglocke sofort das Angelusläuten der Streikenden. Und aus allen Gebäudeteilen kamen die Frauen herbei ...

»Manche mit Mehl, wenn sie buken, manche mit nassen Kleidern, wenn sie wuschen«, schrieb Effies Leutnant, Helen Craw-furd.

Und mit jedem Wurfgeschoß, das greifbar war. Helen schrieb, wie der Gerichtsvollzieher um sein Leben rannte, während ihn ein wüster Mob in Schürzen verfolgte, der wütend Gerechtigkeit verlangte und Holzlöffel schwang. Manchmal erschienen die Ingenieure und Arbeiter von den Werften mit ihren schwarzen Gesichtern. Sie kamen auf das plötzliche Geheiß von Mrs. Barbour oder Helen Crawfurd oder Effie Bawn, die überaus empört waren. Trotz aller gerichtlichen Anordnungen trieb sich kein Gerichtsvollzieher von Glasgow lange dort herum, wenn dieser lärmende Haufen die Straße entlanggetrampelt kam. Der Mietstreik hielt wie ein eisernes Tor.

Hugh war gerade zwei Jahre alt. Aber die Farben blieben. Und der Lärm. Der Tag des Marsches der Mietstreikenden zum George Square.

Er war in Effie Bawns Armen dabei, und manchmal ging er schon auf eigenen Beinen; er übte an ihrer Hand mit dem großen goldenen Ring am Finger. Es war ein rauher Morgen. In den Pfützen von Glasgow stand an diesem Tag alles Öl und aller Ruß, der vom Himmel gefallen war. Überall war Nebel. Der Clyde war über die Ufer getreten; Glasgow Green war voller Schlamm. Die Herbstblätter trudelten mit einem frostigen Mantel auf dem Rücken in Kreisen durch die öffentlichen Parks und schwatzten mit den Statuen.

Verrottete Blätter, die wie Zungen zu Füßen der großen Männer in ihren eisernen Amtgewändern lümmelten.

In den Gewächshäusern herrschte Stille, als die Lampen an ihren Haken zu schwanken begannen, weil die gewaltige Menge näherkam und ihre Lieder sang. Der Morgennebel hatte den Gestank verwirbelt und war dann verschwunden, er hatte die Straßen gereinigt, und das Donnern der Schritte wurde immer lauter. Sie marschierten auf der Straße zu einer Trommel. Die Zäune bebten im Rhythmus ihres Kommens. Ein schlechter Tag für die Statuen von Gladstone und St. George, aber kein so schlechter für die Frauen von Glasgow, die kamen wie die Flut ...

Ein anarchisches Durcheinander von Sonnenschirmen oder Gesichtern, die sich frei der Luft aussetzten.

Sie kamen wie die Flut. Tausende, Ellbogen an Ellbogen.

»Ich war dabei«, sagte Hugh. »Und ich höre noch den Lärm.«

Mit Plakaten so hoch, daß alle sie sehen können, zieht die Prozession an den Zitadellen von St. Enoch vorbei, die Forderungen werden immer lauter und streifen die Fassaden der reichverzierten Gebäude mit ihren teilnahmlosen Uhren, und hinein in die Buchanan Street. Tausende von Frauen schrien jetzt, alle Straßenbahnen blieben auf den Schienen stehen, brüllen, damit sie weiterfahren, weiterbrüllen, der Wind kommt von den Campsie Hills und verstopft die Straßen, und an den Straßenseiten lachten und johlten betrunkene Männer über die Vorstellung, die die Frauen boten.

Ja, und die Wohnungsbau-Verwalter hingen aus den hohen Balkonen am Royal Exchange Square und dachten auf keinen Fall. Auf keinen Fall.

Die Uhrmacher und Juweliere zogen ihre Läden herunter, weil sie sich vor Krawallen fürchteten.

Die Dächer der Gebäude sahen eine Armee, die sich durch die Straßen wand und nein sagte und nein und nein.

Hugh erinnerte sich an die Pelzkragen und an die schwarzen Handschuhe der Frauen auf dem George Square, und daran, wie leicht an diesem Tag gelächelt wurde, und an einen metallischen Schimmer oben auf dem Postgebäude. Effie hielt ein Ende eines Transparents; KAMPF DEN VERMIETER-TEUTONEN. Es gab noch viele andere, die mit ihren häuslichen Farben gemalt waren. VOLKES WILLE IST DAS GESETZ. Mrs. Fergusons Gruppe aus Partick verteilte Ansteckknöpfe und Flugblätter.

UNSERE MÄNNER, SÖHNE UND BRÜDER KÄMPFEN GE-

GEN DIE PREUSSEN AUS DEUTSCHLAND. WIR KÄMP-
FEN GEGEN DIE PREUSSEN AUS PARTICK. DIE EINZIGE
ALTERNATIVE – KOMMUNALER WOHNUNGSBAU.
Netta Laurie war eine wichtige Persönlichkeit der Zeit. Sie trug
das andere Ende von Effies Transparent. Schon damals rauchte
sie Pfeife, sie hatte leuchtend orangerotes Haar, und tief in ihrem
Gewand verbarg sich ein halber Liter Whisky. In späteren Jahren
bereiste sie dann die Temperenzlersäle des Landes. Sie erzählte
ihre persönliche Erlösungsgeschichte und erwähnte dabei auch
die Tatsache, daß Effie Bawn die netteste Person war, die seit St.
John Ogilvie in Glasgow gewohnt hatte. Aber bevor sie sich ge-
bessert hatte, wusch sie ihre Kleider gewöhnlich im Gefängnis
von Barlinnie, wegen anderer Nettigkeiten, und um sich in anderer Hinsicht zu bessern. Sie konnte eine Menschenmenge zum
Krawall anstacheln, und es hieß, daß sie die Suffragette war, die
Leuchars Station angesteckt hatte.
Netta hielt den kleinen Hugh im Arm. Seine Mutter kletterte auf
einen Lastwagen. Sie hatte der Menge etwas zu sagen, und sie
war sich dessen gewiß. Aber der Himmel weiß, daß sie zitterte.
»Wir kennen Gottes Gesetze hier gut genug«, sagte sie, »und wir
wissen, daß die Gerechtigkeit unser sein wird, und daß sie nur
denen schaden wird, die sie immer übergangen und deshalb Ge-
winn gemacht haben.« Die Gesichter der Frauen waren ihr zu-
gewandt.
»Mein Mann ist jetzt an der belgischen Front. Gott segne ihn.
Und er segne sie alle, wenn wir sie denn jemals wiedersehen.
Aber was ist das für ein Land, das seine Männer in den Krieg
schickt und ihre Frauen und Kinder auf die Straße wirft? Der
Soldat kämpft für sein Land, und der Makler will seine Möbel.
Frauen von Glasgow, es ist offensichtlich. Wir werden die höheren Mieten nicht bezahlen. Wir werden nicht tun, was die Teu-
tonen-Vermieter wollen. Wir werden nicht umziehen. Wir wis-
sen, daß die Gerechtigkeit unser sein wird, und wir werden die

billigere Miete zahlen, und wir werden arbeiten, und unsere Männer werden arbeiten. Diese Mietskasernen sind es kaum wert, daß wir darin wohnen, geschweige denn, daß wir darin verhungern, weil uns die zusätzliche Miete fehlt. Wir haben Leute, auf die wir stolz sein können, und vielleicht haben wir eines Tages auch solche Häuser. Es kommt der Tag, an dem wir einen Platz zum Leben haben und einen zum Sterben. Aber so lange ziehen wir nicht um. Gott segne euch.«

Die Zeitungen zitierten sie Wort für Wort. Effie hinten auf diesem Laster. Die Menge hörte ihre Ayrshire-Vokale deutlich und sah ihre Tränen. Einige winkten mit ihren guten Spitzentaschentüchern und verstummten dann schnell, weil sie auf diese Weise sprach. Und sie erinnerten sich an sie. Ein Platz zum Sterben. Das hatten noch nicht viele Leute gesagt. Aber die Worte unserer Famie gingen ihnen zu Herzen, und als sie herunterstieg, erhob sich Gebrüll. Frauengebrüll, das den Himmel staunen machte. Hugh war sich der Bedeutung der Worte nicht bewußt. Aber das Dach der Post war ihm aufgefallen, sagte er. Es glänzte in die Welt wie ein Tablett mit Diamanten.

Lloyd George verstand die Botschaft dieses Tages. Und es dauerte nicht lange, bis das Gesetz zur Mietminderung beschlossen war. Famie sagte gern, daß sie Lloyd George etwas gegeben hatten, über das er reden konnte. Sie gaben ihm ein Thema: den Wohnungsbau. Aber in dieser Hinsicht war Famie wie Lloyd George. Sie hatte auch etwas gebraucht. Die Frauen von Govan gaben ihr ein Thema, einen Grund, der über ihren eigenen vernarbten Geist hinausging. Sie lachte immer über Lloyd George. Aber in ihrem Geldbeutel trug sie einen Ausschnitt aus einer Londoner Zeitung mit sich herum. Darin wurde eine Rede in Wolverhampton zitiert.

»Was ist unsere Aufgabe?« hieß es dort. »Aus Großbritannien ein Land zu machen, in dem Helden leben können. Das ist das wichtigste Problem. Und wenn man sich darum kümmert, muß man sich natürlich auch um die Wohnbedingungen kümmern. Slums sind nicht die richtigen Häuser für die Männer, die diesen Krieg gewonnen haben, oder für ihre Kinder.«

Famie wurde Stadträtin von Glasgow. Nach 1918 konnte sie ihre eigenen Reden in der Zeitung lesen. Sie war dabei, als die Labour Party aufgebaut wurde. Sie wollte nicht zu ihren Freunden, den Independents gehören, und sie beschloß, sich nicht Kommunistin zu nennen. »Die Labour Party wird wegweisend sein«, sagte sie. »Wir leben in einem sozialistischen Land, und das wird sich niemals ändern.« Und von da an arbeitete Effie rund um die Uhr; ihre Tage und viele ihrer Nächte widmete sie der Gesundheit und dem Wohnungsbau.

»Gebt den Leuten frische Luft …«

So sprach sie.

»Frische Luft. Fenster. Gärten. Saubere Betten.«

Famie war eine Emmeline Pankhurst der Desinfektion: »Lady Panshine« persönlich. Die neuen Häuser der Corporation sollten himmlisch sein. Licht, makellos, ohne Korruption. Felder der Helligkeit, Kästen mit Luft.

Sie sorgte dafür, daß man ihr glaubte.

Kästen mit Luft. Das einzige, was sich bewegt: unsere eigenen sauberen Gedanken und Glieder. Und der Atem Gottes, ein keimfreies Brausen, das aus den Wolken fällt und reinigend durch die Bäume fährt, ein kühler Schwall über die Seen und vom Clyde herauf, und er kommt, um die Seelen und die Lungen der schlafenden Menschen zu streicheln.

Thomas starb in Ypern, das war alles. Es hieß, daß er bei einem Gasangriff sein Leben aushauchte. Für Famie starb er am St.-Finbar's-Tag. Es kam ein Brief von einem Engländer. Darin stand, daß Tommy mit Tauben gearbeitet hatte. Tommy wurde eingesperrt, weil er weggelaufen war. Er bekam das »D« auf dem Rücken. Das war eine Befreiung. Tommy war ein guter Kerl. Einer der letzten Männer …

»Was er über Sie gesagt hat, klang so nett. Wir haben Karten gespielt. Ich dachte, Sie würden die Sachen hier sicher gerne haben. Manche Leute hören auch lieber die Wahrheit.«

Sie brannten das »D« in seinen Rücken. Allen Männern war schlecht. Tommy war ein guter Kerl. Er brauchte etwas zu trinken. Der arme Tommy Bawn. Seine Tauben nahmen sie ihm weg.

Thomas hatte für Famie ein Briefchen geschrieben. Er hatte es nie abgeschickt. Aber der Mann aus England schickte es nach Govan, in einer Tüte in einem Armeeumschlag.

Ein Bleistiftstummel, ein St. Christopher-Orden. Thomas' Briefchen war ganz klein zusammengefaltet; es war so groß wie eine schwarze Penny-Briefmarke.

Meine liebste Famie Semple,
ich kann dir sagen das hier ist nicht der Viehmarkt von Dalry. Ich mach' lieber keine Witze weil der Zettel ist zu klein. Ich vermisse dich und das Kind ganz schön. Ich hoffe du machst langsam und alles ist in Ordnung Famie. Du weißt ich liebe dich. Die Nächte hier denke ich nur an uns. Eines Tages gibt es nur noch uns. Ich wette in Glasgow ist schönes Wetter. Denk an mich. Hier gehen die Dudelsackspieler auf und ab. Ein schrecklicher Krach. Schlimmer als Granaten.
Bis alle Meere ausgetrocknet sind, mein Schätzchen.
In Liebe Tam.

Seit er vier Jahre alt war, besuchte mein Granda Hugh die sozialistische Sonntagsschule. Er ging sehr gerne dorthin. Dort lernte er auch die vielen Lieder. Die Kinder saßen in einem staubigen Zimmer des Pearce Institute im Kreis. Sie zeichneten auf Schiefertafeln. Junge Männer mit Mützen kamen und erzählten vom Leben in Rußland, oder sie zeigten ihnen die Zeichnungen von den alten, bärtigen Männern.

Sonnenlicht lag auf den Bodendielen. Ein altes Klavier stand zerbrochen in der Ecke. Es gab heiße Limonade.

Dort hingen Tafeln mit Webern und Märtyrern. Es war dafür gesorgt, daß die Vergangenheit sichtbar blieb. Aber die Welt, die Hugh liebte, war eine Welt der Zukunft. Ein Schottland der Turbinen und der gewaltigen Maschinen. Jahre später, als er selbst einen Bart hatte, bat ich ihn, mir seinen Lieblingsklang zu nennen. Es war keine Rede und kein Gedicht von Shelley. Es war nicht die Stimme seiner Frau, wenn sie Burns aufsagte. Nichts dergleichen sagte er, damals. Ihm gefiel der Klang von Metall auf Metall am besten.

Das sagte er: der Klang von Hämmern.

Ich bin sicher, daß Hugh das aus seinen frühesten Tagen mitgenommen hatte. Er hörte es, wenn er abends schlafen ging, und morgens hörte er es wieder. Während seiner ganzen Kindheit beschäftigte er sich mit dem Fortschritt. Er mußte wissen, warum die Dinge funktionierten.

Er erwärmte sich für das Reich von Zucker und Tee.

»Wieviel kann man in dem Lagerraum aufbewahren?« fragte er.

Als er elf Jahre alt war, untersuchte er das Bewässerungssystem im Bellahouston Park. In den Stunden vor der Schule ging er den Gärtnern nach. Er schrieb alles auf. Er berechnete die Wassermenge; er achtete auf die Zeit. Er schrieb einen Brief, um mitzuteilen, daß das System langsam war.

Sein Kopf war voll mit aufgegebenen Kanälen und neuen Reservoirs. Er versuchte, den Platz zu berechnen, den sie einnahmen. Er träumte von tausend Tonnen Kugellagern. Und er ging zu John Brown, um nach Kugeln zu fragen.

»Wie viele brauchen Sie in der Woche?« fragte er. Und dann zog er Block und Bleistift hervor.

Sie gaben ihm eine Handvoll und sagten auf Wiedersehen.

Er trug den Stahl in einer Fußballsocke davon. Aber er spielte nicht mit den anderen Kindern Murmeln oder etwas anderes. Er trug seine Socke in ein Zimmer voller Bücher. Und er setzte sich in die Ecke und beschäftigte sich mit Brücken.

Hughs Glasgow war ein Paradies aus Bahnhöfen und Teppichfabriken. Der Rauch in der Luft. Die Menschen hinter Glas. Und Zugtüren und Fabriktore schwangen in Scharnieren, die gerade in den Werkstätten von Possil gemacht worden waren. Leute, die ihren Geschäften nachgingen, die auf der High Street Lebensmittel kauften, die Pfandleihen voller Uhren anderer Leute, sein bester Sonntagsanzug, und nebenan eine Pyramide aus Pasteten, Fleischtaschen und Eiern. Die Jahre rasten an diesen Läden mit den Glasfassaden vorbei. Jungen wuchsen auf. Die Mode änderte sich. Aber einige Dinge waren in Glasgow immer gleich: Vor einem Laden lehnte ein Mann, er atmete säuerlich auf die Scheibe, und sein Blick war in einem erbsengrünen Boot zum Himmel gefahren.

Hugh und seine Mutter verbrachten viele Wochen damit, an den Ufern von Loch Lomond herumzustreunen, sie genossen es, daß Gottes saubere Luft ihnen genügte, und sie hörten den Temperenzlerreden des Tages zu. Er erinnerte sich an den starken Geschmack der sozialistischen Limonade, sonst trank man klugerweise Tee. Die Kinder sangen schallend ihre Lieder, ließen ihre Finger im Wasser und an den Felsen am Rand des Sees spielen, die Laute der Dompfaffen, die kleinen Wellen der Fische, und das hohe Gras, in dem man so gut spielen und liegen konnte. Diese Bilder blieben in seinem Kopf.

Ein Mann, der bei den Untiefen von Danoon braunen Adlerfarn mähte. Das helle Licht in seinem Rücken. Die Wellen, die an seine Wattstiefel schlugen. Die singenden Kinder. Der Mann, der mit seiner Flasche schwarz vor dem Gelb der Sonne stand.

»Wein lacht dich aus. Und Schnaps macht rasend!«

Die silbernen Knöpfe der braven Kinder glitzerten über dem See.

»Wein lacht dich aus. Und Schnaps macht rasend!«

Famie sagte zu den Müttern mit ihren schönen Hauben, »Wir dürfen nicht vergessen, daß wir den Arbeitern gegenüber Pflichten haben. Abstinenzler der Welt, kommt ihnen zur Hilfe. Eine schriftliche Verpflichtung zur Abstinenz ist rühmlich und ehrenvoll. Kinder! Ihr wißt noch: ›Was kann eine Nacht nicht alles bringen?‹«

Und Hughs Bande sang aus Liebe zur Sache, während sie die Schönheit der Schöpfung bei den knotigen Wellhornschnecken an der Küste suchten. Und manchmal sahen sie ein Mann mit einer Flasche in der Nähe stehen, und er wunderte sich, ließ seine Sense sinken und beschattete seine Augen mit der Hand. Die glitzernden Knöpfe.

Als Hugh heranwuchs, nahm er sich immer Zeit für sich selbst. Tage, an denen er allein zu den hochgelegenen Friedhöfen stieg. Zwischen den barocken Gräbern der Nekropole machte er sich mit Lenin und Marx vertraut. Die Sonne stand nicht weit über dem Horizont von Dennistoun, und der junge Hugh saß da allein mit seinen Zukunftsaussichten und einer Tasche voller Bücher. Er lachte über die Geschichten von Edgar Rice Burroughs und staunte über Jack Londons Scharfsinn.

Von hier aus konnte Hugh sehen, was die toten Kaufleute in seinem Rücken aus der Welt gemacht hatten. Er konnte auf die Straßen und Häuser hinunterschauen. Er konnte an den Fluß denken; an die Schiffe, die auf Indien oder New York zuhielten.

Mein Granda fand seine Stimme unter den Lebenden. Der größte Held aller Zeiten war für ihn John Wheatley, der Gesundheits- und Wohnungsbauminister. Hugh hatte ein Bild von Wheatley ausgeschnitten, auf dem er mit geschniegelten Haaren und gefalteten Händen an einem breiten Schreibtisch saß. Er klebte es in sein sozialistisches Sammelalbum. Es gab nichts schöneres als Mr. Wheatleys Pläne für die neuen kleinen Häuser in Glasgow. Hugh konnte sie sich bildlich vorstellen. Kleine Häuser in Glas-

127

gow. Während sich die Phantasie der anderen Kinder an Buck Rogers und Outer Space entzündete, war Hugh mit seinen ganz eigenen Bildern beschäftigt, Bilder von einem Ort mit gut geölten Maschinen und Grüngürteln, mit Reihen von schicken modernen Häusern und weißen Bettlaken, die von den Wäscheleinen wehten.

Das war die Zukunft. Mr. Wheatley hatte Pläne für die Menschheit. Er wußte, wie die Menschen leben konnten. Er war derselben Abstammung wie Famie, Schotte, katholisch, und voller Sinn für Verbesserungen – einem Sinn, der aus seinem Wissen um das Elend erwuchs, aus einer Geschichte des Hungers, des Schmutzes und des Verlusts. Hugh besuchte die St. Mungo's Academy. Und im Norden der Stadt wuchsen Wheatleys neue Siedlungen.

Hugh machte aus John MacLean einen Vater. Als Agitator, Gefangener und erster schottischer Konsul in der neuen Sowjetunion gab MacLean Kurse in Ökonomie. Hugh dachte über den Tod seines Vaters nach, und jeden Tag hatte er sich einen Vater zum Reden gewünscht, aber der deutsche Krieg hatte sie alle geraubt. Hugh besuchte einige Vorlesungen. Er saß mit seinem Sammelalbum, seinen Stiften, seinen Ausgaben von *Forward!* und *The Builder* ganz vorn, und er sah seinen Vater an, John MacLean, und er hätte ihm sehr gern aus dem Mantel geholfen. Die »rechtmäßigen Besitzer«, die »Produktionsmittel«: Mac Leans Finger baumelte in der Luft. Hugh war nur wenige Meter entfernt. Er konnte John MacLeans Seife riechen. Hugh saß da mit seinen Papieren und seinen verblüfften Augen. Er war erst zehn.

»Die Iren sind jetzt ein Teil unseres Volkes. Und hier können wir Mr. Engels nicht zustimmen, und Mr. Carlyle noch weniger. Sie haben geschrieben, bevor die Kräfte der Geschichte herangereift waren. Hören Sie die Worte des ersteren.«

Dann schlug Mr. MacLean ein Buch auf. Seine Gesicht war ausgemergelt. Und als er zu lesen anfing, deutete er auf die Menge in Saal. »Diese irischen Arbeiter, die für vier Pence ($3\frac{1}{3}$ Silbergroschen) nach England herüberfahren – auf dem Verdeck der Dampfschiffe, wo sie oft so gedrängt stehen wie Vieh – nisten sich überall ein. Die schlechtesten Wohnungen sind übrigens gut genug für sie; ihre Kleider machen ihnen wenig Müh, solange sie nur noch mit einem Faden zusammenhalten, Schuhe kennen sie nicht; ihre Nahrung sind Kartoffeln und nur Kartoffeln – was sie drüber verdienen, vertrinken sie, was braucht ein solches Geschlecht viel Lohn?«

MacLean schaute auf.

»Aber das ist nicht wahr, was unser Volk betrifft. Die Iren gehören zu den stärksten Kräften in unserem Kampf. Ihre Kinder sind unsere besten Anwälte. Sie werden für eine Veränderung sorgen im ökonomischen System, das ihre Klasse unterdrückt.«

Famie hätte das möglicherweise nicht gefallen. Inzwischen hielt sie sich von allem fern, was irisch war. Aber an diesem Tag hörte Hugh John MacLean zu. Er war nur wenige Meter entfernt. Hugh konnte die Seife riechen. Er konnte John MacLeans Seife riechen. Und er wünschte sich, er hätte John MacLean zum Vater.

In den späten zwanziger Jahren war Hugh über seine politischen Helden hinausgewachsen, und er ließ seine Mutter und seinen Vater hinter sich. Er hatte genug von den meisten Büchern. Er wollte Städte bauen: Denkmäler dessen, was er bereits wußte.

Er sprach von Backsteinen und Beton, von Stahlrahmen, von Deckenfliesen. Und schon damals hatte er Verbindungen. Die Leute kannten ihn als netten jungen Mann – ein Mensch, der aus einem guten Elternhaus kam. Aber er wollte keine Stelle im Büro. Er wollte keine Wahlen und keine Reden. Damals nicht. Er wollte das Gewerbe kennenlernen; er wollte an der Revolution im Bauwesen mitarbeiten. In der ersten Zeit seiner Karriere verdiente er sich seinen Lohn auf den Baustellen. Er erledigte Aushilfsarbeiten als Maurerbursche und Klempnergehilfe, und in der Straßenbahn nach Hause machte er sich heimlich Notizen über Probleme und Preise und Verschwendungen.

In den verblassenden Stunden beschrieb er sein junges Ich.

Er sah sich als wegbereitenden Arzt, als Held des Zeitalters, der bei den Armen gewohnt und schlechtes Wasser getrunken und Heilmittel an seinem eigenen kranken Körper ausprobiert hatte. Wie ein brillanter Entdecker grübelte er in den Stunden der Dämmerung über Tabellen und Spannungen und Höhenebenen. Und eines schönen Morgens rollte er sich aus dem Bett. Er zog seine Stiefel an. Er würde den Nordpol entdecken. Zehn Jahre lang arbeitete er als träumender Spion. Denen, die ihn für gescheit gehalten hatten, kam er wie ein Versager vor. Aber meistens schwieg er. Er wußte, was er tat.

Er sprach von Aluminium und Sperrholz, von Asbest, von Plastik.

Er wurde Baustellenleiter und führte die Verhandlungen.

Handwerker mochten Hugh immer. Aber er trank nie. Er nahm alles in sich auf, er vergaß nichts, und er studierte angespannt am Küchentisch. Er war merkwürdig, und er erzählte nie etwas von sich, aber er stellte Fragen und gab den Männern das Gefühl, daß ihre Antworten in irgendein größeres Projekt einflossen, in ein ungenanntes Geschäft, das aus ihren ehrlichen Grundsätzen erwuchs. Am Freitagabend trank er am Tresen eine Limonade. Er gab den Männern eine Runde Bier aus, und dann ging er und fuhr nach Govan zurück, um Tee zu kochen und ihn mit seiner Mutter zu trinken. Er zeigte ihr seine Pläne. Eines Tages war er dann der Mensch, der für alles verantwortlich war. Und inzwischen überraschte das niemanden mehr.

Hughs Feinde (und sogar seine Freunde) lachten oft über seine Art zu sprechen. Er ritt auf bestimmten Worten herum. Und einige dieser Worte tauchten in seinen vielen Spitznamen auf.

Bawn, der abbruchreife. Der morsche Hughie. Der Entwickler. Hühott, die Siedlung. Mr. Housing.

Die Kinder in den Klassenzimmern von Glasgow hörten diese Spitznamen. Hugh Bawn aus Govan. Mr. Housing. Der Mann, der die Stadt noch einmal aus dem Nichts baute.

1938 wurde Hugh Berater der Corporation für Bauverträge und Material. Er saß als stiller König des Memorandums in den Comittees. Und er beobachtete aufmerksam die Lieferscheine des Wohnungsbauressorts. Ein Professor der kleinen Details und der großen Ideale. Er wollte die Häuser, die für Geld zu haben waren.

Immer mehr für immer weniger. Und alles sollte aus den öffentlichen Kassen kommen. Er beeindruckte den Director of Housing mit seiner jugendlichen Verachtung. Der junge Hughie Bawn, kurz vor dem Krieg, hübsch und schnell und mit tartangemusterter Krawatte.

Es gab einen gemäßigten oder konservativen Stadtrat, der unbedingt eine neue private Siedlung in Garrowhill bauen wollte. Der Mann glaubte, daß Häuser in Privatbesitz, wie er sagte ...

»... der Ausbreitung von Kommunismus *und* Faschismus entgegenwirken würden.«

Er las diese zusammenfassenden Worte von einem Flugblatt ab. Es war ein stickiger Tag in den Trongate Rooms.

»... Und so wird die Demokratie auf dem festen Fundament sozialer Aufklärung und individueller Freiheit begründet«, sagte er.

Man war durstig im Zimmer des Comittees. Hugh Bawn stand auf. Er zog aus seinem Brillenetui ein kleines Stück Papier. Er sprach sehr klar. Er war wütend.

»Vielen Dank für dieses interessante Resümee, Mr. Argyll. Sicher müssen wir Ihnen für Ihre Bemühungen danken, Mr. Hitler in Schach zu halten und ihrer Auskunft vertrauen, daß Mr. Stalin auch nicht besser ist. Sicher tun wir gut daran, einen so kritischen Mann wie Sie zu bewundern, und obendrein einen, der die Demokratie auf höchstem Niveau unterstützt. Da dem so ist, frage ich mich, ob ich Ihnen ein paar Fragen hinsichtlich Ihrer kürzlich gestellten Reisekostenansprüche stellen dürfte ...«

Hugh lernte Margaret auf dem Schiff nach Rothesay kennen. Es war ein Betriebsausflug. Sie fuhren auf der *Glen Sannox* in den Firth of Clyde; sie sahen im Wasser einen Delphin. Der Wind da draußen hatte ein Eigenleben. Aber er wehte ganz, ganz sanft.
In Rothesay gab es ein Salzwasserschwimmbad.
Die ganze Bande ging dorthin. Überall Arme und Beine und lachende Gesichter, fröhliches Treibgut in einer Feriensuppe. Margaret trug ein sehr elegantes Kostüm: rosa und blau, ein kurzer Rüschenrock, eine Blume, ein Sträußchen, das an der Taille festgenäht war. Aus den Lautsprechern in den Ecken tönte Fats Waller. Die Mädchen aus der Schreibabteilung hatten ihr Haar unter Mützen versteckt und tanzten am flachen Ende pärchenweise Jitterbug.
Es war 1939.
Hugh saß in der Zuschauerreihe und las die Zeitung. Margaret sagt, daß sie ihn zuerst gesehen hat. Sein schönes, sauberes Haar über der Zeitung. Die ganze Bande ging später in ein Varieté in den Winter Gardens. Alte Lieder aus Glasgow. Scharenweise Clowns in Tartanmustern. Männer als Frauen verkleidet, und Frauen als Deutsche verkleidet.
Margaret kam und setzte sich neben Hugh. Ein schüchternes Lächeln, sagte sie später. Ein hübsches Lächeln, sagte er. Leuchtende Augen und ein guter Gesprächspartner, sagte sie. Ein lustiges Mädchen, sagte er, und die hübschesten Zähne, die er überhaupt jemals gesehen hatte. Und aufrichtig, dachte er. Und riecht gut, dachte sie. Sie schlichen sich hinaus und gingen auf der Promenade spazieren. Eiscreme. Schön hier, sagte sie. Lichter auf dem Wasser. Gerade erst von einer kleinen Pacht in der Nähe

des Städtchens Muir of Ord gekommen, sagte sie. Aus den Highlands, dachte er. Eine Freundin aus der Schreibzentrale hatte sie
zu dem Betriebsausflug mitgebracht.

»Wie heißt du mit Nachnamen, Margaret?«

»Dargan«, sagte sie, »wie die Stadt Ballydargan. Aber meine Leute haben immer in den Highlands gewohnt.«

Katholikin, dachte er.

»Bist du in Glasgow zur Schule gegangen?« sagte sie.

»St. Mungo's«, sagte er.

Sie lächelte das Wasser an, aus Grün wurde Braun. Er liebte es,
wie sie sprach. Es war Gesang. Sie war kraftvoll. Er legte seinen
Mund auf ihr Haar, und sie lehnten sich an das Geländer. Er
konnte sehen, wie auf dem Festland ein Licht erlosch.

Er küßt gut, sagte sie. Aus den Hotels drang Lärm. Laß uns früh
zum Schiff zurückgehen, sagte er, und uns da auf Deck setzen,
sagte er, und uns ein bißchen unterhalten, sagte er.

Und damit war die Sache erledigt.

Margaret erzählte ihrer Mutter, daß sie einen fabelhaften Mann
heiraten würde. Nach Rothesay bombadierte Hugh sie mit Brie-
fen. Er dachte jeden Tag an sie. Sie kaute in Muir of Ord an den
Fingernägeln. Aber eines Tages traf sie eine Entscheidung. Sie
nahm ihre Bilder von der Wand. Sie packte einen Koffer. Sie fuhr
mit dem Zug nach Glasgow. Ihre Freundin von der Corporation
gab ihr einen Wohnungsschlüssel.

Famie mochte sie. Sie verschaffte ihr Arbeit in der Singer-Fabrik.
Und nach sechs Monaten heirateten Margaret und Hugh in
St. Andrew's Cathedral.

Wolken von Staren flogen rasch über die sieben Brücken.

Margaret war anders. Ihre Familie bestand aus wohlerzogenen
Leuten. Dort hängte man im Haus gerne Bilder auf und stellte
Feldblumen auf den Küchentisch. Wenn die Teller abgeräumt
waren, las ihr Vater aus Romanen vor. Sie hatten Ärzte in der
Familie und Kleinpächter; Leute wie die, sagte sie, die Charles

Edward Stuart bis zum Rand des Wassers gefolgt waren. Und sie kannte alle Lieder. Sie kannte die Lieder wie sich selbst.

Einmal erzählte mir Margaret von ihren letzten Tagen in Muir of Ord. Sie ging mit ihrem Zeichenbuch und ihren Farben durch das Tal, an den Tannen vorbei und dem Wasser, das über Steine floß, und hinein in die offene Landschaft mit der dichten Glokkenheide, die den Boden bedeckte. Und dort bückte sie sich und legte ein Ohr auf die Erde. Sie hörte zu, sagte sie. Sie hörte eine Ewigkeit lang zu. Und dann versuchte sie zu malen, was sie gehört hatte. Kaninchen und Adler und Lachse und Wind: das Geräusch ihres eigenen Blutes in Bewegung.

Sie malte das Wetter. Sie malte andere Welten, Schuhe.

Sie dachte an die Stadt.

Sie liebte die Frauen auf Bunty Cadells Bildern: weißgesichtig, grauenhaft. Ihre schwarzen Hüte. Sie hatte diese Bilder auf Postkarten und als Drucke gesehen. Die Frauen mit Schuhen und flachen Hüten und Hälsen, die Frauen mit den unendlich langen Perlenketten.

Ein Shambellie-Mops, eine Badende, ein Neger – eine Topfpflanze.

Cadell hatte ihr eine neue Welt gezeigt. Ein neues Schottland. Sie wollte diese Farben. Und das hieß …

Veränderung. Sie war neugierig auf Veränderung.

Ihr Vater hatte ein Sammelalbum. Er füllte es mit Tagesereignissen: Boxer aus Glasgow, Prinzessinnen aus London. Maggie betrachtete die Seiten mit einer gewissen Sehnsucht. Ein Schnipsel war ein ausgeschnittener Brief aus einer Zeitung. Eine Frau hatte ihn geschrieben, Lady Constance Emmott; sie haßte die neuen schottischen Maler. Sie nannte diese Richtung den »Neuen Bolschewismus in Farbe«. Sie sagte, daß sie für die Öffentlichkeit nicht geeignet war. »Schreiende Farcen in Scharlachrot, Wismutrosa, Reckitt-Blau …«

Maggie liebte diese Bilder. Sie waren ihr ein und alles. Ich sehe meine Großmutter mit den Zeitungsausschnitten vor mir wie mich mit meinen. Diese Welt wollte sie kennenlernen. In diesen Farben wollte sie leben.

Als sie Hugh Bawn traf, war sie bereit für das Leben. Margaret suchte die große Welt. Sie kannte ihren neuen Ehemann kaum. Aber sie kannte sich selbst. Sie wollte modern sein.

Hugh wurde bei der Armee nicht angenommen. Das hatte mit seinen Ohren zu tun. Also machte er Pläne für die Zeit nach dem Krieg. Und während der Verdunkelung verbrachte er die Nächte mit Kopfrechnen. Seine Abstellkammer in Shettleston; seine Sammlung von Metallglocken.

Am Tag, nachdem die Japaner Pearl Harbor bombadiert hatten, wurde er in den Grace Drive gerufen. Famie lag im Sterben.

»Was machen die Flugzeuge da?« fragte sie, als Hugh in ihr Zimmer kam. Sie lag im Bett.

»Mach dir keine Sorgen, Ma. In allen Ländern gibt es jetzt Flugzeuge. Du hörst doch die Sirenen.«

»Dumme Schweine und Scheißkerle«, sagte sie. Ihr Blick war wild.

»Beruhige dich, Ma«, sagte Hugh. »Es passiert dir nichts.«

Er steckte um sie herum die Decke fest. Sie öffnete und schloß ihren Mund. Ihr Haar war grau und lag lose auf dem Kissen.

»Bin ganz schön durcheinander jetzt«, sagte sie. »Ist wohl soweit? Gut und schön, junger Mann.«

»Pssst«, sagte Hugh.

»Wir sind zur Trommel marschiert und haben auf der Straße ordentlich Wind gemacht. Hab' ich dir das erzählt, mein Sohn? Wir kennen Gottes Gesetze, wir kennen … wir …«

»Schön langsam«, sagte Hugh. »Alles in Ordnung.« Famie war nicht alt. Hugh konnte nicht glauben, daß es ihr so schlecht ging, wie es schien. Der Arzt sagte, daß sie eine Fieberkrankheit hatte. Man konnte spüren, daß sie einfach an einem anderen Ort war. Alles geriet ihr durcheinander.

»Ich kann Gardinen nähen, die besten, die es gibt«, sagte sie. »Ich kenn' mich aus mit der Wäsche und dem Saubermachen bei dir zu Hause, soll ich? Jetzt paß mal auf. Man kann nie wissen, ob die Babys atmen, und wasch sie mit der guten Seife und …«
Ihr Blick brach.
»… bei Gott hab' nur verabscheut wenn die neuen Fenster drin sind und … die Männer trinken alle wenigstens ordentlich was ausgeben für Leuchars Station … besser … und wenn du dann die guten Häuser für die Leute … die Schwierigkeiten mit hunderttausend mehr alles zusammen und St. Michael und St. Mungo toben dann und die ganze Zeit … nur wir … nur wir … nur wir.«
Sie hielt Hughs Hand ganz fest, sagte er. Sie ließ sie nicht mehr los. Am Ende drückte Famies Gesicht ganz sicher Panik aus. Sie hatte etwas zu sagen, aber es wollte nicht kommen, und die, die sich versammelt hatten, hörten nur Bruchstücke. Sie wiederholte die Dinge. Und in der Nacht murmelte sie dann nach Gott; sie murmelte nach Gott und nach dem Mädchen, das sie gewesen war. Das Letzte, was Famie sprach, sprach sie schnell. Die Worte türmten sich bis zur Decke im Grace Drive. Und St. Mungo blickte von der Wand herab, und ein Lachs bog sich über seine Hände.
»Der du bist wie auch wir vergeben heute gib uns heute gib uns Vater unser heute gib uns von dem Übel unser Brot auf Erden geheiligt werde Vater unser Vater der heute gib uns tägliches Brot im Himmel unser der du im Himmel unser wie im Himmel.«
Hugh stand ihr zur Seite. Wenn ihr schlecht wurde, hielt er ihr eine blaue Schüssel hin. Sie stieß eine Art Seufzer aus, und dann stand ihr Atem still. Und dann war sie fort. Hugh saß eine Stunde lang da, und sein Kopf lag auf ihrer Hand. Draußen tröpfelte es, die Wasser des Mai.
Hugh bat die Society of St. Vincent de Paul, alles aus Govan abzuholen. An einem Tag nach der Beerdigung luden sie die

Kleider auf und die Möbel. Hugh nahm die Dosen mit den Papieren und alle Fotografien mit. Die Landkarte von Cork schenkten sie einer alten Frau im nächsten Treppenhaus, deren Sohn für Celtic spielte. Margaret nahm zwei Dinge mit in das Haus in Shettleston: das Waschbrett und einen Teppichklopfer aus Weide. »Wenn Effie ein Wappen hätte, wären die darauf«, sagte Margaret.

Hugh gab keine Antwort. Der Anblick der leeren Wohnung im Grace Drive war für ihn eine Vision der Ewigkeit. Er fühlte sich, als wäre er ganz allein auf der Welt. So viel von ihrem und von seinem Leben hatte sich in diesen beiden Zimmern zugetragen. Er kannte jeden Schatten an der Wand wie einen Bruder. Das Gemurmel der Wasserrohre, das Quietschen der Dielen, all seine Jugendjahre.

Hugh war ein mächtiger Mann geworden. Er war jetzt Stadtrat, und trotzdem stand er an diesem letzten Tag allein in der Küche und er fühlte sich wie ein Nichts. Jetzt, wo Famie fort war, fühlte er sich wie ein Niemand. In der Luft brannten die vergangenen Gespräche und das Gelächter und der Radiolärm. Die Blumen auf der Tapete waren so frisch, als wären sie von heute. Die Wasserhähne tropften. Hugh knipste das Licht aus und stand im Dunkeln da. Er stützte beide Hände an die Wand, beugte sich vor und küßte den Verputz. Er küßte ihn, und er war kalt. Er spürte die Jahre an seiner Wange. Er wandte sich zur Tür. Schon früh im neuen Jahr wurde die halbe Straße in Grund und Boden gebombt.

Die Kriegsjahre machten aus Hugh einen zähen Politiker. Persönlicher Sachverstand machte seine Reden nun härter als die über den Wohnungsbau in seiner Jugend. Er trug Rosetten für die Labour-Partei. Das nationale Gesundheitswesen liebte er abgöttisch.

Mein Vater Robert wurde 1943 geboren. Nach mancher Lehrmeinung (der meiner Granny, der meiner Mutter) hat Hugh seinen Sohn von Anfang an nicht gemocht. Das einzige, was dem Jungen wichtig war, war Fußball. Er interessierte sich nicht für Politik. Er haßte das ganze Gerede über Gebäude und Wohnungsbau; einmal sagte er, daß das einzige Haus, in dem er gern wohnen würde, das war, von dem aus man Celtic Park sehen konnte. Hugh haßte dieses Gerede, und er nahm es Robert jahrelang übel. »Dieser Junge hat keine Vision«, sagte er. »Vielleicht, wenn wir die Zukunft aufrollen und etwas draus machen, das er treten kann, naja, dann vielleicht …«

Labour wurde von Männern wie Hugh gemacht. Nach dem Krieg zeigten sie, was in ihnen steckte. Mein Granda nutzte seine Verbindungen, um Tausende neuer Arbeiter in die Bauindustrie zu ziehen. Die Zeit war gekommen. Glasgow würde bauen. Hughs Pläne schienen alle Lektionen der Vergangenheit einzubeziehen: Errungenschaften aus drei Jahrzehnten, die Kriegsverluste. Er erfand ein Motto für das City Housing Department: »Möglichst viele Häuser in möglichst kurzer Zeit.«

Als großer Prediger des Wohnungsbaus, als Kapitän des modernen Lebens wurde Hugh sogar noch strenger mit sich selbst. Er aß kaum etwas. Er lebte von viereckigen Happen aus Frühstücksfleisch und von Abwaschwasser-Tee. Er schluckte Zuckerstückchen. Oft sprach er vom hohen Niveau seiner Mutter hinsichtlich Sauberkeit und häuslicher Ordnung. Hugh kam in Schwung; auf der Rückseite eines jeden Schriftstücks im Hause arbeitete er Kalkulationen und Messungen aus. Auf alten Rechnungen, auf Bonbonpapier. Mein Vater sah ihn kaum. Hugh kam spät nach Hause und arbeitete stundenlang in seiner Abstellkammer. Oft stand er mitten in der Nacht auf. Dann starrte er aus dem Fenster.

Hugh verbrachte die fünfziger Jahre damit, Platz für Fertigbauhäuser zu schaffen. Jahrelang vibrierte die Stadt unter dem Lärm der Bagger und Preßluftbohrer. Alte, morsche Mietskasernen fielen. Ganze Gemeinden verschwanden. Es wurde Teil des Lärms

138

von Glasgow. Für manche Leute klang die neue Musik, die aus dem Radio kam, wie Hugh Bawns Bohrer. In jeder Straße gab es halbzerfressene Gebäude. Baumelnde Bodendielen.

Die Leute dachten: Lieber Gott.

Geborstene Wände, die Flecken von Bilderrahmen, der Schatten eines Kruzifixes. Unter Staubwolken schälten sich die Tapeten aus Jahrzehnten. Der offene Rachen eines Kamins. Man konnte plötzlich sehen, wie eng die Zimmer der Leute gewesen waren, wie dünn die Fußböden und die Trennwände. Ein Scheibchen Wand. Mehr Verband als Verputz. Man sah die Überreste längst vergangener Stunden. Zerbrochenes Glas, lokkere Scheiben. Spiegelscherben: und in jeder die Erinnerung an einen Blick.

Schließlich fand Hugh zu seinen Maschinen, in denen man wohnen konnte.

Hochhäuser. Vielgeschossig. Wohntürme.

Zeichnungen von Wheatleys Schottland aus seiner Kindheit fielen ihm wieder ein. Vollkommene Straßen, aber oben im Himmel. Jahrelang hatte er versucht, den Leuten in Glasgow saubere Luft zu verschaffen. Jetzt hatte er es. Er würde die Leute in die Luft hinauf bringen. In den sechziger Jahren hatte Hugh seine klarsten (und höchsten) Ziele. Mit seiner modernen Ausbildung, seinem modernen Denken war er dazu bereit: Hochhausblocks. Denn unsere Natur muß sich ändern, sagte Hugh zu sich selbst. Das war sein großes Gefühl. Er hatte die Politik begriffen, und er hatte das Material begriffen, aber erst jetzt, mit seinem Eintreten für die Wohnhochhäuser, war er soweit, daß er den Kern der Sache begriff.

»Wir müssen uns selbst völlig umbauen.«

Die Vergangenheit ausradieren.

»Und wozu sind wir da, wenn nicht für den Fortschritt? Wenn nicht für Veränderung!«

Hinein in die Luft. Hoch über Glasgow können wir auf die hinabsehen, die wir vorher waren. Auf das, was unsere Leute waren. Und indem wir hoch hinauf klettern, entkommen wir unseren Sorgen. Wir lassen die Vergangenheit und ihre Trümmer unten zurück.

Offener Raum. Wir brauchen diese Häuser. Tausende. Näher am Mond, näher an der warmen Sonne.

»Von Roystonhill aus kann man das Meer sehen.«

Näher am Himmel, näher an Gott und seinen großen blauen Händen. Hochhausblocks: näher an den Heiligen, die unsere Schwächen kennen.

Hugh Bawn wurde mit der Verantwortung für das Hochhaus-Bauprogramm in Glasgow betraut. Eine kleine Gruppe aus Architekten und Planern, Ingenieuren und Handwerkern sollte es überwachen, mit Hugh als leitendem Licht, als Gutsherrn, der den Vorsitz übernahm. Sie trafen sich in gelben Büros hinter Jalousien und sprachen über die kommenden Kriege. Über Hebel und Riegel wußten sie Bescheid, aber Hugh bot ihnen Philosophie. Er bot ihnen einen Sinn. Manche aus der Gruppe lachten, als sie Jahre später zurückblickten: Hugh Bawn hielt sich für Napoleon.

Die Leute nannten ihn Mr. Housing. Die Zeitung nannte sie *Wolkenkratzer*.

Wolkenkratzer. Schon das Wort gab einem das Gefühl, Teil eines größeren Universums zu sein. In dem gelben Zimmer sprach die Bawn-Gruppe über Le Corbusier. »Es hat lange gedauert, bis wir es kapiert haben«, sagte Hugh. »Auf das hier haben wir zugesteuert.«

Und er fesselte die Stadträte mit Reden über Berlin und Chicago und Kopenhagen.

»In Glasgow haben wir ein Versprechen gegeben«, sagte er. »Öffentlicher Wohnungsbau. Von den Menschen für die Menschen gemacht. Möglichst viele Häuser möglichst kurzer Zeit! Wir sollten schnell vorankommen in den Monaten und Jahren, die vor uns liegen,. Das moderne Wohnen wird nicht nur unsere Lebensweise verändern; es wird auch verändern, was wir sind. Wir sollten nach oben streben.«

Und damit war die Sache erledigt. Glasgow wurde neu gemacht. Eine Stadt der modernen Träume; Hugh Bawns High-Tech-Luftschlösser.

Von so mancher Mietskasernen-Straße war nur noch der Pub mit dem Flachdach an der Ecke übrig. Robert, mein Vater, trank von frühester Jugend an in diesen Pubs. Er war gerne mit älteren Männern zusammen. Er haßte die dröhnende Geschäftigkeit von New Town. Margaret arbeitete in einem Candleriggs-Blumenladen; sie war stolz auf ihren berühmten Mann. Trotzdem machte sie sich Sorgen; er verlor sich so oft in seinen Plänen. Er war so ein schlechter Esser. Sie machte sich immer Sorgen wegen dieser Dinge, schon zu Beginn seines Hochhaus-Kreuzzuges. Aber sie liebte ihn redlich. Sie hatten ihre geheime Welt: Geschichte, Blumen, Wiesen, Bäche. Eines Tages würde ihr Sohn sicher wieder zu sich kommen. Armer Robert. Er war einfach dumm.

Mein Vater lernte meine Mutter in einer Schlange vor dem Postamt kennen. Sie suchte jemanden, der sie retten würde. Hugh traf sie nur wenige Male. Robert haßte seinen Vater. Er hielt ihn für einen Diktator. »Ein egoistischer, verrückter Bastard«, sagte er. Als meine Eltern heirateten, sprachen sie mit Hugh nicht einmal darüber. Er war zur Hochzeit nicht eingeladen. »Scheiß auf ihn«, sagte Robert. »Scheiß auf ihn, zur Hölle mit der verfluchten Nervensäge.«

Meinem Vater fiel es leicht, seinen Vater zu hassen; in dieser traurigen Frage hatte er es viel leichter, als sein eigener Sohn es jemals haben sollte. Aber Robert und Hugh waren eine Sache für sich; sie trugen ihren Zorn mit sich bis ins Grab.

Es heißt, daß sie ruhig war, die Hochzeit meiner Eltern. Zehn

Minuten in der Martha Street, ein Umtrunk in einem Hotel, und dann verschwanden sie in einem Zug nach Süden. Sie wollten nie mehr zurückkommen. Und viele Jahre lang kamen sie nicht einmal in die Nähe. Sie fanden ein Haus neben einem Pub in Berwick. Und zwei Jahre später das Problem: ich.

Er stürzte sich in die Flußmündung von Berwick, er trank die Wellen. Die Wasser von Northumberland, um die so viel gestritten worden war. Dreizehn Mal hatte die Stadt den Besitzer gewechselt: England, Schottland, wieder England. Im örtlichen Pflegeheim schrie meine Stimme auf; ein lautes Baby störte den englischen Morgen.

Mein Granda pflegte seine Lieblingsbriefe von Mietern an die Wand der Abstellkammer zu heften. Einen davon habe ich hier.

Lieber Stadtrat Bawn,
Sie sollten öfter mal durch die Stadt gehen und sich anschauen, wie weiß Gott Platz verschwendet wird. Die Leute haben Fertighäuser mit großen Gärten. Große Gärten sind nicht nötig, wenn die Leute dringend neue Häuser brauchen und die außerdem alle Kinder haben. Sie sagen, sie haben schon überall nach neuen Bauplätzen gesucht, aber ich sage Ihnen, es gibt welche. Brauchen wir Parkplätze? Hinter dem ganzen Elend steckt schlechte Planung. Reißt die ganzen Fertighäuser ab und macht mit den Hochhäusern weiter. Zur Hölle mit den Gärten. Wohnungen sind alles, was hier zählt. Laßt uns 1968 sehen, daß was passiert, und gebt den Müttern um Gottes Willen ihren Seelenfrieden mit einer netten Wohnung. Dann würde es weniger Tote und Morde und Geisteskranke geben.
Hochachtungsvoll
Mary McCandlish,
Castlemilk

Das war einer der ersten Briefe, die ich jemals sah. Ich weiß noch, daß ich ihn immer wieder gelesen habe. Er hing bei Hugh oben an der Wand, als ich zum ersten Mal in seinem Haus in Shettleston war. Ich war kaum älter als fünf. Hugh ließ mich mit seinen Linealen spielen.

»Das ist doch mal ein Junge«, sagte er zu Margaret.

Ich kam mit dem Zug aus England; meine Mutter wollte unbedingt, daß ich meine Großeltern kennenlernte. In diesen Dingen war sie schlau. Aber sie und Robert kamen nie mit. Natürlich nicht. Es war finsteres Mittelalter. Ich wurde auf der einen Seite in den Zug gesetzt. Fuhr durch Felder, Felder wie die, die ich mit Mrs. Drake gesehen hatte. In Edinburgh stieg ich um in einen langsameren Zug. Als der Zug in Glasgow einfuhr, standen Hugh und Margaret auf dem Bahnsteig. Central Station roch nach Diesel und nach Tee. Der Lärm war aufregend. Eine Männerstimme, die gut und freundlich klang, eine Männerstimme, die aus der Luft kam und die Orte nannte, die Namen von Orten in Schottland:

»... über Paisley Gilmour Street, Johnstone, Glengarnock, Dalry, Kilwinning, Irvine, Barassie, Troon, Prestwick und Newton-on-Ayr. Ankunft in Ayr ...«

Wie dieser Mann irgendwo da oben klang.

Und dann schwangen sie mich an meinen dünnen Armen den Bahnsteig entlang. Ich legte den Kopf zurück: meilenweit Glas in der Überdachung des Bahnhofs; dahinter die Stare, eine Wolke aus schwarzem Rauch, hierhin und dorthin, eine Rauchwolke.

Hugh zeigte mir sehr gerne Bilder von seinen neuen Wohnungen. Auf manchen Bildern sahen sie wie Spielzeug aus. Häuser, die leuchteten; bis in den Himmel hinauf.

Sie richteten ihren knappen Platz so ein, daß er genau richtig für mich war. Raubvögel. Das Leben der Pflanzen. Bauen, Bauen, Bauen. Die Schlacht von Culloden. Ein Stapel Bücher auf einer

Polstertruhe aus Korb. Manchmal saß Margaret neben mir und las in ihnen. »William Augustus«, sagte sie dann, »der Duke of Cumberland. Er hat unsere Männer in vierzig Minuten abgeschlachtet. Eine Blume ist nach ihm benannt. Mal sehen, ob wir sie finden – Sour Billy.«

Hugh steckte eine Zigarette an der anderen an. Embassy No. 6. Überall in seiner Kammer hingen Fotografien. Jodfarbene Fotografien. Jungen in zu großen Stiefeln. Mädchen mit weichen Hauben. Menschenmengen mit Transparenten und Tafeln. Menschenmengen, so weit man sah, und die Gesichter unter den Fahnen waren verschwommen, der Gehweg war naß, und alles deutet darauf hin, daß es an diesem Tag Tumulte gegeben hatte. Menschenmengen aus Unbekannten. Aber dort in der Mitte eines Bildes war eine Frau. Eine Frau in Röcken, mit einen Jungen auf dem Arm.

Mein Granda telefonierte. Er schrie in den Hörer hinein wie ein Besessener. »Jetzt kriegt das hin! Bewegt euch, verdammt noch mal! Da stehen Leute auf der Warteliste.«

Hugh war immer ein Meister im Fluchen. Und Margaret sagte immer, daß er ein böses Mundwerk hatte und daß er es weder vor Tieren noch vor Kindern verbarg. Man konnte bei Hugh die unwahrscheinlichsten Wutanfälle erleben. Normalerweise traf es seine Kollegen vom Wohnungsbau, oder Interessengruppen, Leute, die Gründe hatten, sich gegen den Bau des einen oder anderen Hochhauses zu wehren.

»Sagt mir einen guten Grund, warum diese verdammte Stadt einen beschissenen Golfplatz braucht«, sagte er.

»Freizeit, Stadtrat Bawn. Freizeit. Ich meine, Sie erwarten doch nicht, daß die Leute den ganzen Tag in Ihren hohen Häusern sitzen, oder?«

»Nein, Mr. McCafferty. Sie werden bei ihrer Scheiß-Arbeit sein. Sollten sie jedenfalls. Und wenn sie nicht bei der Arbeit sind, können sie auf ihren Ärschen sitzen und aus dem Scheiß-Fenster schauen. Sich die schöne Aussicht anschauen, die wir ihnen bieten, damit sie sie verdammt noch mal anschauen können. Es ist nämlich so: diese Aussicht wird für das Auge ziemlich erholsam sein. Es wird zum Beispiel keine beschissenen, dämlichen Golfplätze geben.«

Ich begriff diese Dinge nur langsam. Ich war völlig geblendet von dem, was mein Granda war, und davon, daß er mit all seinen Geschichten an der Tradition festhielt. Für ein Kind – und für viele Leute, deren Kindheit lange zurücklag – schienen seine Visionen makellos zu sein. Er wirkte damals so kraftvoll. Er beeindruckte jeden, der ihn kennenlernte.

Eines Morgens vor den City Chambers – ich hatte Ferien von Saltcoats – nahm er mich an der Hand. Wir waren unterwegs, um nach möglichen Baulücken für neue Blocks zu suchen. Er nahm mich gerne mit. Ich glaube, meine Faszination faszinierte ihn.

»Erzähl mir nichts von Scheiß-Kosten«, sagte er zu einem gepflegten jungen Mann mit Jackett. »Die Leute hier wohnen immer noch in Slums. Wir haben ihnen neue Häuser versprochen. Also ziehen wir sie hoch. Ohne Verzug. Wir müssen vorankommen, verdammt noch mal.«

Ich weiß noch, daß der Mann etwas in sich hinein murmelte. Etwas von »Normen«. Mein Granda packte ihn am Hals und drückte ihn gegen einen steinernen Löwen.

»Jetzt hör mal zu, du hochnäsiger kleiner Arsch. Der Junge hier weiß mehr über Normen als du. Wir bauen gute Scheiß-Wohnungen. Großartige Wohnungen. Und billig, wenn's geht. Ich will nur, daß du mir sagst, wieviel wir ausgegeben haben, wenn wir es ausgegeben haben. Kapiert? Ich hab' gehört, daß du ganz gut rechnen kannst.«

Wir gingen schweigend zu Hughs Auto.

Hugh wußte nichts über mein Leben zu Hause. Er wußte nie etwas davon. Und ich hatte kein Interesse, ihm irgend etwas zu erzählen. Es war, als wären es zwei gesonderte Leben. Ich wollte nur, daß er mir die neuen Häuser zeigte. An diesem Tag holten wir bei meiner Granny im Laden Blumen. Margaret zählte die Stiele. Als Hugh versuchte, ihr einen Kuß zu geben und sie in den Arm zu kneifen, kicherte sie und schüttelte ihn ab. Ich stand neben einem Kübel mit Lilien und lachte. Draußen auf der Straße quietschten Busbremsen. Hugh brachte uns zum Lachen. Und während Maggie unsere Blumen in braunes Papier wickelte, begann mein Granda, ein Gedicht aufzusagen. Er sprach und sah Maggie mit einem spöttischen Lächeln an, und ihr Gesicht wurde rot vor Freude und altbekannter Überraschung.

> Den guten Willen haben du und ich und alle Welt,
> Hauptsächlich Männer von Benimm und Geld;
> Und also haben arm und reich, Mann, Frau,
> die Jungen wie die Alten
> Stets an dem kleinen Körnchen Wahrheit festgehalten
> In diesem Sozialistencredo hier: es könne eben
> Den allgemeinen Grund für Gleichheit geben.

»Oh, nicht, Hugh«, sagte sie. »Das ist schrecklich.«
»Schrecklich und wahr«, sagte er. »Der Barde von Barrhead.«
Er zeigte mir den Ort, wo seine Mutter in Govan gewohnt hatte. Wir legten die Blumen auf eine eingestürzte Mauer. Vor uns stand eine Reihe nagelneuer Häuser mit weißen Veranden. Er erzählte mir von den Schiffen, die früher hier vorbeigefahren waren. Nur einmal fragte er nach unserem Leben unten im Süden. »Interessiert du dich für die Lokalgeschichte dort?« sagte er.
»Wir wohnen jetzt in Ayrshire«, sagte ich.
»Aha.«
Er überließ das alles Maggie. »Dein Vater ist ein Taugenichts«, sagte er.
Manche Blocks in Glasgow wurden innerhalb von Monaten

hochgezogen. Hugh sonnte sich in seinem Ruhm; er spürte, daß die Wohnungen der große Triumph seines Lebens waren. Bei vielen neuen Wohntürmen durchschnitt er das Band. Und unten auf dem Vorhof erzählte er dann von Wheatley und MacLean. Er erzählte von den Mietstreiks und von seiner Mutter Effie Bawn. Dann sprach er von dem großen Sieg, den Labour über die Wohnungsprobleme in Schottland davongetragen hatte. Und wenn er so ein Band durchschnitt, hatte er manchmal Tränen in den Augen. Die Wohnungen waren für ihn etwas sehr Persönliches. Sie erwuchsen aus seinen privatesten Momenten.

Er nahm mich zu einer Einweihung mit in die Gorbals.

Strahlender Himmel, Lieder. Die Eingangshalle war voller roter Ballons.

Hugh drückte auf einen Knopf und versah die Aufzüge zum ersten Mal mit Strom. Ich stand auf dem Florence Square.

Der Maxton-Block. Zwanzig Stockwerke. Für mich war er das Schönste auf der Welt. Die Leute machten Bilder. Die große Fensterfront. Ja, seine Welt war hoch und schön. An diesem Tag nahm er mich für eine Zeitung auf den Arm.

Stadtrat Hugh Bawn, »Mr. Housing«, 62, mit einem der ortsansässigen Kinder.

An diesem Tag verabschiedeten wir uns für ein weiteres Jahr. Und dann erreichte uns eines Morgens zu Hause ein Umschlag mit meinem Namen darauf. Die Handschrift meines Granda.

»Komm nach Glasgow, Jamesie. Ich weiß Eure Nummer nicht.«

An dem Tag, als ich ankam, zeigte er mir eine neuartige Maschine für Erdarbeiten. Ich zog ein paar von meinen Zeichnungen hervor.

»Ein junger Zeichner, und ganz ohne Fehler«, sagte er.

Die neue Maschine war große Klasse. Ich verbrachte den Tag in einer Reihe von Baubaracken. Er fuhr mit mir zu seinen diversen Baustellen. Ich war zufrieden, wenn ich mit einem Buch in seinem Auto sitzen konnte. Er hatte mit den Handwerkern zu tun. Und oft kam er in finsterer Wut zurück.

Gegen Ende des Tages fuhren wir mit seinem Auto zu einem Feld am Roystonhill. Es war schon dunkel; die letzte Sache, die an diesem Abend zu tun war.

Die Lampen an der Autobahn glühten wie flammende Riesenboviste. Ganz oben Dutzende Wohnungen mit vielen verschiedenen Gardinen und mit Heizungswärme, die durch die Zimmer strich. Außerhalb des Autos wehte ein kalter Wind. Wir ließen den Motor laufen. Das Radiogeflüster. Nachrichten für die Schiffahrt: mäßig bis gut; Warnung für Cromarty, Finisterre. Hinter den gelben Lichtern völlige Dunkelheit. Seesalz brach den Rauhreif von den Scheiben.

»Wir ziehen bald nach Ayrshire«, sagte er. »Ich mache bei ein paar Wohnungsneubauten in Irvine mit, in New Town. Wir sind dann ganz in deiner Nähe.«

Mein Atem ging schwer und schnell. Ich hatte Angst. Ich hätte mich freuen sollen. Ich freute mich dann auch. Aber in diesem Moment ... machte ich mir Sorgen. »Ich weiß, es ist nicht leicht, so, wie das zu Hause läuft«, sagte er.

Ich zupfte an meinem Pullover. Ich sah ihn an; meine Lippen zittterten. »Sag nichts«, sagte ich. »Ich will nicht ... ich will darüber nicht reden.«

Im Autoradio Geflüster des Meeres. Wasser, das irgendwo an einen Strand schlug.

»Meine Arbeit hier ist erledigt, mein Sohn. Ich werde auch älter. Maggie und ich hätten es gern nicht so weit bis aufs Land. Manchmal möchte ich ...« Und diesen Satz sprach er nie zu Ende. Er starrte nur zu den heißglühenden Wohnungen hinauf. Er zog unter dem Sitz eine Tüte Caramac-Riegel hervor. Vielleicht ein Dutzend in einer Tüte. Und wir saßen an diesem Abend auf dem Roystonhill und aßen sie gemeinsam auf. Wir wickelten sie aus und starrten dabei hinaus auf die Wohnungen und auf die Lichter und die Dunkelheit dahinter. »Wir haben sie neu gemacht, Jamesie«, sagte er. »Die Welt da draußen. Und die Zukunft, die Zukunft wird verdammt einfach sein.«

Er sprach weiter, in seinem Auto. Nicht mit mir und mit niemandem sonst. Nicht einmal laut. Er bewegte nur die Lippen, während er nach draußen starrte. Ich konnte die Reflexion der gelben Lichter in seinen Augen sehen. Er bewegte nur die Lippen. Für niemanden, ins Nirgendwo.

Die restliche Schokolade weichte in seinen Händen auf.

VIER

JANUAR, VOR LANGER ZEIT

Im achtzehnten Stock träumte ich vom Meer. Jede Nacht vom Meer. Vor allem in den ersten beiden Wochen. Im Halbschlaf verflüssigten sich die Zimmerwände: auf einer Seite zogen kleine Huster vorbei, Liederscherben auf der anderen. Meine Großeltern waren oft mitten in der Nacht wach.

Der Traum vom Wasser kam immer wieder. Und jedesmal wurde das Meer kälter, es kam langsamer, stürzende Wellen, sie brachen sich am Strand. Morgens wachte ich früh auf. Dieselben Möwen am Schlafzimmerfenster. Seit ich wieder bei Gran und Granda war, hatte ich das Haus kaum verlassen. Nur mit Hugh geredet, wenn ihm nach Reden war; meiner Gran mit ihren Wohltätigkeitspaketen geholfen.

Oft saß ich einfach nur in der Abstellkammer. Überall Papiere auf dem Bett: alte Briefe, Pläne, Zeitungsausschnitte, Gerichtsreportagen, Notizblöcke. Eines Tages kam ein Brief von meiner Freundin Karen. Er kam in einem ihrer blauen Umschläge; in Liverpool abgestempelt. Ihre Handschrift war winzig. Sie war sehr legalistisch. Karen schrieb, als ob das Geschriebene später möglicherweise als Beweisstück dienen sollte. Und das paßte zu Karen: Sie war Rechtsanwältin. Die Handschrift erinnerte mich an den Grund, aus dem wir zusammenwaren. Wir hatten uns beide in die Genauigkeit des anderen verliebt oder in das, was

150

wir irrtümlich dafür hielten. In meinen Augen ging sie so erwachsen mit den Tatsachen um; Karen wollte, daß die Welt rational war und sich in Regeln fassen ließ; sie sprach von Rechten und Pflichten; sie war sehr organisiert. Und trotzdem hatte sie auch etwas Romantisches. Ihre Art zu lachen, als wäre es mit der Welt vorbei. Die Tatsache, daß sie so unbeschwert tanzte und sang. Ihre Art, einen zu küssen. Und die Art, wie sie spürte, daß die Welt besser sein sollte. Aber trotz ihrer Ausbildung, trotz all ihrer Vernunft hatte sie sich in der Dramatik der großen Veränderungen verloren; sie wollte wehende rote Fahnen und Geschrei auf der Straße, und sie wollte, daß wohlgesinnte Leute zu einer Trommel marschierten. Die neue Labour Party fand sie peinlich. Manchmal dachte ich, daß sie eigentlich meine Vergangenheit liebte.

Karen war verrückt nach Büromaterial. Manchmal zerrte sie mich nachmittags aus einem Restaurant, weil ich mit ihr gehen und nach Ringbüchern suchen sollte. Bei Ryman's konnte sie sich verlieren, sie ging durch die Gänge wie eine Psychiatriepatientin: Heftklammern, ein Locher, ein paar Klebeetiketten, zwei Notizblöcke, eine Jumbopackung Gummiringe. Und der Brief, den sie mir schickte, war mit bunten Büroklammern und Klebeetiketten verziert. Das Datum war deutlich hervorgehoben. Sie unterstrich die Dinge gern.

Lieber James,
ich vermisse Dich. Ich hoffe, Du bist da oben in Schottland noch nicht wahnsinnig geworden. Hier ist ein großer Poststreik gewesen, also hoffe ich, daß Dich dieser Brief vor der Jahrtausendwende noch erreicht.
Ich kenne Deine Großeltern nicht, aber ich hoffe, Du richtest ihnen meine besten Wünsche aus. Das ist bestimmt alles ganz schrecklich. Ich habe in diesen letzten paar Wochen über alles nachgedacht. Es war ganz bestimmt das beste, für wie lange auch

immer nach Schottland zu fahren, um mit allem klarzukommen.

Abgesehen davon, daß ich Dich vermisse, glaube ich, daß Du jetzt genau dort sein mußt.

Es ist nicht leicht, das hinzuschreiben, denn irgendwie möchte ich Dir einfach nachlaufen, und wenn ich glauben würde, daß es Dir hilft, würde ich das auch tun. Aber wenn ich es mir recht überlege, glaube ich nicht, daß ich nach Schottland kommen sollte oder daß Du mich besonders oft sehen solltest, bis das alles vorbei ist. Du mußt weit weg von allem sein, James – von mir, von hier, vom Büro. Ich glaube, daß das schon eine ganze Weile so ist, und die Krankheit deines Großvaters ist nur ein Teil davon. Du mußt die Dinge ordnen. Du weißt, daß ich da bin. Aber ich bin ganz ehrlich der Meinung, daß Du Dir diese Zeit für Dich nehmen mußt, und vielleicht über alles nachdenken und über das, was Du willst. Ich bin immer da, wenn Du mich brauchst. Du sollst einfach wissen, daß alles in Ordnung ist, und nimm Dir Zeit.

Karen hatte die Situation gut eingeschätzt. Ich vermißte sie auch. Sie kannte mich besser als ich mich selbst. Ich mußte allein fahren. Man darf Anfang und Ende nicht verwechseln: Unsere Liebe mußte ihre eigene Ebene finden.

Margaret wollte oft, daß ich mit ihr zusammen fernsah. Jeden Morgen ließ sie den Tee bitter werden und rollte den Deckel von einer Büchse Fleisch. Vier McKechnie-Brötchen, und auf jeder weichen Hälfte zentimeterdick Butter. Das Familienfleisch. Rosarot wie eine Woche in Miami. Gehackter Schinken und Schweinefleisch, ein Gelatinebart. Jeder Bissen eine Vergiftung. Alles war bestens. Wir aßen vergnügt in der Würde der Beschränkung. Und sogar der Tee fing an, gut zu schmecken; sein fades Haselnußaroma paßte zu dieser Zeit.

Meine Gran ist der einzige Mensch in Schottland, der Sendungen für gälischsprachige Zuschauer sieht. Gewöhnlich bestand sie darauf, Teil einer gälischen Fernsehgemeinde zu sein. Sie trat oft dafür ein (auf englisch), daß diese gewissermaßen eine Nation war. Aber ich hatte den Verdacht, daß meine Gran die einzige Zuschauerin war, außer mir, einem Feriengast, einem Sesseltouristen in Angus' und Mhairis gespenstischer Welt der Keltenkreuze. Jeden zweiten Morgen saßen wir vor dem Fernseher in Maggies Schlafzimmer, unsere Gesichter glühten von unserem phosphoreszierenden Frühstück, und wir sahen zu, wie eine Geröllhalde voller Bergwanderer in Arran-Strick durch die Gebirgsluft stolperte.

Nach und nach nutzten meine Gran und ich diese halbe Stunde und übten Lachen. Gelegentlich hielt Maggie an der grundsätzlichen Ernsthaftigkeit dieser Sitzungen fest; dann gab sie Angus freche Antworten, und manchmal ignorierte sie reuevoll meine Versuche, die Absurdität der Sendung noch zu steigern. Eines Tages gab Mhairi unaufhörlich Mode-Tips, die sie im letzten Sommer auf den Western Islands bei den Feriengästen im Badeanzug aufgeschnappt hatte. Das konnte ich auf keinen Fall so stehen lassen.

»Badeanzüge?« sagte ich. »In *Uist?*«

»Aber ja, Jamie, mein Sohn. Man glaubt nicht, was es heutzutage alles gibt.«

»Aber Badeanzüge. Es ist eiskalt da oben. Die ganze Zeit.«

»Es heißt doch, daß es immer wärmer wird, Jamie. Die Ozonschicht hat ein Loch. Hast du noch nichts davon gehört? Und du weißt doch, wie die jungen Leute heute sind. Sie laufen herum und haben nichts an.«

»Weißt du was, Gran. Ich glaube, die Sendung wird in England gemacht. Ich glaube, Angus heißt eigentlich Timothy sowieso.«

»Sag das nicht, Jamie. Du verdirbst mir meine Sendung. Das ist die beste, die läuft.«

»Nein, im Ernst. Das wird in London mit Schauspielern gedreht.

Wetten? Und sie stellen überall solche riesigen Kreuze hin. Die sind aufblasbar. Jede Wette.«

»Das kannst du doch nicht glauben, Jamie, mein Sohn. Das ist doch deine Geschichte. Das ist alles, was dir am Ende bleibt. Komm her und hilf mir, die Kissenbezüge zusammenzulegen . . .«

Wir ließen den Fernseher mit dem Abspann und dem unmelodischen gälischen Gejaule stehen.

Hugh schlief nicht gut. Aber er war nicht immer böse oder außer sich. Wenn er sich unwohl fühlte, kämpften seltsame Laute sich frei und erhoben sich, meistens nachts; und alte Worte, alte Sätze suchten sich einen Weg aus seinem brennenden Hals. Aber die meiste Zeit des Tages lag er nur still im Bett. Er war vollkommen bei Bewußtsein, manchmal war ihm sogar nach Schwatzen, und nur dann und wann fiel er tagsüber in ein fernes Delirium.

Manchmal bat er mich, zu ihm in sein Zimmer zu kommen, zu kommen und zu hören, wie er von der einen oder anderen Ruhmestat erzählte. Was er wirklich wollte, war ein Zuhörer. Einen schweigenden Zuhörer. Einen seiner Jungs, die schon lange nicht mehr da waren. Die glorreichen Zeiten. Deswegen hatte er mich nach Hause gerufen. Er stellte mir keine einzige Frage. Fragte nie nach meiner Meinung. Er ignorierte mein Leben, so gut er konnte. Und wer sollte ihm das vorwerfen? Dazu war es zu spät. Viel zu spät, um nach anderen Leuten zu fragen. Das machte er einem behutsam klar. Und ja, vielleicht war es so. Für Hugh war die Welt mit Verrätern und Lügnern und Narren vollgestopft. Sein Enkelsohn war alles auf einmal. Und an manchen Tagen tobte er in seinem Zimmer. Weil Bauarbeiter unverbesserlich waren und Freunde verlogen. Weil es Leute gab, die englischer waren, als sie sollten. Weil die Welt so klein war. Nullen nannte er sie. Durch meine Anwesenheit in der Wohnung in Annick Water gab es endlich jemanden, gegen den er dieses ganze Theater richten konnte. Ein feuchtes Handtuch auf die Stirn. Das Theater war eigentlich nicht so schlimm. Er lag im Sterben, und er brauchte etwas. Jemanden. Wenn auch nur, um ihm die Schuld zu geben, wenn etwas schiefging.

Obwohl ich das alles wußte und es mir naheging, verlor ich manchmal den Humor. Eines Morgens kam ich in sein Schlafzimmer und suchte eine Schachtel Papiertaschentücher.

»Mach, das du rauskommst, du Weichei«, sagte er.

Ich hatte eine Zahnbürste in der Hand.

»Das sind *meine* Windeln«, sagte er. »Geh und kauf dir selber welche, du knickeriger Scheißkerl.«

Und als ich gehen wollte, schimpfte er weiter. »Weißt du, Jamesie, ich sag dir was. Du bist ein eingebildeter Wichser.«

»Und wie kommt's, Grandad? Weil ich eine Zahnbürste besitze?«

»Wirst du jetzt auch noch frech?«

»Na gut. Sag die Wahrheit. Du hast nie in deinem Leben eine Zahnbürste besessen. So weit ist deine Reinlichkeit nie gegangen, oder?«

Er tat, als wollte er aus dem Bett steigen. Es war schrecklich, das zu sagen.

»Nein, du blöder Schönling. Meine ganzen Zähne sind ausgefallen, weil ich mir um dich und deine dämliche Scheiß-Familie Sorgen gemacht habe. Und jetzt hau ab. Der Spiegel wartet auf sein Rendezvous mit dir.«

»Okay, Grandad. Dann gehe ich jetzt ins Badezimmer. Vielleicht putze ich mir sogar die Zähne, nur um die Familientradition zu brechen, weißt du.« Ich wandte mich zum Gehen.

»Ja, verpiß dich«, schrie er mir nach. »Da drin hast du dir deine ganzen egoistischen Angewohnheiten geholt.«

Und eine halbe Stunde später schrie er dann nach mir, weil er einen Schwatz halten wollte. »Komm und hör dir die Geschichte an, wie wir es geschafft haben, die oberen Apartments in Springburn auf nur zwei Säulen auszubalancieren.«

Solche Sachen. Und nach einem Streit hatte er offenkundig mehr Farbe im Gesicht. Die Wahrheit ist, daß mein Granda genau wie mein Vater ein gewisses Ausmaß an Aggression durchaus genoß. Das munterte sie auf.

Aber dann passierte etwas. Die Tage spulten sich weiter, und es schien ihm besserzugehen. In seinem Körper waren überall Schatten. Wir wußten das. Sein Kopf war durcheinander. Er war vollgepumpt mit Medikamenten. Aber in der letzten Novemberwoche richtete er sich auf. Er bat um Kaffee mit Milch. Er wollte Porridge. Ich weiß noch, wie er Scots Porridge Oats näher beschrieb:

»... die mit dem Scheißer auf der Schachtel, der mit den dicken Armen.«

Er bat mich, ihm noch mehr Milch zu holen. Er war schroff und hustete und fluchte wie immer, aber in seinen Augen war ein Licht. Und dann ließ das Schimpfen nach. Allen Ernstes. Die Aggression verebbte. Und es störte ihn nicht mehr so sehr, daß ich ihm mit gefalteten Händen unbedingt etwas klarmachen wollte – ein Verlangen, das ohnehin täglich nachließ.

»Halt's Maul«, sagte er, »und such den Plattenspieler. Bring ihn her. Ich will diesen Plattenstapel haben.«

Und als ich ihn herbeigeschafft hatte, reichte er mir die Nat King Cole-Platte. »Leg sie auf«, sagte er.

»Bist du sicher, Hughie, du ...« fing Margaret von der Tür aus an.

»Laß mich in Ruhe, Maggie.«

»... Jack Frost nipping on your nose,
Yule-tide songs, being sung by a choir,
Kids dressed up like Eskimos,
Everybody knows ...«

Das Nat-King-Cole-Familien-Weihnachtsalbum. Kein alltägliches Ereignis. Nicht jeden Tag. Nicht in diesem Haus. Aber es paßte zu Hugh, daß er gleichermaßen Fortschritte machte und litt und daß er unsere niedrigen Erwartungen so brillant enttäuschte. Bis zu einem gewissen Punkt war Hugh unberechenbar. Wenn wir gerade glaubten, daß er seltsam war und Angst hatte, wenn wir dachten, daß es nun rasend bergab gehen würde, entdeckten wir ihn im Bett mit einem zerfledderten Witzebuch und ein paar Liedchen. Mit einem zahnlosen Grinsen. Einem gelassenen Schulterzucken. Seine Kraft, uns zu überraschen, verließ ihn als letztes.

Jeder hat einen Tag, nur einen diamantenen Tag, an dem er gerne viele Tage seines Lebens mißt. Es gibt wahrscheinlich andere großartige Tage, wärmere Tage, reichere Zeiten, Augenblicke der Liebe oder der Trauer, aber niemals war das Leben so bewegt, wie man es an diesem einen Tag empfunden hat.
Eine Zeit, in der man am stärksten gespürt hat, daß man Teil der Welt ist. Ein Tag, an dem man irgendwie wußte, daß man zu allen bekannten Dingen gehört. Lebendig. Mit jeder Faser lebendig. Oben die Engel, und unten das Pack. Ganz Betrachtung, ganz Herrlichkeit. Und in einem Regenschauer machen die großartigen schottischen Brücken vollkommenen Sinn. Alle Jahreszeiten reflektieren gleichzeitig auf der Haut; der Himmel in den Augen; Lärm, der durch die Bäume dringt, klingt wie die Wälder in einem selbst. Die meisten Tage gehen verloren, indem man sich mit Anstand bemüht, auf den Wegen des beinahe Bekannten. Und an diesem einen Tag hat man es plötzlich erfaßt. Man ist drin. Und während der Nachmittag langsam vergeht, macht die Welt plötzlich vollkommenen Sinn. Das wird nicht so bleiben; das weiß man auch. Aber in diesem Moment hatte man es. Man hatte es einmal.
Hugh lag tränenüberströmt im Bett. Ein alter Achtundsiebzig-

jähriger schaltete den Plattenspieler ein. Es war John McCormack, der irische Tenor. Die Stimme klang weit entfernt, sie drang durch einen Wall von Geknister. Eine gedämpfte Woge aus goldenem Blech. Die Melodie war langsam. Die Hände meines Granda zitterten. Er packte die Öffnung an seinem Schlafanzug. Durch den Vorhang fielen Lichtquadrate und tanzten durch das Zimmer. Die Stimme des Sängers. Mein dünner Granda zitterte da in der Ecke, und all die Jahre um seine Augen herum. Wasser in den Augen. Er sah zu mir auf.

»Jamesie«, sagte er. »Ich will, daß du mit mir in den Pub gehst. Kannst du mit mir nach Ayr fahren?«

»Ja, Granda. Ich besorge uns ein Auto.«

»Nein«, sagte er. »Lieber mit dem Bus. Kannst du einen Rollstuhl auftreiben? Wir können mit dem Bus fahren.«

Ich ging hinaus und sagte es Margaret.

»Du regst ihn aber nicht auf, oder, mein Sohn?«

»Warum sollte ich, Gran?« fragte ich und wühlte unter der Telefonbank nach dem Thomson Directory. »Ich bin nicht hier, um ihn aufzuregen. Meinst du nicht, daß ich weiß, was zu tun ist?«

»Guter Junge«, sagte sie. »Du weißt, daß ein Bild von ihm in der Zeitung war. Da ist etwas am Gericht in Glasgow. Sie wollen ihm nachweisen, daß er ... Geld veruntreut hat. Es ist alles nur Mist. Ich will nicht, daß sie ihm zu nahe kommen. Hilfst du mir, Jamie?«

Ich legte meine Hände auf ihre Arme. »Ich weiß«, sagte ich. »Mach dir keine Sorgen.«

In diesem Moment tauschten meine Gran und ich einen Blick, einen Blick, auf den sie in den vergangenen Wochen offenbar gewartet hatte. Sie wurde fast ohnmächtig vor Erleichterung.

»Gran«, sagte ich. »Er hat mich gebeten herzukommen. Ich würde es ihm jetzt gerne leichter machen. Verstehst du das? Weißt du, was ich meine?«

»Ja, mein Sohn«, sagte sie. »Ich verstehe dich gut. Gott helfe uns.«

158

In New Town gab es einen Club der British Legion. Man sagte mir, daß man uns gern einen Rollstuhl ausleihen würde. Hugh wollte mit mir zu Fuß dorthin gehen. Er war sicher, daß er es bis dahin schaffen würde. Dann konnten wir den Bus nehmen. An diesem Tag ließ ich mich mit Hugh auf keinerlei Streit ein. Er sollte haben, was immer er wollte. Margaret zog ihm eine leichte Hose an. Er sagte, daß sein Hals in seinem Hemd dürr aussah. Sie fädelte seine Arme in einen Pullover.

»Ich will meine guten Schuhe«, sagte er. Maggie bückte sich und zog ihm mit Mühe zwei weinrote Budapester an. Sie knotete sie doppelt zu. Ich band ihm seinen Tartan-Schal um und berührte ihn dabei so sacht wie möglich – er haßte dieses Theater. Darüber eine beigefarbene Jacke. Und Margaret kam mit einer Mütze herein.

»Maggie«, sagte er. »Komm mal kurz her.«

Während ich meine Jacke anzog, tuschelte er mit ihr. Reißverschluß hoch.

»Immer mit der Ruhe, ihr zwei«, sagte meine Gran. »Denk dran, Hugh. Laß dir Zeit.«

Als ich zur Tür ging, sah ich, wie sie meinem Granda ein Bündel Scheine in die Hand drückte.

Wir machten uns langsam auf den Weg. Ein Stockwerk hinunter in den siebzehnten. Nur der Aufzug für die Stockwerke mit den ungeraden Zahlen funktionierte. »So ein Aufzug ist eine feine Sache, wenn er läuft«, sagte er.

Er hatte sich bei mir eingehängt. Die meisten Knöpfe im Aufzug waren mit rosa Nagellack bemalt. Und in die Metallplatte waren Namen geritzt: ROSKO COOL KILLER. SANTA AND THE LOVERBOYS. INCA TEAM LIEBT HASCH. JULIE FICKT HALUNKEN. Und darüber die üblichen Zeichnungen von Brüsten und Schwänzen. GANG BANGS UNTER DIESER NUMMER. Hugh betrachtete das Dach des Aufzugs.

»Läuft nicht besonders weich«, sagte er. »Wahrscheinlich sind die

Flaschenzüge abgenutzt. Ich muß denen mal sagen, daß sie geölt werden müssen.«

»Oh, Mr. Bawn«, sagte im Erdgeschoß eine ältere Dame, die sich fest in ihren Mantel gehüllt hatte. »Machen Sie eine kleine Spritztour? Schöner Tag dafür. Und Sie sehen so gut aus, Mr. Bawn.«

»Ja, Jean«, sagte er. »So geht's mir auch.«

Wir gingen den Hügel hinunter und weiter zum Treidelpfad am Fluß. Das braune Wasser kräuselte sich. Es ging ein leichter Wind, ein langsamer Atem, der in aller Anmut die Blätter hob, zweimal umdrehte und dann über der Wasseroberfläche fallen ließ. Der Fluß ergoß sich in ein kleines Becken unter der Einkaufspassage. Das Wasser stand dort für einen Augenblick und schimmerte. Schlamm und Wurzeln kreisten in der Brühe; die Unterströmung schwoll an. Das Becken floß trudelnd voll wie eine irdene Schale am Ufer. Wir sahen zu, wie der Fluß herbeiströmte und sich sammelte, und wir sahen zu, wie sich auf der anderen Seite unter der Brücke ein breiter Spalt auftat und ein Schwall über den Rand der Schale floß. Die Flut lief ab, und mehr drang ein, Wasser und Gras, Gras und Wasser. Um ganz zum Schluß in Windungen zum Meer zu fließen. Den ganzen Fluß entlang hing in den Bäumen ein weißes Licht. Löwenzahnuhren. Das alte Moor zog in einem Wirbel aus Habichtskraut vorbei. Die Kirchen waren still. Die Steingesichter an den Kirchen waren still. Hugh starrte ins Wasser; der Kirchturm der Auld Kirk warf einen Schatten darauf.

»Jamesie«, sagte er. »Habe ich dir jemals gesagt, daß ich eigentlich Kirchen bauen wollte?«

Wir überquerten Green Bridge und das Wasser. Hugh beschloß, daß er losen Tabak wollte. Ich dachte, daß wir zuerst den Rollstuhl holen sollten.

»Nein«, sagte er, »laß uns rauchen. Spazierengehen.«

Also gingen wir zur High Street. Seit neuestem Fußgängerzone.

Bei Mr. Haq bekam man Zeitungen, Zigarettenpapier, Geburtstagskarten und Cola Light. Eine halbe Unze Golden Virginia. *The Racing Post*. Wir gingen langsam und gemessen an den Geschäften vorbei. Unterwegs mit meinem Granda. Und stolz darauf, daß er die Beine bewegte; daß er das einfach ohne Theater tat.

»Alles klar, Hugh?«

»Ja, mein Sohn. Wie neu.«

Auf dem ganzen Weg hielt er den Kopf gesenkt. Hugh hustete unter seiner Mütze. Die Kinder, die vorbeikamen, waren von den Winter-Sonderangeboten benebelt. Die vielen Schaufenster. Tief im Innern brannten Purpurlichter.

Stiefel Zuhause Gesicht Masseur. Schachteln, die sich unter einem von Dr. Jekylls riesigen Chemikaliengefäßen stapelten. Grüne Gefäße. Verändern Sie Ihr Gesicht. Packen Sie's an. Werden Sie ein neuer Mensch.

Ein Hitzeschwall an den automatischen Türen.

Kestrel Lager. Ihre Wahl fürs Fest bei Tesco's. Eine Schreckensarmee in Adidasstreifen marschierte mit Paketen voller Alkohol vor uns her.

»*Afore ye go.*«

Was Ordentliches zu trinken.

Afore ye go.

Mütter in Leggings; eine lange Schlange vor dem Fotoladen.

Hausgemachte Erdbeertörtchen aus der Stadtbäckerei.

Ich gab Hugh eine Selbstgedrehte.

»Verdammt verrückt hier heute«, sagte er und nahm sich Feuer. Er sah auf und grinste die Leute an, die vorübergingen.

»Alle bekloppt«, sagte er. Er rauchte.

Junge Mädchen kamen Arm in Arm wie wir vorbei. Goldkettchen in den Mündern. Auf Cantors Möbeln stehen keine Preise. Nur Fristen. Neun Monate zinslos. Ein Windstoß fuhr auf, als zwei Stachelhaarige auf Rollerblades vorübersausten. Sie trugen noch mehr Streifen. Beide mit Kaugummi. Als wir am Clydesdale Bank vorbeigingen, kam ein junger Typ mit einem Stapel *Big Issues* auf uns zu. An seiner Seite ein grauhaariger Köter. Ich steuerte Hugh an ihm vorbei, und mein Mund formte das Wort Nein.

»Was war das?« fragte er.

»Ach, nur jemand, der Spenden sammelt.«

Für Dezember war es ein sehr schöner Tag. Richtige Sonne am Himmel. All diese irren Weihnachtsmelodien, die aus den Türen der billigen Läden platzten.

»Ich hab' gesehen, wie Mama den ...« Laute, die aus den Türen flohen wie Ladendiebe.

Der Typ an der Tür der British Legion aß ein Stück Pastete. Eigentlich aß er sie nicht, er vernaschte sie. Leckte sie ab und küßte sie. Seine fetten Finger tanzen über ihren Rand. Sie drehten Pirouetten auf der verbrannten Kruste. Also mochte er die Pastete. Auf seinem Kinn war ein Action-painting aus Fett. Der Mann hatte eine unglaubliche Tonne von einem Bauch. Ein Körper im Training für den 12. Juli.

Beleibte Hommage an den zierlichen König von Holland ...

»Die Schärpe, die mein Vater trug.«

Um seinen Hals hing eine Highland-Fusiliers-Krawatte. Der Mann saß mit seiner Pastete auf einem Tenant's-Bierfäßchen.

»Du lieber Gott«, sagte er und erhob sich von seinem Schemel, »wenn das nicht Hughie Bawn ist. Ein Elder Statesman in unserer bescheidenen Hütte.«

»Hallo, Davie. Wie ich sehe, bist du immer noch am essen. Der fette Scheißer, der du bist. Jamesie ...«

Er nahm meinen Arm und zeigte auf den lächelnden Rausschmeißer.

»Der da hat sechs Kinder. Kannst du dir das vorstellen? Sechs Mal hat diese Frau sich den gefallen lassen. Mindestens! Und es sieht so aus, als würde er die Kinder kriegen. Du bist schon ein fetter Scheißkerl, Davie. Schön, dich zu sehen.«

Davie Grimes kicherte die ganze Zeit wie ein batteriebetriebenes Spielzeug vor sich hin. Er genoß die Beschimpfungen, das sah man. Und mein Granda genoß es sichtlich, sie auszuteilen. Sobald wir an der Tür der Legion angekommen waren, veränderte sich seine Stimme. Er nahm sein öffentliches Ich an. Jetzt war er wieder bei den Jungs.

»Und wie geht es deiner leidenden Frau?« sagte er. »Der Jungfer Marion. Bestell ihr von mir, daß es nie besonders weit ist zum Scheidungsgericht. Sag ihr, daß ihr nur ein guter katholischer Junge fehlt.«

Hugh zwinkerte mir zu. »Komm rein, mein Sohn, ehe der da uns anpumpen will.«

Als wir den Club betraten, hörten wir immer noch Grimes' brüchiges Glucksen. Hugh blieb vor dem Gästebuch stehen – Kugelschreiber an einer Schnur.

»Saddam und Sohn« in der Namensspalte. »Freiheit für die Falklands. Eigentum ist Diebstahl« als Adresse.

Davie Grimes kam mit einem niedrigen Holzschemel herein. »Für dich, Opapa. Setz dich hin und paß auf deine Taschen auf. Was kann ich dir bringen?«

»Zwei Halbe von eurer besten Pisse und 'nen Rollstuhl,« sagte Hugh.

Grimes ging hinter die Bar und spielte den Gastgeber. Er wollte kein Geld nehmen. Der Club war leer. Auf der anderen Seite hing an der Decke über einer schmalen Bühne ein großer Union Jack.

»Ihr müßt mal die Anstreicher bestellen, Davie«, sagte Hugh. »Da hat jemand was Obszönes auf den Putz gemalt.« Während er das sagte, legte er seine *Post* auf den Tresen.

»Klar«, sagte Davie. »Du bist mir einer. Hast du noch nichts davon gehört, daß die Kommunisten sich ergeben haben, Hughie? Demnächst sind wir unter einer Flagge vereint.«

»Na klar«, sagte Hugh und nahm sein Bier.

Er sah mich wieder an. »Wenn man sich überlegt, daß dieser Junge eine gute Gesamtschulausbildung hat. Und sein Dad war Bergarbeiter. Immer gewesen. Du bist ein rabenschwarzes Tory-schwein, Davie Grimes. Dein Vater wird im Grab rotieren. Wenn wir dich das nächste Mal sehen, machst du wahrscheinlich den Stimmenzuhälter für New Labour.«

Grimes reichte mir die zweite Halbe. »Du bist doch mit diesem alten Sozi nicht verwandt, oder?«

»Er ist mein Granda«, sagte ich.

»Wohnt deine Schwester immer noch in diesem feinen Block drü-ben in Ardrossan?« fragte Hugh. »Dem neben der Bibliothek?«

Grimes wischte mit einem Tuch über den Tresen.

»Na klar … sie ist immer noch da drin, Hughie.«

Er hob meinen Bierdeckel an und warf mir einen Blick zu. Ich schüttelte sachte den Kopf. *Widersprich ihm nicht*, dachte ich. *Laß ihn in Ruhe.*

»Ja, die Moira ist ganz zufrieden«, sagte Grimes dann. Er sah mich immer noch an.

Hugh betrachtete seine Wett-Tabellen. »Schöne Türme das«, sagte er wie zu sich selbst. »Ich muß zusehen, daß sich jemand drum kümmert. Mal sehen, ob sie gestrichen werden müssen.«

Grimes und ich sahen uns wieder an. Ich fixierte ihn ein paar Sekunden lang. *Sag nichts.*

Er dachte daran, daß Hugh in der Zeitung stand, das wußte ich. *Sag nichts. Das ist alles ein Irrtum. Die verstehen nicht, wie er war, wie er ist.*

»Ich weiß noch«, sagte er zu Hugh, »vor Jahren, als du zu uns in die Schule gekommen bist, wegen einem Vortrag. Weißt du das noch? Damals haben sie gerade Broomlands gebaut. Ist Jahre her. Du bist zu uns in die Schule gekommen und hast einen Vortrag gehalten. Über die Siedlungen. Der Vortrag hieß ›Die große Epoche des britischen Wohnungsbaus‹. In der Schulturnhalle. Das weiß ich noch, Hughie.«

»War ich nicht«, sagte Hugh.

»Klar, Hugh. Weißt du das nicht mehr? Du hattest 'ne Masse Dias über die Hochhäuser in Glasgow dabei und so. In der Turnhalle.«

»Ich habe nie einen Vortrag gehalten, der so hieß«, sagte Hugh.

»Doch.«

»Nie im Leben. ›Die große‹ … was hast du gesagt? … ›Die große Epoche des britischen Wohnungsbaus‹. Nein. Du arbeitest schon zu lange in dem Bunker hier, Grimes. Der Vortrag hieß ›Eine große Epoche im schottischen Wohnungsbau‹.«

»Jetzt mach mal halblang, verdammt, Hughie. Das ist hunderttausend Jahre her.«

»Trotzdem«, sagte Hugh in seiner besten spöttischen Art, »ein wichtiger Unterschied. Wenn es um Wohnungsbau geht, hat England die großen Innovationen hier oben nur nachgemacht. Sie waren uns auf den Fersen. Zuerst mit Lob, dann mit Auszeichnungen und dann mit Dynamit.«

Hugh hielt inne.

»Das stimmt doch, James?«

Ich reichte ihm eine Selbstgedrehte.

Eine längere Pause. Wir starrten uns an.

»Du nimmst es aber peinlich genau mit den Details, Hughie Bawn«, sagte Grimes. Er hob die Klappe an der Bar und verschwand hinter ihr.

»Das hat die Russen auch fertiggemacht«, sagte er dann. »Wo ist jetzt dieser Rollstuhl? Ich weiß, daß er hier ist; wir haben ihn am Samstag abend benutzt, um jemand ins Taxi zu setzen.«

Wir standen allein im Wartehäuschen aus Plastik. Der Rollstuhl war immer noch zusammengeklappt. Hugh wollte mit dem Stuhl warten, bis wir nicht mehr in der Stadt waren. Der grüne Bus nach Ayr hielt knapp fünf Minuten später an der Haltestelle. Ich bezahlte beim Fahrer, verstaute den Stuhl und führte den alten Mann ein paar Reihen weiter nach hinten. Raucher.

Hugh setzte sich ans Fenster. Ich weiß noch, daß er die Scheibe berührte. Er legte einfach die Hand darauf. Sein ganzer Körper vibrierte mit dem fahrenden Bus. Seine Hand auf der Scheibe. Am Stadtrand ging es allmählich bergauf. Ein schöner Blick auf Fabriken und Siedlungen: New Town. Häuser in vielen Farben. Nicht mehr ganz neu. Sein Blick verlor sich dort. Er strich mit der Zunge über seine Unterlippe. Er spähte nach den Häusern aus.

Unter der Sonne. Bunte Häuser. Hugh mit seiner Hand auf der Scheibe, die Siedlungen, die sich unter uns erstreckten. Das war etwas, das man betrachten konnte, das man sehen konnte, dieses offene Moor und die Kiefern, das leichte Gefälle der Hügel dort drüben …

Hinunter, immer weiter hinunter. Die Häusergruppen und ihre Wäscheleinen. Die weiße Wäsche. Das Weiße bauschte sich: Hugh war in seine Gedanken versunken. Und auch ich war in seine Gedanken versunken.

Während sich die Phantasie der anderen Kinder an Buck Rogers und Outer Space entzündete, war Hugh mit seinen ganz eigenen Bildern beschäftigt, Bilder von einem Ort mit gut geölten Maschinen und Grüngürteln, mit Reihen von schicken modernen Häusern und weißen Bettlaken, die von den Wäscheleinen wehten.

Das war die Zukunft. Mr. Wheatley hatte Pläne für die Menschheit. Er wußte, wie die Menschen leben konnten.

Sogar in diesem Moment, als Hugh noch auf der Welt war, dachte ich Hughs Gedanken, ich versuchte, die Gestalt seines Lebens zu sehen, die Gestalt und das Gewebe von unser aller Leben. Das wollte ich sehen. Und der alte Hugh Bawn war an diesem Tag noch auf der Welt.

Von der Loans Road aus konnten wir die Hügel von Arran sehen. Das Wasser sah silbern aus. Die Hügel von Arran, deren einziges Geheimnis die Geschichte der Felsen war. Über die Jahre müssen an dieser westlichen Küste unter demselben Himmel Leute wie wir hinausgeschaut und sich gefragt haben, an was sich diese Hügel erinnerten und ob sie sich später an uns erinnern würden.

Hugh und ich betrachteten die silbernen Wassermassen vor Arran.

Ich war sicher, daß das Gute und das Schlechte an uns dort bleiben würde, all unsere Wünsche und Katastrophen. Alles würde im Angesicht der Berge von Arran zurückbleiben, und eines Tages würden andere uns dort sehen.

Ich dachte, ich könnte in der Luft Stimmen hören und an den Hängen von Arran die Zeichen toter Stämme sehen. Und ich wußte, daß ich nur noch jemand war, der schaute. An den Stränden von Ayrshire hat man sich schon immer solche Dinge vorgestellt. Man verkündete es in den Forts auf den künstlichen Inseln. Man verbreitete es in strohgedeckten Hütten, in zerstörten Burgen, in Fischerbooten und unter Bergleuten. Und jetzt sagte ich es, an diesem Tag, mit Hugh neben mir, hinten in einem grünen Bus nach Ayr. Aber die Isle of Arran wußte vielleicht gar nichts von uns, allein da draußen auf dem silbernen Meer. Wir stellten es uns vor mit aller Kraft; wir hofften es hörbar. Aber vielleicht wußten die Hügel nichts von uns. Und würden auch nie etwas wissen. Und wir würden unsere kurze Zeit leben und dann zu nichts vergehen.

»Hab' ich dir schon erzählt?« sagte Hugh. »Mein eigener Dad, der ist in einem Loch gestorben.«

»Ja«, sagte ich. »Er ist in Flandern gestorben, oder?«

Hugh hielt seinen Blick auf die Scheibe gerichtet.

»Irgendwo da«, sagte er. »Er hätte nie hinfahren sollen.«

Für Hugh war Ayrshire und Glasgow immer die große Welt gewesen. Er hatte nie einen anderen Teil des Planeten gebraucht. Kein Gedanke an anderswo. In gewisser Weise hielt er den Rest der Welt für ziemlich klein, im Vergleich. Und Schottland war für ihn ein Globus für sich. Eine vollständige Geschichte. Eine komplette Geologie. Eine echtes Staatswesen. Ein Paradies der Balladen und Lieder. Schottland bot für ihn eine gewisse Fülle. Und sogar am Ende seiner Tage bestärkten ihn die Macht der Verweigerung und die späten Enttäuschungen nur in seiner übertriebenen Verwurzelung.

»Niemand hat erlebt, was wir erlebt haben«, sagte er dann.

Und für ihn war das durchaus eine Bekundung von Stolz. Er sagte nie, daß Schottland vollkommen war. Er sagte, daß es der einzige Ort war, der ein Zeitalter ständiger Verbesserung erlebt hatte.

»Außer zu deiner Zeit«, knurrte er.

Er glaubte das wirklich. Er war sich sicher. Zumindest an der Oberfläche war er sich sicher. Die Welt außerhalb Schottlands war für ihn nur eine Ablenkung. Ein Paar Orte, an denen die Leute insgeheim vom Firth of Clyde träumten. Als ob sie wüßten, wo der war.

Ja. Gewöhnlich zog er die großen Städte der Welt als Beispiele heran. Dieses Katastrophengebiet in Helsinki. Diese wunderbare Siedlung in Madrid. Das Beispiel Brooklyn, das Modell Denver. »Wie die nördlichen Vorstädte von Tokio veranschaulichen.« Als er noch Hochhäuser baute, nannte er diese Orte wie Theorien, die man für hilfreich halten oder verwerfen konnte. Gewöhnlich begeisterte es seine Kollegen, wenn er solche Orte erwähnte, aber er verstand die Natur ihrer Begeisterung nicht. Für ihn waren das keine Orte, an denen es auch Leben und Tod gab, keine, an denen Leute mit eigenen Träumen zu Hause waren. Sein Vater war »irgendwo in einem Loch« gestorben, nicht in Belgien oder auf dem Kontinent oder irgendwo, wo es Bewegung gab und Tränen.

Hugh wollte wirklich die ganze Welt heim nach Schottland holen. Ihre besten Ideen. Den Kern ihrer großen Lektionen.

Le Corbusier war ehrenhalber ein Schotte. Offenbar bildete er sich ein, daß nur in diesen Zeitschluchten, in denen die Menschen ihre Erinnerung an den Verlust bewahrten, ein modernes Ethos die unruhigen Jahre wettmachen und die Menschen lehren konnte, wie man lebt. Er mochte Rußland, ein Rußland im Kopf.

Hugh hatte nie in einem Flugzeug gesessen. Kein einziges Mal. »Immer zuviel zu tun«, sagte er. »Zuviel zu tun mit dem hier.« Er gehörte zu der Sorte Mann, die es sich nicht leisten konnte, herabgesetzt zu werden. Das hier war seine Welt. Hier war er ein großer Mann. Er wollte von fremder Erde nichts wissen. Wir sollten unseren eigenen Garten gießen, sagte er. Sein ganzes Leben lang hatte er von früh bis spät behauptet, nicht auf andere zu hören. Er hatte kein Ohr für Auseinandersetzungen, keine Zeit für die gegnerische Meinung, und er war standhaft in seiner Taubheit für den Widerspruch. Wie gesagt, er tat so: inzwischen weiß ich, daß er von seinen Kritikern besessen war. Aber in seiner aufgeregten Größe und in seinem häuslichen Stolz bildete er sich ein, daß an seinem Land nichts falsch sein konnte, nichts, das es als Ganzes falsch machen würde. Das war ein Teil seiner großen Anziehungskraft. Sein ganzes Leben lang achtete er genau auf die Fehler der Außenstehenden – der Außenstehenden, wie ich einer war.

»Schau dir diese Küste an, Jamesie«, sagte er im Bus. »So gut geht's dir nie wieder.«

Der Verkauf von Sozialbauten. Hugh sagte, daß das ganz übel war. Und damit hatte es sich. Das war nicht das, was er mir beigebracht hatte und nicht das, wofür er und seine Mutter gekämpft hatten. Und mir wurde in diesen Monaten klar, daß es zu spät war, um Hugh zu widersprechen. Es war zu spät, um zu streiten. Ich war nach Hause gekommen und hatte gedacht, daß ich meinen Lehrer belehren konnte. Aber nein, das konnte ich nicht: Ich gab meinem Lehrer seine eigenen, besten Stunden. Ich brachte seine Worte nach Hause zurück.

Er hatte mir seine Vergangenheit gegeben. Er hatte mir sein Handwerkszeug gegeben. Und ich stückelte damit sein Lebensende zusammen. Und erklärte mir so mein eigenes Leben ein wenig, das jetzt von seinem getrennt war, aber auch durch Ideale und Pläne und eine unbekannte Zukunft daran gebunden. Hugh und ich hatten dieselbe Krankheit: wir wollten, daß die Welt uns Antwort gab. Aber sie gab keine Antwort: wir konnten nur rechtzeitig unseren Frieden machen mit dem Land und in diesem Gewirr von Augenblicken auf Liebe hoffen. Wir konnten die Welt und uns selbst nicht vollenden. Wir konnten nur leben und nach kleinen Freuden suchen und lernen, die Großzügigkeit in der Veränderung anzunehmen. Es war einmal vor langer Zeit, da hatte Hugh mir, einem kleinen betrübten Jungen gezeigt, wie man aufwächst, wie man die Vergangenheit nutzt und mit der Veränderung lebt. Und jetzt war ich hier: jetzt würde ich versuchen, es ihm zu zeigen.

Er wollte das. Ich wußte es. Deswegen hatte er mich gerufen. Zusammen mit Margaret, um ihn aus den quälenden Zweifeln zu retten. Er würde das nie zugeben. Und das würde er nie müssen. Ich wollte Hugh nicht bekehren: Ich wollte, daß er als er selbst starb.

Ich schaute Hugh an. Der Bus trug uns weiter. Seine Hand auf der Scheibe.

»Niemand hat erlebt, was wir erlebt haben.«

Ein Licht kam auf, ein Meeresglitzern.

Wir konnten nur leben und nach den kleinen Freuden suchen. Unsere Träume waren weder wahr noch unwahr: unsere Träume waren da draußen, in den sich selbst erneuernden Meeren des Clyde Firth.

»Troon«, sagte Hugh. »Die am besten beleuchtete Stadt in Schottland. Weißt du, daß das einer von hier war, der die Gasbeleuchtung erfunden hat?«

Das war typisch Hugh. Er konnte immer etwas über große

170

Männer erzählen. (Seine Mutter war ein Sonderfall.) In den meisten Büchern war James Taylor vergessen worden, einer der Männer, die zuerst Schiffe mit Dampf betrieben hatten. »Auch einer von hier. Er hatte kaum was zu essen, außer den Steckrüben da draußen.«

Was man auch mit Hugh machte, er hatte immer eine kleine Geschichte über die Wunder der menschlichen Genialität auf Lager, solange es um etwas Lokales ging. »Achte mal drauf, wie gut der Bus auf der Straße liegt«, sagte er. »John Boyd Dunlop war der richtige Kerl dafür. Pneumatische Reifen. Hat er in seinem kleinen Stall in Dreghorn erfunden. Starb, als ich noch ein Kind war. Wir haben damals in Govan gewohnt.«

So wurde aus jedem Ausflug mit meinem Granda eine Reise in die Vergangenheit, und dieser hier führte in unsere eigene Vergangenheit und zu Hughs Gefühl für seinen Platz in dieser Reihe großer Männer. Er liebte das Andenken. Und die Leute erinnerten sich an seinen Vater.

Unser Bus fuhr um den Golfplatz in Royal Troon herum. Hinter der Fahrrinne konnte man Ailsa Craig sehen, draußen im Meer. Eine zerklüftete Pyramide. Eine sinkende Bohrinsel. Paddy's Mile Stane. Ein lavendelfarbener Felsblock im nachlässig getönten Meer.

»In jedem Golfspieler steckt ein Scheißkerl«, sagte Hugh. »Die brauchen zu viel Platz.«

»Ich glaube, das war eigentlich deine geheime Mission, Hugh«, sagte ich. »Das Land von den Golfspielern zu befreien.«

»Scheißkerle«, sagte er. »Pissen da draußen in den Wind. Mit ihren blöden Mützen. Die Leute glauben, man muß 'nen Ball mit 'nem Stock schlagen, um sich 'nen Drink zu verdienen. Na klar. Ich würde die alle zurück nach Amerika schicken. Wir sollten dafür sorgen, daß die Jungs von der HMS *Gannet* kommen und sie mit Granaten bewerfen. Dann hätten die Bunker da wenigstens einen Sinn. Arschlöcher.«

171

Hugh kehrte als berühmter Berater in Sachen Wohnungsbau nach Ayrshire zurück. Trotzdem haßte er Golf. Er verabscheute Golfspieler. Und er fand, daß der Tourismus eine Landplage war. »*Torpediert* die Scheißer mit Shortbread!«
Hugh sollte in der New Town Development Corporation nie besonders gut zurechtkommen. Sein Haß auf Golf und den Tourismus machten einen legendären Stinkstiefel aus ihm.
»Hast du in der Stadt noch irgendwelche Golfplätze übriggelassen?« fragte ich ihn.
»In Glasgow? Naja, ich habe versucht, durch alle einen Bulldozer zu jagen« sagte er. »Aber mit den Golfspielern ist das so, Jamesie – die haben immer ein Mitspracherecht. Steinmetze. Bullen. Der Chairman von IBM. Die spielen alle Golf. Aber du kennst doch die Wohnhäuser in Sandyhills? Das Balbeggie-Viertel? Die acht Blocks. Da war ein Golfplatz. Und Leute, die nach neuen Häusern geschrien haben. Da habe ich einfach einen Pflug über den ganzen Platz gezogen. Drei Wochen lang. Und die Blocks waren in drei Monaten oben. Das war was ganz Neues für die Golfer.«
Wir kamen durch Monkton. Von den Feldern rund um den Prestwick-Airport drang der Geruch von Dünger in den Bus. Wir schluckten Böen süßlicher Verwesung. Die Traktoren hatten mit der Dezemberdüngung zu tun. Auf der anderen Seite konnten wir sehen, wie die letzten Kartoffeln der Saison geerntet wurden. Darüber ein klarer Himmel.

Hugh hatte sich ein Pferd ausgesucht. Burmese Summer. 14.45-Rennen in Ayr. Wir stiegen aus dem Bus, und er setzte sich in den aufgeklappten Rollstuhl. Auf zu Ladbrokes am Sandgate.
Er drehte seine Mütze auf den Knien. Wir wateten durch die Mütter mit Kinderwagen; bei den Abfallkörben hingen Skateborder in weiten Jeans herum. Wir hatten es eilig. Halb drei. Ich schob den Rollstuhl immer schneller.

»Hüah, Cowboy«, sagte Hugh und lehnte sich heiser lachend zurück, während wir durch die Stadt hasteten. Das Büro des Buchmachers war die übliche Räucherkammer. Wolken bis zur Decke. Hugh lächelte, atmete ein, hustete und bat um eine Zigarette. Ich setzte ihn vor einen der Fernseher. Über die Mattscheibe tröpfelte Videotext. Ich suchte einen Stift. Wettschein. Der Typ neben uns riß einen Zettel von der Wand und spuckte darauf. Er schleuderte ihn zu Boden. Seine Jacke glänzte wie sein Gesicht.

»Scheiße«, sagte er.

Hugh starrte zur Mattscheibe hinauf: Burmese Summer, 6–1. Spannung im Raum. Die Männer verrenkten die Hälse oder kritzelten etwas in der hohlen Hand. Hugh gab mir seinen Schein und zwei Pfundnoten. Ich versuchte, ihm das Geld zurückzugeben. Er nickte der Kassiererin zu. *On ye go.*

Vorne ein Typ mit einer Getränkedose in der Tasche. Er hob immer wieder den Finger, als ob er der Frau hinter der Scheibe etwas sagen wollte. Nichts kam. Ein neuer Schein auf dem Pult. Ich kritzelte »Corncrake. Zwei Pfund. Auf Sieg. Ohne Steuer.« Das Mädchen nahm das Geld und stempelte die beiden Scheine ab, ohne aufzusehen. Eine dürre englische Stimme kaum aus dem Lautsprecher in der Ecke. Ich stand hinter Hughs Stuhl. Im Raum herrschte Hochdruck. Männer standen dicht gedrängt um die Mattscheibe herum, das blaue Licht flackerte auf ihren Gesichtern, Koteletten und Finger zuckten vor Spannung. Wenn jemand den Mund aufmachte, um zu sprechen, kam Rauch in Kringeln heraus wie der Schatten der Wörter.

Peng!

»Und los geht's, und Lentil Broth hat den besten Start gemacht … Kopf an Kopf mit Gunga Din, und Gunga Din läuft gleichmäßig auf der Innenbahn …«

Hochdruck. Blaues Licht in den Augen der Männer und hinein in die Tiefe dahinter …

»Earl of Stratford fällt zurück und holt jetzt langsam wieder auf, der klare Favorit, und einer, der haushält mit seiner Kraft, aber jetzt kommt, jetzt kommt er …. Aber das ist Gunga Din, Gunga Din …«

Der Betrunkene mit der Dose deutete in die Luft, ein Bein hatte er vorn verankert, und mit dem anderen stampfte er hinter sich auf den Boden, seine Hände fuhren herum und nutzten seinen gesamten Radius aus.

»… und Lentil Broth ist jetzt stark, und Corncrake ist außen … Corncrake außen … Und jetzt holt Corncrake außen auf … Corncrake, und Gunga Din verliert Boden. Gunga Din … Lentil Broth rutscht … Corncrake …«

Hugh saß still in seinem Stuhl. Er roch nach Medizin.

»Corncrake führt jetzt um eine Kopflänge. Lentil Broth und … Lentil Broth kämpft wacker. Aber Corncrake … Corncrake läuft … in die Zielgerade … und ja … Und Corncrake ist der Sieger. Corncrake, Lentil Broth, Gunga Din, Earl of Stratford …«

Chor der Seufzer. Wettscheine werden zerrissen, Lochstreifen fallen zu Boden.

Ich steckte meinen Schein in die Tasche.

»Hat Mensch und Tier nichts gebracht«, sagte Hugh. »Kein Glück die Tage.«

»Mach dir nichts draus, alter Junge«, sagte ich, »wenigstens spielst du nicht Golf.«

Zahnloses Grinsen.

Ein Kindertrio rannte uns auf der Straße beinahe um. Sie wieselten vorbei; das Spiel, wer am besten kichern kann. Zusammengerollte Handtücher unter den Armen. Auf der anderen Straßenseite stand ein Bus mit einem gelben Schild: BURNS COTTAGE.

»Laß uns nach Alloway fahren«, sagte ich.

»Du fährst«, sagte Hugh.

»Wir nehmen den Bus da.«

Hugh stieg im Bus gemächlich die Stufen hinauf und hielt sich an der Stange fest. Der Fahrer gehörte zu diesem Club, in dem man die kleinstmögliche Anzahl von Wörtern benutzt.

»Einszwanzig«, sagte er. Ich bezahlte.

»Da«, sagte er.

Ich schob den zusammengeklappten Rollstuhl in eine Lücke hinter seiner Kabine.

Er nickte. Ein fröhlicher Mensch: Behinderungen langweilten ihn täglich.

In der Nähe der Brig o'Doon stiegen wir aus. Hugh mußte pinkeln. Wir gingen in ein Hotel, das Cottars' Arms, und ich stand am Tresen, während der alte Mann verschwand. Der leere Stuhl neben mir. Das Gestell mit den Bierfässern glänzte tief bernsteinfarben. Ein Mann mit Walroßbart wandte sich von seinem Bierglas ab und verdrehte den Hals. Trübe Augen. »Beine im Arsch?« fragte er und wies mit einem Kopfnicken auf den Stuhl.

Ich lächelte nur ein knappes Lächeln. Manchmal fühlt man sich einfach nur groß und dumm und viel zu frisch gewaschen in den gebügelten Jeans. Hugh wollte Whisky. Zwei Glenlivet. Wahrscheinlich Torfgeschmack.

»Schmeckt nach Scheiße«, sagte Hugh. »Aber weiß Gott, ich liebe das.«

Hugh trank das Glas in seinem Streitwagen aus. Und noch eins. »Okay«, sagte er.

Er wollte, daß ich mit ihm zum River Doon ging, in den Park dort.

Überall an der Straße wuchsen wilde Blumen. Sie nickten und schwiegen. Das taten wir auch, während die Räder sich drehten und wir zum Flußufer gingen.

Die Liebe zu den Blumen hatten wir von Margaret. Während ihrer Zeit im Blumenladen beschäftigte sie sich eifrig mit Gerüchen und Blättern. Sie hatte Blumen immer geliebt. Und sie hatte ihre alten Schul-Notizbücher voller gepreßter Blumen mit nach Ayrshire gebracht – die sichtbaren Seiten ihrer Mädchenzeit. Dort gab es alle wilden Blüten der Highlands; lateinische Namen in einer kleinen Handschrift. Hugh und ich hatten die Bücher gemeinsam lieben gelernt. In ihnen stand alles über Maggie. Und zwischen den blaßblauen Linien dieser Notizbücher stand auch etwas: die Ahnung von einer Maggie, die wir nicht kannten.

Die Liebe zu den Blumen wurde eines unserer Geheimnisse. Zwischen uns dreien. Wir teilten die Ahnung vom Schönen und Gerechten, vom Hohen und Mächtigen, vom Ruhmreichen, vom Uralten, die in den spärlichen, geordneten Blättern des Fetthennensteinbrech lag…

Ihre winzigen Buchstaben: *Saxifraga aizoides.*

Wir bekamen ein Gefühl für die Freuden des Gewöhnlichen. Das dachten wir jedenfalls. Und konnten wir so etwas nicht schemenhaft in der geöffneten Blüte einer Wiesenbutterblume sehen?

Ranunculus acris.

Im pelzigen weißen Schirm des Weichen Zippau (*Crepis mollis*) oder in dem einzelnen Blütenkopf der Mariendistel (*Carduus marianus*) lag die Verheißung des Verlusts.

Viele von diesen wilden Pflanzen sahen wir in Ayrshire nie. Wir kannten sie nur aus Margarets seltsamen Büchern. Margarets Bücher. Wie genau wir sie in unserem Wohnzimmer in Annick Water studiert hatten. Die Geschichten, die der Boden erzählt; ganze Bände voller Regen.

Pflanzen sind provinziell und familiär veranlagt: sie werden von den unmittelbaren Bedingungen gemacht und geformt; zehn Meilen weiter die Küste hinauf, und die Luft vernichtet sie vielleicht, oder das Erdreich vergiftet schon bald ihre Wurzeln. Pflanzen kennen nur ihren eigenen Boden. Der Code ihres Lebens liegt in den Wahrheiten, die er enthält.

Viele von Margarets zarten Pflanzen hätten es in Ayrshire niemals geschafft und erst recht nicht in einer Welt jenseits davon. Aber ja, diese Blütenpflanzen mußten bei ihrer Familie sein. Klone mit nur einem Elternteil, die in ihrer Heimat blieben. Aber manche schafften es, sie gingen fort. Das lehrt uns die Evolution. Von allen Pflanzen sind Teile über das Wasser gewandert – ein Zellfetzen durch tausend Ströme. Und manche hatten Sämlinge, die die Insekten davontrugen, und die wurden von Grasmücken gefressen und im wechselnden Wind von zu Hause weggeblasen. Und manche hatten sich im Sterben erneuert. Schößlinge. Kreuzungen. Die Zeit schafft Veränderung, immer wieder.

Die meisten schottischen Pflanzen waren an einem Ort geblieben. Aber manche waren gereist. Und manche hatten sich verändert.

»Negativer Geotropismus«, hatte ihr Vater geschrieben. Sie wenden sich von der Sonne ab. Aber die neu erblühten mehrjährigen Pflanzen trugen noch viele alte Düfte in sich. Ein Hauch von Haar. Eine bittere Frucht. Noch immer die alten Familieneigenschaften in den Zellen der neuen Triebe. Die alten Eigenschaften. Die unsichtbaren Wurzeln. All diese Geschichten in Margarets kleiner Handschrift.

Das Gelbe Stiefmütterchen – *Viola lutea* – war in die Hügel gegangen, es hatte sein Haar verloren, und die Blüten waren größer geworden; das Gewöhnliche Stiefmütterchen ging aus, um höher zu wachsen und violetter zu werden, und seine Ausläufer sind jetzt zu nichts geschrumpft. Das Rivius-Veilchen hat einen verkürzten Sporn und ist milchigblau und braucht das Gebüsch der Lowlands zum Leben; und das Hundsveilchen mit dem herzförmigen Blatt und den spitzen Kelchblüten führt an den wildesten Orten das Leben eines Emporkömmlings. Sie alle sind mit ihrer Erinnerung an Farben in die Welt gegangen. Sie unterscheiden sich schon lange, jedes atmet in seiner eigenen

Wiese und singt sein Lied der Unabhängigkeit. Und trotzdem erinnern wir uns wie jedes von ihnen in seinen zerbrechlichen Adern an die Wahrheit, die tief in der Familienbindung liegt. Sie wissen, wer sie sind. *Viola.*

Hugh schwieg, während wir die feuchte Wiese überqueren. Der Fluß roch nach Regen. Aber während Hugh auf der Wiese ganz still war und die Wiese selbst grau zu werden begann, herrschte in den Zweigen über uns Krawall.

Gezwitscher. Kriegslistiges Gezwitscher.

Wir konnten die Vögel in ihren dunkelgestreiften Westen sehen. Mit ihren wachen Augen, ihren winkenden Flügel schnäbeln sie schwarze Daten von Baum zu Baum wie ein Saal voller Börsenmakler kurz vor Schluß. Der Himmel war schon grau.

Von den Häusern im Lindsay-Stil her kam ein Geräusch, das erfrischende Geräusch eines Eiscremeautos. Leute gingen Zigaretten holen. Das Klirren leerer Flaschen. Rauchen und Naschen: ein plötzliches Bedürfnis am Rand des Parks.

»Träumst du?« sagte Hugh. Ich schaute auf.

»Hmmm«, sagte ich. »Ich habe mir nur die Lindsays angeschaut.«

»Damals ganz gute Häuser«, sagte Hugh. »Stabil. Aber sie brauchen zu viel Platz. Ich meine, stell dir den Block vor, der da hinpassen würde. In so eine Lücke kriegt man hundert Familien mehr.«

Ich schob Hugh an eine Gartenmauer und lehnte ihn mit dem Rücken daran. Die Backsteine waren alt und rot. Feuchtes Moos drückte sich durch die Risse.

Zwei Zigaretten drehen.

»Du weißt, daß ich recht hab', Jamesie«, sagte er. »Hochhäuser: das einzig Vernünftige. Wir haben nie einen Garten verwüstet, der nicht sowieso häßlich war. Und haben wir nicht für Fortschritt gesorgt?«

Ich antwortete sofort.

»Ja, habt ihr«, sagte ich. Die Mauer war kalt an meinem Rücken.
»Dann merk's dir und denk dran«, sagte er. Er zog lange an seiner Selbstgedrehten.

Wir blieben etwa eine Stunde im Park; den Fluß entlang, um die Bäume herum. Und die ganze Zeit sprach Hugh über nichts anderes als über seine unvollendeten Häuserpläne. Er sagte, daß er ein Konsortium leiten würde, Bauunternehmer und Planer und Architekten, eines Tages, bald. Er sagte, daß ich zurückkommen und mich als technischer Assistent nützlich machen konnte, wenn ich es jemals lernen würde, *zuzuhören*. Vielleicht wüßte ich etwas, um die Hochhäuser widerstandsfähiger zu machen.

»Ich bin für solche Hinweise immer offen gewesen«, sagte er.

Er sprach davon, daß sein Werk noch nicht abgeschlossen war. Und langsam verschmolz das, was er über die Zukunft erzählte, mit dem, was er über die Vergangenheit erzählte. Es war zu seiner Gewohnheit geworden, so zu reden. Er erzählte mir, wie der große John Wheatley eines Tages in sein Büro in den Glasgow City Chambers gekommen war. Der alte Herr war nicht in das Büro des Housing Chairman gegangen. Nein. Er kam an die Tür des wahren Meisters, wenn es um die Häuser des Volkes ging. Der berühmte Neuerer. Mr. Wheatleys Gesicht war hager.

»Wie eine alte Mietskaserne«, sagte Hugh.

Die gelben Augen des alten Mannes. Hugh sagte, daß er ein gebügeltes weißes Taschentuch in der Brusttasche trug. Er war einer von Famies Engeln, sagte Hugh.

Mr. Wheatley schritt den Flur entlang wie ein Imperator, sein Spazierstock klopfte auf die Fliesen, und er nickte den tippenden Mädchen freundlich zu. Er streckte seine dünne knochige Hand nach dem jungen Mann Hugh Bawn aus.

Mein Granda war sich absolut sicher, was Mr. Wheatleys Worte anging. Sie kamen in der höchst sicheren Weise eines schotti-

179

schen Gentleman, der das Parlament in London gewohnt ist, über seine Lippen. Eine Stimme voll polierter Leidenschaft, und im Hintergrund lauerte ein verblaßter schottischer Akzent. Angesichts der Macht dieser Stimme glättete Hugh auf der Stelle seine Vokale.

»Es ist mir ein großes Vergnügen«, sagte Mr. Wheatley, »Mr. Housing die Hand zu schütteln.«

»Und es sind so viele Jahre vergangen, Mr. Wheatley. Sie waren der Vater, den ich nie hatte. Meine Mutter hat Sie angebetet.«

Das kann er nicht gesagt haben.

»Ah, die gute Effie Bawn. So eine wie sie habe ich nie wieder gesehen. Und wie stolz sie darauf wäre, daß Sie Ihre Arbeit zu Ende bringen, Mr. Bawn. Wir haben das gehofft. Mr. MacLean hatte ähnliche Hoffnungen in Sie gesetzt, bezüglich einer Laufbahn in den sogenannten ›nationalen Angelegenheiten‹. Und ich weiß noch, wie ich zu diesem bescheidenen Menschen sagte, ›John, dieser Mann wird sich unserer größten nationalen Sache widmen. Dem größten Problem, das wir in diesem armen Jahrhundert haben. Dem Wohnungsbau. Sie sehen, daß seine Mutter ihm die Fackel übergeben hat. Mr. Bawn ist ein Mann, der genügend *Phantasie* besitzt, um unsere Gesetzgebung zum Wohnungsbau zu Ende zu denken. Er gehört zum Fundament unserer Labour Party.‹«

»Ihr Beispiel, Mr. Wheatley«, antwortete Hugh, »und das Beispiel der Partei sind in diesem schwierigen Geschäft immer mein Leitstern gewesen.«

»Es ist sehr verdienstvoll, daß Sie der vergangenen Kämpfe gedenken, Mr. Bawn. Ihre neuen Wohnungen werden für ganz Großbritannien beispielhaft sein.«

Hugh erzählte mir, wie sie beieinander standen und durch das große Fenster hinter Hughs Schreibtisch schauten, und er wußte noch, daß sich die vielen hohen Kräne von Glasgow nördlich und südlich des Flusses ihren Aufgaben entgegensenkten.

»Das ist schön«, flüsterte Mr. Wheatley. »Die Leute können endlich die Sonne sehen.«

Damit beendete mein Granda die Geschichte. Und seine Worte hatten für mich so seltsam geklungen.

Endlich die Sonne.

Hugh erzählte mir seine Geschichte von Mr. Wheatley, während wir durch den Park gingen. Allmählich schwand am Himmel das Licht; uns umstand eine orangefarbene Lichtung. Meine Stimme unterstützte ihn, während er erzählte, ich war hinter ihm und stachelte ihn an und verlangte mehr von dieser fabelhaften Geschichte, ich schloß mich Mr. Wheatleys großen Elogen an. Wir sprachen, als ob wir die Vögel zum Schweigen bringen wollten. Hugh, der für die Geschichte zuständig war; meine Stimme, die jeden Satz mit Jubel begleitete.

Gnädiger Gott. Hugh war froh über unsere neu belebte Einigkeit. Er schien über dem Sitz seines Streitwagens zu schweben. Er war froh, draußen zu sein. Er war froh, erzählen zu können. Das war unser gemeinsamer Tag. Und für Hugh war offenbar etwas wiederhergestellt. Sein Enkel James war wieder ein Kind und schob den General durch den Park.

Ich war auch froh an diesem Tag. Die Wahrheit war nicht alles. Hugh hatte seine Geschichte, und seine Geschichte war gut. Ein Beet voller Winterheliotrope tanzte am Rand des Parks einen Freudentanz. Sie rochen nach Vanille. Von Mr. Wheatley wurde nicht mehr gesprochen. Vom großen John Wheatley, der starb, als Hugh noch ein Kind war, und der die Hochhäuser von Glasgow nie gesehen hat, näher am Mond, näher an der warmen Sonne. Hugh hatte sich das alles ausgedacht.

Autos fuhren mit voll verbleitem Qualm vorbei. Tobende Farben. Lieferwagen und ihre Dieselwolken. Die Armbanduhr zeigte kurz nach fünf. Hugh wollte Auld Alloway Kirk sehen, ehe das Licht erlosch. Wir rollten in wenigen Minuten dorthin. Die Steine auf dem Kirchhof sahen grau und gebeugt aus. Wir hol-

perten die Stufen hinauf. Die Kirche lag in Ruinen, wie gewöhn-
lich. Aus einem Fenster ergossen sich Farne; skorbutkrankes
Gras lag an der Mauer und verrottete. Ich hockte mich neben
ein Rad, während wir vorn im Hof einen Stein betrachteten.
Der Stein war fast weiß. Gemeißelt, zerbröckelt. Weiß wie ein
Stück Papier.

William Burnes. Hier lag der Vaters des Dichters begraben.

»Schau mal«, sagte Hugh. »Robert Burns hat anscheinend seinen
Namen geändert.«

»Ja«, sagte ich. »Sein Vater hieß Burnes, mit ›e‹.«

»Frag’ mich, warum er das gemacht hat. Ein Rätsel.«

»Ich weiß, daß er seinen Vater bewundert hat«, sagte ich. »Er hat
hart gearbeitet. Ein Mann ganz nach der Bibel. Er hat für die
Jungen Opfer gebracht. Vielleicht fand Burns einfach, daß das
ein klarerer Name für einen Dichter ist.«

»Naja«, sagte Hugh. »Hat gemacht, was er für richtig hielt.«

Hugh wartete einen Moment, er starrte auf den weißen Stein,
und sein Blick drang tief in den Fels. »Von der Geschichte des
Alten hört man eigentlich nie was. Wenn man so einen Sohn hat,
so ein Genie. Muß doch selbst was gewesen sein.«

»Wer weiß?« murmelte ich.

»Die schönsten Worte der ganzen Sprache«, sagte Hugh. »Sind
sie wirklich. Auf der ganzen Welt berühmt. Genau das macht ein
Dichter.«

Er sah entschlossen aus.

»Was?« fragte ich.

»Naja«, sagte Hugh. »Dichter bringen uns näher zu uns selbst,
Jamesie. Sie machen bessere Menschen aus uns. Sie helfen uns,
unser Leben zu leben.«

Seine Stimmung hatte sich für einen kurzen Moment verändert.
Er starrte regungslos auf den Stein. Dann wandte er mit einem
mißbilligenden Laut das Gesicht der Kirche zu.

»Sie bringen uns dazu, daß wir die ganze Sache feiern«, sagte er.

»Oder darüber jammern«, wollte ich sagen.

Um die Kirche herum stand ein Zaun. Wir gingen nahe heran und blieben auf der Wiese stehen. Wir dachten beide an »Tam O'Shanter«. Hugh hatte als Kind das ganze Gedicht auswendig gelernt. Er fing an, es mit einem Kichern in seiner wehen Stimme laut aufzusagen. Die Worte drangen in den Stein, den bröckelnden Stein, den Stein, der vom Hämmern der schottischen Reformen schon lange weichgeklopft und vom örtlichen Wetter glattgescheuert war.

> Als schimmernd durch stöhnender Bäume Reihn
> Kirk-Alloway blinkt in hellem Schein;
> Durch alle Ritzen die Lichtstrahlen drangen,
> Und drin sie feierten und sprangen.
> Begeisternder, dreister John Gerstensaft!
> In großer Gefahr gibst du uns Kraft!
> Nichts fürchten wir mit Zweipenny-Bier;
> Mit Whisky fordern den Teufel wir!

Wir lächelten uns an: für eine Sekunde nur spürten wir die Flammen in Auld Kirk. Mädchen, die in kurzen Röcken tanzen. Blaue Finsternis, die uns durchdrang.

Es war heiß auf dem Hof. Wir spürten die Wärme, einen brennenden Geist, einen heißen Gesang, der die Zeit zu nichts zusammenzog, wir spürten es deutlich auf dem heißen, lauschenden Hof, eine wilde Flamme, die an diesem Abend aus dem Boden und in unsere kalten Knochen fuhr. Wir mußten beide lächeln, von Herzen über etwas lächeln, das nicht da war, und dann kehrten wir nacheinander zitternd in unsere eigene Zeit zurück, auf dieses enge Feld der Toten. In Alloway Kirk war die Kälte warm.

»Eisiger Wind«, sagte Hugh.

An der Kirche wurde offenbar gearbeitet. Hinter dem Zaun lagerten zwei Zementsäcke, und eine Klappleiter führte zum Dach hinauf. Hugh kannte sich mit Glocken ganz gut aus. In Kirchen erzählt er mir immer von den Glocken, wie alt sie waren, welcher Holländer oder Franzose oder Schotte sie gemacht hatte und wie und in welchem Jahr. Als ich ganz klein war und ihn allein in seinem Haus in Glasgow besuchte, zeigte er auf eine Reihe rostiger alter Glocken auf dem Regal in seiner Arbeitskammer. Er führte meine Hand über den Körper der Glocke.

Die Schulter, die Gußdrähte, das Band mit der Inschrift, die Schärfe, der runde Klöppel, die Krone, die Lippe.

Manchmal blieb er auf der Straße stehen und hielt sich die hohle Hand hinter das Ohr. Und ich neben ihm auf dem Gehweg in Glasgow. »St. Mary«, sagte er. »St. Aloysius.« »St. Alphonsus«, sagte er oder »St. Paul.«

Ich konnte nicht hören, was er hörte. Mein Großvater schien dann meilenweit weg zu sein. So war das: Hugh hatte offenbar einen ehrfurchtgebietenden Sinn für alles, was in der Welt vorging. Ich kannte sonst niemanden, dem so etwas wie Glockenläuten aufgefallen wäre. Aber Hugh fiel es auf. Er kannte auch den Klang der Glocken, ihre Anzahl, die Hersteller, die Metalle.

»So was fällt einem leicht auf, wenn man es sich ausgedacht hat«, sagte mein Vater einmal. »Die Hälfte von seinen Kirchen hat nicht mal Glocken.«

Alloway Kirk (oder der kühne Tam) hatte uns durstig gemacht. Trotzdem zögerten wir; wir sahen zur Kirchenglocke hinauf. Im Zaun war eine Lücke. Zwei Latten fehlten. Und die Leiter glitzerte jetzt in diesem Hexenkreis aus Zwielicht. »Sei kein Feigling, Jamesie«, sagte Hugh neben mir. »Steig auf die Leiter und sieh nach der Glocke.«

Er lächelte ziemlich böse.

»Na los. Auf die Leiter.«

Nur eine Sekunde Schweigen. Ich wußte, daß ich es tun würde.

184

Ein mutigerer Mann hätte nein gesagt. Aber der Ausdruck in seinen Augen, die Hast in diesem Moment.

Ich stieg ein Stück die Leiter hinauf und konnte ihn unten sehen, eine Masse aus gekrümmtem Stahl, er knurrte vor Vergnügen, und sein Gesicht war so bleich wie Willie Burnes' Grab.

»Weiter, Jamesie! Weiter, mein Sohn!« Er schüttelte seine Faust.

Ich kletterte durch die trübe Abendluft. Oben ruhte ich mich für einen kurzen Moment aus. Man konnte das gedämpfte, orangefarbene Licht der Straßenlaternen meilenweit sehen; die Häuserreihen hinter den schwarzen Feldern. Scheinwerfer, die irgendwo hinfuhren, die Stimmen der Leute. Allmählich zeigten sich Sterne. Und oben auf der Leiter geschah etwas. Ein Gefühl kam über mich: benommen, ehrfürchtig, ein sanftes Glücksgefühl. Überall am Himmel waren Augen: sie spähten durch die Jahrmillionen herab; lichte Segnungen aus der kalten, endlosen Ferne.

Herab, und immer wieder herab.

Ich sah in das dunkle Blau über mir. Das Licht kam herab; es berührte den Pulsschlag in meinen Handgelenken, meine Hände packten weiter oben zu, und da war es wieder, es glänzte sekundenlang auf den silbernen Latten, den beiden oberen Sprossen der Leiter. Ich fühlte mich wie der erste Mensch im All: unten die Erde, oben der Himmel; und nichts ging über das Universum, das wir kannten; nichts konnte uns unsere Minuten nehmen und behaupten, daß wir nicht gelebt und nicht versucht hatten, in diesem winzigen bißchen Luft gut zu leben. Ich atmete tief ein. Das Licht hatte uns offenbar erkannt. Es war aus der Ewigkeit gekommen, um diesen Kirchhof blau zu färben.

Hugh stand unten zwischen den Bäumen.

»Weiter, Jamesie, Junge! Was steht drauf? Lies, was auf der Glokke steht.«

Ich lehnte mich mit der Schulter an die Giebelwand und griff hinein. Ich packte sie am Klöppel. Er war kaum zu sehen. Ein Ton erklang … Der Klöppel war gegen das Innere der Glocke geschlagen, während ich mich herantastete.

»Ja«, schrie Hugh.

Ich konnte die Inschrift nicht sehen. Aber es war eine da. Ich konnte die erhabenen Buchstaben fühlen.

»Was ist damit, Jamesie?«

Die Stimme unter mir. Ich strich mit den Fingern über die Buchstaben. Meine Füße standen einigermaßen fest auf der Leiter. Meine Finger glitten sacht um die alte Glocke herum. Immer wieder. »Eine gemusterte Bordüre«, rief ich.

»Ja!« kam als Antwort. »Gut, Jamesie. Und was steht drauf?«

Meine Finger glitten über die kalte Kupferlegierung.

»Für. Für die. Die. Für die Kirche. Für die Kirche. Von A.l.l.o.u.a.y. Für die Kirche von Allouay. 1659.« Ich rief es hinunter, während meine Finger Stück für Stück über die Inschrift fuhren.

Hugh wurde still. Als ich von der Leiter herunterstieg, stand er auf der Wiese. Der Rollstuhl war leer.

»Eine richtige Schönheit«, sagte Hugh. Er trat einen Schritt vor. »Diese Glocke hing da schon hundert Jahre, bevor Burns oder sein Vater das hier überhaupt gesehen haben. Und der Vater liegt da jetzt schon über zweihundert Jahre. Was denkst du darüber?« Er sagte das alles mit Staunen in der Stimme. Und er hob die Hand, um sich am Ohr zu kratzen.

»Was denkst du darüber?«

Ich konnte ihm nicht sagen, was ich dachte. Ich sah nur in Hughs lächelndes Gesicht. Seine Augen leuchteten wie die Sterne über uns.

»Ja«, sagte ich.

*

Hugh gönnte sich wenig Frieden. Zum Ende hin war er ausgehungert nach Geltung. Manchmal ging dieser Hunger zurück, wie auf dem Kirchhof, und dann wirkte er erhöht, als ob er ein Gefühl für sich selbst gefunden hätte, ein Gefühl von Größe, etwas, das über seine bloßen Verdienste hinausging. Aber das hielt nicht lange an. Immer beugte sich das größere Gefühl einem kleineren. Oder etwas anderem.

Während wir zum Cottars' Arms rollten, verdüsterte sich Hughs Miene. Er fing an, den eben vergangenen Moment schlecht zu machen. Er sagte, daß Glocken auch nicht haltbarer waren als irgend etwas anderes. Es war nur eine Frage des Glücks. Glocken hatten im digitalen Zeitalter keinen Platz. Und außerdem konnten Glocken zerbrechen. Die Glocke in der Kirche in Irvine war zweimal gesprungen: nach dem Jubel, der auf die Verabschiedung des Reform Bill folgte, und während des wahnsinnigen Lärms an Queen Victorias fünfundsiebzigsten Geburtstag. Es war einfach nur Glück.

»Viele Glocken halten«, sagte ich.

»Viele nicht«, sagte er.

Es waren wenige Leute da. Wir setzten uns an einen Tisch. Das Licht des Feuers tanzte in den Gläsern. Die Bardame war opernhaft: teutonische Frisur, Lippenstift-Rondo.

Wir tranken Whisky und Lager. Wärmend und kühlend.

Wir legten die Hände auf den kupferbeschlagenen Tisch. Auf dieser Oberfläche sahen unsere Finger im Licht des Feuers golden aus. Wir konnten die Spiegelungen sehen: goldenes Fleisch, ein Heiligenschein aus Feuer.

Jeder vier Whisky, vier Lager; Beschleunigung im Blut. Der Alkohol kennt seinen Weg. Durch die ausgewaschenen Furchen der Trinker, die uns gemacht haben, durch die tiefliegenden Röhren und die Speicherzellen, die in den Genen festgelegt sind. Alkohol packt ganz schnell das Herz. Sogar die, die nicht mehr trinken, kennen diese Geschichte.

187

Harte Sachen. Ein frohes Klagelied.

Sentimentale Wut.

Impotente Leidenschaft.

Stolze Erniedrigung.

Gewaltsame Zärtlichkeit.

Begeisterte Bosheit.

»Wein lacht dich aus. Und Schnaps macht rasend!«

In der Ecke stimmte jemand ein Lied an. Das Gesicht des Mannes war rot. In seinen Augen stand Wasser. Er deutete auf etwas in mittlerer Entfernung; seine Hand lag benommen auf einem leeren Glas.

»Wann werden wiiiiiir …. sie wiiiiiiiiedersehen?«

Die Männer an seinem Tisch hatten ähnliche Gesichter. Rot und mit tränenden Augen. Bei allen gab es Zeichen, daß sie früher einmal gut ausgesehen hatten. Dickes Haar. Kräftiges Kinn. Und auch sie brabbelten in ihrem heidnischen Sud. Mit gelben Fingern wie Hugh. Ihr rauchiges Gelächter und der Lärm der Jukebox standen in der Luft. Musik, Gelächter, Wortschatten.

Hugh war auf der Stelle dabei. Er war der Veteran im Rollstuhl. Sie liebten ihn sofort, wie sie sich selbst liebten, mit allem Mitleid, das sie aufbringen konnten.

Hugh am Kreuz. Der Schwamm nass vom Essig.

Die fünfte Runde. Dann noch eine. Hugh betrunken und aufdringlich mit seinem Zehner. Er hielt den Jungs einen Vortrag über die vielen großen Auseinandersetzungen in ihrer Stadt. Bevor sie geboren waren. Alles, bevor sie geboren waren. Was er sagte, goß nur Öl ins Feuer. Alle gaben Widerworte, laute Nichtigkeiten. Hugh nickte. Diese Männer, ihr Großmut explodierte förmlich über dem Tisch, und ihre Traurigkeit baute sich auf für den Nachhauseweg. Hugh rasselte Witze und die Lehren der Zeit herunter. Die ganze Ecke brüllte. Wenn er hustete, klopften sie ihm auf den Rücken.

»Ihr habt verdammt recht«, sagte er. Er war sturzbetrunken und fühlte sich wohl, er genoß sein Publikum und vergaß mich am Nebentisch, auf dem Richterstuhl.

»Als ich in Japan war«, sagte er, »da im Krieg, da gab es Mädchen, die sind immer in unser Lager gekommen. Ein Gefreiter nach dem anderen. Der Reihe nach. Die Mädchen haben die Ohren schön weit auf gemacht, wie ein Elefant.«

Heulendes Gelächter. Ein Tablett mit Getränken. Hugh redete weiter. Die Geschichte, wie schrecklich das Leben vor dem Krieg gewesen war: schwarze Häuser, bloße Füße und das alles.

»Ich wißt gar nicht, was ihr heutzutage für ein Leben habt.«

Er erzählte ihnen, wie die Leute kämpfen mußten für das, was sie heute hatten. Für ihre Freiheit, ihre netten Häuser. Und dann erzählte er noch einen üblen Witz; und noch eine Lüge. Und die Versammlung platzte.

»Bist du Kommunist?« sagte einer von ihnen zu Hugh.

Hugh schaute mit seinen trüben Augen zu mir herüber.

»Frag lieber den da«, sagte er. »Frag lieber den da, ob wir so ein Wort heutzutage gebrauchen dürfen.«

»Den, der da drüben sitzt?« sagte der Typ grinsend. »Wer ist das denn – dein Dad?«

»Klar«, sagte Hugh, »jetzt ist er der Daddy.«

Sie bestellten Essen.

Lasagne; eine Lawine aus weißer Soße, die sich in eine Schlucht ergießt.

Chips, hoch aufgetürmt wie Stirling Castle.

Ein See aus Baked Beans.

Klumpen von Steak Pie; wutrotes Fleisch, feuchter Blätterteig.

Zu Schlick gekochte Kartoffeln.

Atemlose Scampibrocken auf Küchenpapier, in einen gelbbraunen Korb gehäuft, mit orangefarbenen Brotkrumen.

Eine Bohnenpfütze. Und ein Schinkensteak, das wund aussah.

Es sah rot und wund aus, wie eines dieser Gesichter, in der Mitte ein halber Ananasring, ein Grinsen mit gelben Zähnen. Der

Teller war ein Spiegel: der Mann aß sein eigenes schottisches Gesicht.

Salz.

Der, der sich für Stalin interessierte, bespritzte seine Lasagne mit Essig. Ich redete Unsinn. Ich war betrunken. Ich aß vier Jumbo-Würstchen, einen Haufen verwässerten Brei.

Ich holte zu trinken. Die Bande wurde leiser. Ich wollte telefonieren. Hugh war sehr damit beschäftigt, der Versammlung zu erklären, wie man am besten seinen Stromzähler frisiert. Ich verschwand unbemerkt durch die Tür. Die Nacht auf der anderen Seite war kalt. Bitterkalt. Ich ging davon, und in meinem Rücken loderte der Pub. Die Telefonzelle war weiter unten an der Straße. Ein Lichtquadrat. Ich konnte es sehen. Ein Verkehrszeichen mit einem Pfeil: »The Tam O'Shanter Experience – hier entlang«.

Zwei Mädchen und ein Junge hatten sich in die Telefonzelle gequetscht. Der Junge trug eine Baseballmütze und hatte Knutschflecken. »Telefon is' kaputt, Kumpel«, sagte er.

»Nein«, sagte eines der Mädchen. »Laß den Typ telefonieren.« Das Mädchen drückte die Zigarette an der Fensterscheibe aus. Sie zerstob zu Funken. »Kommt.«

Ich war allein in der Zelle. Und dann fing der Regen an. In der Zelle stehen, während der Regen leicht auf das Dach trommelt. Bevor ich die Nummer wählte, überlegte ich, was sie wohl gerade machte. Im vorderen Zimmer. Was machte sie jetzt gerade? Das Telefon auf dem Küchentisch, es wartete auf ein Klingeln. Gestapelte Zeitungen. Die afrikanische Schale mit Nektarinen und Lauch. Sie drehte immer die Flaschen auf dem Gewürzbord um. Sie wollte, daß die Etiketten nach vorne zeigten. Stand sie gerade mit einem Topflappen am Herd? Oder aß sie barfuß einen Joghurt aus dem Kühlschrank? Saß sie im Bademantel auf dem Teppich, das Sofa im Rücken, der Fernseher, die Soaps, und neben sich einen juristischen Notizblock, eine offene Aktentasche, einen Becher Tee. Dachte sie gerade an mich? Schaute sie aus dem Fenster über Dale Street und Exchange Square auf die fahrenden Autos von Liverpool und dachte an mich? Oder schaute sie in den Himmel; in denselben Himmel, der auch über dieser Telefonzelle stand, voller Sterne und Wolken und Entfernungen? Karen im Bad. Um sie herum ihre Flaschen und Tinkturen. Alles für Zartheit; alles für Feuchtigkeit. Ihre »immerwährende Frische«. Ihr Body Shop. Langes braunes Haar wie eine Palme hochgesteckt. Das Lächeln auf ihren Lippen, das nach kühler Zitrone schmeckt. Und ihre weiche Haut, die keine Fragen stellt. Die nur im parfümierten Wasser atmet. Unten an ihrem Hals eine schimmernde Vertiefung. Feucht wie die Spiegel. Eine Stelle, die man küssen kann, und dann hört man sie seufzen, meilenweit weg. Ihre Handtücher kann man zweimal um sich wickeln. Für die Bequemlichkeit. Für das Wohlbefinden. Und wie die sauberen Teppiche lieben und schützen sie sie.

Karen.

Ihre klarlackierten Zehennägel auf dem Teppich.

Die eingecremten Ohrläppchen.

Ihr ursprünglicher Geruch. Karen und ihre Augen, die nicht beunruhigt sind.

Metallic-Lidschatten, Highlighter ... Lipliner.

Ihre reine Haut. All die Cremes, die Versprechen der Jugend. Mit den Fingerspitzen und mit geschlossenen Augen zieht sie die Baumwolle über ihr Gesicht, ihren Hals; naß von Reinigungsmilch, abwärts streichen, abwärts.

Langsam.

Gesichtswasser. Feuchtigkeitscreme.

Sie leckt die Spitze eines Wattestäbchens ab und fängt an, ihre Augenbrauen zu kämmen. Karens Gesicht. Fragt mich, wie die Blumen heißen. Stellt sie in ihre blauen Glastöpfe.

»Wie kommt's, daß du die Namen kennst, du Spinner? Komm her.«

Schreibt die Worte auf Klebeetiketten. Streicht mir das Haar aus dem Gesicht. Verreibt ihr Balsam mit einem Finger auf meinen Lippen. Küßt meine geschlossenen Augen. Ich lecke an ihrem Finger; lecke an ihrer Handfläche. Zitronengeschmack.

Oft rollten wir uns abends auf dem Sofa zusammen wie Katzen. Sahen Videos über Leute in Frankreich an. Tranken Rotwein aus riesigen Gläsern. Stritten darüber, warum die Frauen immer bestraft werden oder sterben müssen. Und wir lasen dasselbe Taschenbuch: ich riß es in der Mitte durch und gab ihr die zweite Hälfte (sie liest immer schneller als ich). Und beim Rasieren steht sie hinter mir. Sie zählt meine Rippen und drückt ihre Lippen auf meine Schulter. Ihre Hände, die meine nackte Brust bedecken. Ihre Hand, die nach unten gleitet und meinen Schwanz streichelt. Ihr Zitronenmund, der meinen Arm hinunter rutscht und in mein Handgelenk beißt. Und dann küsse ich ihr Kichern weg; Rasierschaum auf ihrem Gesicht, in ihrem Haar.

Und dann gehen wir zu Bett. Auf dem Wohnzimmerfußboden die Trümmer unseres augenblicklichen Lebens. Das Video nicht zurückgespult. Dinge nicht gesagt. Die Laken in Karens Bett waren kühl wie ein Feld mit hohem Gras. So kühl, daß ich dort für immer schlafen wollte. Die kühlen Laken und diese Ruhe, für immer. Das hohe Gras. Die Mersey-Abende an den Terrassenfenstern. Karens Welt aus sauberer Baumwolle machte still. Sie sagte immer, daß ich im Schlaf flüsterte. Leise. Kein Klagen und kein Stöhnen, sondern leise Worte. Ihre Hand in meinem Haar.

Schlafen.

Der Duft von Kiefern. Der alte Duft von Kiefern.

Und in den langen Minuten der Nacht atmete in ihrer Wohnung jeder für sich allein. Wir träumten unsere Träume von Ozeanen, von ungeborenen Babys, Fenster wie Tauwerk, der Wind, und wir sagten beide zu niemandem unsere seltsamen Worte. Es gab

Worte, die wir uns nicht sagen konnten; sie verloren sich im Durcheinander unserer getrennten Kissen. Karen hatte unser Baby gewollt. Ich schüttelte hundertmal den Kopf.

»Bitte keine Familie mehr.«

Und noch immer hielt die Nacht auf uns zu. Die Nacht hielt auf uns zu, die blaue Wiederkehr des Atems der Stadt, Millionen schlafender Seelen, unser Kohlendioxyd, während unsere Blumen still und lebendig in ihren Töpfen atmeten. Der Norden von England ist radioaktiv. Wir schlummern in Gasen: im Herzen eines jeden Bettes leuchtet es rot. Die Kraftwerke arbeiten die ganze Nacht. Draußen auf den Autobahnen fahren Autos in den Nebel. Säure regnet auf klappernde Scheiben. Wir können die Winde im Gewirr unserer Laken hören.

Schlafen.

Die 24-Stunden-Parkhäuser kalt und naß in einem Lichterschwarm. Es gibt Tankstellen bis zum Nordpol, aber in unseren Zimmern ist nichts von einem Baby zu hören. Wir schliefen die ganze Nacht; kein Glucksen störte unseren Privatbereich. Nichts zu hören von einem Baby. Und genau das war der Kern unserer Probleme. Karen und ich hatten mit einem Baby angefangen. Ich sah das Funkeln in ihren Augen und wußte, daß sie es wollte.

Unser Baby.

»Bitte, Karen …«

Ihre funkelnden Augen. Ich wußte, daß sie es wollte.

»… bitte keine Familie mehr.«

Sie hat abgebrochen. Wir sprachen nie wieder von Babys.

Unsere Schwangerschaft. Wir hatten dafür gesorgt, daß nichts daraus wurde. Ich hatte dafür gesorgt. Und in unserem klaren Leben, in unserem düsteren Schlaf denken wir darüber nach. Es ist alles meine Schuld. Auch darüber denken wir nach. Mütter. Väter.

Der Kern unserer Probleme. Es lastete schwer auf uns. Karen

sagte, daß ich die Zukunft anhielt. Reue trübte meine Gedanken.

Der Regen, der auf das Dach der Telefonzelle trommelte.

Sie nahm nach dem zweiten Klingeln ab. »Karen, ich bin's.«

»James.«

»Geht's dir gut, Baby?« Sie wartete eine Sekunde.

»Nicht hundertprozentig, nein. Bist du betrunken?«

»Baby, ich vermisse dich. Ich bin heute mit ihm unterwegs. Mit meinem Granda. Wir sind in der Kneipe. Es regnet.«

»Geht es ihm denn gut genug, daß er ausgehen kann? Ich dachte, er liegt im Sterben.«

»Es geht auf und ab. Ich vermisse dich. Das hier ... das hier ist schrecklich, Karen.«

Plötzlich dachte ich, daß ich gleich ins Telefon weinen würde. Ich wußte, daß sie das hören konnte.

»James. Soll ich raufkommen?«

»Nein, komm nicht. Es wird schon alles wieder gut.«

Sie versuchte, mich aufzubauen. »Du klingst so schottisch, mein Liebling. Wenn du nicht bald nach Hause kommst, verstehe ich dich vielleicht nicht mehr.«

»Es wird noch ein bißchen dauern, Karen. Es ist so unheimlich ... das alles.«

»Erzähl weiter, James. Machen Sie's dir schwer?«

»Nein, nein. Das ist es nicht. Es ist für alle schwer, weißt du?«

»Ich bin rübergegangen und habe deine Nachrichten abgehört. Das meiste ist uninteressant. Phil aus deinem Büro will eine Nummer ...«

»Sag ihm, es gibt keine Nummer. Ich will nicht, daß jemand anruft ...«

»Du mußt bestimmt deinen Urlaub verlängern. Soll ich dort anrufen und ...«

»Sag ihnen, daß sie das nicht sollen. Hier gibt es kein Telefon, es ...«

»Okay, Schatz. Schon gut.«

»Kannst du Phil anrufen? Sag ihm, daß ich noch hierbleiben muß. Ich kann es wirklich noch nicht sagen.«

»Ist gut. Und ein Typ hat eine Nachricht hinterlassen, ein Typ … äh, McCluskey. Aus Glasgow. Er hat gesagt, daß ihr über einen Beratungstermin in Glasgow gesprochen habt. Sie sind an irgendeinem Block. Willst du ihn anrufen?«

»Kannst du mir die Nummer geben?«

»Warte einen Moment.«

Ich konnte hören, wie sie durch die Küche tappte. Irgendwo Musik aus dem Fernseher. Im Schlafzimmer. Sie kam mit der Nummer zurück. Ich schrieb sie auf die Rückseite eines Wettscheins.

»Und das war's«, sagte sie. »Vermißt du mich auch wirklich?«

»Ja, Karen. Ich fühle mich wie ein … ich weiß nicht, wie ich mich fühle. Wenn ich jemals hier wegkomme … Wenn das hier vorbei ist … Dann machen wir Ferien oder so, du und ich. Ich kaufe dir eine Jacke.«

Jetzt lachte sie. »James, du bist betrunken. Erzähl mir keine …«

»Besser, Karen. Ich kann es besser machen.«

Sie wurde ganz still. Das Summen des Telefons, weit weg der Fernseher. Ich konnte sie atmen hören.

»Besser«, sagte ich. »Du weißt doch, daß es gut ist. Mit dir und mir.«

Das Geräusch unseres Atems.

»Paß auf dich auf da oben«, sagte sie. »Und wenn er sich erholt, kommst du einfach zurück und fährst dann wieder hin, wenn … du weißt schon … wenn es schlimmer wird. Ich weiß nicht, warum sie dich dort die ganze Zeit brauchen. Wie auch immer. Ich möchte, daß du am Stück zurückkommst. In Ordnung? Ich liebe dich, James.«

»Liebe dich, Kaz.«

Und dann legte sie den Hörer auf. Aber im Kopf konnte ich sie noch immer in Liverpool über den Teppich tappen hören.

»Liebe dich, Karen.
Ich.
Ich liebe dich.«
Das Regenwasser lief mir aus den Haaren, über das Gesicht, in den Mund. Die Straße war ein See. Überall Wasser. Ich blieb am Rand des Weges stehen und übergab mich. Ich dachte, es würde nie mehr aufhören. Ich hielt mich an einem Ast fest, der tief herunterhing; das Wasser lief über meinen Arm. Ein Aufstand der Nerven, ein heftiger Bruch. Ich stand eine Weile im Regen.
»Warum hast du mich mit diesen Idioten allein gelassen?« sagte Hugh. Er ließ den Kopf hängen.
»Ich dachte, du amüsierst dich«, sagte ich.
»Aber ich wollte, daß du hier bist«, sagte er. » *Wir* amüsieren uns schließlich.«
Einer aus der Bande unterbrach uns.
»Dein Dad hier, das ist ein Mann«, sagte er. »Ein großer Mann.«
Ich nickte nur.
Hugh betrachtete mich eingehend. Es war ein ruhiger Blick, ein resigniertes Starren. Die anderen Männer beschäftigten sich weiter miteinander.
»Du glaubst, ich bin korrupt, nicht wahr, mein Sohn?« sagte Hugh.
»Was?« Ich sah ihn belustigt an.
Er stand unter seinem eigenen Bannfluch. Er sprach mehr mit sich selbst als mit mir. Der Whisky hatte ihn ganz durchdrungen. Er sagte Sachen, die er für sich behalten hatte.
»Wir waren nämlich für bessere Bahnhöfe und Lohntüten und saubere Häuser und Schulmilch«, sagte er.
Etwas, das lange verschwunden gewesen war, trat in seine Augen.
»Einfache Dinge. Wir wollten uns verbessern. Die Innentoiletten. Damals, da kannten wir den Feind. Wir wollten Milch für die Kinder und daß sie bessere Zähne haben. Und ja, manche

Leute haben was draus gemacht. Das weiß ich. Ich habe gehört, daß manche Leute ihren Schnitt gemacht haben. Ja, ja. So ist das. Irgend jemand macht beim Fortschritt immer seinen Schnitt. Aber ich nicht. Solange die Sachen erledigt worden sind. Nur darum ist es mir gegangen.«

Ich sagte nichts. Er drehte sich hitzig um.

»Schau mir bloß nicht auf die Finger, Jamesie, mit deinen Scheiß-Vorschriften, Ich weiß, wer ich bin. Und dein Verein kommt dann mit der Lösung für alles über die Grenze gerauscht, oder was?«

Ich wollte eigentlich nichts sagen; mein Magen flatterte. Ich sah ihm in die Augen.

»Sogar der Fortschritt ändert sich, Hugh«, sagte ich. »Verschiedene Vorstellungen. Eine neue Zeit, das ist alles. Es spielt keine Rolle.«

»Andere Zeiten?«

»Eine neue Zeit.«

»Und du und deine Kumpane, ihr wollt aus diesem Saustall was Neues machen, oder? Aus diesem Schutt, für den ihr sorgt? Nein, Jamesie. Ich will dir mal ganz umsonst was sagen, mein Sohn. Du brauchst viel mehr als ein paar Wahlsprüche und ein großes Transparent. Du brauchst mehr als eine Abrißbirne und Dynamitstangen.«

Ich war zu betrunken, um das zu überhören. Ich dachte, daß ich es besser wußte.

»Das ist doch schon mal ein ganz guter Anfang«, sagte ich.

Mein Beschluß des Tages war gewesen, ihn zu schützen, und dieser Beschluß wankte jetzt, wie er zuvor gewankt hatte und wieder wanken würde, ehe das alles vorüber war. Ich hätte einfach nicken sollen, auch betrunken, wie ich war.

»Als wir alles umgepustet haben, war das ein Anfang«, sagte er.

»Mit solchen wie euch ist gar kein Anfang zu machen. Nur ein Ende.«

»Wir können etwas verändern«, sagte ich.

»Na dann viel Glück«, sagte er. »Und noch was, ganz umsonst. Ihr richtet euch nach schlechten Vorbildern heutzutage. Wir waren ein gutes Vorbild.«

»Überall kommen die Wände runter«, sagte ich.

Er sah auf, seine Augen waren rotgerändert und krank. Er tippte sich auf die Brust und deutete in die Luft. »Unsere Materialien sind stärker«, sagte er.

Ich kam wieder zur Vernunft. Ich würde nichts sagen.

Er lehnte sich zurück.

Für ein Mädchen am Nebentisch kam ein Taxi. Ich bat sie, dem Fahrer zu sagen, daß er über Funk ein zweites rufen sollte. Hugh war bereit, nach Hause zu gehen. Sein Kopf hing herab, und er gab bei den Witzen und den Liedern und den hehren Geschichten von der Beherrschung der Welt nicht mehr den Ton an. Er war zufrieden; er lächelte müde. Er hatte es geschafft, daß sein Publikum ihn liebte. Offenbar zog er sich jetzt in seine eigene Welt zurück. Seine Zigarette brannte. Und er lächelte mich an. Mein triefnasses Haar.

Draußen zerbarst in der Ferne über den Häusern ein rosafarbenes Feuerwerk. Es war spät im Monat für ein Feuerwerk; und spät am Tag für die Rituale des Verrats.

Unser Wagen fuhr die Runde durch Ayr. Unmengen Wasser um die schiefen Bäume; die Lichter der Häuser schwach hinter einem Gazevorhang aus Regen. Und am Stadtrand, wo das Meer dröhnte, kamen wir an Glengall House vorbei. Für den alltäglichen Blick nur irgendein weißes Gebäude, in dem ganz eigene, traurige Dinge geschahen. Ein Pflegeheim. Stumme Wände; gelbe Zimmer. Aber noch immer das alte Irrenhaus, in dem Hugh geboren worden war. Der Geist seiner Mutter, die auf einem Bett lag.

Knie und Bauch und Kopf wie die Gipfel der Insel Arran.

Wir fuhren in einer Sekunde an dem Gebäude vorbei. Beide auf dem Rücksitz. Diese Gespenster aus Seesalz in der Anstalt, die hinter uns lag. Eine Musikpfütze. Hugh wandte seinen Kopf schwer vom Fenster ab und starrte mich mit seinem wunden Mund an.

»Guy Fawkes«, sagte er.

Ich dachte an das Feuer, das auf den Stationen von Glengall brannte. Und an tanzende Frauen: Hornpipe, Jig, Strathspey und Reel. »*Weel done, Cutty-Sark!*«

Es war stockdunkel. Hugh sah mich lange an. Man sah seine Jahre. Glengall hinter uns. Und wenig später war der alte Mann fest eingeschlafen. Der Fahrer war auf sich allein gestellt. Mein Kopf sank an das Fenster auf meiner Seite. Die Türen der Häuser bröckelten ab. Diese Wohnzimmer. Die Häuser wirbelten vorbei; ein Strom aus rasendem Backsteinmauerwerk. Und eine Herde Geister, die dem Wagen folgte. Ich sah durch das Rückfenster. Dort war nichts, nur noch ein Nebelkringel.

Wir fuhren davon in die Schwärze von Ayrshire. Meine Augen weit geöffnet.

Das Kind, das du gewesen bist, verläßt dich nie.

FÜNF

ALSO AUCH AUF ERDEN

Margaret sagte mir, daß in der Abstellkammer im Flur ein Weihnachtsbaum war. Er steckte in einer Schachtel, die Drahtzweige waren aus der Form gebogen, und grünes Lametta hatte sich darin verheddert. Es gab auch Unmengen glänzendes Flitterzeug und Nikoläuse und vom Alter angeschlagene Engel. Ich tastete nach dem Boden der Schachtel: ein silberner Stern, ein selbstgemachter Stern, den ich vor Jahren für sie gebastelt hatte.

Die Abstellkammer war mit solchen alten Sachen vollgestopft. Schachteln mit Büchern von Collins. Plastiksockel für Blumenarrangements. Ein Karton mit Eisenglocken. Strickmuster. Und ich fand darin noch mehr von Hughs alten Plänen und Stundenzetteln. Ich steckte sie in eine Tragetüte, schob sie unter die Weihnachtsschachtel und hob alles zusammen hoch. Als ich mich aufrichtete, fiel mein Blick auf den Stromzähler. Das Rad drehte sich nicht. Ein Stück von einem verbogenen Kleiderbügel steckte quer in dem Kasten und hielt das Rad fest. Ich machte das Licht aus und schloß die Tür.

Hugh war offenbar zu schwach zum Husten. Er konnte nicht aufstehen. Manchmal schien er nicht sicher zu sein, ob er wachte oder schlief, und wir hörten, wie er auf Kommen und Gehen schimpfte.

»Scheiße, Scheiße.« »Gib mir ne Kippe.«

An manchen Nachmittagen saß ich nur an seinem Bett und las ihm Burns oder Sven Hassel vor oder drehte Zigaretten. Ab und zu schlug er mit der Hand nach dem Buch, um es zu schließen. Oder er gab mir eine Selbstgedrehte zurück. »Zu fest«, sagte er. »Ich brauche einen Umschlag … im … Nacken … um daraus einen Zug zu kriegen.«

Und offenbar kannte er uns ziemlich gut, denn der Husten kehrte zurück. Beides kam gleichzeitig. Der wehe Husten und wir. Manchmal flackerte für einen Augenblick die Vernunft in ihm auf. »Hörst du meine Frau singen?« sagte er einmal. »Hörst du sie? Die wird nie vergessen, diese Frau.«

Keiner von uns war gut im Vergessen. Das war ein Familienleiden. Aber was Margaret anging, hatte er recht – sie vergaß nie etwas, sie schien von uns allen das beste Gedächtnis zu haben. Margaret lebte aus ihrem Gedächtnis heraus; ihrer Ansicht nach war die Welt für Geschichten und für das Behalten von Geschichten da. Sie zog unser Leben zur Rechenschaft. Sie wollte, daß wir uns alle daran erinnerten, was hier geschehen war. Wenn sie wegen der Frauen beim morgendlichen Kaffeeklatsch, der Kinder auf dem Treppenabsatz, der Männer im Fernsehen oder der Gauner unter den Familienmitgliedern die Beherrschung verlor, dann normalerweise, weil sie »unwissend« waren. Das war das Schlimmste, was sie über ein lebendiges Wesen sagen konnte. Sie waren unwissend. Sie machten es sich leicht, vergaßen Recht und Unrecht und kümmerten sich um nichts, und sie waren einfach unwissend.

Margaret war im Auswendiglernen schon immer großartig gewesen. Meine eigentliche Ausbildung begann in ihrem Haus. Sie setzte mich vor ihre Bücher über die Geschichte des Volkes, nannte mir die großen Namen und sprach das letzte Wort über die heiligen Schrecken. Ich erinnere mich noch an ganze Stücke aus den Bücher, die ich auswendig lernen mußte. Hugh wie auch

Margaret empfanden im Innersten den Verrat; das war ein wichtiger Teil dessen, was sie waren. Weit hinter ihnen beiden oder hinter den Worten, die sie sprachen, lagen tausende Acres Land, das jetzt leer war – Moore und Schluchten, Orte, an denen man Schafe und verlorene Stimmen hörte, wo ihre Ahnen gelebt und gelitten hatten. Margaret hatte mir die Namen ihrer Leute beigebracht, die Namen dieser Männer aus den alten Highlands, deren Häuser verbrannt und deren Land geräumt worden war. Man hatte die Männer an den Apfelbäumen erhängt, die ihre eigenen Väter gepflanzt hatten; die Frauen hatte man mit Eschenknüppeln geschlagen; die hungernden Kinder hatte man unter weißen Segeln nach Kanada geschickt, aus dem Land, das sie liebten, weggezerrt und ihre dunklen Tartans in Fetzen gerissen.

In den vergangenen Monaten hatte ich gemerkt, daß Margaret keine lebenden Freunde hatte. Sie traf morgens die Frauen zum Kaffee, aber sie stand keiner von ihnen nahe. Sie lebte ihr Leben unter Gespenstern. Der Tod hatte ihr vor langer Zeit die Menschen genommen, denen sie sich nahe fühlte, diese Freunde und Verwandten, die sie nie gekannt hatte, und vor genauso langer Zeit hatte er ihre Feinde zum Schweigen gebracht, diese Lords und Ladys, die aus dem Land einen Ort der Trauer gemacht hatten. Margaret besaß eine unendliche Versöhnlichkeit, aber nur für die Lebenden; vielleicht waren sie unwissend, vielleicht hatten sie unrecht und waren obendrein noch egoistisch, aber lebende Menschen taten ihr nur leid. Ab und zu verlor sie vielleicht die Beherrschung, aber in Wirklichkeit taten sie ihr nur leid. Sie gab den Leuten gewöhnlich nicht die Schuld für ihre Fehler. Sie hob ihren Zorn für die unwürdigen Toten auf. Die haßte sie. Die Leute, die ihre Leute verraten hatten. Die haßte sie mit jeder Faser ihres Seins.

Ich schmückte im Zimmer meiner Granny den Weihnachtsbaum. Sie saß in ihrem Lieblingssessel. Der *Ayr Advertiser* lag zusammengefaltet auf ihrem Schoß. Eine Tasse mit Untertasse. Minute für Minute zupfte sie Flusen von den Ärmelbündchen ihres Pullovers. Es war ein Männerpullover. Sie trug oft Männerpullover.

»Ich kann mich immer noch an deine Geschichtsstunden erinnern«, sagte ich.

»Oh, das glaube ich, Jamie, mein Sohn. Und es wird nicht lange dauern, dann gibst du sie deinen eigenen Kindern.«

Ich sah nicht auf. Ich starrte mein Gesicht in einer grünen Weihnachtskugel an. Ich hatte die Augen meines Vaters. Eine Minute verging. Dann sah ich auf. »Ich würde gern mal Kinder haben«, sagte ich.

Die Worte überraschten mich, als sie herauskamen. Sie waren wahr, aber ich hatte sie so noch nie gesagt. Irgend etwas war an diesem Zimmer und daran, daß ich ausgestreckt auf dem Teppich lag, und an dem Weihnachtsbaum, und an dem weißen Gesicht meiner Granny; irgend etwas an der Heizung und ihrer Wärme und an dem Licht, das auf ihre alten Fotografien fiel. Ich weiß nicht, warum ich ihr das sagte. Irgend etwas war so, daß ich es sagen wollte. Wahrscheinlich wollte ich, daß sie etwas Persönliches von mir wußte, daß sie mich nur für einen Augenblick im Glanz meines eigenen Erwachsenseins sah.

»Einmal hätten wir fast ein Baby gehabt«, sagte ich. »Aber ich glaube nicht, daß ich ein besonders guter Vater wäre.«

»Das darfst du nicht denken«, sagte sie. »Die Zeit vergeht, Jamie. Du mußt dich nicht fürchten vor Dingen, die passiert sind. Du bist ein guter Mann.«

»Noch nicht«, sagte ich.

Die Worte kamen ganz leise heraus. Sie hielt inne.

»Ist Karen deine Freundin?« fragte sie.

»Woher weißt du das?«

»Von dir«, sagte sie. »Als du die ersten Tage hier warst, hast du ihren Namen gesagt, nur im Schlaf. Ist sie nett?«

»Für eine Protestantin nicht schlecht«, sagte ich.

Wir grinsten beide. Meine Granny verdrehte die Augen.

»Naja, ich sage nichts«, sagte sie. »Ihr seid die Modernen. Aber verschwende dein Leben nicht mit Sorgen, mein Sohn. Ich will, daß du glücklich bist.«

Sie leckte zwei Fingerspitzen ab und strich einen Tropfen von ihrem Rock.

»Ich bin froh, daß du das bißchen Geschichte behalten hast«, sagte sie. Und dann sah sie mich vertrauensvoll an. Meine Granny hatte für alles einen bestimmten Blick. Der letzte hatte zwei Bedeutungen: Ich vertraue darauf, daß du zugehört hast; ich vertraue darauf, daß du immer zuhören wirst.

»George Granville Leveson-Gower«, sagte ich.

Der Blick der arme Margaret verfinsterte sich.

Sie schloß beide Hände um die Teetasse, als ob ihr Körper die Wärme plötzlich brauchte, und sie stieß ihren gesamten Atem auf einmal aus. »Das Böse«, sagte sie. »Das reine Böse.«

Ich richtete mich auf, kniete jetzt und sah sie an. Diese kleinen Teppichmeilen zwischen uns. Ich fing an zu rezitieren und hatte immer noch den Weihnachtsschmuck in der Hand. Die Worte kehrten zurück, und ich lächelte. Margaret schloß die Augen.

»George Granville Leveson-Gower. Er war der große Verbesserer. Wo seiner Meinung nach nichts als Wildnis und Verrohung gewesen war, baute er vierunddreißig Brücken und vierhundertfünfzig Meilen Straße, beziehungsweise ließ die Regierung für sich bauen. Die Täler wurden von seinen Polizeipräsidenten, Rechtsanwälten und Bodenbeamten geräumt (falls nötig mit sofortiger Unterstützung von Soldaten und Polizisten) und an Leute aus den Lowlands vermietet oder verpachtet, die 200 000 True-Mountain-Schafe dort grasen ließen und jedes Jahr 415 000 Pfund Wolle schoren.«

Hier öffnete meine Granny die Augen: Sie hob die Augenbrauen und trank in kleinen Schlucken ihren Tee. Sie dachte, daß ich den folgenden Teil vergessen hatte. Sie setzte die Tasse ab. »Er riß ...«

Ich hob einen Finger, lächelte und fuhr fort.

»Er riß die Grafschaft von Sutherland für den geringen Preis von zwei Dritteln eines Jahreseinkommens aus der Vergangenheit. Und weil er Engländer war und nicht Gälisch sprach, hörte er den bitteren Protest der Dichter unter seinen Leuten nicht.«

»Und ein verdammter Bastard war er auch«, sagte meine Granny.

»Maggie«, sagte ich; ich saß lachend unter dem Baum und warf ein Stück Flitter nach ihrem Sessel. »So redet eine Christin nicht.«

»Naja«, sagte sie und wurde tiefrot, »kein Wunder.«

Ihre Augen strahlten. »Ich bin so froh, daß du das alles noch im Kopf hast«, sagte sie. Und damit schaltete sie den Fernseher ein. Als ich mit der Arbeit fertig war und in der Tür stand, sah sie mich wieder an.

»Das ist schön und weihnachtlich«, sagte sie.

Sie schaute wieder auf die Mattscheibe und kaute an den Nägeln. Sie schien nicht wirklich auf die Figuren im Fernsehen zu achten. Ihr Blick hielt ein Stück vor der Mattscheibe inne. Sie starrte einfach in den Raum. Weil sie manchmal ein wenig zuckte und kurz grinste, nahm ich an, daß sie dort ihre eigenen Gestalten sah.

Es war eine jüngere Margaret gewesen, die mir diese Zeilen beigebracht hatte. Für jeden Absatz, den ich auswendig gelernt hatte, bekam ich eine Vanillecreme. Und danach hielt sie mir entrüstete Vorträge über die Bedeutung dieser Dinge. Manchmal weinte und sang sie in unseren Küchenseminaren. Das alles bedeutete ihr sehr viel.

Zwischen den Zeilen dieser Unterrichtsstunden stand eine Ahnung davon, wie sich die Schrecken der Vergangenheit zu Hughs großen Unternehmungen verhielten. Sie stellte meinen Groß-vater, den anderen großen Verbesserer, immer als das Gegenteil dieser alten Plünderer mit den langen Namen dar. Sie erzählte mir, daß Hugh die Schrecken eines erzwungenen Umzugs kann-te, und daß auch er von Leuten abstammte, die dagegen ge-kämpft hatten. Seine Mutter, sagte sie, war eine berühmte Frau gewesen, die sich in einer anderen Zeit gegen die Vermieter zur Wehr gesetzt hatte. Und Hughs große Experimente waren aus diesen häuslichen Widrigkeiten erwachsen. Dessen war sie sich sicher.

Hugh war ein großer Mann. Er war der Held ihrer Jugend, und sogar im Verfall verkörperte er etwas Höheres für sie. Er hatte etwas verändert; er hatte die Lage der Menschen verbessert. Sie sagte, daß sie ihn dafür liebte, und auch für sich selbst. So drück-te sie es aus. Und vielleicht ist nie jemand meiner Granny nahe genug gewesen, um sie zu fragen, was sie damit meinte. Daß sie ihn für das liebte, was er getan hatte und für das, was er war. In Margarets Überzeugungen war immer ein harter Kern von Stolz gebettet, und darin lag ein kleines Stück Land, ein Kosmos, ein Körnchen Mitleid.

Zu sagen, daß Margaret etwas niederhielt und unterdrückte, daß das Pflichtgefühl diesem Mitleid gegenüber ihr Gefängnis war – das hieße etwas zu sagen, das sie nicht wünschte. Sie war nicht wie meine Mutter, die aus Angst vor der Wahrheit jahrelang die Taten meines Vaters verteidigt hatte. Margaret kannte die Gaben ihres Ehemanns genau, und sie war sicher in ihrer Rolle als seine Partnerin und Verteidigerin, die sie gesucht und beibehalten hat-te. Sie würde sich immer gegen die Unterstellung wehren, daß Hughs Sorgen sie niedergehalten hatten, daß ihre eigenen Belan-ge wegen der Obsessionen in Hughs Leben zurückstehen muß-ten. Offenbar spürte sie nicht, daß das mit ihr geschehen war. Hughs Belange und ihre Belange bildeten zusammen das Fundament ihrer Ehe. Wenn jemand sagte, daß Hugh sich über Hochhausgeschäfte und das Verändern der Welt zu lange den Kopf zerbrochen hatte, sagte sie nur, daß man sich über Schlimmeres den Kopf zerbrechen konnte. Sie begehrte nicht auf. Sie sah keine Notwendigkeit, aufzubegehren. Sie sagte, daß alle ihre Sorgen immer Sorgen gewesen waren, die sie sich selbst zuzuschreiben hatte, und dann sagte sie, daß Hugh immer viel zu kämpfen gehabt hatte, daß er große Aufgaben auf sich genommen hatte. In Augenblicken der Erschöpfung – das erste Licht, die letzte Kerze – gab sie vielleicht zu, daß sie manchmal unglücklich gewesen war. Und sobald sie so etwas gesagt hatte, nahm sie es auch schon zurück.

»Ich bin selbst schuld«, sagte sie dann. »Ich hatte nie Freundinnen, und ich bin nie vor die Tür gegangen.«

Im stillen spürte ich, daß Margaret mehr als einmal das Opfer der großen Verbesserer gewesen war. Der erste brannte die Häuser ihrer Familie nieder und schickte ihre Leute auf Schiffen in eine andere Welt, der zweite verbannte sie aus der Wahrheit der Dinge und machte sie zur Stütze seiner Illusionen von der eigenen Untadeligkeit. Bis an sein Lebensende hatte Hugh dafür gesorgt, daß sie mehr als eine Stütze war – sie war ein Quell der Propaganda, ein Born rettender Lügen. Ich hatte nie vorgehabt, ein Wort darüber zu sagen. In diesen Monaten in Schottland, in den Tagen, als ich meinem Großvater beim Sterben zusah, dachte ich nicht entfernt daran, so etwas zu sagen. Auch ich war eine Stütze und ein Quell geworden. Auch ich wollte, daß er ein leichtes Ende hatte. Meine Granny behielt ihre Geheimnisse für sich. Wenn es um die Illusionen anderer Leute ging, hatte sie immer Geduld und Selbstverleugnung gezeigt. Als Weihnachten näherrückte, beschloß ich nach und nach, ihrem Beispiel zu folgen; ich ergriff genau dieselben Maßnahmen wie sie, um Hugh in seiner letzten Verzweiflung zu schützen, und währenddessen erfand ich ständig neue Maßnahmen, um sie in ihrer zu schützen. Oft gelang es mir nicht, so gut wie sie zu sein. Ich hatte diese Verpflichtung spät übernommen. Manchmal verstand ich sie sehr falsch.

Eines Tages wuschen wir Hugh in seinem Bett. Der Morgen war schlimm gewesen. In den Wohnungen unter uns ging es zu wie im Irrenhaus. Das Geräusch von zerbrechendem Glas. Kinder schlugen stundenlang alle paar Minuten gegen den Briefkasten. Ich ging auf den Treppenabsatz hinaus. »Da drin ist jemand krank«, schrie ich. »Bleibt von der Tür weg.«

»Leck mich am Arsch«, sagte ein winziger Junge und verschwand in Richtung Treppe.

Wieder funktionierten beide Aufzüge nicht. Ich wollte losgehen und bei der Corporation anrufen.

»Ruf nicht an«, sagte Margaret und wrang den Lappen aus. »Die Schulferien haben angefangen. Die bringen die Aufzüge bald in Ordnung.«

Ab und zu öffneten sich Hughs grüne Augen. Er schaute zur Wand.

Trotz alldem, den hohlen Wangen, der ausgetrockneten Kopfhaut, konnte man noch sehen, wie gutaussehend Hugh einmal gewesen war. Sein Gesicht war wie aus Marmor geschnitten. Man konnte nicht sagen, ob er schlief; er war ganz still geworden. Es war sehr seltsam in diesem hinteren Schlafzimmer: die ausgestanzten Löcher in der Wand, unsere medizinische Seife, der Lärm unten, diese McCormack-Plattenhülle, die mit einem federlosen Dartpfeil an die Wand gepinnt war.

Ich wusch gerade Hughs Füße; Margaret hatte mit seinem Kopf und seiner Brust zu tun. »John McCormack sang«, sagte Margaret, »und was alles in seiner Stimme lag. Du würdest es nicht für möglich halten. Diese Iren können singen. Und dein Granda hier, seine Leute haben sich mit Fug und Recht befreit. Die Leute in Schottland und Irland, die trinken dasselbe Wasser. Und Irland ist ein Land für sich ...«

Die Aufregungen an diesem Morgens waren zuviel für mich gewesen.

»Daß Irland ein Land für sich ist, hat es nicht Schottland zu verdanken«, sagte ich und schnappte nach Luft. »Und Irland hat für dich auch noch nie etwas getan.«

Margaret sah aus, als wäre sie geohrfeigt worden.

Hugh öffnete die Augen.

Ganz langsam, ganz bewußt und sehr offen sagte ich weitere absolut unpassende Dinge. Ich weiß nicht, warum. Jedes Wort war ein Stich mit irgend etwas. Krankheit, Zorn, Frustration über Lügen. Ich machte einfach meinen dummen Mund auf.

»Diese tapferen Sutherland-Leute, von denen wir singen, die großen Verteidiger, die haben den Engländern geholfen, den irischen Aufstand von 1798 niederzuschlagen. Die Schotten hatten auch damit zu tun, daß auf dem Vinegar Hill Blut vergossen wurde.«

»Halt's Maul«, sagte Hugh und rührte sich nicht.

»Und später dann«, sagte ich, und meine Hände zitterten ein wenig, »später haben diese Iren, diese Opfer von Krieg und Hungersnot, bei dem Gerangel um die Täler eurer Väter mitgemacht.«

»Halt dein Maul«, sagte Hugh und wollte sich erheben.

Ich stand auf.

In Margarets Blick stand eine Flamme.

»Die Iren, die wir verraten haben, sind dann gekommen, um uns zu verraten«, sagte ich. »Ich kenne nicht nur deine Bücher, Granny. Die bösen Engländer! Es waren auch ein paar von deinen Leuten, die ihre Schwerter Hughs Männern in den Kopf gebohrt haben, und seine Männer haben eure Häuschen in den Highlands angesteckt. Sie haben das Land geräumt, von dem du immer redest. Klar? Ich habe auch noch andere Bücher gelesen. Ich kenne auch andere Sachen auswendig, Granny.«

Hugh hustete heftig.

»Raus, verdammt noch mal!«, spuckte er. »Das ist ein verdammter Lügner. Ein englischer Bastard. Der ist voll und ganz sein verdammter Vater. Schaff ihn hier raus!«

Und als ich Margaret ansah, drückte sie ihn in die Kissen zurück. Ihre Augen waren naß. Ich hätte sterben können. Hugh wimmerte Flüche in sich hinein. Als er sich schließlich beruhigt hatte, sah sie zu mir auf.

»Würdest du uns jetzt allein lassen, Jamie. Ich möchte deinen Granda untenherum waschen.«

Dann tauchte sie ihren Lappen in die Schüssel.

»Es tut mir leid«, sagte ich. »Es tut mir so leid.«

»Mach dir keine Gedanken, mein Sohn«, sagte sie.

Und als ich mich gerade umgedreht hatte, sagte sie noch etwas. Es war, als würde sie etwas zitieren, das es schon lange nicht mehr gab. Einen Katalog der Wahrheiten. Ich stand da und schämte mich.

»Es war nicht ganz richtig, was du gesagt hast. Unsere Leute haben die Flucht ergriffen, als sie die irischen Trommeln hörten. Es hat kein Blut gegeben. Das haben wir schriftlich.«

Über Fehler wurde dann nicht mehr gesprochen.

Unser Universum war voller ungesagter Dinge. Und das war sehr hilfreich. Es war das beste so.

Fergus McCluskey war für die Sprengungen in Glasgow verantwortlich. Er wollte, daß ich kam und den Abbruch eines Blocks in den Gorbals überwachte, am Florence Square. Es war einer der Vorzeige-Wohntürme, die Marcus Booth entworfen hatte. Hugh hatte sie in Auftrag gegeben. An dem Tag, als er eingeweiht wurde, war ich bei ihm gewesen.

McCluskeys Nummer hatte ich seit dem Tag, an dem ich mit Hugh in Ayr gewesen war, in der Tasche. Mehr als einmal war ich zur Telefonzelle vor der Chipsbude in Annick Water gegangen. Ich hatte mit dem Hörer in der Hand und der Nummer auf dem Wettschein dagestanden und das Gefühl gehabt, daß ich es tun sollte, daß ich mit dem Job, den Hugh mir beigebracht hatte, weitermachen sollte. Aber ich wußte, daß es nicht derselbe Job war. Hugh hatte mir beigebracht, diese Häuser zu planen. Seit fünf Jahren sprengte ich sie nun. Das war der neue Plan. Und in Liverpool ergab das alles einen Sinn. Aber dort, am Fuß von Annick Water, wo das Licht im achtzehnten Stock so gelb war, fiel es mir zu schwer, die Nummer zu wählen. Irgendwo über mir waren Hughs grüne Augen. Meine Hand legte den Hörer auf die Gabel zurück.

Ich rief McCluskey zu spät an, um ihm noch helfen zu können.

»Fergus«, sagte ich, »hier ist James Bawn.«

»Wo in Gottes Namen sind Sie gewesen?« sagte er. »Wir haben hier Hilfe gebraucht.«

»Es tut mir leid, Fergie. Karen hat mir die Nummer gegeben. Ich habe es bis jetzt nicht geschafft, Sie anzurufen. Ich habe es einfach nicht fertiggebracht. Ich bin in letzter Zeit nicht bei der Arbeit gewesen.«

»Das habe ich von ihrem Büro gehört. Aber die wollten uns keine Nummer geben. Alles in Ordnung bei Ihnen?«

»Es geht mir gut«, sagte ich. »Es ist nur dieser Block. Florence Square. Wissen Sie, Fergie, das war einer von Hughs.«

»Natürlich«, sagte er, »aber ich habe gedacht, Sie sehen ihn nicht mehr.«

»Naja, er liegt in Ayrshire im Sterben. Ich bin hier bei ihm. Ich konnte mir einfach nicht vorstellen ...« Und dann hielt ich inne. Ich dachte, daß es viel gab, was ich nicht sagen wollte.

»Das tut mir leid«, sagte Fergus McCluskey. »Das hat hier keiner gewußt.«

»Es ist morgen früh, stimmt's? Die Sprengung. Zehn Uhr morgens?«

»Ja.«

»Eine Sache, Fergie. Steckt das Zeug in die Mitte. Laßt es genau

211

unter den Trägern knallen. Da ist ein Haufen Stahl drin, und wenn ihr daruntergeht, klappt er einfach zusammen. Und haltet die Leute zurück. Noch besser als sonst. Sie wissen ja – die rohe Kraft. Paßt auf, daß sie da weg bleiben.«

»Die Straßen sind dort dicht besiedelt. Deswegen brauchten wir auch Hilfe. Es darf kein Metall herumfliegen. Es gibt eine Menge Leute darumherum.«

»Sperrt es doch ab«, sagte ich. »Die ganze Gegend. Die Leute vom Radio sollen die Gefahr ordentlich aufbauschen.«

»Da haben Sie recht. Geht alles in Ordnung.«

»Wir sehen uns bald«, sagte ich.

»Das hoffe ich«, sagte er. »Und Jamesie. Alles Gute für den großen alten Mann. Wir sprechen oft von ihm.«

»Kein Problem«, sagte ich.

Es gab zwei Dinge, die ich wußte, als ich vor der Telefonzelle stand. Ich wußte, daß ich am nächsten Morgen losfahren würde, um das Ende des Blocks in den Gorbals zu sehen. Und ich wußte, daß ich nie imstande sein würde, Hugh zu sagen, daß seine Lehrlinge nach ihm fragten.

Am frühen Morgen war es bitterkalt. Die Luft schmeckte nach Schnee. Kaum ein Laut kam aus der Siedlung unten; in der leeren Straße summten die Lampen leise vor sich hin. Die Lampen summten da draußen vor sich hin, als ob sie sich miteinander unterhielten, als ob niemand da wäre, der zuschaute, der wach war. Solche Orte sind nachts wie ausgestorben. Keine Seele auf der Straße. Man hört manchmal einen Ruf oder ein Auto, aber meistens hört man um diese Uhrzeit nur das Summen der Lampen …

Das Geräusch unseres eigenen Blutes in Bewegung.

Es war Samstag morgen. Ich hatte früher schon samstags an diesem Fenster gestanden. Meine guten Teenagerjahre, als ich der Ferguson-Schule und meiner Mutter und meinem Vater entkommen war und gespannt darauf wartete, daß die Tage begannen; ich stand mit Strandschuhen und Angel wach am Fenster im frühen Licht, oder ich hielt Ausschau nach dem Milchauto, dem ersten meiner bedeutenden Arbeitgeber, ein heimliches Brummen, klirrendes Glas, während es in unserer Straße sanft um die Kurve glitt.

An diesem Morgen sah ich es wieder: das Milchauto, wie es einem weiteren Tag entgegenbrummte. Diese Straße und dieser Block und der, der zuschaut – nichts davon ist neu, nichts ist das Erste auf diesem Planeten.

Hugh lag wach, er hatte sich in der Frotteetagesdecke verheddert. Im Zimmer war schlechte Luft, man sah nur verschwommen. Hugh im Zweilicht, ein Zimmer voller Zweifel.

»Morgen«, sagte ich.

»Ja«, sagte er. »Hol mir doch bitte ein bißchen Käse aus dem Kühlschrank.«

Ich kam zurück und zerschnitt den Käse auf einem Teller. Er drückte ihn mit seinem Gaumen weich.

»Mein Mund ist so verdammt wund«, sagte er. Die Bettdecke roch nach Altmännerschweiß.

»Ich weiß«, sagte ich. »Immer langsam.«

Ich drückte etwas antiseptische Salbe auf meinen Finger und verrieb sie um seinen Mund herum.

»Weg«, zuckte er.

Das Bad war voller nasser Laken. Ich rasierte mich am Spülbecken. Das Wasser war warm. Ich ließ es weiter laufen und verteilte es mit der Hand auf meinen Schultern und unter meinen Armen. Mein Körper hatte sich verändert, seit ich wieder hier war. Kein Morgen im Fitness-Studio. Komisches Essen. Meine Arme kamen mir dünner vor. Es war, als würde mein Körper auf irgendeine seltsame Weise in der Zeit zurückgehen und wieder zum Körper eines Kindes werden. Ich hatte alle Kraft verloren: meine Brust und meine Arme waren schwach; ich hatte schon lange nicht mehr an Sex gedacht. Mein Körper war ein Geheimnis, wie der eines Jungen. Ich fühlte mich damit allein.

Margaret hatte ein paar Hemden für mich gebügelt und sie im Flur über einen Wäscheständer gehängt. Ich zog ein blaues an; band eine rotgestreifte Krawatte.

Mein Gesicht im Spiegel war dünn.

Man kann als Mann vom Wohnungsbau gar nicht schick genug sein.

John Wheatley und sein Spazierstock. Den Flur in den City Chambers entlang. Ein Zwinkern für die Schreibzentrale. Hochgewachsen und geliebt, der große Mann des Wohnungsbaus. Schick. Ein weißes Taschentuch in der Brusttasche. Die Kräne vor dem Fenster. »Aah, die gute Effie Bawn.«

Der adrette Mr. Wheatley in Hughs Büro. Um Mr. Housing die Hand zu schütteln.

Ich mußte mir die Haare schneiden lassen. Ich stellte mir vor, daß Hände das Haar auf meiner Stirn zerwühlten. Der Geschmack von Zitronenbalsam auf meinen Lippen.

Ich steckte den Kopf durch die Schlafzimmertür.

»Ich bin jetzt weg, Hugh.«

Dort war Stille; nur ein schwaches, ruhiggestelltes Atmen.

An diesem Morgen war ein Artikel im *Scotsman*. Er stand unter einem breiten Bild von den Gorbals: »Heute fällt Booths Wohnturm«.

Heute morgen wird in Glasgow eine Ära zu Ende gehen, denn in der unruhigen Gorbals-Gegend werden Hochhäuser gesprengt. Der unbeliebte Maxton Block am Florence Square, den Sir Marcus Booth entworfen hat und der 1972 für eine Million Pfund gebaut worden war, wird durch eine kontrollierten Explosion um zehn Uhr vormittags endlich abgerissen. Der »Maxie«-Block galt seinerzeit als Werk eines architektonischen Genies und war für den umstrittenen ehemaligen Chairman des Public Works Comittee, Mr. Hugh Bawn, »die Rettung von Glasgow«. Die sogenannten »Straßen im Himmel«, in denen man die Lösung für die notorischen Wohnungsprobleme der Stadt sah, wurden in den sechziger und frühen siebziger Jahren in halsbrecherischem Tempo gebaut. In den letzten Jahren waren Bawns Blocks allerdings besser bekannt als »der Schandfleck von Glasgow« – Feuchtigkeit und Vandalismus haben das Leben für die nahezu 500 Anwohner des Florence Square zum Alptraum gemacht.

Mrs. Moira McPhail, 42, hat sechs Jahre in diesem Block gewohnt, bevor sie im letzten Jahr nach Carntyne gezogen ist. Sie ist froh, daß die Wohnblocks fallen. »Ein Glück, daß wir die los sind«, sagte sie. »Das war ein Elend, und man hätte so etwas von vornherein nicht bauen dürfen. Sie sind einfach scheußlich.« Mrs. McPhail sagte, daß sich das Asthma ihres ältesten Sohnes Ewen sehr verschlechtert hatte, während sie in dem Wohnblock wohnten.

Aber nicht jeder sieht Maxie so gerne fallen. Pensionär Jim Ainsley, der schon sein ganzes Leben lang in den Gorbals wohnt, sagte gestern, daß man sich sehr daran gewöhnt habe. »Ich werde die Blocks vermissen«, sagte er, »an Sommertagen war es nett dort, und sie waren viel besser als die Slums, die es vorher gab.« Der ehemalige Chairman Hugh Bawn ist unter den Personen, gegen die im Zuge der Verhandlungen wegen Korruption im City Council ermittelt wird, und er stand für einen Kommentar nicht zur Verfügung. Er wohnt in Irvine New Town, und es heißt, daß er bei schlechter Gesundheit ist.

Ein Sprecher des Housing Department sagte nur, man habe die Hochhäuser seinerzeit für eine gute Idee gehalten. Er wies noch einmal darauf hin, daß das Betreten des Gebiets an diesem Morgen verboten ist und daß Zuschauer hinter den Absperrungszäunen bleiben sollen.

Das Ende einer Ära? Kommentar, Seite 16

Über den Rangiergleisen standen zwei Turmfalken. Ich hatte noch nie zwei gesehen. Einer ganz oben, reglos an einen Punkt in der klaren Luft geheftet, schlagende Flügel, der Blick auf etwas Kleines im Gras gerichtet. Der zweite stand viel tiefer. Er wollte gerade herabstürzen, als der Zug anfuhr. Ich legte die Zeitung auf den Sitz zurück.

Ayrshire da draußen und seine vielen dunkelroten Blätter. Auf einem nahen Hügel die Reste eines zerstörten Franziskanerklosters, tiefhängende Wolken verschmierten sein Gewölbe mit Grau. Von einem Fenster war noch etwas übrig. In dem Moment, als wir vorbeifuhren, fiel ein Regenschauer durch das Fenster. Mir gegenüber hantierte ein Schuljunge mit einem Taschenrechner. Er trug einen grünen Blazer. »Nach Hause?« fragte ich. »Ja«, sagte er. Wir fuhren am Rand von Loch Glengarnock vorbei. Der Junge deutete darauf.

»Könnten Sie mir das auf einer Karte zeigen?«

Ich sagte, daß das mit der richtigen Karte ganz einfach war.

Er zog aus einem Rucksack einen Stapel Vermessungskarten der Ordnance Surveys hervor, eine ganze Menge, die ein Gummiband zusammenhielt.

»Mal sehen«, sagte ich.

Die zweite Karte in dem Stapel war für Nordwest-Ayrshire. Ich faltete sie auf und legte sie flach unter das Fenster, zwischen meine Beine und die des Jungen. »Wir sind hier«, sagte ich. »Du kannst die Strecke sehen, auf der wir sind. Hier. Zwischen Kilbirnie und Milliken Park. Du kannst mit dem Finger bis nach Glasgow fahren. Und das da ist Loch Glengarnock. Der blaue Fleck.«

Er drehte die Landkarte zu sich herum. Und er betrachtete sie ruhig, sein Finger folgte den Linien, hin und her, über Hügel und Birkenwälder, hin und her über den Sand an der Küste.

»Und das ist alles Meer?«

»Ja«, sagte ich. »Überall, bis zu den Inseln.«

Nach einer Weile faltete er die Karte zusammen und beschäftigte sich wieder mit dem Geist seines Taschenrechners.

»Ich mag Landkarten«, sagte ich.

Der Junge sah auf, als hätte ich gar nichts gesagt. Er verzog Lippen und Kinn zu einem finsteren Lächeln. Aus weiter Ferne und ganz gelassen sagten seine Augen, daß er sie auch mochte; Landkarten sind schon in Ordnung.

In Paisley nahm ich mir einen Avis-Wagen. Ein Schlag mit einer Karte, und er gehörte für zwei Wochen mir. Bis dahin hatte ich kein Auto haben wollen. Ich wollte überall hin zu Fuß gehen oder im Bus sitzen, im Zug Trübsal blasen, auf dem Rücksitz eines Taxis der Zukunft ins Gesicht sehen, aber jetzt hielt ich es für einfacher, ein Auto zu haben. Mein Mietwagen war für einen ernsthaften Raucher geschaffen. Es gab zwei Zigarettenanzünder. Einen Platz, an den man eine Kippenschachtel stellen konnte. Das Auto war in wenigen Minuten ein türkisches Bad.

Ein Typ im Radio – griesgrämige Stimme, stinkend faul – erzählte einem Heer von Anrufern im Teenager-Alter Unsinn. Er sprach wie ein Betrunkener, der einen Betrunkenen spielt. »Es ist Zeit, die Fahne mit dem Andreaskreuz zu verbrennen«, sagte er. »Das unerschrockene Schottland! Schottland hat hier die Eier, damit das mal klar ist. Okay. Hier haben wir die kleine Regina von Garngad. Gina, bist du da?«

»Hallo Lou. Die Show ist ganz toll. Ich bin froh, daß du die Idioten von vorhin abserviert hast. Lou, sag mir eins. Sag's mir. Wenn Schottland so unerschrocken ist, warum haben wir dann noch nie den World Cup gewonnen? Die ganzen Idioten in deiner Show quatschen andauernd über Fußball. Na klasse. Ich sag' dir was, Lou. Das ist alles Scheiße – sag denen das da draußen. Zeigt uns doch euren World Cup, wenn ihr so clever seid.«

»Mach's dir selbst, Regina. Das war die kleine Regina von nebenan. Fabelhaft. Jetzt hast du's ihnen aber gegeben, Alte. Das Problem in diesem Land ist, daß es zu wenig Leute mit Hirn gibt. Das ist das Problem. Also, ihr göttlichen Leiber. Ruft an und erweist uns die Ehre eurer Meinung. Das Thema heute morgen ist die schottische Nation. Warum Haben Wir Sie So Zum Arsch Gemacht? Bleibt am Telefon. Okay. Jim aus Foxbar, sag' uns deine Meinung.«

»Hey, Lou. Das Mädchen da eben. Was die braucht, ist ein richtig guter ...«

»Sehr gut, mein Sohn. Das sind die gescheiten Sachen, die wir mögen. Das waren Deppen wie du, die das Land in die Scheiße geritten haben. Der nächste bitte – Leitung zwei, Angela aus East Kilbride. Angela?«

»Morgen, Lou.«

»Mach dein Radio leiser, Alte. Das ist ein Schweinekrach.«

»Okay, Lou. Besser so? Also. Daß dieses Land, Lou, daß dieses Land so ein Saustall ist, ja, das liegt daran, wie Männer mit Frauen reden. Wie der Idiot da eben. Es gibt, es gibt keinen Respekt vor der Frau. Wenn mein Vater so mit meiner Mutter geredet hätte, wie solche Jungen mit uns reden ...«

»So einer wie dir würde ich nicht gern mit 'ner kaputten Lohntüte kommen«, sagte Lou.

»Da hast du recht«, sagte Angela und lachte vor sich hin. »Und noch was. Diese Kondome. Die sind jetzt zu leicht zu haben. So können die das verfluchte System nur noch besser mißbrauchen, so ist das nämlich. Frauen brauchen keine Kondome, Frauen brauchen Arbeit. Und die Männer können lernen, anständig zu reden.«

»Okey-dokey ... Leitung drei ...«

218

Ich schaltete ab.

Die alten Labour-Männer haben sich nur zu gerne über Wohnungsbau unterhalten. Ich kann es noch hören. Es ging um Wartelisten, um gute, saubere Luft, um die schützende Gemeinschaft, um verurteilte Gegner. Es ging um Land, das knapper war als Geld. Es ging um öffentliche Einrichtungen. Es ging darum, einen Sinn für das Ambiente der Vorstadt zu schaffen. Es ging darum, die Slums zu leeren. Es ging um bessere Qualität. Ästhetisch angenehm.

»Die Rettung von Glasgow.«

Einer der ältesten Kumpel meines Granda war Architekt, ein Pfeifenraucher, der völlig verrückt nach solchen Sprüchen war. Und er glaubte jeden einzelnen. Er sagte, daß die Blocks die soziale Rettung waren, künstlerische Wunder, der Triumph von diesem über jenes. Einmal beschrieb er eine Kreation, die er an den Hängen von Sheffield gestaltet hatte, und er sagte, daß sie aussah wie ein toskanisches Hügeldorf im Dämmerlicht. Im Housing Committee verteilte er Postkarten vom Markusplatz in Venedig. »Das ist mein Beispiel für ein Stilgemisch«, sagte er.

Sie wollten so viel. Und weil sie so viel wollten, wollten wir so viel weniger. Die, die noch leben, schicken mir Haßbriefe nach Liverpool. McCluskey bekommt auch welche. Briefe, die immer noch im alten Corporation-Stil geschrieben waren. Kommas im Datum. Anspielungen. Maschinenschrift. Und jeden geht es persönlich an. Ich will immer sagen, daß es mir leid tut. Ich will mich bedanken und sagen, daß es mir leid tut. Wir sind einfach nicht mehr einer Meinung.

Tut mir leid. Danke.

Ja, ich weiß. Es heißt, daß damals noch keine Rede von Spraydosen war. Auch nicht von Satellitenfernsehern und von Eßzimmern. Die Leute wollten sein wie andere Leute auch. Und jetzt wollen sie sie selbst sein. Sie wollen Garagen haben und Auslandsreisen und Haustüren in verschiedenen Farben.

Ich wollte ja sagen. Ich weiß. Tut mir leid.

Diese Briefe machten mich traurig wegen Hugh. Aber nicht nur wegen Hugh. Jedesmal, wenn wir einen Block sprengen, tut es mir leid für die, die ihn gebaut haben. Wir denken immer an die alten Männer. Wir möchten ihnen sagen, daß es uns leid tut. Danke. Und wir leben genau wie ihr im Dunkeln mit unseren Plänen und unseren Worten. Ihre Namen auf den Tafeln vorn an den Blöcken. Die Zeitungsausschnitte. Ein Ausflug für das Comittee. Frauen mit Hüten. Männer in dunklen Mänteln. Erhobene Blicke.

Ich parkte das Auto am Argos Superstore. Ich ging an einer Hochzeitsboutique vorbei: »Kilts und Schleier im Sonderangebot.« Und dann das Werben der Pubs, der alltägliche Zauber der Stockwell Street, die engen Treffpunkte der Liebespaare und Schwindler und Schreiberlinge. Kreideschrift auf einer Tafel, kaum noch lesbar: »Mary MacDonald of The Songs«.

Das Gelächter der letzten Nacht. Auf der Straße der Geruch abgestandener Getränke. Leute liefen herum. Und oben an der Brücke sammelten sie sich zu tausenden. Unten am Fluß. Alle Augen sahen an der wettergegerbten Mauer vorbei. Alle Augen. Sie schauten über den River Clyde. Da drüben standen hocherhoben die Wohntürme am Florence Square, sie überschatteten die Gorbals, über ihnen Wolken, und grau waren sie, und grau die Fenster, und darüber ein Schwarm Stare, die sich wie einer bewegten.

Ich dachte an die Menschenmengen an diesem Ufer, vor langer Zeit. Frauen mit Hauben und hoch erhobenen Transparenten. Glasgow Green voller Schlamm. Das Donnern der Schritte. In irgendeinem vergangenen Herbst trudeln die Blätter in den öffentlichen Parks im Kreis. Sie marschierten zu einer Trommel durch die Straßen. Ein schlechter Tag für die Abbilder von Gladstone und St. George. Das Donnern der Schritte wird lauter und lauter. Die Prozession zog an den Zitadellen von St. Enoch vorbei, die Forderungen wurden immer lauter und streiften die Fassaden der reichverzierten Gebäude mit ihren teilnahmlosen Uhren. *Kampf den Vermieter-Teutonen.*

Auf dem Dach des verurteilten Blocks lag eine beschriftete Plane, sie war befestigt wie ein auf dem Kopf geknotetes Taschentuch: DALE – BAU UND ABRISS.

Die Frauen neben mir am Geländer rissen für ihre Kinder Sandwiches entzwei. »Mach die Augen auf, sonst verpaßt du es«, sagte eine der Frauen. Überall Gesumm und samstägliches Geplauder. »Es ist zehn nach zehn«, sagte dieselbe Frau. »Wenn die sich nicht beeilen, verpassen wir Donna beim Spielmannszug. Sie steht da an der Tür.«

»Ach, die wartet schon auf uns«, sagte ihre Freundin und kaute Kuchen, dann setzte sie eine Flasche Orangeade an den Mund. Sie hielt sie wie eine Trompete. Am ganzen nördlichen Ufer des Clyde der Lärm von Kindern, Klatschen und Weinen, und Mütter in Leggings, die wischten und fütterten, Freunde und Väter, die geradeaus starrten.

Flaschen wie Trompeten; das samstägliche Ringewerfen.

Mein Blick tauchte in das braune Flußwasser. Dort bewegte sich kaum etwas. Nur Wasser; ruhig und glatt und unbewußt. Mitten im Strom spiegelten sich die schwindelnden Wohntürme der Gorbals. Die hohen Häuser. Auf dem Wasser lag das Glitzern der Fenster; eine gläserne Blendung. Wie ruhig das Wasser war. Ruhig und glatt und unbewußt.

Und dann erklang deutlich ein Nebelhorn. Eine halbe Minute lang. Als es aufhörte, herrschte Stille. Niemand sprach; die Kinder schauten auf. Und für meine Augen war das Wasser noch immer ruhig. Ein Knall stieg auf wie aus dem Kern der Erde. Es war eine ordentliche Detonation: man konnte das Beben durch die Schuhsohlen spüren. Die Leute schnappten nach Luft.

Ich blickte auf vom River Clyde: der Block fiel einfach um. Der

Wohnturm verschwand aus dem Himmel und sank in den Fluß, und an seiner Stelle erhoben sich Staub und Rauch. Nach einer Minute war das Wasser wieder ruhig; das Donnern war fort.

Alles war still.

Die Trauer, die man spürt, wenn ein Haus fällt. Es tut einem leid für die Leute, die darin gewohnt haben. Die Wohnzimmer und die gestrichenen Wände, alles verschwindet in einem Augenblick, als ob die Stunden, die darin vergangen waren, nicht viel bedeuteten, als ob es sie nie gegeben hätte. Das Bild dieser Räume wird immer in den Köpfen derer bleiben, die dort gewohnt haben. Leute werden mit ihrer Erinnerung an den Blick über Glasgow aufwachsen. Sie werden sich an das Geräusch des Aufzugs erinnern, an die Lichter unten; die Abstellkammern, das Badezimmer, den Geruch der Teppiche. Sie werden wissen, daß sie einmal hoch oben in den Gorbals gewohnt haben. Wenn sie an diese Zimmer denken, werden ihnen Gespräche einfallen, Erkennungsmelodien von Fernsehshows; sie werden sich an Partys und Kräche und Schmerzen erinnern. Und darüber hinaus kommt so auch die Unschuld zurück: eine Erinnerung an den Alltag; an eine Zeit, in der die Zimmer modern und gut waren, als noch niemand an ihre Vernichtung dachte. Die Leute zogen voller Hoffnung in diese Wohntürme: so wird das Leben immer sein, dachten sie. Aber das, was sie dachten, fiel mit den Trümmern. Sie haben in diesen Zimmern gewohnt, aber sie werden sie niemals wiedersehen. Es gibt sie nicht mehr.

Über den Gorbals stieß der Rauch, der aus den Ruinen kroch, auf den täglichen Auswurf des Polmadie-Hochofens, die aufsteigenden Dämpfe verdrehten sich miteinander zu einer Doppelhelix und zogen davon in das Nichts.

Das Lachen und Schwatzen kehrte zurück. Kinder riefen. Die Mutter neben mir wischte sich die Augen.

»Naja«, sagte sie, »das war's dann.« Und sie führte ihre Kinder fort von der Mauer.

Unten im Flußwasser spiegelten sich die Gorbals, sie waren dünner als zuvor.

Meine Mutter Alice hatte wieder geheiratet. Das war vor zehn Jahren. Und seither war es uns die meiste Zeit ganz gut gegangen. Wir waren übereingekommen, unsere Leben weiterzuführen. Einmal hatte ich sie in einem Hotel in Blackpool gesehen. Es war Labour Party Conference. Ich kam mit einem Kollegen herein; wir trugen Kisten. Meine Mutter saß mit ihrem Kumpel an der Bar. Sie machten Ferien in Blackpool.

»Hallo, lange nicht gesehen«, sagte sie.

»Hallo, Mum«, sagte ich.

So war das eben mit uns. Wir mochten uns auf eine ganz einfache Art, aber wir sahen keinen Anlaß für Postkarten und Zärtlichkeiten und monatliche Kostproben dessen, was schiefgegangen war. Das zumindest hatte meine Mutter für mich getan. Sie verlangte nicht, daß wir gemeinsam besseren Zeiten entgegenwuchsen; sie ließ mich ziehen, und sie spürte auf schroffe, aber zuverlässige Art, daß wir durch bessere Zeiten die Vergangenheit verlieren würden. Sie hatte mich bei unseren Freiluftfrühstücken gut trainiert, als wir vor Jahren in Saltcoats auf den Kuhweiden standen.

Die Kühe schienen uns mit ihren großen braunen Augen zu beobachten.

»*Tatty-bye*«, sagte sie, »*Sieh zu, daß du in der Schule gute Noten kriegst. Wir können hier keine Dummköpfe gebrauchen.*«

Zwei warme Brötchen. Eine Tüte Milch.

»*Mach dir nichts draus … du bist hier nur auf der Durchreise, Jamie.*«

Und auf eine Art, an die ich mich gewöhnt hatte – und die andere Leute ziemlich verrückt fanden – hatte sie damit gemeint, daß ich auch in ihrem Leben auf der Durchreise war. Die Leute fanden das anormal von ihr, und sie fanden es anormal von mir, das zu akzeptieren. Aber wir wußten es besser. Wir konnten uns gegenseitig nur alles Gute wünschen. Vor Jahren sagte sie, daß ich anders war. »Du bist anders«, sagte sie, »und damit wirst du deine Schwierigkeiten haben. Jetzt soll deine Granny Margaret um dich sein.«

Sie stritt nicht mit mir, an diesem Tag im Krankenhaus. An dem Tag, als ich sagte, daß ich nicht zurückkommen würde. Sie weinte, als sie den Gang entlangging. Aber sie wußte, daß es richtig war. Sie hatte mich auf diesen Abgang vorbereitet. Damals wußte Alice, daß mein Vater sie in den nächsten Jahren nicht loslassen würde. Sie war gut darin, solche Sachen zu wissen. Sie wollte Frieden für mich; sie wollte, daß ihre Ehe unterging, wenn es sein mußte, aber sie sollte mich nicht mit sich reißen. So war das mit Alice: Sie sah mein Leben, bevor ich es sah. Und niemand sah das ihre. Keiner von uns dachte an die Kraft, die sie hatte.

An dem kalten, blauen Morgen, als sie auf der Straße stürzte, wußte sie es: unsere Familie war tot. An dem verschneiten Fenster wußte sie: nun war es Zeit, unsere Leben zu trennen. Und als ich sie in Blackpool traf, sah ich Zeichen, daß es auch für sie gut gewesen war. Sie hatte noch nie so gesund ausgesehen. Noch nie so blond. Und unter den fremden Leuten betrachteten wir einander stolz. Wir kannten die schmerzlichen Umstände, denen wir beide entkommen waren. Ich schob zwei Zwanziger unter ihr Glas.

»Du siehst toll aus, Mum«, sagte ich.

Und nach ein paar Witzen und einem Bier standen wir auf, wie wir es immer getan hatten. Wir verabschiedeten uns. Ein handfester Abschied, und ruf an, wenn du mich brauchst.

Aber am Tag des Abrisses spürte ich, daß sich etwas verändert hatte. Der Fluß war ruhig und glatt und unbewußt. Der Verlust der Vergangenheit nahm seinen Lauf. Ich wollte meine Mutter sehen. Ich wollte mit Alice sprechen und sehen, wie es ihr ging. Ich wollte etwas über ihr jetziges Leben wissen und über den Job ihres Mannes. Ich wollte ihr etwas sagen ...

Hör auf, wegzurennen. Ich wollte sagen »Hör auf, wegzurennen«.

Laß uns nebeneinander stehen und das Wetter betrachten. Ihr Bilder von Karen zeigen. Sagen, hör auf, wegzurennen, es geht uns jetzt gut. Sie würde eine gute Mutter abgeben. Wie du. Hier in deinem Garten. Bitte hör auf, wegzurennen. Alles in Ordnung mit uns. Mein Granda liegt im Sterben, und was hat das alles für einen Sinn? Heute habe ich gesehen, wie sein Lieblingsblock fiel. Wer sind all diese neuen Leute in deinem Leben, meine Mutter? Ist er gut zu dir? Und die Städte haben sich so sehr verändert. Nichts hält ewig. Sogar die Flut geht am Ende irgendwo hin.

Bleib stehen. Hör deinem einzigen Sohn jetzt zu. Alles ist ruhig jetzt: ruhig und glatt und unbewußt. Laß uns das kühle Wasser trinken. Ich stellte mir vor, daß ich das zu ihr sagte. »Laß uns zum Wasser gehen und plantschen und lachen, wie eine Familie.«

Ich schlief in Auchentiber am Lenkrad ein. Vom Vorüberziehen der gleichförmigen Hecken eingelullt. Höchstens für zwei Sekunden. Aber das war genug, und ich hielt an. Ich fuhr von der Straße ab zu einem Pub in einem Bauernhaus. Ein Wagenrad voller Winterpflanzen. Mein Atem war kalt, als ich die Handbremse anzog. Ich sah in den Spiegel. Mein Haar war feucht. Mein Gesicht war weiß. Meine Lippen waren rot wie Blut auf Schnee. Ich hatte mich den ganzen Tag nicht gut gefühlt.

Und diese Veränderung war mehr als eine Veränderung der Laune. Ich fühlte mich anders. Etwas, das ich gewußt hatte, wußte ich nicht mehr; etwas hatte sich geändert, ein dauerhafter Wandel hatte sich vollzogen.

Aber jeder Wandel in meinem Leben hatte in eine Richtung geführt: Veränderungen als Erhärtung eines grundsätzlichen Willens; knappe neue Fortschritte, niemals Rückschläge. Die Veränderungen, die ich kannte, waren Veränderungen dem Grade nach; gewöhnlich veränderte sich mein Abstand zu Familienangelegenheiten, und das alte Chaos ließ mich zunehmend kalt. Es gab Zeiten, in denen ich frische Beschlüsse faßte und das Egoismus-Gen sich wieder durchsetzte. Das waren eigentlich keine Veränderungen: das waren überraschende Bestätigungen. Und über die Jahre hatte dieser Zuwachs an Sicherheit mich zum perfekten Fremden gemacht. Ich hatte kein eigentliches Zuhause. Keine alten Sachen. Nur die Gewißheit, wo ich gerade war. Es gab keine Zweifel, kein Zögern, kein Umwenden. Und kein Gefühl dafür, was es heißt, sowohl das eine wie auch das andere zu sein. Keine Halbherzigkeiten. Kein Kampf. Kein Selbstmitleid kam auf. Es gab nur mich, jetzt, und die anderen Leute. Der Rest war Geschichte.

Und jetzt schien davon nichts mehr wahr zu sein. Ich war wehrlos. Was an diesem Morgen geschehen war, trennte mich von mir selbst, ich war fremd in meiner eigenen Haut. Es ging nicht um eine Laune oder eine Depression oder um hochfahrende Gefühle. Es war keine Nostalgie und keine Weihnachtsreue. Ich glaube nicht, daß es so etwas war. Es war eine neue Aufwallung, ein Gefühl, daß etwas ablief, eine Todesahnung am hellen Nachmittag. Und ich war nicht verzagt. Ich hatte keine Angst. Ich wollte einfach mit meiner Mutter sprechen, sonst nichts. Ich wollte ihr erzählen, daß ich ein Mädchen namens Karen hatte. Ich wollte sie beiseite nehmen und dies und jenes sagen; sie anschauen und sagen, hier sind wir, und was haben wir erreicht, und halt mich einen Moment fest, ich habe nicht immer recht. Ich wollte ein paar Worte über Karen sagen. Daß ich glaubte, sie zu lieben. Daß wir beinahe ein Baby gehabt hätten. Daß ich glaubte, eines Tages vielleicht in meinem Auto zu sterben.

Jahrelang bin ich einfach gegangen. Fortgegangen. Und war mir dabei immer sicher, daß ich den Weg nach vorne kannte. Aber jetzt wollte ich hineingehen. Und mich einfach an den Küchentisch setzen. Und sagen, machst du uns eine Tasse Tee? Und erzähl mir, was vor Jahren war. Und hör mal: so habe ich mich gefühlt, als der Block meines Grandad krachend zu Boden fiel. So habe ich mich gefühlt. Und vielleicht sind unsere Pläne nur unsere Pläne. Vielleicht ist meine Arbeit nicht die einzige Wahrheit. Vielleicht ist sie überhaupt nicht die Wahrheit.

Vom Telefon im Pub aus rief ich die 192 an. Ihr Name war noch derselbe. Ihr Haus war immer noch ihr Haus.

»Ich hab' mir doch gedacht, daß sie und dieser Dingsda in Sünde leben. Gut, daß sie letztes Jahr die Kurve gekriegt haben. In ihrem Alter noch so die Puppen tanzen lassen.«

Das war das Evangelium, wenn es nach Margaret ging. Die Frau von der Vermittlung gab mir die Nummer. Irgendwie kam sie mir vor wie ein Muster, das ich kannte. Ich wählte. Der Dingsda nahm ab. »Hallo«, sagte ich, »wir kennen uns noch nicht. Ich bin Jamie. Alice' Sohn.«

»Ja hallo, mein Sohn«, sagte er als netter Mensch, der sich bemüht. »Ich hatte noch keine Gelegenheit, dich kennenzulernen.«

»Nein«, sagte ich, »aber ich hoffe, bald.«

»Ja, das wäre großartig. Alice ist im Moment nicht da. Sie ist im Railway Club. Willst du die Nummer haben?«

»Nein«, sagte ich, »es ist kein Notfall. Ich bin in der Nähe von Saltcoats. Ich dachte, ich komme mal vorbei und besuche sie.«

»Das würde sie sehr freuen, mein Sohn. Du kannst sie im Club erreichen. Und vielleicht sehen wir uns später noch. Ich kann jetzt leider nicht hingehen. Ich habe heute abend Nachtschicht.«

»Okay«, sagte ich, »wir sehen uns so oder so. Bis dahin bye.«

»War nett, mit dir zu reden, mein Sohn«, sagte er.

Und er legte auf. Es überraschte mich nicht, daß meine Mutter jemanden gefunden hatte, der sich gewählt ausdrückte. In der ersten Hälfte ihres Lebens hatte sie nur Gossensprache gekannt. Ich könnte wetten, daß das vorrangig gewesen war: einen Mann zu finden, der höflich mit Frauen und fremden Leuten sprach. Zumindest spürte sie dadurch, daß ihre Verhältnisse sich geändert hatten: ihr neues Leben klang besser. Und schon das dürfte ihr etwas bedeuten.

Die Strandpromenade von Saltcoats war winterlich ausgestorben. Die Küste lag erstickt im beigefarbenen Seidenmantel da. Keine Kinder schlängelten sich durch das Metall auf dem Spielplatz. In den Planschbecken trieben Bierdosen. Ein Haufen Miesmuschelschalen lag nutzlos am Straßenrand. Und jedes Café eine Zuflucht für einen einzigen. Manchmal für zwei. Eine Doppelwaffel außerhalb der Saison. Löffelklimpern in einer Tasse.

Musik und Lichter – der Nervenzusammenbruch eines Spielautomaten.

Eine Zuckerwatte-Bude hatte die Läden rings herum geschlossen. Kein Spaß mehr; nur Streuner gingen auf und ab. Ein Mann, ein Hund, eine Chipstüte. Außer dem Wetter passierte nichts. Das Art-déco-Kino war geschlossen; eine runde Masse aus Eleganz, für immer abgeschaltet. Gelangweilte Möwen auf der Burgmauer. Es ist windig da draußen. Die Rentner kamen in die kleinen Hotels; sie waren auf den billigen starken Tee aus.

Scampi im Korb. Brötchen. Noch mehr Tee. Ein verrückter Sherry.

»Das Alter ist nicht aufzuhalten, Helen. Trink, solange du kannst ...«

Nicht mehr lange bis zum Sommer. Bald ist es wärmer. Bessere Zeiten für die Fähre nach Arran.

»Sag dem Mädelchen, das ist McEwens Export.«

Seit meiner Zeit in der Ferguson-School war die Stadt sehr gewachsen. Wo früher Felder gewesen waren, waren jetzt Straßen. Häuser der Barratt-Baugesellschaft, ovale Fenster. Dreieckige Gärten, verschiedene Türen. Die vielen Bäche flossen unterirdisch und waren sicher zu begehen. Man sah meilenweit keine Schornsteine mehr. Keine Kühltürme, keine Kohlenfeuer. Sogar das, was mir in meiner Jugend so modern vorgekommen war – die schwarzweißen Fabriken, die Sozialwohnungen, die Straßen, die nach Helden benannt waren – vieles wirkte jetzt grau und geschrumpft, irgendwie verblaßt. Die weißen Häuser hatten sehr gelitten. An diesem Tag konnte ich mir nur schwer den Jungen vorstellen, für den der Anblick dieser Gebäude, der Gedanke an ihre Erbauer ein Ansporn gewesen war. Das alles schien gar nicht mehr so modern zu sein.

Die Schule war abgerissen worden. Man hatte sie entfernt. Das Personal und die Insassen waren größtenteils in ein sicheres Heim für jugendliche Straftäter in der Nähe von Ayr gebracht worden. Mulligan's Pool lag jetzt unter der Straße, und der ertrunkene Mann kümmerte niemanden mehr. Ich fuhr unbelastet durch die Stadt. Ich war froh, sie zu sehen. Den Ort, an dem man aufwächst, kann man sich nicht aussuchen. Nicht wie die Orte, an denen man als Erwachsener lebt, über die man gestritten und entschieden hat, für die man zahlt und die man eines Tages hinter sich läßt. Das Zuhause unserer Kindheit existierte nur im Traum; es schien für niemanden zu existieren als für uns selbst; ein Bündel Gestalten, Schatten an der Wand, unberechenbar und außerhalb unserer Macht, ja zu sagen oder nein. Eine mythische Adresse, die man sich nicht ausgesucht hat. Eine Kirchturmspitze in der Mitte der Stadt. Eine Baumreihe auf der Hügelkuppe. Die Finger der Bäume. Der Weg zum Meer.

Der Railway Club ist eine blaulackierte Hütte, die oben auf einem Felsen steht. Von den Fenstern aus kann man die Inseln sehen. Es gibt eine Treppe, die in Serpentinen von der Straße hinauf führt. Ich ließ den Wagen unten stehen und stieg im Wind über die leuchtend grünen, öligen Stufen. Über der Stadt war früher ein Kohlebergwerk gewesen. Ardrossan Mains. Auf halbem Weg an der Treppe steht noch eine Wand, die Reste eines Maschinenraums.

Grasbüschel in jeder Ecke. Verkleidungssteine.

Einmal ist das Gas unterirdisch explodiert. Zwanzig Männer starben. Vier aus einer Familie. Der Wind kannte an diesem Tag keine Gnade. Der Wind kam wieder. Oben auf dem Felsen Salz und Gischt.

Der Firth of Clyde – eine Irisblende.

Das Meer ist schwarzes Glas. Darüber atmet der Wind. Wenn der Wind darüber atmet, scheint er Farben zu finden: Gelb und Braun und Grün weit draußen. Der Wind zieht weiter. Die Farben verschwinden. Das Meer ist wieder eine Scheibe aus schwarzem Glas. Dunkles Wasser: eine kurzer Moment des Friedens. Das Meer ist schwarzes Glas, und der Wind kommt zurück. Gelb und Braun und Grün, weit draußen.

In der dunklen Mitte des Meeres trieb ein Fischtrawler, er fuhr den Wellen und der Europäischen Gemeinschaft davon, den Felsen und dem Verteidigungsministerium. Die Gischt lief weiß über dem Strand unter mir. Oben über der Tür hing ein Schild und hier und da ein verblaßtes Bieremblem, und ich blieb stehen, um mich an meinen Text zu erinnern. Aber es war nichts da. Nur der Wind und ich und der gewölbte Fels. Drinnen trinkfreudiger Lärm, Gesang.

Ein älterer Mann mit lächelnden Backen bat mich um meinen Eintrag in das Buch. Seine Krawatte quoll aus einem Pullover mit V-Ausschnitt.

»Die kleine Alice sitzt da in der Ecke«, sagte er, »mit den ganzen Mädels.«

Er lachte in sich hinein und genoß seine Rolle.

»Passen Sie bloß auf sich auf, bei dem Haufen«, sagte er. »Das ist eine Gaunerbande, der Haufen da.«

Er lachte immer noch, als er das Buch umdrehte und meine beiden Münzen in die Sammelbüchse warf. Gleich neben der Tür saß ein ganzer Schwarm und spielte Karten. Kopflose Biergläser und verstreute Tabakkrümel. Klapptische und Plastikstühle. Die Männer am Tresen sprachen über Fußball. Pomadehaare, Bierbäuche, laut und unruhig, in ihren groben Hemden, sie alle suchten offenbar Ärger und Vergnügen, sie berauschten sich an Prahlereien oder versprochenem Spaß. Alle sahen verhärtet aus; ihre Züge waren mir vertraut.

Ich dachte, daß ich sie kannte. Jeder einzelne sah aus wie jemand, den ich kannte.

Mein Blick lag eine Sekunde zu lang auf ihnen. Ich nickte nur. Ich kannte sie nicht. Mein Hemd und meine Krawatte machten einen kleinen Typ nervös.

»Ich bin das nicht, der ist das«, sagte er und zeigte auf einen der Kartenspieler. »Der schwindelt bei der Kopfsteuer.«

Die Runde lachte. Und ich auch. So ein Lächeln, das um Lippen und Kinn böse aussieht.

Die Frauen waren vergnügt, und jede einzelne war mit Goldketten behängt. Sie trugen alle eine Variation derselben Bluse. Meine Mutter sah vom Tisch auf, als ich über die Tanzfläche kam. Ihre Freundinnen verstummten.

»Ist jemand gestorben?« fragte meine Mutter sofort.

»Nein«, sagte ich. »Wir leben noch. Ich bin hier, weil ich dir einen ausgeben will.«

Sie lächelte und biß sich auf die Lippen. Ihre Freundinnen schauten ins Leere oder inspizierten ihre Fingernägel, sie warteten darauf, daß Alice etwas tat. Sie wußten, daß hier etwas Großes vorging. Dieser Fremde, dieser dunkle Anzug. Und Alice stand auf, in ihrem Blick war ein Funke.

»Mädels«, sagte sie, »das ist mein Jamie. Er wohnt in England.«

Und alle lächelten beflissen und griffen nach den Handgelenken meiner Mutter.

»Was ein schöner großer Kerl«, sagte eine besonders Nette.

»Hübsch wie du, Alice. Ach ja. Der große Blonde.« Gegacker rieselte herab wie Münzen beim Jackpot.

»Du kannst jederzeit neben mir sitzen, mein Sohn«, sagte eine mit rubinrotem Gesicht.

Vergnügtes Gelächter.

»Hey, ihr Trauerklöße«, rief sie den Männern am Tresen zu, »ihr könnt jetzt alle nach Hause gehen. Das hier ist doch mal ein Typ.«

»Hoffentlich ist seine Federung gut in Schuß«, sagte ein Mann, der wie ihr Ehemann klang, »falls er nämlich irgendwo hin will mit euch.«

»Frecher Mistkerl«, sagte die Frau und hob ein Glas, und die Freundinnen lachten.

Ich ging um den Tisch herum und setzte mich neben Alice.

»Ein netter großer Junge«, sagte ihre Freundin neben mir, dann wandte sie sich wie alle anderen ab, um uns einen Hauch von Privatsphäre zu gönnen.

Es war, als wäre diese Gruppe Kummer gewöhnt. Ich weiß nicht, ob Alice jemals ihren Sohn in England erwähnt hatte. Aber es kam keine Verlegenheit auf, keine scheuen Blicke. Alle spielten Alice zuliebe mit. Keine falschen Fragen, keine gespielte Überraschung. Ganz sicher würden sie sich später darüber unterhalten. Aber jetzt, als meine Mutter rot wurde und einen unruhigen Blick bekam, wandten sie uns alle den Rücken zu, neue Witze wurden erzählt, Zigaretten brannten, und Alice und ich hatten einen Augenblick für uns.

»Du siehst ein bißchen dünn aus«, sagte sie. »Die Haare wachsen dir über die Ohren.«

»Das ist euer schottisches Wasser«, sagte ich. »Hat noch keiner armen Seele gut getan.«

»Hey, paß auf, was du sagst. Das wird jetzt in ganz tollen Flaschen verkauft. Die schicken Leute bei dir da unten kriegen gar nicht genug davon.«

Wir lachten in den Tisch hinein. Als die Bedienung kam, nahm ich die Liste von der Spielkasse und reichte sie ihr, zusammen mit Geld. »Bitte noch eine Runde«, sagte ich, »und dazu ein Export.«

»Du mußt hier keine Runden ausgeben«, sagte Alice.

»Mach dir doch keine Umstände, mein Sohn«, sagte die Frau neben uns und hustete.

»Gar nicht. Kein Problem. Alles in Ordnung.«

Meine Mutter und die Frauen tauschten Blicke und lächelten. Alice war großartig; sie wirkte so lebendig und gut gelaunt. Sie sah aus, als wäre sie auf sicherem Terrain. Und sie war der Mensch, der sie sein wollte. Beim Friseur gestuftes und getöntes Haar. Dezentes, sorgfältiges Make-up. An diesem Tag nahm ich alles an ihr wahr. Ihr Parfum war wesentlich besser als die Avongase aus früheren Zeiten.

Sie hatte einmal nach wöchentlichen Raten gerochen. Der neue Duft gehörte zu ihr: Er erzählte leise von ihrer wohlhabenden Zeit.

Ich hatte sie noch nie mit lackierten Nägeln gesehen. Hellbraun und glatt mit ebenmäßiger Nagelhaut.

Ich hatte nie gedacht, daß meine Mutter solche Nägel haben könnte. Und alles an ihr schien so zu sein. Reif und elegant und gepflegt. Ihr Aussehen verriet, daß sie Zeit für sich selbst hatte und kaum Geldsorgen und nicht ständig Spätschicht. Sie sah aus wie eine Frau mit Kundenkreditkarten. Wie ein Mensch, der Ansichten und Meinungen hatte und schockierende Dinge zu sagen. Eine Frau, die schwieg und nachdachte. Und vor allem konnte ich noch etwas sehen, und ich sah es so deutlich wie nie zuvor. Meine Mutter sah aus wie eine Frau, die Sex hatte. Sie war nicht das Objekt, das ich schon lange aus ihr gemacht hatte: das Wunder ohne Verlangen, die Königin der Belastbarkeit. Das war nicht die Frau, die ich sah. Die Frau, die ich sah, hatte Sex. Und das traf mich. Es traf mich, weil es neu und wichtig war.

Daß es merkwürdig war, so etwas über meine Mutter zu denken, in den Wellen ihres Haares so viel zu sehen, in der Hand an ihrem Glas; so viel im Klang ihrer Stimme zu entdecken, in ihrem tiefen Lachen, in der Art, wie ihr Schal geknotet und festgesteckt war – daß es merkwürdig war, diese Dinge zu begreifen, wurde von der Macht ihrer neuen Persönlichkeit einfach verdrängt. Ich erkannte sie nicht wieder. Sie war anders als die Frau, die sie in ihrem erstes Leben hatte sein dürfen. Ganz anders. Und nicht der Mensch in meiner Phantasie. Sie war plötzlich sie selbst und so wirklich, und sie lebte keine andere Version als ihre eigene. In diesen Momenten dachte ich, daß vielleicht keiner von uns sie jemals gekannt hatte. Wir hatten nichts als unsere eigene Vorstellung von ihr. Und diese Vorstellung war tot. Sie hatte jetzt ihr eigenes Leben. Und es war neu. Als ich im Railway Club neben ihr saß, sah ich sie plötzlich zum ersten Mal. Sie war nicht nur die verlorene Mutter eines Kindes oder ein Opfer, das in der Zeit gefangen war. Sie war etwas anderes. Sie hatte ihr Leben nicht nur als etwas gelebt, das fehlte. Sie war hier, und sie war viel, viel mehr als das nackte, verlassene Ding, das ganz allein in meinem Kopf existierte.

Ich hatte sie dieses eine Mal in Blackpool gesehen. Aber ich hatte nicht gesehen, daß sie so sehr sie selbst war.

»In manchen Dingen bist du wirklich wie dein Vater, Jamie«, sagte sie, »der wollte, daß wir alle in unserer Kochnische bleiben.«

»Nein«, sagte ich. »Ich habe mich nur gewundert. Ich meine. Seit wann gehst du in Clubs? In Kneipen. Ich meine, wie hast du die Leute kennengelernt, die hingehen?«

»Ich will dir mal was sagen, Jamie. Du weißt das doch selbst. Daß man vor Jahren das Singen und Tanzen aus mir herausgeprügelt hat. Als du noch ein Baby warst, weißt du? Aber davor hatte ich auch ein Leben – ein gutes Leben. Meine Mutter hat auch gern gesungen und getanzt, und ich bin mit meinen Freundinnen immer ins Scarborough gegangen. Ich hatte ein Leben vor deinem Vater, und ich habe wieder eins seit … seit das alles vorbei ist. Ich hatte nicht vor, mich hinzulegen und zu sterben. Das hier sind meine Freunde. Sie sind gut zu mir gewesen. Und Bob auch. Und weißt du, das ist nur gerecht. Ich bin auch gut zu ihm gewesen.«

»Als ich dich damals in Blackpool gesehen habe«, sagte ich. »Da habe ich mich für dich gefreut. Du kamst mir vor, als wärest du … als hättest du den ganzen Mist überstanden, der vor Jahren war.«

»Wir haben nie darüber gesprochen, Jamie.«

»Ich weiß.«

Und während sie sprach, wurde mir klar, daß ich die Dinge, über die ich den ganzen Tag nachgedacht hatte, nicht sagen würde. Das Hochhaus, der Abriß, und daß es Hugh schlecht ging und daß er in seinem Bett im Sterben lag. Die Tatsache, daß ich im Auto manchmal in Panik geriet. Nichts davon. Die langfristige Planung. Daß wir wieder zusammen waren. Meine Karen und das Baby, das nicht geboren worden war. Gar nichts. Ich war froh, einfach bei Alice zu sein, ein bißchen über dies und das zu reden und sie mitten in ihrem eigenen Leben zu betrachten. Alles andere konnte warten, es konnte überhaupt für alle Zeiten warten. Was ich hier gefunden hatte, war etwas völlig anderes. Alice' Anblick war eine Antwort für sich.

Meine Mutter hatte mir einmal erlaubt, mich frei zu bewegen, etwas über Häuser und Geschichte und Blumen zu lernen und meine Sorgen in einem Akt des Reifens loszuwerden, und jetzt war sie an der Reihe, und sie wollte frei sein und ihre Sorgen loswerden, und die Mächte der Vergangenheit sollten sie nicht zum Verstummen bringen. Das war in jeder Hinsicht vollkommen klar. Ich durfte sie nicht mit meiner Verwirrung verwirren. Und das wollte ich auch nicht. Ich war jetzt der Mann, der ich immer sein sollte.

Zuverlässig und für sie da. Betrachtungen über Alice.

Auf dem Felsen über Saltcoats war sie glücklich und frei. Und als meine Mutter das sagte – »Wir haben nie darüber gesprochen, Jamie« – da wußte ich, daß sie nur wollte, daß wir Freunde blieben, daß wir nicht wie manche anderen Leute große Ansprüche stellten und wechselseitig Schicksal spielten. Sie war für Familienroutine nicht gemacht. Das sagte sie mit vielen Worten selbst: »Laß uns so bleiben, wie wir waren, mein Jamiejunge. Nur noch mehr und mit mehr Sinn für das Gute in uns; und mit mehr Tage wie diesem.«

» … Und dann ist deine Mutti reingekommen«, sagte Ella, die mit dem Rubingesicht. »Und sie hat uns allen einen winzigkleinen Wodka gegeben. (Ihr kennt doch diese klitzekleinen Wodkas.) Wir sitzen also da mit unseren Lockenwicklern, betrunken, ja – zu viert in einem Zimmer, so ein Privatzimmer mit Frühstück – und dieser kleine Glatzkopf da will uns rausschmeißen, wenn wir nicht das Maul halten. Deine Mutti und der Wodka. Und zwar bald, der Frechling. Blödmann. Ich also raus auf den Treppenabsatz und such' das Klo. Ich seh 'ne Tür. Kein Problem – nichts wie rein. Taste an der Wand rum. Ein Becken. Das reicht allemal, sag' ich. (Blau wie 'ne Haubitze.) Fummel' mit dem Nachthemd rum. Da geht das Licht an. Heiliger Strohsack! Bin ich glatt in sein Zimmer gelaufen. Na ja. Wie der aussah. Ist ausgerastet. Und deine Mutti hier mußte morgens zu ihm gehen und ganz nett mit ihm reden. War total fertig. Was haben wir gelacht.«

Die Frauen am Tisch schrien vor Lachen. Geschichten von einem Wochenende in Rothesay. Meine Mutter kicherte in sich hinein.

»Das sind Gestalten«, sagte sie am Ende jeder Geschichte in sich hinein.

»Haltet mal Ruhe da drüben«, schrie einer der Ehemänner am Tresen. »Die Rentner hier müssen ihre Hörgeräte runterdrehen. Schnauze.«

Aber die Frauen machten einfach weiter. Alice hatte recht gehabt. Sie wußten, wie man sich amüsiert. Sie wußten, daß sie auf die Tragödien nicht lange warten mußten. In ein paar Jahren Jahren würde es Krebs und Kuren geben, Herzversagen und Nervenleiden. Ehemänner würden abwandern; ein Auto aus dem Nichts auftauchen. Eines Tages würde die Polizei bei diesen Frauen an den Tür klopfen. Drogen und gescheiterte Ehen; Einsamkeit, Depressionen. Und Enkelkinder; die Sorgen, die vor ihnen lagen.

Alle würden sie eine Tragödie erleben und jede ihre eigene. Die Freundinnen meiner Mutter und meine Mutter auch. Aber an diesem Tag lachten sie über die ganze Welt. Sie zerbrachen sich nicht den Kopf. Sie lachten übereinander und schenkten sich gegenseitig ein. Keine Zeit, an eine Welt zu denken, die nicht hier war. Alice hatte recht gehabt, was diese Frauen anging. Sie konnten sich amüsieren.

»Es ist nett mit dir«, sagte meine Mutter zu mir. Sie hatte gemerkt, daß ich kicherte und Witze machte und albern mit Ella und Joan flirtete. »Und du kannst was vertragen«, sagte sie.

»Naja«, sagte ich, »hast du gedacht, daß ich fade und langweilig bin, liebe Mutter?«

»Aber nein«, sagte sie. »Du warst ein ulkiger Junge. Immer ein bißchen zurückhaltend. Du warst immer in Gedanken. Hast immer Pläne gemacht. Und du hattest einen strengen Blick. Ich hätte nicht gedacht, daß du dich zum Hansdampf eignest.«

»Oh, eigentlich bin ich wahnsinnig«, sagte ich, wurde rot und grinste. Und wieder lachten wir in unsere Bierdeckel hinein.

»Bob«, sagte sie.

Und schon stand der silberhaarige Bob am Tisch, gelassen, hochgewachsen und mit falschen Zähnen.

»Freut mich, dich kennenzulernen, Jamie«, sagte er.

Er schüttelte mir die Hand, als ob er sie abschütteln wollte. Aber er war genauso bemüht wie ich. Es gehörte sich einfach, Bob zu mögen. Den Mann meiner Mutter. Und es war nicht schwer. Mit seiner grauen Flanellhose und dem blauem Blazer – massiver Ring mit Goldmünze – war Bob das Gegenteil meines Vaters. Er sah die Leute an, wenn er mit ihnen sprach. Er schien eine geradezu feminine Geduld zu haben. Er trank kleine Biere. Seine Sachen hatte er in einer Brieftasche. Er hörte Alice offenbar gerne zu. Und er berührte sie in zehn Minuten öfter – ein Klaps, ein Zwicken, eine Umarmung, ein Kuß –, als mein Vater das in meinem Beisein innerhalb von zehn Jahren getan hatte.

Bob strahlte sofort Großzügigkeit aus. Er war wie ein klarer Wasserlauf.

»Komm rüber an den Tresen«, sagte er. »Du bist bestimmt schon ganz erschöpft von diesen Frauen.«

Die Männer am Tresen waren alle voll. Sie lachten über gar nichts und verschütteten ihre Getränke. »Paß lieber auf, wie spät es ist«, sagte einer, »wenn der Anzug da heute noch nach Hause will.«

»Du bist ein blöder Arsch, Jimmy«, sagte der gelassene Bob.

Und auch das kam nicht überraschend. Er sagte das auf eine bestimmte Art, so, daß es harmlos und persönlich klang. Alle Männer in diesem Teil der Welt haben eine Stimmlage, die für solche Momente reserviert ist. Sie kommt immer dann zum Vorschein, wenn Männer zusammen am Tresen stehen, solange die Frauen weit weg sind: eine wissende, allgemein männliche, freimaurerhafte Sache, eine flotte Orchesterversion von »Arsch« und »Schwanz« und dreckigen Witzen. Sogar die höflichsten Ehemänner neigen dazu. Es gefällt ihnen, wenn sie dabei sind und den Code kennen; sie machen das Geplänkel mit, um zu zeigen, daß sie nicht weltfremd sind, um zu zeigen, daß sie für die gewöhnlichen Dinge offen sind. Und die kleinen Jungen grinsen über ihrem ersten Cider. Die Kirche der Männer. Der Gefühl der Verbundenheit.

Ein Sammy mit fettigem Gesicht quetschte sich zwischen uns. »Wie nennt man eine Frau mit drei Lollos?« sagte er.

»Weiß ich nicht« sagte Bob und schälte eine Zehn-Pfund Note von einer Rolle Scheine.

»Ein Geschenk des Himmels«, sagte Sammy. Er prustete in ein dunkles Bier. Ich grinste mit einer Gesichtshälfte wie ein Idiot. Bob kicherte.

»Großartig«, sagte er. »Jetzt verpiß dich.«

Der Typ ging weg und quetschte sich anderswo dazwischen.

Einige Male versuchten wir, gleichzeitig zu sprechen. Schließlich setzte Bob sich durch.

»Ist ein Klassemädchen, deine Mutter«, sagte er. »Sie hat mich zu dem gemacht, was ich bin.«

»Naja«, sagte ich ein bißchen schwächlicher, als ich wollte, »sie hat noch nie besser ausgesehen.«

»Glücklicher«, sagte Bob. Und dann korrigierte er sich. »Ich meine. Es ist immer ein Kampf, mit sich selbst glücklich zu sein.«

Immer ein Kampf. Ich fragte ihn nicht, was er damit meinte.

»Weißt du, meine Mutter und ich, wir haben uns nicht besonders oft gesehen. In den letzten Jahren.«

»Ja, ich weiß«, sagte Bob. »Ich meine, weil wir uns jetzt erst kennenlernen und so.«

Bob klang nervös. Alles, was er sagte, war vage, als ob er jetzt auf keinen Fall zu bestimmt sein wollte, zu sicher; offenbar sollte auf keinen Fall der Eindruck entstehen, daß er bei diesem unserem ersten Treffen ein Urteil fällte. Aber er fällte ein Urteil. Er war ein sehr organisierter Mensch, also mußte das, was er dachte, auch nützlich sein.

»Weißt du«, sagte er, »ich weiß nicht viel über Alice' früheres Leben. Ich glaube nicht, daß ich da etwas zu suchen habe ... aber jedenfalls weiß ich, daß Alice sehr starke Gefühle für dich hat, und du sollst wissen, daß du in meinem Haus immer willkommen bist. Jederzeit.«

»Danke«, sagte ich.

Aber plötzlich wollte ich gehen. Oder einfach verschwinden. Plötzlich übermannte mich das Gefühl, daß ich einfach nicht in diese Welt gehörte. Vielleicht nie dorthin gehört hatte. Ich war froh, Alice zu sehen; ihr Mann war ein netter Mensch. Aber was hatte das jetzt mit mir zu tun?

Was hatte das ... warum war ich hier?

Ich versuchte, meine Unbeständigkeit mit einem Schluck Bier hinunterzuspülen.

Ein Wasserlauf. *Ruhig und glatt und unbewußt.*

Bob sprach weiter über das gute Leben, das er für sich und Alice haben wollte. Ein Wohnwagen bei Pitlochry. Flugtickets zur Via Dolorosa. Und nette Essen auf Terrassen mit großen Hüten und Shorts. Sonnencreme in Hülle und Fülle. Aller Sorgen ledig. Er erzählte mir, daß er zweimal verheiratet gewesen war. Drei Töchter. Ein Sohn. Den Sohn sah er nie.

»Wir müssen eben alle mit unseren Fehlern leben«, sagte er.

»Ja«, sagte ich.

Das Karaoke hatte angefangen, und Ella stand oben. »I'll take the blanket from the bedroooom«, sang sie, »and that means we can't stick around. We'll go walking in the moonlight, where our true love hmm-hm-hm. *Ich kann den verdammten Text nicht lesen.*«

»Die Frauen wissen, wie man sich amüsiert«, sagte Bob.

Ich spürte allmählich den Alkohol. Der Barmann stellte uns zwei weitere Whisky hin. Ich bestellte uns noch zwei kleine Bier. Ich hob ein Whiskyglas. Wir standen mit dem Rücken zum Tresen.

»Also, Bob«, sagte ich, »du bist ein guter Mann. Ich bin froh, daß du nett zu meiner Mutter bist.«

Und ich stieß mit meinem Glas an seines, das auf dem Tresen stand. Bob hob sein Bierglas. »Aber immer, mein Sohn«, sagte er. Und dann gestattete er sich ein Lächeln. »Sie ist ein tolles Mädchen.«

Alice schaute zu uns herüber. Ich hob grüßend mein Glas. Sie sah uns nur an. Sie sah beinahe durch uns hindurch. Ihr Gesichtsausdruck sagte nichts Bestimmtes. Aber irgendwie tat er das doch. Männer, die soffen und miteinander anstießen. Sie schien uns deutlicher zu sehen, als wir sie sahen. Das war ihr Ausdruck. Eine sanfte und flüchtige Verachtung, über die luftleere Tanzfläche hinweg.

Ein Typ trat aus dem Barhocker-Dickicht in der Ecke. Er trug einen jämmerlichen Bart von der Sorte, die einen schlaffen Kiefer tarnen soll. Noch so ein Sammy. Sein Handschlag war kalt und feucht. Er zeigte das übliche Interesse eines Schlips-und-Kragen-Trägers am anderen. Sammy hatte wäßrigen Augen und langweilte sich, er war Reporter bei der Lokalzeitung.

»Das Bier muß ich wohl stehen lassen«, sagte Bob. »Ich muß jetzt wirklich zur Arbeit. Paß auf dich auf.«

»Okay, Bob«, sagte ich. »Es war …«

»Großartig«, sagte Bob. »Großartig, dich kennenzulernen.«

»Das stimmt. Großartig«, sagte ich. »Und hoffentlich auf bald.«

»Das hoffe ich auch«, sagte er. »Wäre gut, wenn du mit deiner Mutter in Verbindung bleibst.«

Und mit einem leichten Anflug väterlicher Autorität zwinkerte Bob mir zu, drückte meinen Arm und ging geschäftig auf die gegenüberliegende Ecke und seine Herzensdame zu.

Der Mann von der Zeitung kam näher. Sein Atem roch nach fritierten Scampi.

»Sie mögen mich nicht, oder?« sagte er.

»Ich kenne Sie nicht, Kumpel«, sagte ich.

Aber er hatte recht. Ich mochte ihn nicht; solche wie ihn glaubte ich zu kennen. Es war wirklich ziemlich eindeutig. Er sah aus wie jemand, der etwas wenig Hilfreiches zu sagen hatte. Er gab an wie jemand, der etwas weiß. Wie jemand, der Neuigkeiten hat. So ein Typ, der einem unbedingt viel mehr erzählen will, als man jemals über sich selbst wissen wollte. Und ich konnte an seinem Gesicht sehen, daß er wirklich vorhatte, es mir zu geben. Er stürzte sich mit ungelenkter Wut auf mich; mit dem glücklosen Zorn eines wahrhaft enttäuschten Profis.

»Du gehörst doch sicher zum lange ausgestorbenen Stamm von Hugh Bawn«, sagte er.

Ich steckte mir eine Zigarette an und blies den Rauch in Richtung Fußboden.

»Wie ich höre, steckt er tief in der Scheiße. Der alte Junge hat immer mächtige Vorträge gehalten. Sieht so aus, als hätte er seine alten Finger in der Kasse gehabt.«

»Hau ab«, sagte ich.

Und ich wollte, daß er wegging. Ich wollte keine Schlägerei. Aber ich rührte mich nicht. Ich hatte nicht vor, zu meiner Mutter zu rennen.

»Nein, das ist sehr interessant«, sagte er, und ein schmieriges Grinsen glitt über sein Gesicht. »Sehr interessant. Ich meine, vielleicht stellt sich heraus, daß dein alter Mann, der große Sozialist, nie was gegen eine kleine Gelegenheit hatte, hier und da.«

»Schnauze«, sagte ich.

»Nein, das ist interessant. Wo er doch so ein großer Retter ist und alles. Leute, die verzweifelt neue Wohnungen brauchen. Sieht so aus, als hätte er die Wohnungen mit billigem Asbest durchlöchert, nur, damit er sie schnell hochziehen kann. Nur, um in einem Streit zu gewinnen. Billige Materialien. Die sind nie sicher. Haben Wasser aufgesaugt wie ein Schwamm. Sieht aus, als hätte dein alter Mann ein paar clevere Geschäfte gemacht. Hier ein kleines Geschäft, da ein Schmiergeld, ein kleines ...«

»Halt deine verdammte Klappe«, sagte ich und stellte mein Glas auf den Tresen.

Er kam näher.

»Na, na, na, mein Großer. Reg dich mal nicht auf. Ich sag doch nur, daß das interessant ist, weißt du. Mr. Bawn, der hat immer gern so dies und jenes gesagt über den Fortschritt und die Zukunft und so. Und jetzt heißt es, daß er vielleicht einen klitzekleinen Profit für sich selbst abgezweigt hat. Wäre so was denn überhaupt möglich?«

»Niemals«, sagte ich.

»Das ist interessant, was man so hört. Ich meine ...«

Ich konnte meine Mutter in der Ecke sitzen sehen. Sie betrachtete ein Notenblatt. Ich griff dem Typen an den Hals.

»Wenn du irgendwas in dein versifftes Blatt setzt, brech ich dir deinen Scheiß-Kiefer«, sagte ich.

Ein paar Männer am Tresen hatten sich umgedreht, sie spürten, daß es Ärger gab.

»Du und wessen Scheiß-Armee?« sagte der Typ. Sein Gesicht wich in einem Strudel aus Wut zurück. Er war puterrot. Inzwischen schrie er. »Dein Arsch von einem Granda hat die Leute angeschmiert. Fortschritt und Fortschritt und Fortschritt, meine Fresse! Gib bloß nicht den Leuten hier drin die Schuld. Wir mußten schließlich in den verdammten Bruchbuden wohnen. Nimm deine Scheiß-Finger weg, du englisches Arschloch, das du bist.«

Ich ließ ihn los. Ich war viel größer als er. Ich war ernsthaft wütend. Aber irgendwie hatten mich seine schrecklichen Worte benommen gemacht. Ich sah, daß er zu allem bereit war. Ich ließ ihn los und stand nur da und starrte ihn zornig an.

»Du bist ekelhaft«, sagte ich.

»Hä? Fahr doch zur Hölle, du Mittelklassearschloch«, sagte er.

»Kommt hier rein ...«

Ich hätte ihn am liebsten in den Boden geschlagen. Weil er die Stirn gehabt hatte, weil er solche Sachen gesagt hatte, weil er die Artikel schrieb, von denen ich wußte, daß er sie schreiben würde. Weil er uns vorgeführt hatte. Weil er in Hughs Fehleinschätzungen etwas Billiges und Niedriges sah.

Er würde nie erfahren, wie sehr er sich irrte.

»Laß es, Sammy«, sagte einer der Männer und zog ihn weg.

Unser Kreuzritter der Wahrheit.

Worte marschierten aus meinem Mund und fielen tot zu Boden.

»Hugh Bawn war ein Idealist«, sagte ich. »Und wer bist du? Was bist du gegen Hugh Bawn? Er hat sein Leben einer Sache gewidmet. Er hat daran geglaubt. Und seinetwegen haben andere Leute daran geglaubt. Was bist du denn gegen ihn? Er ist ein verdammter Gott im Vergleich zu dir.«

Jetzt schauten die Leute wirklich her. Der Reporter spuckte mir vor die Füße. »Ich sag' dir was«, sagte ich. »Seine größten Fehler sind immer noch was Besseres als deine Wahrheiten. Mein Großvater hat sein ganzes Leben lang gearbeitet. Er hatte nie einen Penny, den er nicht selbst verdient hat. Er hat seine Blocks zu billig gemacht. Von dem, was sie gespart haben, hat er noch mehr Häuser gebaut. Seine Fehler waren besser als deine Wahrheiten. Du verdammtes Schwein.«

Alice stand neben mir. Sie zog an meiner Hand.

»Komm mit, Jamie«, sagte sie. »Setz dich jetzt hin. Na komm.«

Der Reporter kämpfte mit den Armen, die ihn zurückhielten. »Verpiß dich, mein Sohn«, sagte er. »Dahin, wo du hergekommen bist.«

»Das ist gut«, sagte ich. »'ne neue Art, die Väter zu ermorden. Man kreuzigt sie für ihre Fehler.«

Ich war betrunken, aber meine Stimme war jetzt ruhiger. Ein Mann trat hinter dem Reporter hervor. »Es gibt jetzt andere Vorstellungen vom Fortschritt«, sagte er. »Die Korruption. Die wollen, daß das aufhört. Du weißt das, Kumpel.«

Ich sah ihn an. Ich sah meine Mutter an.

Wir müssen mit unseren Fehlern leben.

»Die Stadtväter werden jetzt gestürzt«, sagte er. »Du weißt, wie das ist. Eine andere Vorstellung vom Fortschritt. Der alte Weg hat nicht funktioniert.«

Ich sah ihn an. Mein Blut schien in den Adern zurückzuweichen.

»Das habe ich gehört«, sagte ich.

Die Frauen saßen da, als wäre nichts passiert. Wir versuchten, es zu vergessen. Im Club loderten Lieder auf.

Sonnenuntergang mit Karaoke.

Ich hörte auf zu trinken. Die Frauen gingen eine nach der anderen hinauf.

I'm Gonna Sit Right Down and Write Myself a Letter.

Manchmal ein Mann mit ernstem Blick. Hielt das Mikrofonkabel zusammen mit den Noten.

Lochnagar.

Die Kellnerinnen kennen die Song-Nummern auswendig. Wenn sie Pause haben, trällern und tanzen sie vor sich hin.

»Alice«, sagte ich, »der alte Hugh ist am Ende. Er stirbt.«

»Ich weiß«, sagte sie. »Das habe ich gehört. Es ist traurig, Jamie. Und du bist ihm näher als irgend jemand von uns es jemals war. Aber weißt du, er ist ein alter Mann. Nimm es dir doch nicht so sehr zu Herzen. Hugh hat ein gutes Leben gehabt.«

Ich sah sie einen Moment an.

»Ja, du hast recht«, sagte ich.

Und dann sagte ich nichts mehr. Sie fragte mich nicht, ob ich in der Wohnung in Annick Water wohnte. Sie fragte mich nichts dergleichen. Sie schaute wieder zu den Sängerinnen hinauf. Und das, was sie sagte, flüsterte sie fast.

»Die arme Margaret hat schon seit Jahren genug. Es ist nicht leicht gewesen. Aber Gott weiß, wie sie ohne ihn leben wird.«

»Sie hat ihr Gedächtnis«, sagte ich.

Meine Stimme war ganz schwach.

»Ja, gut«, sagte meine Mutter, »wie immer.«

Als sie mit Singen an der Reihe war, berührte ich ihre Hand. Ich hatte gehörte, daß man sagte: sie singt schön. Sie hatte die volle Aufmerksamkeit ihrer Freundinnen, ihrer Machen-wir-das-Beste-draus-Kumpels. Ich zog mich unbemerkt allmählich vom Tisch zurück. Ella und Joan machten Mundbewegungen zum Liedtext meiner Mutter. Die Augen voll Wasser. Sie amüsierten sich.

Stardust.

Ich sah zu Alice hinauf. Sie sang schön. Sie wußte auch, wie man sich darstellt. Ich hob die Finger einer Hand und ließ sie langsam in die Handfläche sinken. Berrys Winken, in der Finsternis von Ferguson, vor all den Jahren.

»Bye, Mum«, sagte mein Mund.

Und sie warf mir eine Kußhand zu. Ein Kuß und ein Lächeln von meiner Mutter da oben, die jetzt so heiter war und so frei.

Beside a garden wall, when stars are bright,
You are in my arms.
The nightingale tells a fairytale
Of paradise where roses bloom.

Die Tür schlug hinter mir zu. Wieder der Wind. Der Atem auf dem schwarzgläsernen Meer.

When I dream in vain. In my heart it will remain.

Ich konnte die gute Singstimme meiner Mutter hören, als ich oben auf der Serpentinentreppe stand.

A stardust melody …

Oben auf der Bergarbeiterruine pickten vier Elstern an dem zerbrochenen Stein, und die Seesalzgischt auf den grünen Stufen war frisch und angenehm. Die Gischt war angenehm auf dem Felsen. Mein Gesicht war kalt und neu von dieser Gischt. Ich blieb in der Mitte der vielen Stufen stehen und spürte für einen

Augenblick nur Salz und Meer. Nichts war mehr übrig in meinen Kleidern, nichts von mir, nur Salz und Meer und das Dröhnen, wenn die Brandung sich hob.

SECHS

WIE IM HIMMEL

Half-owre, half owre to Aberdour,
'Tis fifty fathoms deep,
And there lies good Sir Patrick Spens,
Wi' the Scots lords at his feet!

Hugh starb am St.-Stephen's-Tag. Es war Niedrigwasser, und er ging mit der Flut. Es gab am Ende seines Lebens keinen Lärm. Alles war still. Er starb allein, in einem Krankenhausbett von einem Meter Höhe, zwischen zwei Wandschirmen aus grünem Nylon. In seinen letzten Stunden atmete er irgendwie leichter und sauberer, als wäre er wieder auf einer seiner kühlen Wiesen und würde Brust und Nase heben, wie er es immer getan hatte, und nur atmen, als wollte er von der ganzen Natur Besitz ergreifen. Als wir am Abend gegangen waren, lag er mit offenen Augen einfach da. Sein Atem stieg von seinem hohen, baumbestandenen Ort herab. Die Krankenschwester sagte, daß er einfach aufgehört hatte. Sein letzter Atemzug versiegte zwischen smaragdgrünen Vorhängen; der lange Tag auf der Martin Luther Ward war vorbei.

Der Tag davor war langsam vergangen. Margaret kochte ein kleines Weihnachtsessen. Sie deckte in ihrem Zimmer den Tisch und verkleidete ihn mit Kreppapier, ein Zierdeckchen unter einem

Dundee-Kuchen. In der Mitte des Tisches stand ein Bataillon Würzmittel. Malzessig, ein Glas Rote Beete, eine Flasche braune Soße, Ketchup in einer Plastiktomate, ein Topf mit eingelegten Zwiebeln, Salz und Pfeffer. Sie hatte aus einem dürren Schinkenknochen eine Suppe gemacht. Sie legte Steakpie und Erbsen auf. Wir aßen, ohne viel zu sagen.

Die Rippen ihres elektrischen Heizofen glühten. Ihre vielen Bilder auf der hölzernen Umrahmung wurden heiß. Und hier und da Geschenke aus Spanien: eine lederverkleidete Sangriaflasche; eine Flamencopuppe; ein Aschenbecher in der Form von Ibiza; ein gewaltiges Tischfeuerzeug, »Willkommen in Santa Ponsa«. Margaret war nie an diesen Orten gewesen. Hughs alte Freunde, Leute vom Housing Department in Glasgow oder andere, die mit dem Baugewerbe zu tun hatten, waren hingefahren, und sie hatten diese Dinge mitgebracht, zusammen mit Geschichten vom Sonnenstich und vom Wein am Strand, und sie brachten sie immer »mit vielem Dank« vorbei. Margaret fand die Sachen schrecklich, aber sie erinnerte sich gern an die Leute.

Als sie sprach, war es beinahe ein Flüstern.

»Ich habe gesehen, daß du die Papiere von deinem Granda am Bett liegen hast«, sagte sie. »Also kennst du das ganze Theater. Die Verhandlungen in Glasgow?«

»Ja«, sagte ich. Wir haben schon darüber gesprochen. Du hast gesagt, daß gegen ihn ermittelt wird. Haben die gewußt, daß er krank ist?«

»Ja«, sagte sie. »Sie haben ihn einbestellt, damit er sich äußert. Ein Brief. Ich habe ihn gleich zurückgeschickt. Ich habe gesagt, daß er sich nicht äußern kann.«

»Die verstehen das nicht, Granny. Vielleicht hat manchmal was gedreht. Aber er hat es gut gemeint. Er wollte mehr Wohnungen für die Leute haben. Und er wollte sie schneller haben. Stimmt's nicht?«

»Das stimmt, Jamie«, sagte sie. »Er hat es gut gemeint. Und ich weiß, daß du diese Häuser nicht großartig findest. Aber damals fanden wir sie großartig. Wir haben gedacht, sie sind alles, was die Leute brauchen. Und jetzt reißt ihr sie alle ein. Aber ihn kann man nicht einreißen. Er geht sowieso auf seine eigene Art zugrunde. Er hat immer nur das Beste gewollt. Und da hat er sich nicht bremsen können. Er hat Geschäfte mit den Bauunternehmern gemacht; er hat sie dazu gebracht, daß sie billigeres Material liefern, also hat er für dasselbe Geld mehr Zeug bekommen. Und manchmal hat er bar bezahlt, um die Sache zu beschleunigen. Er wollte einfach nur immer mehr bauen. Aber die Hochhäuser waren nun mal nicht so, wie sie sollten. Sie waren zu billig gebaut. Sie waren feucht. Das war sein Fehler. Es hat ihm zu viel daran gelegen.«

»Ich werde ihn verteidigen, wo ich kann«, sagte ich. »Die werfen ihn in einen Topf mit den anderen Leuten, die Geld genommen haben und alles. Hugh war nur ...« Ich konnte das Wort nicht finden.

»Du bist ein guter Kerl, Jamie«, sagte sie.

Ihre Hand zupfte an der schlaffen Haut an ihrem Hals.

»Sie haben deinen Granda immer einen Modernisierer genannt. Und genau das bist du jetzt auch. Aber du versuchst nicht, ihn abzureißen, ganz bestimmt nicht, oder? Es ist gut, daß du zurückgekommen bist. Es ist gewesen wie vor vielen Jahren – wir drei, vor vielen Jahren.«

»Ich würde alles tun«, sagte ich.

»Jetzt wollen wir still sein«, sagte sie. »Jetzt kommt die Queen. Mal hören, was sie dieses Jahr sagt.«

Und das war eines der wenigen Male, daß wir Hughs Probleme erwähnten. Eines der wenigen Male, daß wir tatsächlich darüber sprachen. Obwohl wir sie immer vor Augen hatten – ich hatte zuerst in Liverpool davon gehört – gab es keinen Grund, Wirbel darum zu machen. Es war einfach eine größere Sache in der Öffentlichkeit, ein schlimmer, allgemeiner Lärm um Hughs große Profession, und um meine auch, die nämlich, die er mir mitgegeben hatte. Die kühnen Entscheidungen meines Granda, seine anhaltende Besessenheit vom Wohnungsbau, seine eigenwillige Art, mit Zahlen und Budgets umzugehen, die Tatsache, daß er die Regeln gebeugt hatte – all das tauchte wieder auf, um ihn zu kränken und um unsere tiefe Ergebenheit zu erschüttern. Er hatte Fehler gemacht. Zuerst hatte er gedacht, daß ich zum Mob gehörte – zu denen, die die Notwendigkeiten der Vergangenheit vergessen, die die großen Fehler korrigieren. Er dachte, daß er mich kommen sah: den Mann mit der tödlichen Wahrheit.

Aber ich glaube, daß Hugh in diesen letzten Monaten, als er im Sterben lag, wie ich den Lärm in der Öffentlichkeit zu ignorieren begann. Wir hatten unterdessen mit unseren Privatangelegenheiten genug zu tun. Die Hochhäuser standen um uns herum – wir waren selbst von einem umschlossen – und sie verbanden uns. Aber ich glaube, daß Hugh diese öffentlichen Probleme allmählich hinter sich ließ, während er tobte und jammerte und die Wand anstarrte und während er mit mir über die Landstraßen von Ayrshire fuhr, diese Fragen, bei denen es um eine gewaltige Zukunft ging. Eines Tages lag das alles hinter ihm.

Hugh vertraute darauf, daß Margaret und ich das Gute in ihm sahen. Wir waren auf seiner Seite. Darauf setzte ich inzwischen ohnehin meine Hoffnungen. Wir hatten uns alle in der Vergangenheit, die ihm so wichtig war, verloren. Und ich werde es immer sagen: daß ich mich in seiner Zeit verloren hatte, ließ mich meine Zeit klarer sehen. Ich wollte meine eigenen Tage haben, aber nicht auf Kosten aller Tage, die den meinen vorangegangen waren. Hughs Gewinne und Verluste waren auch meine. Ich sah zu, wie sein Zorn und seine Traurigkeit aufhörten. Ich sah sein Ende. Und obwohl Hugh nicht besonders tapfer gewesen war, hatte er versucht, etwas zu verändern und mit seinen Lügen zu leben, und auch das bewies einen gewissen Mut. Ich kam heim nach Ayrshire und dachte, daß ich mich gegen Hughs Illusionen stellen würde. Aber das habe ich nicht getan. Ich stand neben ihm und hörte seinem Leben zu, und ich hielt seine Hand, und ich wurde endlich erwachsen.

Margaret und Hugh sagten immer, daß mein Leben gerade erst anfing. Und vielleicht war das so. Aber wegen all ihrer Erzählungen und ihrer uralten Lieder, wegen ihrer Geschichte, ihrer Wünsche, ihrer Sorgen und ihres Verfalls war es mir jetzt, wo ich wieder eine Zeit lang zu Hause war, als wäre auch ich Teil einer großen und persönlichen Abrechnung mit der Vergangenheit. Sie gaben mir dieses Gefühl. Und ich gab es mir selbst. Ich bildete mir ein, daß eine Welt, die ich gekannt und geliebt hatte, mit Hugh und Margaret starb. Ein Licht, daß ich nie wirklich gesehen hatte, verblaßte. Und es zu sehen, veränderte mich. Ich mußte an meine Mutter und an mein Vater denken. Und an die Kinder, die ich noch haben sollte. Ich hatte gelernt, daß unsere Väter für das Leid gemacht waren: Ich trauerte vor der Zeit um mich selbst.

In der Weihnachtsnacht näßte mein Granda das Bett ein. Er lag da und schaute zu der niedrigen Zimmerdecke hinauf. Wir versuchten, ihn mit Pastetenkrümeln und Kuchen zu füttern. Er wich uns aus. Offenbar hatten Margaret und er eine Art Pakt geschlossen: Sie wollten, daß er zu Hause starb. Aber seine Gedanken schweiften aus dem Zimmer heraus. Margaret sagte, daß er wie seine Mutter geworden war. Seine Augen und seine Fingerspitzen waren gelb. Ich nahm seine Hand.

»Nicht sprechen«, sagte ich. Mit der anderen Hand streichelte ich seinen Kopf, seine Wange. In seinem Blick lag Angst. Er richtete ihn auf mich.

»Ich habe dich sehr lieb, Granda«, sagte ich.

Und damit stockte auch mir der Atem. Mir kamen die Tränen.

Meine Hände wirkten zu groß, wie Hände auf einem Baby-gesicht. Zu groß für so einen kleinen Menschen. Für sein angst-erfülltes Gesicht.

»Du bist einer von den ganz Großen«, sagte ich. In seinen gelben Augen stand Wasser. Sein Mund rundete sich, er versuchte, zu atmen und zu sprechen.

»Ich schulde dir mein Leben«, sagte ich.

Endlich brach seine Stimme durch.

»Wir waren gut, Jamie«, sagte er.

»Sehr gut«, sagte ich. »Und keiner war besser.« Ich hielt seine Hände fest.

»Gut, mein Sohn«, sagte er. Seine Augen waren von der Anstren-gung halb geschlossen. Er öffnete sie wieder.

»Maggie«, sagte er. Und meine Granny stand da und bedeckte ihn Gesicht.

»Ja«, sagte sie und strich mit den Händen über seine Beine. »Ich bin hier, Hugh.«

Ich wollte gehen und sie mit dem Schweigen alleinlassen. Oder mit ihren Blicken. Ich ging über den Flur und in mein Zimmer. Alles war, als würde es außerhalb der Zeit geschehen: Hugh lag im Sterben. Bücher und Bilder, die aus den Regalen ragten. Und die Stapel von Papieren. Denkmäler oder Pausen auf dem Weg. Keir Hardies Gesicht, ein spöttischer, teebrauner Teint.

Dieser Raum voller Mängel. Dieser zerbröckelnde Wohnturm.

Das Weinen hatte mich wütend gemacht. Ich hängte Kissen-bezüge über die Bilder.

Ich lag auf dem Bett, und Margarets Stimme drang zu mir. Sie sang Hugh zur Ruhe. Seither habe ich mich gefragt, ob er sie gebeten hat, zu singen. Sie hat es mir nie erzählt, und deshalb werde ich nie erfahren, ob er um Robert Burns gebeten hat. Jedenfalls war ihre Stimme durch die Wand deutlich zu hören. Eine Stunde, nachdem das Lied zu Ende war, wurde Hugh be-wußtlos. Er kehrte nicht mehr zurück.

John Anderson mein Herz, John,
Als man uns hieß ein Paar,
Wie war da schwarz dein Haarschopf,
Die Stirne glatt und klar.
Jetzt sind die Brauen kahl, John,
Die Locken sind wie Schnee.
Doch Segen auf dein frostig Haupt,
John Anderson, mein Herz.

John Anderson, mein Herz, John,
Wir gingen bergauf zusamm';
Und manchen frohen Tag, John,
Verbrachten wir beisamm'.
Jetzt hoppeln wir bergab, John,
Zu zweit zum Fuß des Bergs;
Und ruhen dort bald Hand in Hand,
John Anderson, mein Herz.

Am Morgen seines Todestages rief ich Riccarton an, den Arzt.
In der Nacht hatte ich Angst bekommen. Ich wollte nicht, daß
er starb. Nicht so. Nicht dort. Er lag bewußtlos auf seinem
Einzelbett und streckte alle Glieder von sich, an einem klirrend
kalten Annick-Water-Morgen, und das Winterlicht, das ins
Zimmer fiel, hatte die Farbe von Milch.
Im Radio hieß es, daß alle Fähren zu den Inseln außer Betrieb
waren. Ein Wetterflugzeug war an den Tarron Rocks verun-
glückt. Das Wasser der Flut strömte in Paisley durch die Siedlungen mit den Sozialwohnungen. Der Black Cart war über die Ufer
getreten. Und keine von diesen Nachrichten erreichte Hugh; er
hörte nichts, so tief in seinem Bett. Kein Blinzeln und kein Seufzer für das, was auf der Welt geschah. Inzwischen atmete er nur
noch ganz dünn. Ein Lächeln lag auf seinen Lippen, die sich
nach Frieden sehnten. Es war beinahe zu Ende.

Riccarton war ein gerissener alter Fuchs. Er war klein und überheblich, die Ruhe selbst, er steckte voller Gewißheiten und kalter Warnungen, gab tadellose Ratschläge und strich sich ständig über seinen gefräßigen Schnurrbart. Er war bis auf die Knochen ein Arzt aus Ayrshire. Ein Mann, der trinkt, ein Freimaurergeneral. Sein Haar war in bestem Zustand: dunkelbraun und mit Spray fixiert. Und seine Kleidung hatte etwas Hoffnungsvolles: ein Dreiteiler aus Tweed, ein Paar weiße Turnschuhe. In New Town war er ein Faktotum aus der alten Zeit. Er wußte alles über jeden. Er wußte von Lebern und Knoten in der Brust und Depressionen im mittleren Alter. Er wußte von ungewollten Schwangerschaften und impotenten Vätern. Er wußte von Herzbeschwerden. Teenager, die bei einem Rave aus dem Gleichgewicht geraten waren, bekamen von ihm Valium. Und weil er das alles wußte, strahlte er eine gewisse Autorität aus. Die Leute spürten das und zollten ihm Respekt – einen Respekt, den Riccarton inzwischen forderte, denn über die Jahre hinweg hatte er ein immer tiefer werdendes Gefühl für die eigene Wichtigkeit entwickelt. Das war mit Riccarton schon so gewesen, als ich ein Junge war. Und offensichtlich hatte es sich gesteigert. Margaret hatte mir erzählt, daß der Doktor jetzt in einer viktorianischen Villa in Ayr wohnte. Er war mit einer Frau verheiratet, die Klavierstunden gab. Ihre Tochter besuchte die University of St. Andrew's. Riccarton fuhr in einem dieser Jeeps in der Stadt herum. Gewöhnlich fuhr er, sagte Margaret, »mit offenem Fenster und mit Konzerten in voller Lautstärke«.

»Hallo, Doktor«, sagte ich schließlich. »Gut, daß Sie so schnell gekommen sind.«

»Ich bin ganz froh, daß ich hier bin«, sagte er, »bei der Kälte. Und Sie, James. Wo um alles in der Welt hatten Sie sich versteckt? Ich weiß aus sicherer Quelle, daß Sie in südlichen Gefilden so eine Art Kanone sind.«

Margaret schniefte.

»Übrigens«, sagte er. »Meine Jennifer ist auch so eine. Sie will unbedingt noch nach Bristol, um da mit ihrer Forschung weiterzumachen, wissen Sie.«

»Und Mrs. Riccarton?« sagte ich.

»Ach, wie immer«, sagte er. »Ist in das Hinterzimmer und den Garten vernarrt. Ich fürchte, ich bin nicht imstande, sie davon abzubringen. Wir haben Mädchen, die bei uns saubermachen, und ich fürchte, das belastet Sylvia noch mehr. Jetzt verbringt sie die meiste Zeit damit, hinter ihnen herzuwischen, wissen Sie.«

Margaret brachte ihm schnell Tee und ein paar Kekse auf einem Teller.

»Sehr freundlich, Margaret«, sagte er.

Er stand im Flur. Er tunkte einen Keks in den Tee und aß ihn mit einem Bissen auf. Dann trank er die ganze Tasse aus.

»Sie wissen bestimmt noch, wie schön unsere Stadt mal war«, sagte er zu mir. »Sehr hübsch, mit den alten Geschäften und den Feldern und so. Aber jetzt! Ich schwöre es Ihnen. Leute ziehen hierher – Sie natürlich nicht – aber die Leute, die hierher ziehen, der Bevölkerungsüberschuß aus Glasgow, du lieber Gott, die haben maßgeblich dazu beigetragen, daß das hier bei uns jetzt ein Dschungel ist. Die ganzen Drogen und alles. Wissen Sie was, James? Die Zeiten, in denen ich noch einen Rezeptblock dabeihaben konnte, sind vorbei. Jetzt nehme ich nur noch ein Rezept. Die Süchtigen haben mich ausgeraubt. Dreimal bin ich in meinem Auto überfallen worden. Wegen dem Rezeptblock. Jetzt habe ich nur noch eins dabei. Und dann zurück in die Praxis. Das ist doch nicht zu fassen, oder? In dieser Stadt! Ich wage mir gar nicht vorzustellen, wo das alles noch hinführen soll.«

Ich sah zu Margaret hinüber. Etwas in ihrem Gesicht sagte mir, daß sie das schon öfter ertragen mußte. Ich spürte, wie mein Rücken erstarrte.

256

»Doktor Riccarton«, sagte ich, »könnten Sie hineingehen und nach meinem Großvater sehen?«

Er nahm noch einen Keks vom Teller.

»Jetzt sagen Sie mal, James«, sagte er, »gibt es Anzeichen, daß er sich Sorgen macht? Wissen Sie. Weil er in der Zeitung steht und so. Ich kann mir jedenfalls nicht vorstellen …«

Ich nahm ihm den Keks aus der Hand und warf ihn auf den Tisch.

»Er liegt da drin und ist bewußtlos, verdammt noch mal«, sagte ich. »Jetzt gehen Sie rein und sehen Sie nach ihm.«

Riccartons Gesichtsausdruck verriet, daß ein Verdacht sich bestätigt hatte. Er strich kurz über seinen Bart. Dann nahm er seinen Koffer und ging den Flur entlang. Wir folgten ihm. Wir sahen, daß er die Löcher oben in den Wänden betrachtete, während er das Handgelenk meines Großvaters nahm. Er setzte ein Stethoskop auf seine Brust. Dann drehte er sich zu uns um.

»Sie werden das ganz bestimmt nicht einsehen«, sagte er, »aber meiner Meinung nach ist das hier nicht der richtige Platz zum Sterben für Mr. Bawn. Und er wird bald sterben. Wenn Sie irgend etwas über dieses Gebäude wissen, dann wissen Sie auch, daß die Aufzüge nicht immer funktionieren. Im Moment funktioniert ein Aufzug. Ich kann nicht garantieren, daß er morgen auch noch funktioniert. Für Sie ist die Aussicht, daß Ihr Großvater auf einem Stuhl die Treppen hinuntergetragen wird, vielleicht erträglich. Ich muß schon sagen, daß ich das anders sehe. Ich brauche Ihnen nicht zu erzählen, daß Mr. Bawn ein Mann von einigem Ansehen ist, und ich würde ihn nicht hierlassen. Auf jeden Fall hätte er schon längst Sauerstoff gebraucht. Ich überlasse es Ihnen.«

Mit diesen Worten – und mit einem ungemein bedauernden Gesichtsausdruck – packte er seine Sachen zusammen und ging zur Tür.

»Es tut mir leid«, sagte ich zu ihm.

»Es tut uns allen leid, James.«

Als er die Wohnungstür geschlossen hatte, nahm ich Margaret in die Arme. »Er hat es so gewollt«, flüsterte sie.

»Aber wir wollen es nicht so«, sagte ich.

Riccarton hatte recht. Ein großer Mangel der Hochhäuser waren die Aufzüge. Man konnte sich nicht auf sie verlassen; und auch wenn sie funktionierten, hatte kein Sarg darin Platz. Das war ein Planungsfehler: Es hatte kein Sarg darin Platz. All die Leute, die auf einem Stuhl die Treppe hinunter getragen werden mußten! Nein. Das würde ich nicht zulassen.

Margaret nickte mit geschlossenen Augen und gesenktem Kopf. Ich ging auf den Treppenabsatz hinaus. Riccarton wartete auf den Aufzug. Unsere Blicke hatten nur in diesem tristen Zwischenraum Platz.

»Doktor«, sagte ich, »bitte schicken Sie jemanden, der ihn abholt.«

Als die Aufzugtür sich schloß, hörte ich das Piepsen. Er benutzte sein Telefon, um den Krankenwagen zu rufen.

Die Bawns hatten einiges gemeinsam. Wir waren alle gut im Lügen. Wir konnten alle Liebe erwecken und uns trotzdem ungeliebt fühlen. Wir rannten alle weg. Wir fühlten uns zu Hause niemals wohl. Zuhause war für uns alle ein Problem. Wir sprachen zu viel mit uns selbst und nicht genug mit anderen Leuten. Die einzigen Freunde, die Hughs Vater je gehabt hatte, waren die, neben denen er in Ypern gestorben war. Hugh hatte Helden anstelle von Freunden. Es war leicht gewesen, ihn zu mögen, aber schwer, ihn zu kennen. Niemandem hatte er je erlaubt, ihm zu helfen. So waren wir alle ein wenig. Später sollte ich bestürzt erkennen, wie einsam mein Vater in seinem Leben war. Seit Jahren hatte niemand mehr mit ihm zusammen gegessen.

Die Männer in unserer Familie hatten müde Herzen. Und das

schon in jungen Jahren. Ich hoffte oft, daß die Ähnlichkeiten mit mir ein Ende haben würden. Ich hatte die Tradition gebrochen. Was wäre, wenn mein Elan so groß wäre wie der ihre, aber nicht eingesperrt, nicht der vergiftete Mittelpunkt meines Lebens? Ich dachte darüber nach, wie ich anders sein konnte.

Du bist anders, Jamie, und damit wirst du deine Schwierigkeiten haben.

Daran hatte ich zu sehr geglaubt. Ich dachte, ich könnte mich nach bestem Wissen und Gewissen in der Welt bewegen und atmen, atmen, atmen.

Ich ging studieren, um gescheiter zu sein als sie. Ich ging in ein Fitneßstudio, um stärker zu sein. Ich unterschied mich nicht besonders von Dr. Riccarton. Und alles in allem unterschied ich mich auch immer weniger von den Bawns vor mir. Am deutlichsten sah ich das in unserer angeborenen Doppelgesichtigkeit.

Thomas Bawn
Ein Engel der Felder, ein Mann von abgrundtiefer
Gelassenheit.
Aber er trank aus der Flasche und brach sich das Herz.
Er starb für ein Land, das er nicht verstand.

Hugh Bawn
Eine großer Baumeister: ein hervorragender Bürger,
Der arbeitete wie ein Pferd,
Der den Hoffnungen der Menschen Leben gab,
Ein Sozialingenieur,
Ein Mann, der die gute Arbeit seiner Mutter weiterführte,
Der die Namen der Bäume kannte,
Die Geschichte der Glocken,
Der die Landschaft an dem Ort, den er liebte, veränderte.
Verlor sich selbst in einer Unzahl von Wünschen,

Unsicheren Gebäuden, billigeren Materialien;
Er frisierte die Bücher, um noch mehr
Blocks zu bauen.

Robert Bawn
Ein Alkoholiker; von der Sorte, die tobt und jammert.
Er hatte nie etwas Gutes im Sinn, und er hat nie etwas
gut gemacht.
Und trotzdem hat er es immer versucht.

Hugh lag tot auf der Krankenstation. Um uns herum Wand-
schirme. Sein ganzes Leben zog vor mir vorbei; das Leben seiner
Väter, seiner Söhne.
Die Zeiger der Uhr bewegten sich langsam.
Hughs großes zweites Ich, das, vor dem wir ihn hatten beschüt-
zen wollen: ein Wahrheitsmacher, der sich von der Wahrheit abwandte; ein Pionier mit hohen Idealen, der seine Vision um der
Zweckmäßigkeit willen zurückgestellt hatte. Er starb und hatte
nicht besonders viel Ehre auf die Seite gebracht. Aber jetzt hatte
er Frieden. Und wir wußten mehr von ihm als das; wir wußten
es besser.
Hugh ging mir durch den Kopf, als ich ihn auf seinem Totenbett
liegen sah. Was sollte aus uns allen werden? Ich dachte an meinen
Vater, der in der Wüste verloren war. Ich dachte an mich. Und
Margaret saß auf der anderen Seite. Sie legte den Kopf auf die
Brust ihres Mannes und weinte in seiner gekrümmten Hand um
Gnade.
Von der Stunde seines Todes an war Margaret wie eine Frau aus
einem ihrer Lieder. Sie war fast wahnsinnig vor Trauer. Trotzdem
war sie ganz still. Aber ihre wahnsinnigen Gedanken rasten. Als
sie endlich diesem unerbittlichen Leichnam gegenübertrat, dem
elektrischen Summen auf der Luther Ward, ging meine Granny
Margaret aus der Welt an einen besseren Ort. Sie griff nach dem

einzigen Trost, auf den sie vertrauen konnte, nach einem Trost, der wie eine Umnachtung wochenlang anhielt; sie versank für eine Weile, bei der Beerdigung und danach. Es war der Trost ihrer Kindheit; die lindernde Kraft der Balladen. Ich kannte die Anzeichen und diese Sprache. Und ich kannte Margaret besser, als sie wußte. Diese alten Worte hatten ihr schon durch einige schmerzliche Jahre geholfen. Und das würden sie noch eine Weile tun. Für mich gab es in diesem Moment nichts zu sagen. Ich mußte nur über sie wachen. Wir hatten jetzt kein Verlangen mehr nach normaler Unterhaltung.

Inzwischen verkehrte sie mit den Heiligen. Ihre weißen Lippen bewegten sich in heiligem Flehen. Ihre Stimme war ein weiches Murmeln, wie ein Rauschen in den Bäumen auf dem Mount Olives. Die Uhr an der Wand blieb standhaft. Wir konnten hören, wie die Sekunden vergingen. Und über lange Stunden saß sie mit ihrem feucht gewordenen Rosenkranz da. Ihr Gesicht rötete sich vor Verlangen nach den Engeln. Und Hughs kaltes Blut setzte sich in seinen Gefäßen ab.

Der Pfarrer war gekommen und wieder gegangen. Margaret hatte am Nachmittag nach ihm geschickt. Während meine Granny sich mit Bibelversen rüstete und mit Gebeten, mit den zeitdunklen Gewohnheiten, die sie zum Leben brauchte, ging ein geweihter Mann, ein Mann, den ich einmal kannte, mit Ölen und mit Glauben um meinen Granda herum. Bis in die späten Stunden saßen wir bei unserem toten Abgott. Auf der Krankenstation war es dämmrig. Wir durften bis tief in die Nacht bei ihm sein. Wir saßen in tiefen Schatten. Um uns herum schliefen alte Männer. Und Margarets Augen glitzerten im Dunkel. Unsere letzten Gefühle waren zur Ruhe gekommen. Die Zeit blieb stehen: eine Hoffnung auf Erlösung glitt durch die Luft und hinaus in die Krankenstationen mit ihrem Seifengeruch.

Margaret schlief auf seinen Händen ein. Ich dachte wieder an die beiden als junges Liebespaar. Eine Bootsfahrt den Clyde hinauf, und der Duft ihres Haares. Ihr Gesicht gerötet wie eines von Cadell. Das Gelächter der Schreibzentrale. Die Jungs und ihr Bier. Ein Kuß auf der Promenade in Rothesay, vor langer Zeit. Und die gewaltige Zukunft, die vor ihnen lag. Hughs liebenswerte Pläne für den Lauf der Welt. Seine modernen Ideen. Die Häuser, die sie gemeinsam bauen würden. Die Häuser, die sie bauen würden.

Und ich sah meine Großeltern immer noch vor mir, mit verschlungenen Armen bei einem Felsenschwimmbad, sie freuten sich an meinem Wissen über diese und jene Muschel und suchten eine Tafel in meinem kleinen, grünen Buch. Oben in den Carrick Hills sah ich sie auch; sie hielten sich an den Händen, überall im Gras waren Geschichten, und die Festungen der Druiden erzählten uns Märchen. So war ihre Liebe: sie brachte in ihnen beiden die Geschichte hervor; sie schloß einen Pakt mit dem Land. Sie wollten die Welt kennen, in der sie sich liebten. Sie hatten sich selbst darin sehen wollen. Und weil sie wußten, was sie taten und weil sie so waren, wie sie waren, wollten sie den Spiegel zerbrechen, den sie hielten. Sie verfolgten mit begeistertem Blick den Wechsel der Jahreszeiten. Sie glaubten an Erneuerung und an Fortschritt. Für sie gehörte alles zusammen. Geschichte und Natur hatten ihre Lehren erteilt: Macht alles neu; treibt die Zukunft voran; dreht die Welt um und um. Spürt den Regen in den Hügeln über Galston.

Das alles erwuchs aus ihrer Liebe zueinander.

Sie taten mir im Herzen leid. Die beiden jungen Leute, die sie einmal gewesen waren.

Ich legte meine Hand auf die grauen Schnörkel auf Hughs eingefallener Brust. Dort lebte nichts mehr. Ein leeres Haus. Der Puls war aus den kleinen Kammern in ihm verschwunden. Und doch konnte ich nicht glauben, daß das so war. Jetzt noch nicht. Die Kraft, die dort gewohnt hatte. Es war nicht leicht, mit Hughs plötzlicher Abwesenheit umzugehen. Dafür war er zu sehr auf der Welt gewesen. Sein Körper war ein Grab für hundert Ideen. Was konnte vom Feuer seines langen Lebens bleiben?

Er lag reglos da.

Da war keinerlei Leben mehr. Sein Gesicht war seltsam. Der Ausdruck, mit dem er in das Dunkel gegangen war, sah nach Streit aus.

Er ist ein alter Mann ... Nimm es dir doch nicht so sehr zu Herzen. Hugh hat ein gutes Leben gehabt ...

Der Leichnam war ein Schatten von Hugh Bawn; er ließ uns ohne ihn zurück. Und im Laufe der Nacht kam es mir immer mehr so vor, als wäre der Mensch auf dem Bett niemals hier gewesen, und niemals laut, als hätte er niemals gehandelt, und als hättte niemand ihn je geliebt. Er kam mir vor wie eine seltsame, neuartige Ansammlung von Knochen. Kein Erkennungszeichen auf diesem sinnlosen Kadaver. Keine Vorgeschichte. Die Uhr wurde immer lauter. Die Geschichte auf dem Bett war über das Erzählen lange hinaus.

Die Nacht übernimmt die Gedanken.

Hugh wurde auf seinem Totenbett zu einem Tier. Zu einem kalten, toten Tier. Ein Vogel auf der Straße, mit vor Schreck aufgestellten Federn. Ein feuchter Frosch in seinem Bett aus hohem Gras. Eine Maus. Einmal sah ich eine Schildkröte tot auf dem Rücken liegen. So sah er aus. Sein Fleisch war zu etwas Unheimlichem geworden. Er war bedrohlich. Wie ein kleines Wirbeltier, das im Freien lebte. Ich wußte, daß er nie wieder etwas sagen würde. Aber in den ersten Stunden hatte ich gedacht, daß er vielleicht die Nägel in die Luft schlagen würde oder sich sträuben oder hüpfen oder aus der Tiefe seines fernen Schmerzes miauen. Ich dachte, daß er zischen würde. Oder wiehern.

Nichts passierte. Er lag lautlos da. Eine Haut voller Tierfasern, ein altes Maultier mit toten Augen, oder der Rest eines abgestorbenen Kaninchens, arme, fleischliche Kreaturen, genau wie er jetzt.

Alles wird am Ende zu nichts. Genau wie das hier, unter diesem Mond.

Ich träumte in der Schwärze mit offenen Augen. Ich träumte, daß ich hören konnte, wie sein Blut gerann. Die Geräusche des Rückzugs. Alle Flüssigkeiten des alten Mannes versickerten. Oder wurde wieder hart wie Mineral. Seine Tränen trockneten. Sein Samen versiegte. Der Speichel in seinem Mund wurde dick und erstarrte. Sein Magen schrumpfte zu einem Stein zusammen. Die Hülle um sein Gehirn war eine kleine, dürre Tüte. Er war tot.

Was war mit diesem Raum los, daß ich dachte, ich könnte diese Geräusche hören?

Hinter den Vorgängen sickerte Sauerstoff durch sterilisierte Schläuche, kranke Männer husteten und schnarchten, die Aufzüge stiegen an ihren Metallseilen auf, die Krankenschwestern kicherten auf ihrer erleuchteten Insel. Und hier lag Hughs erstarrender Leichnam. Die Geologie des Todes setzte sich durch. Zeit und Druck übernahmen die Macht.

Frucht aus Kohlenstoff. Hart wie Mineral.

Ich legte meinen Kopf auf die Decke und spürte, daß er fort war. Das war jetzt niemand mehr, den ich kannte. Er war tot.

Ich stellte mir vor, wie seine Seele in das Land hinaus zog. Über die Flüsse. Um die Türme herum. Wie sie durch Pfützen platschte und durch Algentümpel; wie sie die Glocke von Kirk Alloway schlug.

Seine flinken Füße auf der gefrorenen Erde; die Felder von Mauchline und Ochiltree. Er spazierte durch die Häfen von Troon und Saltcoats.

Ich sah ihn über der Irischen See, mit einem Lächeln; und dann hielt er mit Whisky und Brot auf den Gräbern der Leute, die ihm seinen Namen gegeben hatten, für einen Augenblick oder für immer inne. Ich sah, wie er sich vor einer häßlichen Jungfrau Maria verbeugte. Der Streit war aus seinem Gesicht gänzlich verschwunden. Ich sah, wie er Backsteine und Mörtel auf die Leute von Clydebank regnen ließ. Ich sah, wie er mit einer zerfetzten schottischen Flagge den Hügel der Nekropole hinaufrannte. Sein junges Haar und seine alte Flagge wehten hinter ihm her. Ich sah ihn mit Zeichendreieck und Bleistift im Gras liegen. Er hatte Jungenbeine. Er hatte Kinderaugen. Und neben ihm saß der gute Mr. Wheatley. Ich sah sie beide. Sie schauten auf die Stadt hinunter. Sie saßen auf ihren Bücherstapeln. Das Land bestand ganz aus Formen. Der Mann und der Junge waren da. Ich sah sie, und sie saßen auf der Wiese, und der Tag war weiß, und dann verschwanden sie.

Der Himmel am Morgen war rot wie eine Warnung.

Ich stand an den Schiebetüren des Crosshouse Hospital und hatte den Arm um meine Großmutter gelegt. Vor uns lagen meilenweit Hecken und Himmel. Der Bus nach Kilmarnock kam mit seinen Rängen aus goldenem Licht durch die Bäume. Wir sahen zu, wie die Leute ausstiegen. Stille junge Männer mit Gipsverbänden. Mitgenommene Mädchen.

Margaret schob ihren Arm unter meinen, und wir gingen zum Zebrastreifen. Der Parkplatz war endlos lang. Hunderte von Autos unter dem offenen Himmel.

»Die Autos sehen alle gleich aus«, sagte Margaret.

Hughs Leiche wurde auf altmodische Weise aufgebahrt. Die Frauen kamen mit Kerzen und Weihrauch und Tüchern. Meine Granny führte den Vorsitz, ihre altertümlichen Worte klangen ernst und absurd. Für mich lag Hugh in seinem Sarg. Für meine Granny und für die seltsame Frau mit dem Bestattungsunternehmer-Blick war mein Granda »verwahrt im Korb des Todes«.

Margaret schützte, was die alte Frau tat. Sie ließ nicht zu, daß die Leichenbestatter sich in dieses intime Geschäft einmischten. Wir kauften ihre Schreinerarbeit. Wir mieteten ihre Autos. Sie bestellte die Träger für jenen Tag. Aber sie wollte nicht, daß sein

Leichnam in der Halle der Bestatter lag. Es tat ihr weh, ihn nicht zu Hause zu haben. Aber das war nicht möglich. Sie bat darum, daß der Tote in der Leichenhalle des Krankenhauses bleiben konnte; dort lag er dann, und sie fuhr mit dem Bus hin und her, mit ihrer Freundin, ihrem Gebetbuch und ihren Kräutern.

Hugh hatte einen Stapel kleiner Policen; er war nie richtig versichert gewesen. Sie lagen in einer Dose: *Empire Exhibition Scotland, 1938.*

Ich holte vierhundert Pfund bei Friends Provident in Kilwinning. Ich fuhr nach Saltcoats, dann nach Prestwick, hundert Pfund hier, vierzig da. In den Büchern, die Margaret mir gab, standen Zahlenkolonnen, die mit unterschiedlicher Tinte geschrieben waren. Alle Bücher waren vor Jahren aufgegeben worden. Ich legte das Geld unter die Uhr in Margarets Zimmer. Ich schrieb ein paar Schecks aus. Ich setzte eine Annonce in die *Evening Times:*

Hugh Thomas Bawn
»Mr. Housing«
Geliebter Ehemann von Margaret, Vater von Robert,
Großvater von James
Verstarb am 26. Dezember 1995
Im Crosshouse Hospital
Elf-Uhr-Messe in der St. Joseph's Church in Affleck,
am 30. Dezember
Von Blumenspenden bitten wir abzusehen
Ecclesiastes: Ein Geschlecht geht, und ein anderes kommt;
doch die Erde bleibt ewig bestehen.

St. Joseph's Church war nicht so, wie ich sie in Erinnerung hatte. In meiner Vorstellung stand die Kirche anders. Aber da war sie, quer an der Zufahrt zum Hafen; die grünen Fensterläden des Gebäudes verblaßten allmählich und waren im Begriff, ins Meer zu fallen. Die Kirchenbänke hatten ursprünglich in Reihen vom Altar bis zur Tür gestanden. Jetzt war der Altar zur Seite gerückt. Die Kirchenbänke waren auf die neue Weise darum herum angeordnet. An den Stationen des Kreuzwegs hingen Kinderzeichnungen. Aber die alten, knochigen Marienstatuen waren noch da. Die hölzernen Apostel mit den gequälten Gesichtern, den deutenden Fingern, den offenen Mündern. Die römischen Soldaten mit den viel zu großen Füßen. Und in den Fenstern neues, buntes Glas. Indigo-Glas.

Oben Hosianna; unten Fisch.

Die Namen der Jungen aus dem Ort, die draußen im Krieg gestorben waren: in Gallipoli, in der Normandie, in den Sümpfen von Goose Green.

Oben neben dem Altar hing eine bemalte Tafel; die Namen der Gemeindepfarrer von St. Joseph waren in Rot hervorgehoben.

Father Seamus Brady, 1948–62
Father Dominic Savio, 1962–66
Father Martin Healy, 1966–79
Father Ian Timothy, 1979–

Die Kapelle war halb gefüllt. Die Luft war schwer von Chorälen und Weihrauch. Der Sarg meines Granda. Wir standen hinten, und Father Timothy kam auf uns zu. Sein Haar war immer noch üppig – aber üppig grau. Er schloß Margaret in die Arme. Er nahm ihre Hände. Er flüsterte ein Wort.

»Glaube«, sagte er.

Sie griff nach der Brust seines jadefarbenen Talars. Und dann wandte er sich zu mir. Ihn umgab Rasierwasserduft. Er zog zwischen uns durch die Luft. Ich glaubte zu sehen, daß er schwere Jahre hinter sich hatte.

»Schön, Sie zu sehen, Father«, sagte ich.

»James.«

Wir umarmten uns. Es war nicht so leicht, wie es gewesen war. Nach all den Jahren so zusammenzustehen. In meinen Armen fühlte er sich an wie ein Junge.

»Es tut mir leid«, sagte er.

»Es tut uns allen leid.«

Ich streichelte ganz kurz seinen Arm. Es war, als wäre ich es, der ihn tröstete.

Der Pfarrer ging in die Sakristei zurück.

Margaret und ich gingen nach vorn. Als wir am Sarg vorbei kamen, bückte Margaret sich und küßte den Deckel. Er war mit Karten übersät.

Dann kamen die Worte und die Musik, und es begann ein langsamer liturgischer Tanz, ein Sitzen und Knien und Beugen, eine Abfolge von Schritten, so schrecklich vertraut.

Gott Vater, Sohn und heiliger Geist.

Vom Dach herunter kam violettes Licht. Wieder tausend winzige Fetzen, die als Staub auf die Hände des Pfarrers fielen, auf die leeren Bänke, auf den Taufstein. Und ohne jedes Mitleid, ohne jede Scham fielen sie auf den so klein wirkenden Sarg von Hugh Thomas Bawn.

»Es ist das heiligste unserer sieben Werke der Barmherzigkeit«, sagte der Pfarrer, »die Toten zu bestatten.«

Herr, gib ihm die ewige Ruhe, und das ewige Licht leuchte ihm ...

Die Kinderzeichnungen strahlten gelb und rot aus ihren Wechselrahmen. Diese Mischung aus kleinen und großen Buchstaben hatte etwas sehr Fröhliches. Über dem Taufstein hingen vier, wie ein Fenster. Die vier Kardinaltugenden:

Klugheit (ein lächelnder Mann im Anzug hält ein paar Goldmünzen in der Hand); Gerechtigkeit (eine Frau mit einer langen Perücke legt eine Hand auf ein Tor, und auf einem Pfeil steht »Freiheit«); Tapferkeit (ein Cowboy steht von knallroten Indianern umringt auf einem kleinen Hügel); Mäßigung (ein alter

Mann mit verschränkten Armen; er betrachtet eine Flasche mit der Aufschrift »Wodka«).

Eine größere Zeichnung nahm die Rückwand ein. Das Werk mehrerer Kinder mit Spaß an Buntstiften; das Werk einer Klasse, P4. Überall waren Berge und Blitze, ein langbärtiger Abraham, ein verängstigter Isaak. Ihre Augen waren weit offen für die Welt. Abrahams Dolch hing in der Luft. Der Sohn sagte nein zu seinem Vater.

Nein.

... schenke den Seelen Deiner Diener und Dienerinnen Nachlaß aller Sünden ...

Father Timothy hob die Hände.

»Durch Christus, unsern Herrn«, sagte er, »In Ihm leuchtet die Hoffnung seliger Auferstehung. Wohl drückt das unabänderliche Todeslos uns nieder: Allein die Verheißung künftiger Unsterblichkeit richtet uns empor. Deinen Gläubigen, Herr, kann ja das Leben nicht geraubt werden, es wird nur neugestaltet; wenn diese Herberge ihres Erdenwallens in Staub zerfällt, steht ihnen eine ewige Heimat im Himmel bereit.«

Die Kapelle war wie eine große Muschel: das Geräusch des Meeres.

Hugh lag tot in seiner Kiste. Ich fragte mich: Würde Hugh zum rachsüchtigen Gespenst werden? Würde er durch das Land stürmen? Würde er uns in unserer eigenen Schwäche verfolgen? Die Worte der Messe verebbten. Die Laute wurden immer schwächer in meinen Ohren; vertraute Gesichter, Lippen, die sich bewegten. Die Art, wie das Kreuz an den Wänden ausgestellt war. Jesus, der seine geplagte Mutter traf. Das Kreuz wird Simon von Kyrene auferlegt. Jesus fällt zum dritten Mal. Jesus wird an das Holz genagelt. Sein Mund sagt nein.

Nein.

Oben im Chorraum stand eine Frau. Sie hielt ein schwarzes Buch in der Hand. Sie trug einen schwarzen Mantel. Ihre Lippen bewegten sich nicht zusammen mit denen der anderen. Die Kirchenputzfrau. Ich kannte sie schon mein Leben lang. Sie war oben im Chorraum. Ihre Lippen bewegten sich.

»Confiteor Deo omnipotenti ...«

Ich bekenne Gott dem Allmächtigen, der seligen, allzeit reinen Jungfrau Maria, dem heiligen Erzengel Michael, dem heiligen Johannes dem Täufer, den heiligen Aposteln Petrus und Paulus, allen Heiligen, und Dir, Vater, daß ich viel gesündigt habe in Gedanken, Worten und Werken: durch meine Schuld, durch meine Schuld, durch meine übergroße Schuld ...

Die Worte kamen dröhnend zurück. Und trotzdem war es nicht synchron. Die Leute sprachen verschiedene Messen. Sie benutzten verschiedene Worte. Es war ein Stimmengewirr, getrennte Gebetsströme, Litaneistrudel, die zusammenfanden und auseinanderfielen. Manchmal war nur noch Father Timothys Stimme zu hören. Seine Stimme war der Mittelpunkt: alles andere war unharmonisches Geflüster.

»Mit Father Brady hat es angefangen«, sagte eine Frau hinter mir. »Die lesen die Messe immer noch auf die alte Art. Das hat schon Theater gegeben. Sie nehmen den alten Wortlaut. Der Bischof mußte deswegen schon kommen, aber offenbar schaffen die es immer noch. Die anderen Kirchen, die ab vom Schuß sind, machen das auch. Sie nehmen den alten Wortlaut, und manche nehmen Latein.«

Der Pfarrer las aus dem Johannesevangelium. Dann nickte er. Margaret machte Platz, um mich vorbeizulassen. Meine Knie waren schwach, als ich die Stufen hinaufging. Der rote Teppich schien mich zornig anzustarren. Seine leuchtende Farbe hatte etwas Spöttisches. Als ich zur Kanzel schwankte, fühlte ich mich plötzlich groß. Mein Anzug schien zu kurz zu sein. Ich wischte mir das Haar aus den Augen. Und ich sah auf. Wenige Sekunden sickerten davon wie unendliche Minuten. Da waren alle diese Gesichter. Meine Granny mit ihrem Mantel und dem schwarzen

Schal. Ein paar Reihen weiter hinten meine Mutter und Bob mit Krawatte, weißem Hemd und Ring. Es waren Leute da, deren Gesichter ich kannte. Ein halbes Dutzend Reihen von der Corporation. Fergus McCluskey und die Lehrlinge meines Granda. Der lokale Parlamentsabgeordnete und seine verdrießliche Frau. Der Barmann aus dem British Legion Club. Eine Reihe junger Männer, die mir nichts sagten. Mein Lehrer Mr. Buie. Er stand allein. Seine Augen schienen jetzt schmaler zu sein; er hielt sich gebückt. Mein erbitterter Feind von der Lokalzeitung war da. Auch Riccarton, der Arzt. Und einige junge Frauen standen mit Babys an der Tür. Ich fragte mich, ob sie zur Messe gingen oder ob sie Hugh kannten und ihn einfach gemocht hatten, wie er so durch die Straßen ging oder im Pub von großen Dingen sprach. Vielleicht hatten sie in einem seiner Hochhausblocks gewohnt. Ich hatte keine von ihnen je gesehen. Vielleicht tat es ihnen einfach nur leid.

Die Gesichter mancher Männer waren vom Suff getrübt. Und ihr Ausdruck zeigte Respekt vor den Pflichten des öffentlichen Lebens; ihre schwarzen Krawatten hatten etwas zutiefst Gebrochenes; sie hielten sich wie Männer, denen alles mißlungen war. Sie machten offenbar nicht viele Worte. Sie standen stramm. Sie hatten gesehen, wie die Welt sich veränderte. Man konnte das alles erkennen. Ihr Vertrauen und ihre glühende Verachtung waren erkaltet; sie standen da wie Invaliden.

Ganz hinten war ein Mann in einer Lederjacke. Sein Kopf war kahl; an den Seiten rot. Sein Mund bewegte sich nicht. Ein Mann, der eine unermeßliche Verlassenheit ausstrahlte. Er hielt sich an der Kirchenbank vor ihm fest. Sein Gesicht war blaß. Mein Vater.

Ich räusperte mich.

»Das Responsorium«, sagte ich. »Der Herr ist mein Hirt, nichts wird mir mangeln.«

Der Herr ist mein Hirt, nichts wird mir mangeln.

»Der Herr ist mein Hirt, nichts wird mir mangeln;
Er weidet mich auf grüner Au.
Er führt mich zu erquickenden Gewässern
und labt dort meine Seele.
Der Herr ist mein Hirt, nichts wird mir mangeln.
Er leitet mich auf rechten Wegen
um Seines Namens willen.
Auch wenn ich wandern müßt in Todesschatten,
ich fürcht kein Unheil:
Du bist ja bei mir.
Dein Stock wie auch Dein Stab gereichen mir zum Trost.
Der Herr ist mein Hirt, nichts wird mir mangeln.
Du rüstest mir ein Mahl jenen zum Trotz, die mich
bedrängen.
Du salbst mein Haupt mit Öl;
mein übervoller Becher – wie köstlich ist er doch!
Der Herr ist mein Hirt, nichts wird mir mangeln.
Ja, Dein Erbarmen folgt mir alle Tage meines Lebens;
Und wohnen darf ich immerdar im Haus des Herrn.
Der Herr ist mein Hirt, nichts wird mir mangeln.«

Margaret weinte in ihre Hände hinein. Ich ging an meinen Platz zurück und hielt sie fest. Die Kapelle drehte sich vor mir, ein Abgrund der Erinnerungen und des Unglaubens. Ich hielt die arme Margaret so fest, wie ich konnte. Ich wollte um ihr gebrochenes Herz weinen. Ich wollte etwas sagen, an diesem heiligen Ort meine Stimme erheben und allen unseren Verlust erklären, ich wollte nicht, daß das wehe Weinen meiner Großmutter zu Nichts verging. Ich wollte das Geheimnis ihres Kummers brechen. Nur für eine Minute, nur für einen Tag den Teufel der Gleichgültigkeit überlisten, damit die Heiligen aufstanden und zuhörten, damit die Leute in dieser Kapelle in einem gewaltigen Augenblick der Wahrheit unser Leben kannten und ihr eigenes, um aus Hugh Bawns Begräbnistag eine Zeit des behutsamen Erkennens, einen lange ersehnten Tag der offenen Herzen zu machen.

Ich zitterte neben der aufgelösten Margaret und wollte unser exotisches Gemurmel zum Verstummen bringen. Es mußte etwas gesagt werden. Wir brauchten ein Wort, um uns zurückzunehmen. Aber wir hatten keins. Nicht in dieser Kapelle, nicht in diesem Land, nicht an diesem Tag. Alles was wir hatten, war unser unharmonisches Geflüster.

Ich drehte mich um und sah Mr. Buie an. Mein alter Lehrer hielt seinen Kopf im Gebet gesenkt. Es gab kein Wort zwischen uns. Zwischen niemandem. Margaret war mit ihrem Glauben allein. Hinter uns sprachen andere zu ihren Göttern. Der Rest suchte im Kopf nach Trost.

Father Timothy trat mit einem Blatt Papier auf die Kanzel. Dort faltete er es auf und hob den Kopf.

»Dies ist ein Jahrhundert der großen Herausforderungen gewesen«, sagte er. »Ich denke an Kriege, an Krankheiten, an Hungersnöte, neue Technologien, Besuche auf dem Mond. Aber für die meisten von uns, für Männer und Frauen wie du und ich, lagen die größten Herausforderungen hier, auf unserem eigenen Boden. Es waren Herausforderungen, die unsere Lebensweise betrafen. Unsere Zeit ist eine Zeit der Verbesserungen gewesen – nicht etwa, was die Moral angeht oder den Besuch der Kirche oder unsere Fähigkeit, unchristliche Gewohnheiten zu durchbrechen, die uns täglich in Versuchung führen. Aber es ist ein Zeitalter gewesen, das sich selbst hohe Ziele gesetzt hat, besonders im Bereich der sozialen Reformen. Sogar an einem kleinen Ort wie diesem hier, in Ayrshire, in Glasgow oder in Schottland insgesamt: Dies ist ein Jahrhundert des Fortschritts gewesen. Hugh Bawn war ein Mann, der an diesen Fortschritt glaubte. Man sagt oft von ihm, daß er allein dastand. Aber das, wofür er stand, war gut und klar: saubere, bezahlbare, moderne Häuser.

Mehr als jeder andere Mensch seiner Generation hat er sich dafür eingesetzt, daß dieses Ziel erreicht wurde. Man muß in der Geschichte unserer Gemeinde nicht lange suchen, um Hinweise auf die schrecklichen Slums zu finden. Seit dem Ende des letzten Krieges hat Hugh es zu seiner Aufgabe gemacht, eine der größten sozialen Revolutionen voranzutreiben, die in diesem Land jemals stattgefunden hat – den Bau von Wohnhochhäusern, oder Hochhausblocks, wie er selbst sie nannte.

Die Aufgabe, nach dem Krieg aufzuräumen und wieder zu bauen, hätte keinen besseren Männern als Hugh Bawn und seinesgleichen zufallen können. Seine Mutter war die berühmte Suffragette und Mietstreik-Organisatorin Effie Bawn. Sie nannte sich selbst eine Sozialistin. Sie lehrte ihn, was es bedeutet, ein Bürger zu sein, ein Visionär zu sein und ein Katholik zu sein. Und ebensosehr war Hugh ein Patriot. Er liebte sein Land, und offenbar hat er sich sein ganzes Leben lang danach gesehnt, es zu verbessern.

Gewöhnlich wirft die Mode einen Schatten über die, deren Zeit vorüber ist. Seit neuestem hält man Hugh Bawns Bauwerke und den Mann selbst für unvollkommen, wie wir es im Grunde alle sind. Hugh selbst ist in dieser Hinsicht immer philosophisch geblieben. Er sah, daß eine neue Generation zum Zuge kommen mußte. Er war ein ziemlich leidenschaftlicher Mensch, und ebenfalls in jüngster Zeit wollte man ihn in die eine oder andere Auseinandersetzung hineinziehen. Aber da Hugh seine Reise in Gottes ewige Obhut angetreten hat, in eine Heimat, die für die Ewigkeit gebaut ist, können wir nur wissen, daß er alle weltlichen Sorgen hinter sich gelassen hat. Aber wir können hoffen, daß mit Unseres Vaters himmlischer Gnade etwas von Hugh Bawns Pioniergeist hier unter uns bleibt und daß seine Rücksicht auf den Nächsten als Leitbild und Beispiel für uns alle dient. Es heißt, daß es in diesem Land nicht viele moderne Helden gibt. Hugh Bawn ist so etwas gewesen. Ich wüßte keinen, der Tradition und Zukunft wie er verbunden hat. Für sein Leben müssen wir immer dankbar sein.«

Er faltete das Papier zusammen.

Wir saßen schweigend da.

Es war, als ob es im Raum jetzt einen großen Pulsschlag gab. Das war nicht die Wahrheit, die ich meinte. An diese Geschichte konnte kaum jemand glauben. Aber sie verband die Leute in der Kapelle wie nichts anderes, was bisher gesagt worden war. Ich war wie erstarrt, weil dem Pfarrer das gelungen war. Er hatte mit all seiner Kraft gesprochen. Er hatte dem schrecklichen Durcheinander unserer Gefühle an diesem Tag eine Form gegeben. Er hatte seine Meinung gesagt. Er hatte Mut bewiesen – den Mut, zu glauben, daß die Wahrheit nicht alles ist. Als er zur Mitte des Altars zurückging, sah ich nach seinen Augen. Sie waren fest auf Margaret gerichtet. Er hatte es für sie getan.

»Nehmet hin und trinket alle daraus: Das ist der Kelch Meines Blutes, des neuen und ewigen Bundes – Geheimnis des Glaubens –, das für euch und für alle vergossen wird zur Vergebung der Sünden.«

Der Pfarrer hob den Kelch.

Ein Ministrant in Strandschuhen läutete die Glocke. Er gähnte und biß sich auf die Lippen. Man konnte seinem Gesicht nicht ansehen, warum er da war. Er gähnte nur. Er läutete die Glocke. Der Klang schwebte funkelnd durch die Luft, als ob es nur diesen Moment gab und als ob es nie einen anderen geben würde. Der Junge stand neben dem Pfarrer. Er hielt eine Schale mit Hostien. Ich stellte mich Margaret zuliebe in die Schlange. Alle empfingen jetzt die Kommunion. Ich trat auf den Pfarrer zu und streckte die Zunge heraus.

»Der Leib Christi«, sagte er.

Er legte mir das Brot auf die Zunge.

»Amen.«

Ich tat das, was ich als Kind getan hatte: Ich weichte die Reiswaffel mit der Zunge auf und drückte sie dann an meinen Gaumen. Da klebte sie, wie sie es immer getan hatte; das Ende der Messe verbrachte ich wie als Junge damit, meine Zunge zu verrenken und unendlich lange an dem süßlichen Pflaster zu saugen.

Father Timothy legte seine Hand auf ein offenes Buch.

»Durch heilbringende Anordnung gemahnt«, sagte er, »und durch göttliche Belehrung angeleitet, wagen wir zu sprechen …«

Und dann sah er auf, hielt inne und nickte.

Sie sprachen das Vaterunser. Alle sprachen es – zweifellos erleichtert, weil das etwas war, das alle sprechen konnten. Und so wurde es lauter in der Kirche. Ich dachte an das Meer draußen, ich nahm die Stimmen weg von der schottischen Westküste und versetzte die Worte des Gottesdienstes an einen anderen Ort, in eine andere Zeit. Aber trotzdem war ich zu sehr ich selbst, um nicht an ihnen zu zweifeln. Ich spürte, wie sich das Gebet aus ihren Kehlen erhob – mit ihm erhob sich etwas vom Leben eines jeden Trauernden, und Tränen fielen – aber dann sank es da draußen ins Meer, als wäre es nichts, es sank ins Nirgendwo und wurde als Dunst auf die gefrorenen Felsen zurückgewaschen. Wer könnte von einem bestimmten Meer sagen, es sei alt? Von der Sonne destilliert, vom Monde geknetet, erneuert es sich jährlich, täglich, stündlich.

… Dein Wille geschehe, wie im Himmel, also auch auf Erden! Unser tägliches Brot gib uns heute …

Inzwischen war es beinahe zu Ende. Die dunkle Dame oben im Chorraum klappte ihr Buch zu. Der Pfarrer und der Ministrant berieten sich. Aus dem Nichts kam ein goldenes Weihrauchfaß. Es schwang an einer Kette hin und her. Der Junge und der Mann waren mit ihren Blicken und mit ihren Händen beschäftigt. Schließlich drang der Geruch zu uns. Beißender Brand für ein beendetes Leben. Aus der schwingenden Kugel stiegen Federn aus blauem Rauch. Das war der Geruch der Altertümlichkeit, der Geruch Roms. Mit diesem kostbaren Duft in den Nasenlöchern – betäubender Duft, hypnotisches goldenes Schwingen – träumten wir davon, eine mächtige, atmende Kultur zu sein. Father Timothy schwang das Schmuckstück um Hughs Sarg herum.

Aus Tiefen schrei ich, Herr, zu Dir, o Herr, erhör mein Rufen. O schenke doch Gehör der Stimme meines Flehens. Wenn Du die Sünden nicht vergessen könntest, Herr, wer noch könnte dann bestehen? Ich bat McCluskey und vier seiner Männer, den Sarg mit mir hinauszutragen. Margaret sagte nichts. Sie traten mit düsteren Mienen nach vorn. Es war leicht, den Sarg vom Gestell zu heben. Margaret ging hinter uns her. Die Frau im Chorraum stimmte einen Choral an, während wir mit Hughs sterblichen Überresten zur Tür schritten. McCluskeys schob seinen Arm unter dem Sarg hindurch und legte ihn um meine Schulter. Er stützte mich mit seiner Bauzeichnerhand. Die Stimme der Frau breitete sich aus in St. Joseph's Church.

Oben Hosianna; unten Fisch.

Faith of our fathers living still, we will be true to you till death. We will be true to you till death.

Wir wollten, daß Hugh bei seiner Mutter lag. Die dunklen Autos folgten dem Leichenwagen zum Royston Cemetery in Glasgow; dreißig Meilen baumgesprenkeltes Ayrshire, hier und da atmeten Dörfer im weißen Nachmittag. Wir durchquerten die Felder, und sie waren alle hart gefroren. Vor Lugton stand ein Bauer starr im mageren Gras, und seine kalten Kühe lümmelten um ihn herum. Er zog seine Mütze, als der Leichenzug vorüberkam. Margaret wandte sich benommen vom Fenster ab.

»Es war gut besucht«, sagte sie.

Glasgow heute: eine gasförmige Karodecke aus Einbahnstraßen. Wir kamen am alten kommunalen Postgebäude vorbei. Es war auf Dauer geschlossen. Hoch über dem George Square flatterte eine Flagge mit dem Andreaskreuz, der Backstein der Burg von

Fletton. Margaret schluckte. Sie sprach ganz langsam. »Die Fahne, die unseren Leuten die Luft nimmt.«

Sie wandte sich mir zu. »Du sollst wissen, daß dein Granda Fehler gemacht hat«, sagte sie. »Er war nicht immer liebenswürdig zu den Leuten, aber ich habe ihn trotzdem immer geliebt. Und er hat Fehler gemacht. Das mußt du klar vor Augen haben, Jamie. Er ist größenwahnsinnig geworden vom Wohnungsbau, und er hat das Geld ein bißchen dünn gesät, und das hat den Häusern geschadet, aber er hat nie einen Penny für sich behalten. Das muß dir bewußt sein. Ich glaube, du hast gesagt, daß du weißt, daß das stimmt.«

»Ja, das weiß ich«, sagte ich.

»Die Vorstellung, daß er Geld hatte«, sagte sie. »Am Ende hat er kaum eine Rente gehabt. Er hat sich nie um Geld gekümmert.« Ihre Augen funkelten unter dem Netz ihres Schleiers. »Und glaub' nicht, daß ich nicht weiß, daß du das meiste hier bezahlst.«

»Schsch, Granny«, sagte ich und nahm ihre Hand. »Das ist schon in Ordnung.«

»Sie werden niemals glauben, daß er nur versucht hat ...« sagte sie.

»Schsch«, sagte ich, »sie werden es glauben. Sie werden.«

Jemand hatte das Grab gepflegt. Die Grabsteine auf beiden Seiten waren mit Moos bedeckt, aber Famies nicht. Man konnte die Worte deutlich erkennen:

Euphemia Bawn
Geboren am 2. März 1893. Gestorben am 19. Mai 1941.
Stadträtin und Reformerin
Geliebte Ehefrau von Thomas Mangan Bawn
Der am 6. Januar 1918 in Ypern
Für sein Vaterland gefallen ist.
»Mein Ende ist mein Anfang.«

Ich hatte noch nie so viel Stille erlebt. Ein leichter Wind, die Grashalme vibrierten wie Saiten. Und um uns in der Luft dampften unsere wenigen Atemzüge. Die meisten Männer hatten die Hände gefaltet. Die der Frauen steckten in Taschen oder waren mit Tüchern umwickelt. Father Timothy fing an zu sprechen. Vieles, was er sagte, konnte ich nicht hören; seine Stimme erhob sich über die Häuser; mein Blick blieb an hohen Fenstern hängen. Etwas drang durch:

»… den unvermeidlichen Lauf der Natur darin, daß sie zurückverlangt, was sie uns geliehen hat.«

Margaret war inzwischen in einen anderen Zustand eingetreten. Sie war nicht bei uns. Ihre Lippen bewegten sich langsam. Sie achtete nicht auf den Pfarrer. Ich legte den Arm um sie. Sie bewegte sich nicht. Sie war irgendwo in ihrem salzigen Meer des Trostes, sie sprach mit den Geistern ihres Volkes.

»Man muß ihn in Schwanendaunen begraben«, sagte sie, ihre Stimme war nur ein Murmeln neben der des Pfarrers. »Er schläft doch nur.«

Die Leute richteten ihren Blick auf den Sarg, der über dem Grab ruhte.

»Am Festtag wird er aus diesem Kasten steigen«, sagte Margaret.

Ich sah eine Weile auf den traurigen Boden hinunter. Manche Leute respondierten flüsternd den heiligen Worten des Pfarrers. Ein paar Frauen berührten Margaret, aber sie war für uns verloren. Sie wirkte wie eine betagte Frau aus einem heidnischen Stamm, eine runenlesende Hexe, die ihre Finger seltsam und aufreizend bewegte. Sie fing an zu wimmern. »Unsre Liebe Frau hat Darnley im weißen Tuch beweint«, sagte sie.

»Granny, ich bin doch da. Nimm meine Hand.«

Sie hielt sie fest.

»Mein Einziger«, sagte sie unter Tränen. Sie achtete jetzt nicht mehr auf die Anwesenheit der anderen. Inzwischen sah sie ängstlich aus. »Mein Jamie«, sagte sie. »Ich bin die letzte in diesem Grab. Ich bin die Wächterin, das bin ich doch bestimmt?«

Von der Erde bist du genommen, und zur Erde kehrst du zurück …

»Ich hole Wasser für die, die dürsten«, sagte Margaret.

»Schsch«, sagte ich. »Ich bin doch da. Ich bin da, Granny.«

Mehr war nicht zu sagen. Margaret zitterte und fror in meinen Armen. Über dem Stadtzentrum konnte ich ein silbernes Helium-Luftschiff sehen. Es glitzerte in der Ferne. Es flog von einem Seil gehalten hoch über den City Chambers. Ich weiß nicht, was es da oben zu suchen hatte. Solche Sachen machte man eben jetzt. Solche Sachen machten viele von uns jetzt. Ich glaube, es sollte den Leuten das Gefühl geben, daß sie in einer guten Gegend wohnten. Vielleicht war es auch nur wegen Silvester morgen. Ein Hogmanay-Ballon. Er drehte sich langsam in der Luft über dem George Square. Er drehte sich sehr langsam.

»Hol den Spiegel ein und die Glocke« sagte Margaret. »Er kommt noch vor Mittag heraus und tobt.«

Ihre Stimme war jetzt laut und klar.

»Schsch«, sagte ich.

Ich hielt sie an ihrem verdrehten Arm fest. Ich dachte, daß sie sich in die Grube werfen würde, so glasig war ihr Blick vor Angst und Trauer; um sich selbst weh zu tun und damit Hughs Ehre zu beweisen, ein Akt der Witwenverbrennung auf den von Heidekraut gesäumten Wegen des Royston Cemetery, unter den Wolkenschatten von Glasgow. Als der Sarg in die Erde gelassen wurde, schien sie in gewöhnlichen Tränen zu zerfließen. Dann kam sie zur Ruhe. Father Timothy nahm eine Handvoll Erde. Ich trat zu ihm hin. Ich nahm seine Hand in meine beiden. Ich nahm die Erde. Ich hielt meine Hand über das Grab; der kalte Lehm brauchte Sekunden, um abzugleiten und endlich auf den Sarg herabzufallen.

»Leb wohl«, sagte ich.

Ich ging zu Margaret zurück. Die Leute hatten das Grab verlas-

sen. Sie beugte sich mit einem kleinen Veilchenknäuel darüber.
Sie küßte es und warf es hinein. Sie sagte sieben Worte in die
große Stille.

»Nicht mehr lange, dann komme ich nach«, sagte sie.

Als wir zum Wagen zurückgingen, hielt ich ihre Hand. Gräber-
reihen bedeckten den Hügel, und gleich an seinem Fuß lagen ein
paar verstreute Häuser. Allmählich wich vom Himmel das Licht.

SIEBEN

JAMIE, PROBIER ES

The Bruce Hotel
12 Market Square,
Dumfries.
3. Januar 1996

Liebe Karen,
an diesem Ort hat der Mann, der Peter Pan geschrieben hat, seine
Kindheit verbracht. Es würde dir hier gefallen. Es gibt jede Menge alte Kommunisten und Klamottenläden.
Ich bin hierher gekommen, um meinen Vater zu suchen. Ich will
ihn nur sehen, sonst nichts. In Dumfries merkt man, wo man
ist – am Ende eines Landes. Die Hügel von Galloway und die
Bäume sind unglaublich. Die Hecken sind vollkommen protestantisch. Alles ist sehr sauber. Es würde dir gefallen. Vielleicht
können wir eines Tages mal herkommen und es uns anschauen.
Das ist vielleicht eine Zeit gewesen. Ich hatte immer gedacht,
daß es nur in alten Häusern spukt und bei alten Leuten. Aber
das ist jetzt vorbei. Ich komme nach Hause.
In Liebe Jamie

Diesen Brief schrieb ich an meinem zweiten Tag in Dumfries am
Schreibtisch im Hotel. Der Brief enthielt meine ganze Liebe zu

Karen. Und doch kam ein Gefühl über mich, als ich ihn schrieb, eine rotäugige Überzeugung; ich spürte, daß es Dinge gab, die mich nie verlassen würden, und Dinge, die mir jetzt entglitten. Ich fühle im gleichen Moment meine Kraft und meine Schwäche. Ich wußte, daß die Welt jetzt ungewisser war, und ich bin sicher, daß ich zum ersten Mal sah, wie sich Veränderungen vollziehen und daß manche zum Guten führen und manche zum Schlechten und daß das Ende eines Tages der Anfang des nächsten ist. Der Stift glitt über das Papier, und ich wußte, daß ich mich verändert hatte. Ich konnte nur da lieben, wo ich konnte. Ich konnte nur hoffen, glücklich zu sein und Trost in dieser Hoffnung finden, wie die Menschen es tun, wo immer sie sind. Ich sehe diesen Brief jetzt vor mir. Wenn er etwas von den gesammelten Obsessionen meines bisherigen Lebens enthält, dann soll das eben so sein, denn er enthält auch das Versprechen, daß sie sich eines Tages auflösen werden und daß die Zukunft zeigen wird, was in ihr steckt, und daß dann ein heilender Wind durch die Räume der vielen vergangenen Stunden weht. Vielleicht werden die Tage, die noch kommen, solche Tage sein; Karen und ich und das Leben, das wir miteinander haben können. Ich hatte immer gedacht, daß ich zu Salz werden würde, wenn ich mich umdrehte: Aber jetzt war alles in Ordnung. Bald würde ich nach Hause fahren.

Die Tapete im Hotel war aus teegelbem Velours. Die Vorhänge waren stärkeweiß. Ich saß auf dem Bett – den Rücken am Kopfteil, ein Tütchen Kaffee in weichgekochtem Wasser – und sah zu, wie das Licht von Dumfries in Blöcken durch die Scheiben des Erkerfensters mäanderte. Die Art, wie die Lichtblöcke rundherum wanderten, hatte mit Autos und Wolken zu tun; sie durchbrachen das Dunkel an der Tür wie ein Feuerwerk auf Schnee. Das Licht fiel ins Zimmer und wanderte über die Wände, als ob die Zeit keine Rolle spielte, als ob die Zeit selbst unberührt wäre von allem, was geschieht, während sie vergeht. Man konnte nichts anderes tun als ihr zusehen, die Schatten waren gute Kameraden, zerbrochene Markierungen von tausend Sonnenuhren, die vor der Zeit davonliefen und vor mir.

Ich warf den Brief ein. Dann saß ich auf dem Bett und betrachtete eine Stunde lang das Licht. Ich glaube, es war eine Stunde. Ich schloß die Augen und träumte von jungen Männern, die an offenen Fenstern Lieder sangen. Sie sangen in ihren Schlafanzügen. Ich kam, um ihnen zuzuhören. Sie standen in der Nacht mit breitem Lächeln an den Fenstern. Und dann gingen wir alle hinaus ans Meer. Das Boot war trocken. Überall um das Boot herum schwammen rote Fische. Wir fuhren weiter und dachten, daß nichts verkehrt war. Und es war nichts verkehrt.

Das Boot, mit dem wir fuhren, war groß und trocken.

Als ich aufwachte, wiegten sich dunkle Schattenfinger an der Wand. Bäume draußen. Inzwischen fiel das Licht auf die Bäume. Neue Schatten spielten an der Wand. Sie tanzten im Kreis. Ein Kinderfilm auf der gegenüberliegenden Wand.

Als Junge lief ich vor meinen Eltern davon. Ich kam nie zurück. Dumfries hatte ich im Hinterkopf. Ich dachte hin und wieder daran. Hugh erzählte mir, daß es rotsteinern war. Dort wollte man solche Blocks wie seine nicht haben. Es war ein schamroter Fleck auf der Landkarte unterhalb von Ayrshire. Wir hielten es für gut, Dumfries nicht zu mögen. Als ich meine Eltern ihren abschließenden Katastrophen überlassen hatte – dem Schmerz, dem Verlust des Verstands, der schließlichen Trennung – machte mein Vater in den letzten Orten von Schottland Station. Mein Großvater schimpfte immer auf ihn. Er war blau in Ecclefechan, stockbesoffen in Gretna Green oder völlig hilflos in Langholm oder Canonbie. Die letzten Orte in Schottland: Englands Anfang.

Mein Vater war vollkommen wahnsinnig, wenn er getrunken hatte. Ich hatte Angst vor ihm. Der Ausdruck in seinen blutunterlaufenen Augen an diesem Tag, an dem Tag, als er sagte,

daß er mich für immer fertigmachen würde, vor all den Jahren in dem Haus in Ferguson, wo die feuchten Wände uns umschlossen. Das war das Bild, das ich von ihm im Kopf hatte. Sein hageres Gesicht. Seine eingefallenen Wangen.
Mein Lebensblut, mein Feind.

In meinem letzten Schuljahr wurde dieses Bild noch einmal durch ein anderes ersetzt. Ich fuhr nach Dumfries, um ihn zu besuchen. Es war Sommer. Hugh und ich hatten unterwegs die Rosen in Culzean Castle inspiziert. Ich weiß noch, daß das Meer dort in heiteren blauen Strudeln funkelte. Nur die Felsen schienen an diesem Tag zu schlafen; sie lagen unten an den Stränden in der gespenstischen Gischt aus Seesalz und Weichheit, Gletscherruinen mit ihren schweren Erinnerungen, und um sie herum die volle Blüte und das Gezänk des Sommers.
Die Felsen rührten sich nicht. Die Auld Wives-Felsen, zu dritt: Von einem mythischen Irland aus ins Meer geschleudert, vor den Tagen der christlichen Seefahrt vom Stapel gelassen von gemeinen Frauen in heidnischen Kleidern, die keine Schönheit kannten, aber Steine schleuderten, um zu zeigen, daß sie statt ihrer über Kraft verfügten. Das war die Geschichte der Felsen von Culzean. Hugh erzählte sie noch einmal. Er erzählte sie sehr gern. Die Auld Wives standen unterhalb der Burgmauer am Strand. Ein paar Phosphorbomben waren angespült worden; sie zischten und detonierten an der Flutlinie, winzige Welten aus Lava. Die Abwässer von gestern hatte das Blau verschlungen.
Tote Krabben. Amerikanische Stimmen.
Der Sand war schlüpfrig, er ahnte kommendes Öl.
Man hatte das Auto meines Vaters am Solway Firth gefunden. Es stand mit weit offenen Türen oben auf der Wiese. Er hatte es dort stehen lassen. Auf dem Rücksitz türmten sich ausgetrunkene Flaschen. Lanliq, Eldorado.
Neben dem Lenkrad baumelte ein Schlüsselbund. Der Boden

war mit Geißblatt bedeckt. Das Dach war eingedellt. Offenbar hatte er den Weg zu einem örtlichen Pub gefunden. Er lehnte sich an den Tresen und fing an zu schreien. Er schrie einfach nur. Keine Worte. Er nahm einen Wasserkrug von der Bar. Er schrie weiter. Er zerbrach den Krug und riß sich das Handgelenk auf. Wieder und wieder schnitt er in das Fleisch an seinem Arm.

Blutspritzer auf den Barhandtüchern, auf dem Eiseimer.

Er schrie die ganze Zeit. Er verletzte sich. Die Polizei kam.

Das Torfmoos-Wasser des River Nith; sein Glitzern hinunter bis Blackshaw Bank. Mineralische Nässe auf Hügeln und Tälern; die Wasser von Durst und Vergessen. Burgh of Dumfries. Bürgerliche Ordentlichkeit; ein gut sitzender Kragen um die Krawatte des River Nith. Ein Ort des Behagens und der Andacht. Lange Schlangen am Postamt; Satellitenschüsseln in jeder Straße. Aber ein stilles Dumfries. Ein Kuchenort.

Sie steckten meinen Vater ins Irrenhaus. Eskdale Brattles. Es war ein vornehmer Ort mit einem hohen Zaun; eine Art alter Feudalsitz. Es war einmal ein Ort für nervöse Gentlemen gewesen. Hier lernten sie, in Frieden ihre Suppe zu löffeln. Eskdale Brattles hatte viel von einer geordneten Welt. An der Tür stapelten sich Gummistiefel, auf denen die Initialen der Leute standen. Die Ärzte trugen Uhrketten. Alle möglichen Vögel lärmten im Park. Diesen Rasen werde ich nie vergessen. Alle Farben unter der Sonne. Und an dem Tag, als ich kam, gab es dort Bienen, Bienen, die summten oder sich in Disteln verkrochen. Die Büsche waren schwer von süßduftenden Blütenkelchen. Mein Großvater setzte sich im Garten auf eine Bank. Ich ging allein zur Krankenstation.

»Du bist sehr dünn«, sagte ich zu meinem Vater.

»Porridge geben die einem hier«, sagte mein Vater, »und Bücklinge.«

Sein Haar sah roter aus als je zuvor. Das Licht auf der Station war

286

grau. Er hob die Hand. »Du siehst kein scheißbißchen aus wie ich, kein bißchen.«

»Wahrscheinlich nicht«, sagte ich.

»Überhaupt nicht. Meine ganze Familie war gut in Fußball. Du konntest noch nie einen Scheiß-Ball treten. Ein Schlappschwanz ohne Mumm in den Knochen.«

»Nicht viel. Aber du kannst schließlich spielen, oder?«

»Ich tret' dir meinen Stiefel in den Arsch«, sagte er. »Aber zackig. Kein Problem. Kein Scheiß-Problemo.«

Neben seinem Bett stand ein Stapel Spuckschalen aus Pappe. Und etwas Merkwürdiges: eine kleine, bemalte Alabasterstatue von St. Joseph.

»Das ist alles ein Haufen Scheiße. Erzählen irgendwelches Zeug, das nie passiert ist. Wedeln hier rum, die Ärsche. Riesenaufstand. Alles Idioten, der ganze verdammte Haufen. Jeder will einem 'ne Riesen-Scheiß-Geschichte erzählen. Gott hier und Gott da. Gott, dieser verdammte Haufen. Idioten. Nichts als Pisse.«

»Und was ...«

»Wie war dein Name?« sagte er.

»Mein Name?«

»Dein Name. Dein Scheiß-Name. Wie war der noch mal?«

»Jamie«, sagte ich.

»Oh, Jamie, tatsächlich? Jamie. Der kleine Jamie. Ach, Jamie, verpiß dich.«

»Dad.«

»Sag nicht Dad zu mir. Sag verdammt noch mal nicht Dad zu mir. Ich bin nicht dein Scheiß-Dad. Du machst Scheiß-Witze. Hau ab und verpiß dich. Der kleine Jamie. Großer Scheiß-Kopf und kleine Scheiß-Schultern. Kann er einen Ball treten? Kann er einen Scheiß-Ball treten? Geh und fick dich selbst, mein Sohn. Verdammt guter Witz, hä? Wir sind hier drin nämlich alle bescheuert. Erzähl mir bloß nicht, daß die dir das nicht gesagt haben. Hau ab und fick dich selbst!«

»Brauchst du irgendwas?«

»Meine Ruhe, einfach nur meine Scheiß-Ruhe. Und keinen Aufstand.«

Er wischte sich den Mund ab und starrte seine Bettdecke an.

»Ich will, daß du weggehst.«

»Ich glaube nicht, daß ich das verdient habe«, sagte ich.

»Erzähl mir nicht, was du verdient hast. Was hat der kleine Jamie verdient. Was hat der kleine Jamie denn verdient? Einen Arschtritt. Einen, der sitzt. Einen ordentlichen Tritt in seinen schlappen Arsch. Und dann kann er gehen und irgendeinem anderen Arschloch die Schuld dafür geben. Nur weiter, mein Freund. Der Heilige dings und der Scheiß-Heilige bums. Macht sie groß, macht sie stark! Na los, weiter, kleiner Mann. Mach uns alle krank. Sechshundert ritten ins Tal des Todes ... und du bist raus!«

Ich stand auf. Ich spürte, daß eine gefährliche Erregung in mir aufstieg.

»Der verdammte Idiot bist du«, sagte ich. »Dein einziger Sohn kommt dich besuchen ...«

»Scheiß auf, scheiß auf, scheiß auf, scheiß auf dich. Scheiß auf dich! Verpiß dich! Verpiß dich! Du Schwanzlutscher!«

»Du machst mich krank«, sagte ich.

»Schwester, Schwester, bringen Sie diesen kranken Schlappschwanz hier raus! Schwester! Er ist böse. Er ist ein ganz übler kleiner Schlappschwanz. Er hat mir gerade Alkohol angeboten! Schwester.«

Die Schwester kam herbeigerannt.

»Mr. Bawn, also bitte. So benimmt man sich doch nicht.«

»Ehrlich, Schwester«, schrie er. »Das ist ein schlechter Mensch. Er führt mich immer in Versuchung, mit Whisky. Er hat gesagt, er bringt mir einen Schluck. Ein großes Scheiß-Glas voller Grouse. Hat er gerade gesagt.«

Ich nickte den Krankenschwestern zu.

»Ist schon gut«, sagte ich. »Ich bin schon weg. Viel Glück für Sie. Er ist ekelhaft.«

»Scheiß auf ihn!« schrie mein Vater. »Er glaubt, er ist was Besonderes. Kann nicht mal einen Ball treten. Konnte er noch nie. Hoffnungsloser verdammter Wichser. Attacke! Attacke! Kommt hier rein und bietet mir Alkohol an! Der Schlappschwanz weiß nicht mal, wie Alkohol aussieht. Der reinste Wichser. Verdammter hoffnungsloser Arsch von einem Jungen. Paßt bloß auf, daß er nicht nebenbei eure Blumen klaut. Die Schwuchtel mag nämlich Blumen. Kommt hier rein mit seinen Scheiß-Lügen. Lügner!«

Ich war draußen, bevor seine Stimme verebbte. Mein Großvater schlief auf der Bank. Er wachte auf und sah mir ins Gesicht. Dann schaute er den Garten an. Er tätschelte meinen Kopf.

»Weißt du was«, sagte er, »oben an der Straße ist ein Franziskanerkloster. Kennst du das? Der Ort, an dem Robert the Bruce den Red Comyn erstochen hat. Der Beginn der Kriege. Schottlands Unabhängigkeit. Ist gleich da oben passiert. Es ist ein schöner Tag.«

Und wir gingen schweigend durch die hohen Tore hinaus. Aber schon bald sprachen wir über das örtliche Gestein und über Dinge, die vor langer Zeit geschehen waren. Er fragte mich nicht nach seinem Sohn. Aber während wir die Straße entlanggingen, hängte er sich bei mir ein. Als wir am Ende der Straße um die Ecke bogen, wurden wir ganz still. Das alte Kloster war jetzt ein Supermarkt.

»Ja, ja«, sagte Hugh. »Das Leben geht weiter. Am Ende erwischt es uns alle.«

Mein Vater hatte die Totenmesse leise verlassen. Er kam nicht zum Grab. Sein Anblick, wie er im Hintergrund stand und die Lippen beim Gebet nicht bewegte, war mir noch tagelang nachgegangen. Er hatte so verändert gewirkt, wie ein Mann aus der

Gemeinde, und er war etwas voller geworden in seiner Lederjakke. Es war, als hätte ich ihn nie gekannt. Er kam mir ganz plötzlich kleiner vor: ein Mann, der nichts mehr zu sagen hatte, ein Mann mit ziemlich gewöhnlichen Vorlieben. Es war nichts besonders Tragisches an ihm. Er war wie viele Männer, die sich selbst nie gekannt hatten: Er hatte ein Leben nach kleinen, klaren Erkenntnissen geführt. Und jetzt – jetzt kam er mit sich selbst zurecht. Vielleicht hatte er seine Irrungen satt gehabt, und jetzt war er eben ihre Endsumme, ein aus Resignation geformter Charakter mit der nachhaltigen Ahnung, daß dies das ganze Leben war, das er jemals kennenlernen würde.

Ich spürte, daß das inzwischen so war. Da stand er, erschöpft, mit seinem beigefarbenen Schal. Ich war nicht froh, und ich war nicht traurig. Sein Anblick ging mir nach, sonst nichts, er lief mir durch die Adern und wie Eiswasser zum Herzen hin.

Man sagte mir, daß er jetzt in Dumfries Taxi fuhr. Ich ging die Treppe vor dem weißen Hotel hinunter und verlor mich bald in der Menge auf der English Street. Der Winterschlußverkauf hatte begonnen. Alle Fenster prahlten mit aufgereihten roten Worten: SONDERANGEBOTE. NUR NOCH KURZE ZEIT.

In den Fenstern der Wohltätigkeitsläden lag mottenzerfressenes Spielzeug. Schaufensterpuppen mit zu langen Wimpern in Kleidung von gestern. Afrikanische Körbe und Chutney aus Annan. Eine Jungenmannschaft kam auf hochfrisierten Fahrrädern vorbei: ein heftiger Luftzug; eine Streifenschiene. Wegen der Luftverschmutzung trugen alle eine Maske.

Giftiges Blei, Hummeln, Seesalz, Asbest?

Sie fuhren geschmeidig aufs Land hinaus. Während der Fahrt sahen sie aus wie ein Volk: die schlanken Knöchel, das spinnwebfeine Haar. Ein Volk: ein Überlebensclub, ein Stamm unterwegs. Es hatte etwas Optimistisches, wie sie mit ihren leuchtenden Augen vorüberfuhren. Etwas Modernes. Die Straße war langweilig ohne sie.

Eine Menge Geschäfte waren einmal Wohnungen gewesen. Viktorianische Blöcke, an denen man das untere Mauerwerk herausgerissen hatte, um Scheiben einzufügen. Über vielen Türen gab es silbriges Chrom, und überall Schriftzüge aus Plastik. Chrom und Plastik schienen das Winterlicht zu schlucken.

Vor Woolworth ein Mann, der seine Briefmarke nicht ablecken konnte.

Ich blieb stehen.

Der Mann lehnte auf einem Laufgestell, er lehnte auf den Ellbogen, als ob er ganz woanders wäre – am Zaun einer Fußballtribüne oder in einer Schnapskneipe am Tresen. Er versuchte, die Briefmarke abzulecken. Seine Zunge saß zu tief in seinem Mund. Offenbar strengte es ihn an, den Arm bis an sein Gesicht zu heben, und er konnte das gummierte Papier kaum an die Lippen führen, dann mußte er ihn wieder senken. Er versuchte es immer wieder. Ich blieb neben ihm stehen.

»Kann ich das für Sie machen?« sagte ich.

Er reckte sich ein wenig. Sein Gesichtsausdruck zeigte Unsicherheit.

»Ich mache das für Sie«, sagte ich. »Das ist manchmal ganz schön schwierig, bis die mal kleben.«

»Toll«, sagte er.

Ich leckte die Briefmarke ab und drückte sie fest. Es war eine Postkarte. Mein Blick fiel auf ein paar Worte: »Liebste May.«

Ich gab sie dem Mann zurück.

»Können Sie sie einwerfen?«

»Ja, mein Sohn«, sagte er, »schönen Dank auch. Der Briefkasten ist gleich da drüben.«

Und damit griff er sein Laufgestell, und ich ging weiter.

Ich trieb in Gedanken an ihn davon, ich dachte daran, wer er war und warum er hier war und wer seine Familie war und ob er Kinder hatte. Ich dachte daran, wie seine Tage sein mochten. Ich fragte mich, wie seine Zähne wohl gewesen waren, als er noch

291

welche hatte. Hatte er schwarze Haare gehabt? War er bei der Armee oder der Marine gewesen? War er Kohlebergmann gewesen? Ich dachte an das Gedächtnis des alten Mannes. Ich fragte mich, ob es gut für ihn war oder schlecht. Er schien sich in der Stadt auszukennen. Ich dachte an seine weiten Schuhe, an seine Rente, an seine »Liebste May«.

Ich blieb stehen. Ich hatte eine der Straßen gefunden, die ich suchte.

Mein Großvater hatte mir beigebracht, darauf zu achten, wie die Dinge gebaut waren. Er sagte immer, daß nichts aus dem Nirgendwo kommt, daß sogar Steine ihre Geschichten haben. Das kleinste Ding hatte einen Zweck. Es beleidigte seine Gefühle, wenn man das Dasein der Dinge als gegeben hinnahm. Hinter jedem einzelnen Ding, das er betrachtete, sah er immer die Arbeit – die Arbeit der Menschen, die Arbeit Gottes.

Die Straße sah genauso aus wie auf einer dieser Zeichnungen aus den Vierzigern, die man im Kriegsnebel erträumt und am Morgen nach dem Sieg zu Papier gebracht hatte. Weiße Bungalows in Reihen, gefliest und einfach, mit abgerundeten Türen und kleinen Vorgärten. Die Zeichnungen hatten früher einen Anflug von Weltraumzeitalter gehabt, von Hitzebeständigkeit; Katzensilber hatte Reinlichkeit versprochen. Ich habe sie immer ehrfürchtig betrachtet. So klare Linien. Das Gefühl von freier Luft und abnehmender Schwerkraft.

Manche Leute hatten für Häuser wie diese gelebt. Werbeanzeigen in der Zeitung. Zeichnungen von bleistiftdünnen Frauen im Sonntagsstaat. Strahlende Kinder auf makellosen Gehwegen. Ehemänner in Anzügen mit blendenden Mündern. Weißheit. Gleich große Bäume; eine Kochnische. Und was die Straßen miteinander verband: ein Kanalisationssystem, das das ärgste schottische Wetter fortspülen konnte.

Die Häuser von Morgen –
Schon heute Wirklichkeit!
Genießen Sie heitere, gesunde Bedingungen,
wie sie nur Gute Planung gewährleisten kann.
Das moderne Heim ist der Mittelpunkt der neuen
schottischen Familie.
Maxwell Estate, Dumfries – Wartet auf Sie!

Ich ging weiter und fing an, die Straße unter mir zu spüren. Vom ungetrübten Optimismus der alten Werbeanzeigen war nicht mehr viel übrig. Ein Denkmal für die Träume toter Menschen, und trotzdem lag sie dort vor mir. An diesem Ort wurde gelebt.

Die Häuser von morgen – schon heute Wirklichkeit!

Und dieses Morgen war gekommen. Der grelle, futuristische Glanz war inzwischen zu matter Gewöhnlichkeit abgestumpft. Inzwischen gehörte er anderen. Er war inzwischen zu deren Erfahrung geworden. Viel von der Weißheit war fort. In dieser Straße gab es keine Träumer und keine Bauunternehmer, die um die Welt stritten – nur kleine Häuser und Leute, die darin wohnten, und im Kern der Backsteinbauten fanden keine großen Auseinandersetzungen statt. Vom Atem vergangener Ideen war nichts mehr übrig. Die Backsteine waren nur Backsteine. Die Straße hatte mit ihrem eigenen Tagesablauf genug zu tun.

Ich kam zu einem grauen Bungalow. Es gab eine Garage, die wie ein großer, hölzerner Schuppen gebaut war. Auf dem Schild an der Tür stand: Arrow Cars. Jemand hatte Seifenwasser auf die Wiese geschüttet. Die Regenwürmer waren herausgekommen. Und darüber stand eine weiße Sonne. Alle Wolken wie weggefegt. Kein Gott stieg herab, um uns zu helfen. Mir nicht, und den Würmern nicht. Ich stand für gut fünf Minuten am Rand der Wiese. Die Fenster spiegelten vertikales Licht. Mein Blick hatte vom Himmel nichts zu erwarten: Er war auf diese Fenster gerichtet, die für eine Sekunde lila waren und gelb und rot, eine Säule aus Gelb, die von Gott weiß woher kam. Das Licht zog weiter, das Fenster erlosch. Die Farbe wanderte zu einem anderen Ort. Ein Frauengesicht sah mich unverwandt an.

Sekunden später öffnete sie die Tür.

»Suchen Sie was?«

Ich ging zu ihr hin.

»Ja, tut mir leid«, sagte ich. »Ich suche einen Ihrer Fahrer.«

»Die sind alle unterwegs auf Tour«, sagte sie. »Welchen denn?«

»Robert Bawn«, sagte ich.

Sie sah mich prüfend an. Ihre Stimme war weich. »Wer sind Sie?«

»Ich bin ein Freund von Robert«, sagte ich. »Mein Name ist Jamie.«

Ihr Blick veränderte sich. Ihre Kühle schien nachzulassen. Ihre Bewegungen verrieten, daß sie uns die Sache leicht machen wollte. »Na gut«, sagte sie, »kommen Sie rein. Ich versuche, Robert über Funk zu kriegen. Möchten Sie ein Täßchen Tee?«

»Ein bißchen Wasser wäre nett«, sagte ich.

»Zum Wohl«, sagte sie, als sie das Glas aus der Küche brachte.

»Wohnt Robert hier?«

»Nein, nein«, sagte sie. »Er fährt für die Firma von meinem Mann. Wir leiten die Taxis hier vom Haus aus. Robert hat seine eigene Wohnung.«

Sie nahm eine lange Zigarette aus einem Etui. Sie steckte sie an, während sie sprach.

»Ist heutzutage ganz schön kalt«, sagte sie.

Und damit ging sie in den hinteren Teil des Zimmers. Sie sagte etwas in das Funkgerät. Gleichzeitig klingelte das Telefon. Ich sah, daß jemand an der Glastür des Wohnzimmers vorbeiging; offenbar ein Junge mit einer Angel.

Ich saß auf dem Sofa und hatte die Handgelenke auf die Knie gestützt. Das Glas war leer. Es war eines dieser Zimmer, die ganz aus Sofa bestehen; zwischen die gepolsterten Lehnen war ein Fernseher gezwängt. Darauf lagen Orden für Darts- und Kegelsiege. Ein silberner Pokal für Scottish Curling. An den Wänden hingen Bilder in Papprahmen: ein Junge und ein Mädchen mit Schulkrawatten und Pullovern. Unten auf einem Bild von einem Cairn-Terrier stand etwas geschrieben.

»Bonny. Ruhe in Frieden.«

Am ganzen Fenster entlang waren Fußballvideos aufgereiht.

Die Frau dämpfte ihre Stimme.

»Ich weiß nicht«, sagte sie.

Knistern.

»Ich kann's durchgeben, wenn du willst«, sagte sie. »Ich erwarte noch Meldungen.«

Wieder Knistern.

»Na gut ... das ist okay. Bis später. Cheery-bye.«

Wieder das Telefon.

»Wo abholen?« ... »Ihre Nummer?« ... »Er ist in fünf Minuten da, meine Gute.«

Dann ging sie zum Funkgerät zurück. Sie rief die Männer in den Autos.

Nichts.

Sie rief noch einmal.

Nichts.

Noch ein Knisterausbruch.

»Na also, Jamie«, sagte sie und stand über mir. »Das war Robert. Er hat gesagt, Sie sollen ihn am Denkmal treffen. Das ist gleich am Ende der Straße und dann links. Es steht mitten auf der Straße. Ist Ihnen das recht?«

»Großartig« sagte ich und stellte das Glas auf den Teppich. »Vielen Dank auch.«

»Kein Problem«, sagte sie. »Ich hoffe, das ... ist in Ordnung.«

Der Junge mit der Angel hockte auf der Wiese. Er legte Würmer in eine Dose. Er war die langhaarige Version des Jungen auf dem

295

Schulfoto. Als ich zur Straße ging, sah ich aus dem Augenwinkel seine Mutter. Sie stand hinter dem Fenster. Das Fenster färbte sich blau.

*

Der Stein des Denkmals war glatt vom Regen. Die Jahre hatten roten Staub aus ihm gemacht. Der Mann mit dem Gewehr oben blickte sanft; sein Helm war ein metallener Strohhut, der für die Regatta in Henley und ein bißchen Hagel taugte, aber nutzlos gegen deutsche Granaten war und gegen die ätzende Scheiße der Lowland-Amseln, die nur ihr eigenes Lied kennen und nur diese eine Zeit. Unser Soldat starrte mit glückseligem Lächeln geradeaus. Die Leute, für die er gekämpft hatte, fuhren in Autos um ihn herum. Seine Abschiedsworte waren in eine gefrorene Tafel graviert.

»Sie sollten nicht alt werden …«

Ich sah zu dem Kupfermann hinauf. Ich versuchte, mir in seinen Kriegskleidern einen Körper wie meinen vorzustellen. Mein Haar unter seinem Helm. Mein Blut mit Gewalt zum Stillstand gebracht. The Argyll und Sutherland Highlanders. In dem Kranz aus Volkstrauertags-Nylon steckte etwas Gelbes.

Mein Vater war Minuten später da. Er parkte den Wagen auf der anderen Straßenseite. Ich hatte ihn noch nie in Jeans gesehen. Er trug Jeans. Er lächelte. Er kam zum Denkmal herüber und streckte seine Hand aus. »Na, mein Sohn«, sagte er, »du hast ja einen ganz schönen Blondschopf.«

Sein Händedruck war schwach, aber die Haut war hart; seine Hand war warm und arthritisch. Er hatte immer Sommersprossen gehabt, die niemals jung und niemals sonnig gewesen waren, doch jetzt wirkten sie in ihren Hautfalten rauh. Seine Augen tränten. Solche Augen, die grüner werden vor Gefühl. Er stand da und sah aus wie sein Vater. Und er sah aus, als hätte er gerade eine Strapaze überstanden. Sein Gesicht war groß, wie seines. Das gleiche sinnlose Schniefen aus Verlegenheit. Der gleiche gelbe Raucherdaumen. Er sah entschlossen aus, ein Alleskönner: Klempner, Maler, Maurergehilfe. Ich erinnerte mich an den Koch in der Schule für böse Jungen. Ich erinnerte mich an sein Gesicht im Kesselraum. An seinen Haß und den Stolz, den er damals im Munde führte. An seine geistige Verwirrung in den langen Nächten, mit einem Messer im Busch. Aber die Augen, die ich jetzt sah, baten wehleidig um Frieden: Er war jetzt ein anderer. Ich schüttelte ihm die Hand und sagte hallo.

»Ich habe dich bei der Beerdigung gesehen. Du bist gegangen.«

»Ja, ich weiß. Ich hätte nicht zum Sarg kommen können und so.«

»Nein.«

»Nein.«

»Ich war nicht sicher, ob du hier bist. Ich weiß nicht, wie du jetzt lebst.«

»Gerade noch mal davongekommen.«

»Wie bitte?«

»Ich bin froh, daß ich noch lebe. Es ist ein Wunder, daß ich nicht tot bin, Jamie. Gerade noch mal davongekommen. Und obendrein war ich auch noch scheiß-müde. Der Alkohol hat mich fast umgebracht.«

»Und jetzt geht's dir besser.«

»Eins nach dem anderen.«

»Ich hätte nicht gedacht, daß wir uns mal so treffen würden.«

»Ich habe immer mein Bestes für dich getan, Jamie.«

»Nein, das hast du nicht.«

»Ich hab's versucht ...«

»Nein, das hast du nicht.«

»Wir waren ...«

»Robert. Das war eine schreckliche Zeit. Laß uns nicht mehr darüber sprechen. Ich will nicht hören, wie du sagst, daß alles bestens war. Einfach ...«

»Verdammte Scheiße, Jamie, wir waren jung.«

»Ich weiß.«

»Wir waren *jung*.«

»Ich weiß.«

Ich dachte dann, einfach wegzugehen. Einfach wegzugehen und mich nicht umzudrehen. Ich hatte mir einen würdigen Moment zwischen uns gewünscht. Die Welt drehte sich auch ohne uns weiter, das wußte ich. Aber an diesem einen Tag hatte ich gewollt, daß er mir zuhört. Ich hoffte, daß er für eine Sekunde still sein und mir zuhören würde. Aber er wollte sprechen. Er hatte immer sprechen wollen. Und irgendwie konnte ich ihm das nicht zum Vorwurf machen. Er war bedauernswert, genau wie ich. Zwischen uns erhoben sich inzwischen Wände aus Selbstmitleid. Wir wollten uns beide bessern. Wir wollten Freiheit. Wir wollten eine Zukunft. Wir sahen uns an; zwei Männer im Nieselregen ihres Schweigens. Er berührte meinen Jackenärmel.

»Ich weiß nicht mal, wer du bist«, sagte er.

»Ich bin kein Kind mehr.«

»Nein. Du bist kein Kind. Du bist nie besonders kindlich gewesen.«

»Aber ich war eins, Robert. Ich war eins.«

»Es ist eine Krankheit, Jamie. Ich war krank. Ich war damals krank. Und ich bin noch lange krank gewesen. Du kannst mich beschimpfen, wie du willst. Nenn mich einen Schlappschwanz. Aber ich kann nur sagen, daß ich es jetzt versuche, verdammt noch mal. Es ist schrecklich, wenn man gehaßt wird …«

»Du hast deinen Vater ziemlich lange gehaßt.«

Er hatte jetzt die Fassung verloren. In seinen Augen sah man den jahrelangen Kummer.

»Ich habe ihn nicht gehaßt«, sagte er. »Ich war nie der Sohn, den mein Dad haben wollte. Er wollte jemanden, den er formen konnte – er wollte dich. Dein Granda war ein Träumer. Er brauchte Leute, die an seine Ziele glauben konnten. Ich habe dazu nicht getaugt. Vielleicht habe ich zu gar nichts getaugt. Aber ich habe den Mann nicht gehaßt. Sag lieber, daß ich mich selbst gehaßt habe. Mein Gott Jamie: Deine Mutter und ich haben dich auf eigene Verantwortung gemacht.«

Ich hörte mich sagen: Tut mir leid.

»Nein. Mir tut es leid«, sagte er.

Dann waren wir still. Jeder von uns verbarg ein Jahrhundert voller Probleme. Wir ließen sie einfach in die Gräber sinken, die wir kannten. Es gab nicht viel zu sagen. Wir hatten uns über unser Leben aussprechen wollen, aber letzten Endes war keiner von uns dazu imstande. Wir betrachteten den Kupfersoldaten. Wir betrachteten einander und lächelten fast. Unsere Schlachten hatten zu Hause stattgefunden. Wir hatten sie in Küchen ge-schlagen. Wir hatten sie in Schlafzimmern geschlagen.

Der Große Krieg. Wir trugen ihn im Schlaf aus. Weil das Leben so gut sein sollte wie die Häuser, die man für uns baute. Um modern zu werden. Um uns selbst für eine Familie zu halten, die sich entwickelte.

Irgendwo flüsterte das Meer. Unsere Mütter verdünnten es mit ihren Tränen. Die Tränen gingen ins Nirgendwo, und Söhne und Liebhaber betrachteten die Wellen.

Ich dachte an Margarets Schlacht. An Roberts Schlacht. An die Schlacht des Hugh Bawn. An den langen Krieg meiner Mutter. Jeder marschierte zu einem anderen Trommelschlag. Wenn ich meinen Vater ansah, konnte ich das sehen. Er hatte nie an Hughs großem Feldzug teilgehabt und nie an meinem. Aber er hatte für sich selbst gekämpft. Er hatte gekämpft und gesiegt. Er trank nicht mehr. Er war jetzt nüchtern. Dort und in diesem Moment erfüllte mich ein Gefühl für Robert. Seine Nächte waren lang und öde gewesen.

Ertrunken und angespült, ertrunken und angespült.

Ein endloses Chaos, unaufhörliche Verluste, der traurige und fortschreitende Ruin seines Lebens. Und jetzt war er hier, ein nüchterner Mensch an einem Wintertag, ein Mann in Jeans, der den Arm eines Sohnes berührte, den er kaum kannte. Ein neuer Gedanke flog mir zu: Für ihn war nie etwas leicht gewesen. In gewisser Weise würde ich ihm das nie verzeihen. Er hatte keine Leichtigkeit; aber dort auf der Straße wurde mir noch etwas anderes klar. Er war jetzt hier. In seinem Blick lag Gefühl. Etwas hatte ihn von dem Menschen entfernt, der er gewesen war. Er hatte sich selbst überlebt. Er hatte seinen Vater überlebt. Mit der Erkenntnis, daß in Robert etwas Gutes war, hatte mein Wille zu sprechen nachgelassen. Er versuchte, sein Leben zu leben, wie wir alle.

»Ich will verdammt sein, wenn ich weiß, was ich sagen soll«, sagte er.

Das Schweigen zwischen uns gefiel mir. Alle Worte schlichen sich davon. Ich hatte mein ganzes Leben lang darauf gewartet, zu meinem Vater nichts zu sagen. Ich wollte jetzt Ruhe, und mit der Zeit würden wir die alten Worte vielleicht einfach vergessen und aufschauen und sagen: »Es geht uns gut.«

»Wir können zu mir fahren«, sagte er. »Wir können da eine Tasse Tee trinken.«

»Ja«, sagte ich. »Das wäre gut.«

Ich schaute aus dem Auto meines Vaters, und die Hügel waren schwarz. Die Bäume dort oben waren verästelt und kahl; nichts rührte sich. Der Aschenbecher im Auto war leer. Eine St.-Christopher-Medaille hing an einer Kette. Das Auto roch nach Süßigkeiten.

Magic Tree. Vanillarama.

Mein Vater starrte geradeaus. Er sprach über das Fahren. Er sprach über Dumfries, The Queen of the South. Er erläuterte mir seine Ansichten über das Parksystem von Dumfries. Das Verhalten der anderen Fahrer entfachte sein Temperament. Er erzählte von der Frühjahrsmesse; er sagte, daß inzwischen auch Touristen kamen. Und während er erzählte, bohrte er seinen Blick in der Straße. Er folgte den Linien; seine Augen waren wie Glas.

300

Vor einem Feld an der Straße nach Cummertrees hielten wir an. »Da wohne ich«, sagte er.

Dort auf dem Feld stand das Zuhause meines Vaters: ein blauer Wohnwagen.

Er ging an den Gasflaschen vorbei, die auf dem winzigkleinen Hof standen. Stolz zeigte er mir dies und jenes – die Wäscheleine, ein Radieschenbeet – und er gab damit an wie ein scheues Kind, wie ein Junge mit seiner Sandburg.

Er machte Tee, und drinnen setzten wir uns.

Es gab einen Klapptisch aus Resopal. In der Mitte standen Gläser mit Eingelegtem, Salz und Pfeffer und eine Butterdose, angeordnet wie bei Margaret, wie bei seiner Mutter. Das war schon merkwürdig. Ich hatte offenbar vergessen, daß mein Vater vielleicht etwas aus seiner eigenen Kindheit mitgenommen hatte – etwas anderes als Groll. Seine Eltern kamen durch winzige Kleinigkeiten in seinem nüchternen Leben vor.

Diese zusammengedrängten Würzmittel.

Die Schuhreihe an der Tür.

Der Chipskorb mit starren Lagen von altem Schmalz.

Eine Fotographie der *Queen Mary*.

Und der Geruch von Kiefern, kein Wind in den Bäumen, sondern eine starke Küchenchemikalie, ein Abgrund im Linoleum, die Erinnerung an Frische, der Tod für alle bekannten Keime.

Es herrschte die Ordnung eines ehemals verheirateten Mannes. Eher ordentlich als sauber; weniger vorgeführt als aufrechterhalten. Anzeichen dafür, daß ein Mann seine Zeit unbedingt ausfüllen mußte. Das Zuhause eines Menschen, der zur Disziplin gefunden hat, in ruhigere Wasser, zu weniger Reue. Ein Leben voller Probleme, das jetzt im sanften Schwingen eines Treteimers zur Ruhe kam.

»Gibt es jemanden in deinem Leben?« sagte er.

»Ich habe ein Mädchen namens Karen.«

»Karen, ja. Nettes Mädchen?«

»Ich mag sie«, sagte ich.

Draußen bellte ein Hund. Wir sahen, wie er durch die Furchen eines Rübenfeldes tollte. Es fing wieder an zu regnen.

Auf einem Regal über der Spüle lagen ein paar Steine. Einer davon war ein Stück Koralle. Ein anderer war mit tief eingegrabenen Linien bedeckt, Muschelmuster. Ich drehte sie in den Händen.

»Oben an der Straße«, sagte Robert, »ist ein Bauer, den ich kenne. Er hat keine Ahnung von seiner Arbeit, aber er sammelt solche Sachen.«

»Sie sind schön«, sagte ich.

Er nahm das Fossil in die Hand.

»Das hat er mir zu Weihnachten geschenkt. Er hat gesagt, daß die weitverbreitet sind. Aus tieferen, kohlehaltigen Felsschichten. Das hat er damals gesagt. Er bringt mir was bei darüber.«

»Das Studium von Druck und Zeit«, sagte ich.

Mein Vater schwieg. Er sah aus dem Fenster.

»Schön«, sagte ich und drehte das Fossil. »Es ist wirklich wunderbar.«

Wir saßen da und tranken Tee. Der Wind peitschte den Regen auf das Wohnwagendach. Es war zwar laut, aber dieser Ort wirkte trotzdem friedlich. Wir saßen einfach da. Es war nicht zu glauben, daß es diesen Wagen wirklich gab, in einem wirklichen Land, in einer wirklichen Zeit, in einer ganz wirklichen Welt. Mit diesem Lärm auf dem Dach und dem süßen, unappetitlichen Tee kam mir der Nachmittag eher vor wie ein Gedanke, wie ein Verschmelzen von Dingen im Kopf, und immer weniger wie eine Szene in der Welt der Menschen und Fossilien und Regenfälle und Felder.

»Glaubst du, daß ich das Mädchen mal kennenlerne?« sagte Robert.

»Das weiß ich nicht«, sagte ich. »Vielleicht eines Tages. Vielleicht.«

»Ja«, sagte er.

Wir hatten uns beide daran gewöhnt, nicht viel zu reden. Ich sagte ihm, daß es mir bei ihm gefiel. Er sah mich an und biß sich auf die Lippen. Er schniefte.

»Ich glaube«, sagte er »... ich glaube, das ist wahrscheinlich alles, was ich je gewollt habe.«

Man sah, daß es ihm schwerfiel, das zu sagen.

»Na dann«, sagte ich, » dann ist es ja gut, daß du es jetzt hast. Das ist wirklich gut so. Du kannst nicht dein ganzes Leben als jemand leben, der du nicht bist.«

»Das ist alles, was ich gewollt habe«, sagte er wie zu sich selbst.

»Jetzt hast du es ja.«

Wir sprachen darüber, daß diese Felder einmal voller Menschen und Kohle gewesen waren. »Alles in diesem Land ist jetzt billig«, sagte er. »Es ist alles dasselbe. Billig.«

Ich lächelte ihn an.

»Es hieß immer bauen, bauen, bauen«, sagte er. »Nicht, daß ich irgendeinen Scheiß damit zu tun haben wollte. Ich konnte ja selbst kaum stehen.«

Wir mußten gleichzeitig lachen.

»Und jetzt heißt es abreißen ...« sagte er.

»Es muß sein«, sagte ich.

Wir schlossen unsere Hände um unsere Tassen. Inzwischen prasselte der Regen herab. Der Hund, der gebellt hatte, rannte vom Feld zu den Bäumen hinüber. Ich konnte spüren, wie die Hitze meine Hände durchdrang.

»Es muß sein«, sagte ich. »Man kann nicht verhindern, daß die Dinge sich verändern.«

Roberts Augen waren grün. Sie waren groß, hier in seinem kleinen, luftlosen Zuhause. Seine Augen waren grün, und seine Stimme war fest.

»Ja«, sagte er. »Ich glaube, das stimmt genau.«

Robert Burns starb in Dumfries. In seinen letzten Wochen suchte er Zuflucht im Wasser vor Solway Strand. Der Brow-Brunnen war stark eisenhaltig; bodenloser, salziger Schlamm. Der Wind von Annandale schnitt bis auf die Knochen. Der Dichter kämpfte: er zitterte in dem grünen Stimulans, er wußte um den Tod und richtete den Blick auf England. Seine letzten Briefe habe ich in Erinnerung.

An Jane Armour: »Ich habe das Schreiben aufgeschoben, bis ich dir sagen konnte, welche Wirkung die Meeresbäder wahrscheinlich haben werden. Es wäre ungerecht, wenn ich leugnete, daß sie meine Schmerzen gelindert haben, und ich glaube, sie haben mich gekräftigt. Aber mein Appetit ist noch immer außerordentlich schlecht.«

An James, ihren Vater: »Ich kehrte heute von meinen Meeresbädern zurück, und meine medizinischen Freunde wollten mich fast überzeugen, daß es mir besser ginge. Doch ich glaube und fühle es: Meine Kräfte sind so erschöpft, daß mir die Krankheit zum Schicksal werden wird.«

Und an George Thomson: »Nachdem ich so mit meiner Unabhängigkeit geprahlt habe, zwingt mich die verfluchte Notwendigkeit, Sie inständig um fünf Pfund zu bitten.«

Naß werden ist hier die ewige Verdammnis, und trotzdem beginnt das christliche Leben damit. In Annandale werden die Leute alle zwei Stunden getauft. Der Regen hört selten auf. Während ich die Mill Vennel entlangging, wurde ich klatschnaß; in dieser Straße, wo Burns' letzter Atemzug noch immer am Dachvorsprung eines alten Hauses hängt – ein breites Gebäude, an dem immer wieder gemauert wurde und das die Häuser nebenan überschattet. Die Straße stieg mir zu Kopf. Es regnete stark. Ich ging in meiner durchnäßten Jacke in die Stadt.

In der Bar des Atholl Arms zog ich eine Fünf-Pfund-Note aus der Tasche. Ich strich den Schein auf dem Tresen glatt.

Culzean Castle in durchweichtem Blau.

Ich bestellte einen Whisky. Im Glas war Torfdunst, eine unsichtbare Wolke alter Gärung, leuchtend bernsteinfarben, ein Gebräu aus brennendem Gras. Der Whisky ging mit einem Schluck hinunter. Er brannte auf der Zunge und im Hals.

Seine Sprüche waren immer an mir vorübergegangen. Aber jetzt sah ich sie vor mir. Im Wohnwagen meines Vaters hingen ein paar auf Holz gemalte Sprüche an den Wänden, hier und da, über dem Kühlschrank, neben dem Bett:

»Eins nach dem anderen.«

»Mach's langsam, aber mach's.«

»Gerade noch mal davongekommen.«

»Du bist nicht mehr allein.«

Und auf ein Geschirrtuch war unter eine Zeichnung von betenden Händen gedruckt:

Gott gebe mir die Gelassenheit,
Die Dinge zu akzeptieren, die ich nicht ändern kann,
Den Mut, die Dinge zu ändern, die ich ändern kann,
Und die Weisheit, den Unterschied zu erkennen.

Ich glaube, er hatte die Sprüche selbst gemalt. Das Holz gesägt, gehobelt, grundiert und mit sicherer Hand die Buchstaben aufgemalt. Ich konnte mir vorstellen, wie er das tat. Und während er das tat, hatte er die Worte vielleicht vor sich hin gesagt. Die Worte gingen in ihn über und er in die Worte. Er machte sich ein Leben. Er hatte die Sprüche mit Sandpapier abgerundet.

Zwei Tage, nachdem ich Robert besucht hatte, saß ich im Atholl. Der Himmel war grau, wie immer, solange ich dort war. In den überquellenden Rohrleitungen blubberte Regenwasser. Der Tresen war golden. An diesem Tag sollte ich ihn wiedersehen. Er hielt bei einer Versammlung der Anonymen Alkoholiker in der Loreburn Hall eine Rede. Er bat mich, ihn in Oughton's Restaurant zu treffen, einer Chipsbude in der Barony Row.

305

Als ich dorthin kam, war er schon da. Ich stand einen Augenblick im strömenden Regen. Ich betrachtete ihn vom Gehweg aus. Er beugte Kopf und Hände tief über den Tisch. Konzentriert, geradezu hoffnungsfroh fuhr er mit einem Buchmacherbleistift über einen Wettschein. Er war ordentlich angezogen, mit Schlips und Kragen.

»Lieber Gott! Du bist ja tropfnaß«, sagte er.

»Es pißt da draußen.«

»Häng deine Jacke an die Heizung«, sagte er.

Er drehte seine Zeitung halb herum.

»In Lingfield ist ein schönes Ayrshire-Gäulerennen«, sagte er. »Viertel vor vier. Zwei-zu-Eins-Favorit. Corncrake.«

»Ach.«

»Wettest du manchmal?« fragte er.

»Wetten.«

»Ja. Wetten, weißt du. Setzt du manchmal auf Pferde.«

»Nein«, sagte ich.

Die Kellnerin war sehr jung. In ihrem Haar steckte eine dunkle Brille.

Sie leckte sich die Oberlippe; sie wies auf die Tafel.

Mein Vater konnte eindeutig mit Fremden umgehen. Er konnte mit ihnen reden, als ob er froh wäre, einfach nur er selbst zu sein, als ob er gerne ganz von vorne anfing. Offenbar kam er dort am besten voran, wo man nichts von ihm erwartete, wo nichts ihn überschattete, wo nichts ihn angriff. Er wünschte sich eine Welt ohne Hintergrundgeräusche. Er würde sich nur sehr ungern von jemandem erzählen lassen, wer er war. Das war das Gegenteil der Freiheit, nach der er sich sehnte. Er wollte die Verantwortung für seine Geschichte tragen, er wollte sich so zeigen, wie er es selbst für richtig hielt, ohne Komplikationen, ohne den gierigen Zugriff derer, die es ohnehin immer besser wußten. Robert war jetzt sein eigener Herr. Vielleicht hatten andere immer gedacht, daß das so war, aber jetzt dachte er es selbst.

Er lächelte das Mädchen an, und sie mußte lachen. Er wies auf mich.

»Lassen Sie sich von dem da nur nicht durcheinanderbringen«, sagte er.

Das Mädchen lachte; sie lachte so, wie junge Mädchen es tun, wenn ältere Männer sie vor jüngeren in Verlegenheit bringen. Ich biß mir auf die Wange und lächelte auch.

»Hören Sie nicht auf ihn«, sagte ich.

Robert bestellte Hot Vimto und ein King Rib Supper.

»Du hast gerade gesagt, daß es hier den besten Fisch in Dumfries gibt«, sagte ich.

»Ich will aber keinen Fisch«, sagte er. »Nimm du Fisch.«

»Fisch«, sagte ich zu dem Mädchen.

»Zwei Vimto«, sagte Robert.

»Für mich nicht. Ich kann das nicht trinken.«

»Hören Sie nicht auf ihn«, sagte er. »Vimto mag jeder.«

Ich hatte schon immer die Gewohnheit gehabt, mir Dinge zu versagen, die ich insgeheim wollte. Jemand bot mir noch etwas zu trinken an; ich sagte nein und ging dann auf dem Nachhauseweg in eine Bar. Jemand sagte: Iß noch etwas; ich lehnte ab und betrachtete dann neidisch die, die sich einen Nachschlag nahmen. Das ging mir in mancher Hinsicht so. Immer unterdrückte ich Appetit, Wünsche, Träume. Genuß war eine Art Gefahr für mich. Jedes Vergnügen enthielt ein riskantes Element. Manchmal fühlte ich mich dabei wie ein Spielball irgendeiner unsichtbaren Macht, der von etwas Größerem als mir selbst bewegt wird. Ich hatte Angst vor zu viel Trost. Ich weiß nicht, warum. Und in irgendeinem tiefen Tal hatte ich Angst vor der Sucht. Wenn ich Robert zusah, wie er sein Abendessen aß, hatte ich Angst um ihn. Er aß wie jemand, der hilflos ist.

Alkohol, Wut, Zucker, Kartoffeln, Flüche.

Robert war ein Süchtiger; im Auge des Sturms fühlte er sich zu Hause, wenn ihn alles wirbelnd überschwemmte. Einmal dachte ich, daß er mit seiner Flasche genau so war wie ein Baby. Sein ganzes Leben lang hatte er bewiesen, daß das Bedürfnis stärker war als der Wille. Er hatte immer irgend etwas gebraucht. Er stopfte sich immer voll. Er konnte nichts dagegen machen. Die neuen Exzesse waren schlecht für seinen Körper und gut für seinen Geist. Er mochte Chips. Er mochte Zucker. Und als ich meine Angst um ihm einmal überwunden hatte und sah, daß er nicht ertrank, fing ich an, die Kraft zu bewundern, mit der er die Dinge verschlang, um sich zu trösten, die Art, wie er alles wollte, obwohl er wußte, daß seine Unmäßigkeit ihn eines Tages verschlingen würde. Er näherte sich seinem Teller als Nihilist. Er riskierte, daß sein Körper strauchelte und starb. Er würde nicht zulassen, daß ihm irgend etwas fehlte. Er bekam jetzt, was er haben wollte. So lange, wie er es schaffte, nicht zu trinken. Er bekam, was er haben wollte, und zwar sofort.

Sein Leben war eine einzige lange Suche nach Dingen gewesen, von denen er sagen konnte, daß er sie brauchte. Früher einmal hatte er einen Ball und ein Celtics-Trikot gebraucht; er brauchte eine Frau und ein Einzelkind; er brauchte Meilen zwischen sich und seinem Vater. Und dann die Wohltat, in England zu stranden; aller Alkohol der Welt; sein Zuhause; ein Krankenhausbett; eine lange Stille; ein Zimmer voller Säufer, die sich erholten. Und jetzt brauchte er einen regendurchtränkten Nachmittag. Er brauchte es, daß sein Sohn kam und ging. Er brauchte das Gefühl, daß etwas gerettet war. Er brauchte es, daß die Mädchen im Oughton's ihn mochten. Er brauchte zu jedem Essen Chips. Ich trank einen kleinen Schluck Vimto. Meine Zunge wurde in Eisen gegossen.

»Weißt du«, sagte er, »was das Lieblingswort von deinem Großvater war?«

»Fortschritt«, sagte ich sofort.

»Fast«, sagte er. »Versuch's noch mal.«

»Erlösung«, sagte ich.

»Nein. Das ist nicht das, was ich meine. Er hat diese ganzen Moses-Wörter benutzt. Aber das Wort, das er in seinem Leben am meisten benutzt hat, war das Wort ›Scheiße‹.«

»Das ist nicht witzig«, sagte ich.

»Stimmt aber trotzdem. Ich habe neulich erst darüber nachgedacht. Er hat immer gesagt, das Wort, das alle Menschen kennen, ist ›Liebe‹. Das hat er in einem von diesen irischen Büchern von meiner Granny gelesen. ›Welches Wort kennen alle Menschen?‹ sagte er dann; und meine Mutter, die hat ihn angelächelt und gesagt ›Liebe‹. Und dann habe ich gedacht, welches Wort kennen wir alle. ›Scheiße‹.«

»Über dich hätte ich das gesagt«, sagte ich.

»Stimmt wirklich«, sagte er. »Aber ich habe mir gedacht, das Wort, bei dem ich mich immer an ihn erinnern werde, ist ein Wort, das ich mein ganzes Leben lang gehört habe. Er hat es fast so oft gesagt wie Scheiße. In den Fünfzigern, in den Sechzigern hat er das Wort mindestens zwanzigmal am Tag gesagt. ›Kommunal‹ war das Wort. ›Kommunal‹. Das ist so ein Wort, das man schwer aussprechen kann, wenn man ein kleiner Junge ist. Ich habe immer gesagt ›Kommal‹. Ich habe nicht gewußt, was das heißt. Ich wollte auch nicht wissen, was das heißt.«

»Solche Worte hat er gemocht«, sagte ich. »Es beschrieb, wie die Dinge sein sollten. Kommunal.«

»Man hört das jetzt gar nicht mehr. Wie kommt das?«

Das fragte er mich, und die anschließende Pause schwoll gewaltig an. Die Luft war gedankenschwer. Der Sinn dieser langen Geschichte beschäftigte mich ganz.

»*Wie kommt das?*«

Das war die größte Frage, die mein Vater mir je gestellt hatte.

»Ich weiß es nicht. Es ist ein altes Wort. So was kennen die Leute nicht mehr. Es ist ein altes Wort.«

»Kommal«, sagte mein Vater.

»Kommunal«, flüsterte ich ins Dunkel meines Glases.

Die Loreburn Hall, ein Bauwerk aus wohlgeformtem Granit. Die Tür war aus dem Holz der Gegend gemacht. Und darüber war ein Wappen eingemeißelt: ein Schiff, ein Hammer, eine Tulpe, eine blutrote Hand. Der Saal war voller Leute mit blauem Atem. Alles rauchte. Tausende von Leuten, denen die Zeit ins Gesicht geschrieben stand; Frauen mit Lippenstift auf ihrem Lächeln; alte Männer mit Stöcken und Veteranen-Filzhüten; eifrige Muttis mit Kopftüchern, und alle saßen sie in ihren Reihen aus unvergänglichem Plastik. An den Seiten saßen junge Männer in Trainingshosen. Offenbar sagten sie nichts. Offenbar waren sie allein. Sie bliesen Rauchringe durch ihre zögerlichen Schnurrbärte. Sie sahen verstört aus. Ihre Augen leuchteten und sahen schottisch aus.

Oben auf der Bühne hingen tartangemusterte Transparente: 42STE BLUE-BONNET-JAHRESVERSAMMLUNG. DU BIST NICHT MEHR ALLEIN. Mein Vater sah schick aus mit seiner Krawatte. Während er seine Rede hielt, ging ich draußen spazieren. Ich konnte sie lachen hören; »Mein Name ist Robert ...«

Als ich zurückkam, stand er unten zwischen den Stühlen. Um ihn herum waren Leute, sie schüttelten ihm die Hand und klopften ihm auf die Schulter. Sie packten ihn am Arm; Frauen scharten sich vergnügt und lachend um ihn, sie brachten Küsse und Umarmungen mit. Ein älterer Mann stand auf dem Podium. Er hielt ein Mikrofon. Er stand mit großen Augen und einer Pfeife in der Hand da, sein Haar war silbrig wie ein Fischschwarm, der vorüberschwimmt. Er schaute herab und lächelte den tausend Augen zu.

Er sprach von der ersten Versammlung dieser Art, der ersten, die es in Dumfries gegeben hatte. »Man muß schon sehr vorsichtig sein, wenn man bei den Anonymen Alkoholikern etwas Neues anfängt«, sagt er. »Man weiß nie, wo das hinführt.«

Das Publikum wollte unbedingt klatschen und lachen.

»Über unseren Alkoholismus hinaus«, fuhr er fort, »hatten Billy und ich vieles gemeinsam. Billy hat die Versammlungen in Dumfries mit begründet. Jetzt ist er tot. Wir waren fast auf den Tag genau gleich alt, haben beide während des Ersten Weltkriegs bei den King's Own Scottish Borderers gedient und sind so manche Meile zur berühmtesten Dudelsackmelodie des Regiments marschiert, zu ›Blue Bonnets Over the Border‹.«

Die Kameraden meines Vaters lächelten zum Podium hinauf; der Redner war sehr alt. Hinten im Saal küßte ein Dudelsackspieler unter einer flackernden Neonröhre seine Pfeife und versuchte eifrig, ihr eine alte Melodie zu entlocken.

»Ein paar Jahre nach dem Krieg«, sagte der alte Mann auf dem Podium (für jemanden in seinem Alter sprach er sehr deutlich), »… habe ich an Jim geschrieben, um ihm zu sagen, daß die Mitglieder der Gemeinschaft aus Liverpool und Carlisle nach Dumfries kommen würden. Ich bat ihn, an alle AA-Gruppen in Schottland zu schreiben und sie zu bitten, uns hier zu treffen. Ich schrieb: ›Sag ihnen, die Engländer marschieren schon wieder in Schottland ein. Stimmt den alten Schlachtruf aus dem Grenzkrieg an, Blue Bonnets Over the Border!‹ Und damit begann eine Kette von jährlichen Versammlungen. Jeder, der einmal an so einer Versammlung teilgenommen hat, ist mit einem neuen Schatz an Erinnerungen und einer Masse neuer Freunde wieder weggefahren.«

Jubel hallte durch den Raum. Während der Vorsitzende weitersprach, saß mein Vater wie verzaubert da, seine Stuhlbeine bogen sich geradezu vor Komplizenschaft, und das Lächeln in seinem Gesicht war entspannt und frei.

Ich ging in den Hintergrund des Saales. Hinten standen die Teemaschinen in ihrer silbernen Rüstung; sie standen da wie Sicherheitskräfte. Limonade war in Packungen zu je zwei Dutzend gestapelt. Jeder, den man sah, hatte ein alkoholfreies Getränk in der Hand. Es war heiß im Saal. Aber es war nicht nur die Hitze: die Curry's-Red-Cola-Flaschen waren ihre Pässe für die Versammlung, leicht mit Kohlensäure versetzte Trophäen, und die Sehnsucht nach der Unschuld von Himbeere und Vanille, nach den Bläschen von Tizer und Irn-Bru war das Zeichen, daß sie alle den Durst inzwischen besiegt hatten.

Hunderte von alten Männern mit Limonaden-Flaschen: je mehr sie trinken, desto nüchterner werden sie.

Auf einem Tisch an der Rückwand gab es Literatur zu kaufen: *Das große Buch. Leben in zwölf Schritten. Die Geschichte von Jack Alexander.*

Ich wunderte mich, als ich an diesen Worten vorbeikam, an diesen Einsichtshappen aus entlegenen Orten, an einer Wortsäule aus der Saturday Evening Post, einem Sinngeklimper aus dem New York der vierziger Jahre – sie waren jetzt wie geschaffen für diesen Tisch mit der tartangemusterten Decke und für die Schlange der Kommunikanten, die mit ihren schottischen Geldscheinen freigiebig waren.

Mir war aufgefallen, wie sie sich gegenseitig nannten. Danny D., oder Fergus Mac., oder Sheila C. In der Gruppe meines Vaters bezeichneten die Leute sich anders. Sie flüchteten sich in ihre Berufe. Da gab es den Maurer Bill. Den Finanzbeamten Murray. Den Zimmermann Tommy. Die Lebensmittelhändlerin Annie. Den Teppichleger Ted. Teen, die Maschine. Den Busfahrer Duncan. Den Gipser Jimmy. Sie hatten alle etwas zu tun auf der Welt. Oder sie hatten einmal etwas zu tun gehabt. Oder sie hofften, wieder etwas zu tun zu haben.

Aber an diesem Tag verband sie offenbar das Gefühl, ein zweites Leben zu haben. Eine Sprache aus Selbsthilfesprüchen. Genesung war das Thema des Augenblicks, und alle erzählten Geschichten daüber und hörten den Geschichten der anderen zu; es ging um das alte Zeug, um Kriege und Ideale, um Geschichte und um Träume, um Erleuchtung und Liebe und Erlösung und Fortschritt, und sie benutzten es, um ihre eigene Besserung aufzublähen. Sie glaubten an die Einigkeit im Bedürfnis; sie waren eine Nation, weil sie sich selbst gerettet hatten. Unsere Väter waren tot und begraben: Hier waren die Lebenden, und alle Winde der Tradition umwehten sie, der Atem der Vergangenheit kam flüsternd, um sie zu erneuern, und hier waren sie, Gesichter im Zwielicht einer Tartan-Seance, Beschwörung der Geister aus den grünen Wäldern.

»Helft uns, uns selbst zu helfen«, sagten sie. »Helft uns, einander zu helfen.«

Oh hilf uns zu leben, wo du es nicht konntest. Oh, zeig uns den Ort, den zu kennen du – Vater, Sohn – dir nur erträumen konntest.

Eins nach dem anderen. Die Augen meines Vaters.

Sie kannten die Ideale, die wir auch hatten kennen wollen. Er hatte Utopia in einer Gemeinschaft reformierter Säufer gefunden. Er sah zu mir herüber. Diese grünen Augen waren die seines Vaters. Sie glitzerten da drüben in dieser Finsternis der Freude. Die Leute nahmen ihn bei den Armen. Sie tätschelten seinen Rücken.

Er machte sich sein Leben, indem er Leben machte. Das taten sie alle. Und der Rest war eine andere Geschichte.

Diese Leute tranken nicht mehr. Sie hatten sich in Schottland und in der Welt gefunden, und sie hatten sie neu gemacht, für sich selbst und füreinander. Eine Dudelsackband fing an zu spielen. Die AAs erhoben sich in ihren Reihen. Mein Vater auch. Sie zogen weiße Taschentücher hervor und winkten damit.

The Legionnaire's Song.

Ein Meer voller weißer Segel auf dem Weg nach Amerika.

»Goodbye, goodbye«, sangen sie.

Ich betrachtete meinen Vater mit seinem fleckenlosen Tuch. Er schwenkte es hoch oben durch die Luft.

»Goodbye«, sagte ich zu den Augen meines Vaters.

»Goodbye«, sagte er zu meinen.

Und mein Leben lang werde ich das Gesicht meines Vaters vor

mir sehen und mich an es erinnern, dort auf diesem Fest der Hoffnung. An der Tür schaute ich noch einmal zurück. Er war da. Er lebte. Das Licht war fahl, der Regen fiel auf das alte Dach, und unsere Augen trafen sich noch einmal, dieselben grünen Augen, und wir lächelten über die Menge der Legionäre hinweg, über seine Armee neuer Freunde, und wir winkten uns zu. Das Lächeln und das Winken brachten uns Licht und überbrückten die Zeit, die Jahre hinter uns.

Margarets Hibiskus. Wie grün die Blätter waren. Und die orangefarbenen Blüten, die sich an der Pflanze kräuselten – eine papierdünne Welle, chinesisch.
Sie hängte den Topf in einem Drahtkorb auf. Gleich am Fenster in Hughs altem Zimmer. Die Jalousien waren fort, eine Brise wehte von den Arran-Gipfeln herein, und den ganzen Tag arbeiteten wir gemeinsam, unsere Hände waren voller Gips und Erde, wie zwei Frischverheiratete, die ihr Haus bereiten. Margaret stand auf der Polstertruhe. Das Tageslicht lag auf ihrem Gesicht. Mit einer schlanken Hand folgte sie dem Verlauf der Blattadern. Ich nahm ihre andere Hand in meine und folgte dem Verlauf der Adern auf ihr.
»Warum gehst du nicht weg von hier, Granny?« sagte ich.
»Wird mir gut gehen hier«, sagte sie. »Wird mir ganz gut gehen.«
Ich befestigte einen Blumenkasten an der Fensterkante. Man konnte meilenweit schauen. Die Stadt und das Meer, die Autos und die Leute. Wir waren mindestens so hoch oben wie die Hügel da draußen. Margaret drückte die Erde um die Pflanzen fest. Eine Campanula mit vielen nickenden Köpfen: ihre blauen Blüten läuteten den Morgen ein und tranken das Licht.
»In der Gärtnerei«, sagte sie, »sagen die gar nicht Hasenglöckchen. Wir haben die immer so genannt oder einfach Glockenblume. Jetzt nennt man sie alle anders, Campanula.«
»Glaubst du, die halten es so weit oben aus?« sagte ich.

»Wir können es mal probieren«, sagte sie. »Ich drehe sie um und gieße sie. Wenn es ihnen hier nicht gefällt, nehme ich sie mit runter in den Park und versuche es noch mal.«

Sie stopfte die Ecken des Kastens mit Heidekraut aus. Man konnte den süßlichen Mist im Gewirr seiner Nadeln riechen. Ich brachte ihr eine Tasse Tee. Sie pustete darauf und trank.

»Wir haben zu tun«, sagte sie.

Sie sah mir zu, als ich auf der Metallleiter stand. Ein Schälchen Spachtelmasse; ich schmierte damit die Löcher zu. Alle Risse im Verputz wurden ausgefüllt. Sie setzte sich auf die Truhe und fing an zu weinen.

Ich ging zu ihr und nahm ihre Hände in meine.

»Komm hier weg, Granny. Du kannst doch runter in den Süden kommen.«

»Das ist mein Leben«, sagte sie. »Mein Leben ist hier.«

»Das muß nicht so sein«, sagte ich.

»Ich weiß es doch genau«, sagte sie. »Ich will keine Seniorenwohnung oder das Hinterzimmer von irgend jemand. Und du hast dein eigenes Leben, Jamie.«

Sie legte ihre Hände auf mein Haar. Die Tränen flossen, aber ihre Stimme klang stark. Sie flüsterte mir etwas zu. Sie flüsterte mit einer Stimme, die es schon lange nicht mehr gab.

»Glaub an die Dinge, mein Sohn. Weg mit dir, und glaub an die Dinge. Und lebe.«

Ich packte Hughs sämtliche Papiere in Schachteln. Ich beschriftete sie, um sie nach Liverpool zu schicken. Margaret sagte, daß ich alles mitnehmen sollte: die alten Pläne von Glasgow; Architektenzeichnungen; Luftaufnahmen; die Briefe seiner Mutter. Eine Tüte mit alten Zeitungsausschnitten und Flugblättern.

»Nimm das mit«, sagte sie. »Eines Tages ist es gut, wenn man das noch mal anschauen kann.«

In der Abstellkammer fanden wir eine Tüte mit alten Drucken.

Wir wischten den Staub ab und legten sie nebeneinander auf das Bett. Ganz eigene Farben und Untertöne.

»Die haben mir gehört, als ich ein Mädchen war«, sagte Margaret. »Manche habe ich im Bus von Muir of Ord mit hergebracht.«

Einer der Drucke zeigte ein Mädchen mit einer blauen Perlenkette. Ihre Lippen waren fahrlässig rot. Ihre Augen waren schwarz. In ihrem Gesicht gab es grün und blau und gelb. Ihr Haar war ein Pinselstrich aus brauner Farbe. Die Dame kam mir vor wie eine Weltmeisterin. Sie sah zu uns auf, als ob sie etwas sagen wollte …

Als ob sie sagen wollte, »Ich war schon immer hier.«

Der Druck war natürlich nicht gemalt, nie hatten eine Bürste oder ein Messer ihn berührt; es gab nur die alten Staubschichten. Und trotzdem sah er feucht aus und lag frisch wie der Morgen da. Der Hintergrund eines anderen Druckes war tiefschwarz. Genau in der Mitte war ein roter Stuhl. Auf dem Stuhl stand ein blauer Krug.

Eine Orange, eine Zitrone.

Darunter stand: »Cadell, ›Der rote Stuhl‹, um 1920.«

Margaret betrachtete die Bilder; sie holte in winzigen Zügen Luft. Vieles von dem, was sie sagte, sagte sie zu sich selbst. Sie schob ihr loses graues Haar zurück. Sie biß sich auf die Lippen wie ein vergnügtes junges Mädchen.

»Jesus, Maria und Joseph«, sagte sie, »das sind die allerbesten Bilder, die ich je gesehen habe. Man kommt gar nicht darüber hinweg. Schau doch, Jamie. Das sind die Bilder, die mich nach Süden geholt haben. Diese Sachen wollte ich sehen, diese modernen Sachen.«

»Komm, wir hängen sie auf«, sagte ich.

Die Drucke waren nicht gerahmt. Wir befestigten sie mit Reißnägeln. Damen mit roten Hüten und Teetassen. Verschmierte Schornsteine und Boote. Kinder beim Spielen in einem gelben

Garten. Zahnräder in Zahnrädern, Räder in Rädern; eine kubistische Kirche in einem Regentropfen.

»Ach, wir fanden sie so modern«, sagte Margaret.

Einige Drucke zeigten Menschen, die wie Maschinen waren.

»Von denen hat mein Lehrer immer gesprochen«, sagte Margaret. »Von denen hier.« Sie wies auf die schwarzweißen Drucke, die abstrakten Linien, die verzerrten Maschinen. »Die sollten zeigen, wie Kunst und Wissenschaft zusammenfinden. Sie sind sehr gut. Ich weiß noch, wie der Lehrer in der Klasse Hugh MacDiarmid vorgelesen hat. Kunst sollte modern sein. Schau dir das an – es kam uns vor wie der reine Sinn. Der reine Sinn.«

Das Bild, das sie nahm, hieß »Gethsemane«. Ein Mann in den Dreißigern in einem rauhen Wollanzug kniet auf einer Lichtung, die von Bäumen umgeben ist. Sein Haar und sein Bart sind nach der Mode der Zeit geschnitten. Sein Strohhut liegt neben ihm. Die Schatten unter den Bäumen sind lang und dunkel. Anscheinend kommt Wind auf. Der Mann trägt Budapester. Eine Gruppe von Jüngern, die aussehen wie College-Studenten, macht hinter ihm am Rand ein Nickerchen. In ihrer Schwäche schlafen sie. Sie können nicht wach bleiben, um der Qualen ihres Meisters willen. Und in der Ferne sieht man gerade noch ein paar Brocken von Glasgow.

Einen Kirchturm. Einen Hügel mit Wohnhäusern. Die Tageszeit in einem Funken Licht.

Margaret stand neben mir und betrachtete das Bild.

»Hugh hat immer gesagt, daß der Mann da Ingenieur ist. Er sieht aus wie einer. Ein Engel im Garten. Es sieht aus wie Glasgow – wie Bellahouston Park.«

»Warum ist das als einziges eingerahmt?« fragte ich.

»Das hat Hugh gemacht«, sagte er. »Es war einmal sein Lieblingsbild. Und schau auf die Rückseite.«

Ich drehte es um. Die Rückseite war eine Pappe, auf die jemand etwas gekritzelt hatte.

»Die Ingenieure von Glasgow«, stand da mit Hughs Bleistift geschrieben. »Entsprechend erledigt.«

Darunter war eine andere Handschrift. Ich kannte sie nicht. Und trotzdem konnte ich mich an diese Schleifen und Bögen erinnern, an einen anderen Menschen, an mich. Die Worte, die dort standen, waren nicht meine Worte. Sie waren abgeschrieben. Es hatte etwas von einem Spiel, wie sie über die Rückseite des Bildes tollten, wie sie radschlugen unter der Kordel. Das Bild war fremd, und die Worte waren Worte eines Fremden.

»Es gibt zerstörte Gebäude auf der Welt«, stand dort, »aber keine zerstörten Steine.«

Margaret hängte es über das Bett. Über das Bett, in dem Hugh in diesen Monaten gelegen hatte. Dorthin, wo mein Großvater in die blutlose Dunkelheit gestarrt hatte, auf dem Pfad nach Hause in die schottische Nacht, wo sein Kopf erleichtert in das Kissen gesunken und sein Atem mit einer Geschichte der Liebe hinaus in die Welt gegangen war.